1
かみは
Kamih
イラスト しろ
Shiro
辺境の花嫁
To the Frontier!
The Curious Cases of My Next Life as a Noblewoman
転生令嬢と数奇な人生を
早川書

The Curious Cases of
My Next Life as a Noblewoman:
To the Frontier!

by

Kamihara

Illustration
★
しろ46

Book Design
★
早川書房デザイン室

転生令嬢と数奇な人生を1　辺境の花嫁

Contents

ライナルト
ローデンヴァルト
侯爵家の次男。
絶世の美形の騎士。
カレンの婚約者候補。
ゲルダ
（サブロヴァ夫人）
キルステン家の長女。
カレンの姉。
結婚が決まる。
アヒム
カレンの兄アルノーの
護衛兼乳兄弟。
カレン
主人公。中流貴族
キルステン家の次女
として転生するが、
母に存在を忘れられ……。

転生令嬢と数奇な人生を1
登場人物紹介
コンラート伯カミル
隠居生活を送る
辺境の老領主。
カレンの婚約者候補。
スウェン
医者の
エマ先生の息子。
コンラート伯の跡取り。
ニコ
カレン付きの侍女。
ヴェンデル
エマ先生の養子。

1

生まれ変わったけどなにすればいいの？

巷《ちまた》では異世界転生物語が流行っていた。

かくいう私もそんな主人公達があの手この手で活躍する物語を好んで読んでいた。

でも本題はここから。

私は望んでない形ではあるけど生まれ変わった。過労死、事故、誰かを庇《かば》って……そんなものではなく、不摂生の結果である。残された人のことを思うと正直頭を掻《か》き毟《むし》りたいけれど、とにかく転生を果たした。おぎゃぁ、と泣いていたときには記憶があったのである。

で、だ。

……生まれ変わったけど、なにをすればいいの？

えっと、生まれ変わる前にお告げとか、使命とかそんなのは……？

初めの記憶は、ここはどこだろう、だった。身体は自由に動かないし、視界なんてあってないようなもの。それでも見知らぬところにいるのだけは何故か理解できた。

とまどう意識とは裏腹に、幸福に包まれた夫婦が赤ん坊の誕生に大いに喜び、夫は妻を労《ねぎら》った。妻は意識を朦朧《もうろう》とさせながらも歓喜に打ち震え、可愛い娘の誕生に涙を浮かべたのである。

この光景には「ああ、よかったね」と他人事ながらじんわりと胸を温めていた。赤ん坊ゆえか視界や耳が効きにくくとも、何故か彼らの喜ぶ姿が伝わってくるからだ。

母親が顔を寄せ、制御がきかずなきわめく私に話しかける。

「XXXX、XXXXXXXXXXXXXXX」

おや、と思ったのはこの瞬間からだった。

どうしてこの人達の言葉がわからないのだろう。そういえば、さっきから声は届いているし雰囲気は伝わるのだけれど、彼らが何を喋《しゃべ》っているかさっぱりわからない。

『転生』を明確に意識しだしたのはこのあたりからだった。

そもそも私は独身の三十路である。生まれも育ちも日本で海外に知り合いなどいないし、そんな知り合いがいたら、もうちょっと人生エンジョイしていたはずだ。

しばらく考えて、寝た。母の乳を飲んで、また寝て、結論が出たのは数日後である。あ、私、完全に異世界に生まれ変わっちゃったのだと思い至ったのである。

それから私は頑張った。ものすごく頑張った。

本来ならごく普通に過ごしていれば良かったのだと思う。

私は摑《つか》まり立ちも早かったし、好き嫌いもしなかった。父母祖父母は私の成長を喜んだが、彼らが喜ぶほど私の不安は加速する。心配したのは、彼らの言葉が特殊だったせいだ。日本語でも英語でもない不思議な発音。父、母、兄、姉。そんな単語はなんとなくわかったが、いざ喋るとなれば、これがなかなか難しい。生まれたころから耳にするのだし、中身は大人だ。勉強すればある程度はわかるだろうって思うじゃない？

そんな簡単にできたら苦労していない。

三十路だ三十路、お年を召した方々からすれば充分若い範囲とはいえ、十代と違い、頭は若干固くなっている。日本語しか喋ってこなかった身としては、言葉を覚えるのも一苦労なのだ。

そんな私の第一声は「お母さん」のつもりが母の実名である。喜ぶと思って発音を真似したつもりがまさかの名前呼び。後から判明したのだが、これは父が母を呼ぶときの呼称だったようだ。日本人だった頃の親が「父さん」「母さん」呼びなので、その基準で考えていたのは申し訳なかった。

　こういった失敗を繰り返しながら、なるべく子供らしい振る舞いを心がけて新しい生《せい》を謳歌《おうか》していたのだけれど……。

　月日が一気に飛んで十四の頃、私は母親に忘れられた。

　いやあこれがなかなか酷い。なにが酷いって、笑っちゃうくらいなにもかもが唐突だった。この日、私は数少ない友達の家から帰宅した。中流といえどお貴族様なので住み込みの使用人さんもいて、彼らのお出迎えを受けながら教えてもらったのだ。

「お嬢様、叔父上様と叔母上様がいらっしゃっていますよ」

「叔父上達が？　そんな話、聞いてないけど」

「お祖父様が突然いらしたようで、急遽《きゅうきょ》お集まりになられたようです。皆様もうお揃いです」

「顔を見せなきゃ怒られちゃう。いますぐ行きまーす」

　よい子なので手洗いをきちんと済ませ、身だしなみを整えて扉を叩いた。面倒くさいったらありゃしないけれど、将来好きなことをするため、心証は良くしておくべきである。

　ま、それもこれも、自分で掃除洗濯家事諸々しなくていいっていう余裕があるからなのだけれど。

　ともあれ、私は子供スマイルで入室したのだ。

　そうしたら母親がこちらを見つめ、キョトンとした顔で「どちらのお嬢さんかしら？」と尋ねた。

　はじめは冗談かと皆が笑ったが、それが本気だとわかると皆が慌てふためきだし、母の容体を心配しだした。けれど一向に良くならない。兄と姉、そして弟が私を抱きしめ、こう言うのだ。

「お母様はなにを言ってるの。この子は私たちの妹、カレンでしょう」

「娘？　……女の子は貴女《あなた》一人ですよ、ゲルダ」

「お父様、お母様がおかしくなった！」

「母に向かってなんてことを言うのです」

まるで喜劇である。母は医者に運ばれ、私は兄姉や親戚から代わる代わる抱擁を受けた。皆、口を揃えて「大丈夫だからね」と慰める中、私は自分の中身が大人でよかったと安堵していたのである。だって、まともな子供なら目の前で母親に忘れられるなんてトラウマ必至だろう。私だからこそ「まるでドラマみたい」と呑気《のんき》に構えていられたのだ。ショックじゃなかったとは言わないけど、それもこれも、どこにいるかもわからないが、日本の母親という存在が心にいてくれたおかげである。

さらにさらに、私の人生はまだまだ変わる。

なんと私、父の子じゃなかった。

結論から述べてしまったけれど、順を追って話していこう。

とりあえず母親は記憶を無くした。なにがどうしてそうなったかは知らないけど、私に関する事項のみ綺麗さっぱり消え失せたのだ。カレンという娘は存在しなかったことになり、兄姉に弟がいた事実だけが残った。家族は可哀想なくらいに狼狽《ろうばい》し、母の記憶を取り戻そうと必死になり、記憶のカケラを求めて思い出の品を探し回った。ある日、クローゼットの奥に隠されていた手紙を発見し、それに父が目を通せば、中身は男に宛てた手紙である。なんと母の浮気の証拠品であり、父から相談を受けた叔父が激昂。余計なことに叔父が浮気相手を問い詰めたところ、相手も母との一時の恋を認めてくれやがったといった経緯である。当然母への聴取も行われたが、彼女はぼんやり浮気を認めたものの、やはり私のことはわからなかった。

ただ、調べれば調べるほど目を背けたい真実が明らかになっていった。結局、時期的に父の子ではなさそうであり、なにより私が相手の身体的特徴を引き継いでいたので、私は父の娘ではないと結論付けられた。

……終わりとお思いだろうか。

混乱はまだまだ続くよいい加減にしろ馬鹿野郎。

この真実は父と叔父だけで完結するはずだった。ところが口さがない使用人から家族に話が漏れてしまい、姉が反発。私は兄や弟とも微妙な空気になり、家は恐慌状態へ陥った。結果として父は私を浮気相手に押しつけた、というより渡すしかなかった。父親は、たとえ血が繋がっていなかったとしても長年育てた子に情があったが、周りがそれを許さなかったのである。

うちは貴族であり、とある名家の親戚筋だった。父方母方共に潔癖な方々がいたし、この頃は知らない爺婆《じじばば》が我が家にひっきりなしに出入りしていたのだ。母は相変わらず記憶を取り戻さないし、私がいると和が乱れるばかりだ。父も心労が祟《たた》っていた。

そこで発動、臭い物は余所《よそ》にやれ作戦。ドロー！　私の不幸はまだ続く……!!

私の実父は庭師の息子。この頃には妻子を持つ身であり、お金と共に押しつけられた私はどう考えてもお邪魔虫。こちらが呆《あき》れるくらいに実父は恐縮し、彼の妻や子は怒り心頭である。私もこの時ばかりは嘆いた、せめて貴族と浮気してくれたのなら、やりようがあったかもしれないのに、と。

「まあいいわ、落ちるところまで落ちてるから、あとは浮かぶしかないでしょ」

……流石《さすが》に身売りするまで大変にはならないはずである。

ありがとう三十路、ありがとう生活へのバイタリティ。私は実父に部屋を借りてもらった。そこは集合住宅、日本で言えばアパルトメント的な借家だが、住まうのはほとんどが女性である。

この国に生まれて良かったと感じるのは、ファンタジーな世界といえど、女性が自立して働ける体制が整っていること、また女性を尊重する男性も多く存在する点だろう。

逆に悪いと感じるのは、これはもうしょうがないのだけれど、日本に比べると治安が悪い。どんな具合に悪いかと言えば、国の外を女の子だけで歩けば、身ぐるみ剝《は》がされ陵辱の末に売り払われるのが想像に容易《たやす》いくらいである。このため、よほど安全な道を行かない限りは殺されても文句は言えない。護衛をつけなかった故《ゆえ》に納得、といった感じである。

都内は安全だけど、危ない人が多いのも事実。だから自衛に越したことはないのだった。

最初こそ生まれ変わった意味なんて模索していたけれど、一人になるとそれどころではなくなった。

やはり心の余裕は生活の余裕から生まれるのであり、あれよあれよと環境が変わっては、他に手を掛ける時間はないのである。

　そして、そう。物語はここからはじまるのだ。

　一人暮らしになっておよそ二年近く経った十六の春、さあどうしたものかとペンを握って唸《うな》っていた。場所は学校の教室。友人のエルネスタ嬢が私の手元を覗き込む。

「カレン、可愛い顔を台無しにして一体なにをお悩みかしら」

「聞いてちょうだいなエル、就職先が決まらないの」

「おやまあ、カレンの成績なら……余程いいところじゃない限りはどこでも狙えるじゃない。わたしのように研究職でもないんだし、好きに行けばいいのに」

「忌憚《きたん》のない意見をありがとう成績一位」

「いいえぇ、カレンだって百位くらいは常時キープだもの。悪くない悪くない」

「嫌味かこの秀才」

　この国は何代かにわたり良い王に恵まれているためか圧政に苦しまず、そのおかげで国民の生活と教養水準が高い。市民相手でも学校の門戸は開かれており、学費さえ納められるのであれば、十一歳以上の若者は入学を許される。二、三年後の卒業まで在籍すれば就職先を見込めるから、無理をしてでも子を入学させる親は多いのだ。

　このエルネスタ嬢もその一人で、親の努力あって学校に通い続けている。くりっとした瞳に茶褐色のおさげが可愛らしい女の子だ。エルネスタ、愛称エルは私の向かいに座ると、指折りしつつ就職先を挙げていった。

「カレンなら礼儀作法も形になっているし、いっそ院にいってもいいんじゃないの。研究職は無理でも、受付とかいけるでしょ」

「んー……あそこはほら、偉い人が多いでしょ」

院、とは魔法院、騎士院を指している。こう、騎士とか魔法とか実際口にするのは恥ずかしいのだけど……。前者後者共に国の治安維持のメインを張る人々の集う活動拠点である。そこまではよかったが、ここは貴族出身の人々が多く勤めている。

「大金持ち捕まえて玉の輿にでも乗っちゃえば？　顔きれーだからいけるって」

なんてことをいいやがりますかこの友人。

だがエルは嫌味で言っているのではない。彼女は私の経歴をすべて知っているのだけれど、すべてを知った上で腹を立てているから暗にこう言っているのだ。「実家を見返してやれ」と。

故に、私の返答もこうなるわけである。

「まぁ、捕まえたくなるくらいのいい男がいたら考えるわ」

私は一人暮らしになった折、即座に学校へ入学した。上流階級の子供達が通う学校は、家を追い出された時に退学となっている。

「エルは？　そう言うからには院に行くんでしょ」

「まあね。せっかく魔法が使えるんだし。こうなる前はなーんにもできずに終わっちゃったもの。今度は自分のやりたいように生きて、親孝行して人生終わるわよ」

「もう人生見据えてるの早くない？」

「なに言ってるんだか。人間なんて二十、三十過ぎたらあとはあっという間なのよ」

「……それは、わかるけど。でも私たち、いまはこうして若いのだし」

記しておくとエルも転生者である。ただ彼女は海外の人であり、私とは環境も転生前の経緯もまるで共通しない。彼女は若くして子供を生み育て、生活費を稼ぎ、そして亡くなったのだ。本人が口にするのを嫌がるので詳しくは聞けないが、間違っても恵まれた境遇ではない。エルが勉学に励むにはこういった背景もあるのだろう。

こんな私たちが友人になったのは、お互い気が合ったからに他ならない。

「これも主の思し召し、悩むのも今のうちってね。新しい人生は楽しんでいこうじゃないの」

エルは外国出身のためか、宗教に対して一途《いちず》である。いまとなっては考え方も多少変わったようだが……それでも、神を信じる気持ちはあるようだ。

私は日本の宗教観そのままなので、見たことも会ったこともない神は都合の良いときだけしか信じていない。チート？　知らないよそんなの。私には過分な知識も、魔法も、頼めばなんだってやってくれる不思議な生物もなにもない。そんなものより、目下大事なのは目の前の用紙である。

「どこに就職したいか、ねえ」

学校は学費を払い続けた生徒に対し、就職先を斡旋《あっせん》してくれる。私も例に漏れずその斡旋にあやかろうとしているのだけど……。

それが問題なのだ、それが。

ぶっちゃけ、私が就職できるところは限られる。何故って私は追放されたとはいえ、中流貴族の娘だ。前の家はキルステン家というが、勢力争いや噂諸々の関係で、キルステンを初めとした貴族と密接な関係のある所には行きたくないのだ。過去を掘り返され口さがなく言われたくない。

中流貴族とはいえ、私の存在はキルステンにとって汚点だ。

そりゃあ、悪いのは実母で、私と浮気は関係ないと友人は言ってくれる。正直私もそう思う。けれどこれで済まされないのが貴族社会なのだ。面子《メンツ》に命を掛ける親族等、特に母方の祖父母は実父を恨み、そりゃあもう怒り心頭と聞いているが、一人暮らし以降会っていないから詳細は知らない。

私が平穏に暮らせるのは、あの人達なりの情なのだろうか。今の生活はお金がカツカツな以外は平和だけど、学校を卒業して社会に出るとなれば、さてどう変わっていくのだろう。

「……希望は出すだけやってみましょ」

一つ目の希望は、とある商会の会計係。

二つ目の希望は、院の記録係。

どちらも給与が良いところだ。院はあまり行きたくないが、取捨選択の上でという感じ。どちらにせよしばらく働いて、お金を貯めるのが目標である。

「先立つものがないと、なんにもならないしねぇ」

私は二十歳を過ぎたら国を出ようと思っている。もう少し外の世界を見てみたいのだ。けれど国外となるとあてがないから、働いてきたという下地を得ておきたい。いっそお偉い神様がお告げでもしてくれたり、わかりやすくレベルアップ方式でステータス画面でも見ることができるのなら目標が定まるかもしれないけど、なんとも世知辛《せちがら》い転生である。しかしこんな転生でもご飯を食べていかなきゃならないのが人生で、そのために私はあくせく働くのだ。ま、この国、日本ほどブラック企業に溢《あふ》れてないけどね。

希望を提出した三日後、私は先生に呼び出された。先生は目元を真っ赤に腫らしながら、泣き出す一歩手前で、振り絞った声でこう言った。

「すまないカレン。希望を叶えてやりたかったのに、私にはなにもできなかった」

この一言で「あー手を回されたんだな」と内心呟《つぶや》いた。先生は生徒に熱心だったから、方々掛け合ってくれたんだろう。その涙だけで充分だと礼を言って、そのまま授業をサボったのである。

街並みは所々緑が溢れている。この日は風が強くて、街路樹はざあざあと音を立てて揺れていた。学校を囲むように花壇があるのだが、赤や黄色といった花弁が揺れ、併設されたベンチにぽつんと腰掛ける。この国の学校は私服で通うものだし、生徒とわかりはしないだろう。

「……参ったな」

驚くほど力のない声が出た。自分ではかなり無難な就職先を選んだと思うのに、こんなところで妨害されるとは予想外だった。こうなるとイジメ覚悟でかなりランクを上げてみるか、それとも相当下げるか、あるいはどこかに飛び入りして頭を下げるかだろう。でも最後のはあまり乗り気になれない。何故って十六の小娘を簡単に雇ってくれる先に、高額の働き口は期待できない。

酒場の給仕や小さな店の店員……。こういった職が駄目だと言いたいわけではないが、将来祖国を捨てて他国に去ることを検討している身だ。こんな私に良い人が見つかるのは難しいだろうし、最悪独身で生涯を終える将来設計でいると、いざ体を壊したときが恐ろしい。安定した技能が欲しいし、そのために学校に通ったのだから、今までの努力が無意味となる。子供らしい生活を半ば放棄してやってきたのだから、採算を取りたいと思うのは必然だ。

現実的すぎるって言わないでほしい。私だってお金を心配せずにいられるなら、せめて花の十代は遊び倒したかった。

両手を組み、両目を閉じる。風の音とそれに紛《まぎ》れる人々の声は優しいけれど、今の私にはただの雑音だ。じっとしていると、離れたところで馬車が止まった音がした。バタンと戸を開ける音がしたまではよかったが、複数人の足音が段々と近付いてきて、ここで何かがおかしいと目を開く。

足元に影を落としたのは懐かしい顔だ。

切れ長の目元に、整った鼻梁《びりよう》。撫でつけた頭髪は紛れもなくキルステンの長子である。

「驚いた、兄さんがこんなところに来るなんて」

「久しいな、カレン」

素《す》っ頓狂《とんきよう》な声を出す私と違い、元兄もとい異父兄アルノーは何とも言えない表情で妹を見下ろしている。口調が随分硬いけれど、いまとなっては別家庭だし、複雑なのだろう。

補足しておくと兄に思うところはない。この人は私を可愛がっていたし、実父に追いやられると知ったときも最後まで反対してくれた。

「お久しぶりです。まともにお会いするのは二年ぶりでしたっけ。ぴりぴりしてらっしゃいますけど、ご飯ちゃんと食べてます？」

「毎日きちんと食べているよ。お前も元気そうでなによりだけど、ちゃんと食べているかい」

「生活費はもらってますから、ご心配なく。ちゃんと自炊しながらお肉と野菜を食べてますよ」

どうもお金の話は失敗だったらしい。眉を寄せ、そうか、と短いだけの返答である。

そんな兄の背後に控えているのは、彼の乳兄弟だ。帯刀しており、いかにも護衛ですって装い。彼にも可愛がってもらったし、ひらひらと片手を振ってみたが、笑みの返答だけで終わってしまった。

「兄さんは、今日はどうしたんです。まさか偶然通りかかって見つけたから声をかけたとか？」

「いや、お前に用があってきた」

「でしょうね。……あ、いや、責めてません。責めてませんから」

異父妹と接触禁止を言い渡された兄が用もなしに会いに来るはずがない。本家の若様の右腕となるべく教育された長子なのだ。妹が気がかりであろうとも、家を背負う身とあっては軽々と動けない。そして私が接触禁止の件を知っている理由は、姉の使用人がすべて教えてくれたからである。追い出された最初の頃、その人伝いに言伝《ことづて》をもらっていたので、思うところがないというわけだった。

兄は無言で私に手を差し出す。来て欲しい、という意味だろう。

どこに？　なんて間抜けはいわない。わざわざ兄が出向いたとなれば、連れて行く場所なんて一目瞭然だ。だから私はこの手を突っぱねるのも可能なのだが……。

「……うーん、行かないってなると兄さんが可哀想ですからね」

授業の途中だけど、市民学校はこのあたりの感覚が結構緩い。家のお手伝いのために途中で帰る子もざらだし、要は学校に迷惑をかけず、成績を落とさなきゃいいのである。

「今日はサボりますって、学校へのお知らせはお願いしますね」

「ああ、こちらから伝えておくよ」

久しぶりに乗る馬車は、便利だなあの一言に尽きる。兄と向かい合いながら、小窓からのぞく外の景色に、追い出される前は当たり前のように乗ってたんだなと感慨深くなった。

「カレン、生活費は足りているだろうか」

「うちを……あー……キルステンを出るときにたくさん頂きましたから、それで充分賄《まかな》えていますよ。

お腹空かしてひもじい日々なんて送ってません」

「服は？　見たところ、あまりたくさん持っていないようだが」

「え？　服なんて見せたこ……あ、はい、わかりました。そういうことですね」

きっと隣の乳兄弟であるアヒムにでも私の様子を聞いていたんだろう。細かい突っ込みはせず、そちらも問題ないと明るめに言い張った。

「普通の家庭になると、服を取っかえ引っかえなんてしません。暴れて汚すわけじゃないし、学校に通うくらいならあまり必要ありません」

毎日服をとっかえひっかえも、平民の学校じゃ嫌味にしかならないしね。このあたりの感性は貴族と一般庶民の違いではないだろうか。

他人の目がないおかげか、兄さんはこわばった笑みを崩して話しかけてくる。やはり嫌われていないようだと、こちらも気を緩めた。

「姉さんは元気ですか」

「元気すぎて困るくらいだ。うちじゃ家のことも仕切りだして、抑えるのが大変なくらいだよ」

「そこは姉さんらしいなあ」

姉は美しい人だ。艶やかな黒髪に滑らかな白い肌を持ち、一見大人しそうな令嬢に見えるけれども、その実、瞳は生命力に溢れる快活な美人である。些《いささ》か気が強いのが玉に瑕《きず》だといわれていたが、その強さが周囲の女の子達には憧れの的だった。

「父上もな、お前のことを気にしていた」

「へー、そですか」

返事をしてから、内心「しまった」と気付いた。そっけないどころか冷たい返事は兄の口を閉ざし、アヒムにも気難しい表情をさせる。外を眺めて誤魔化したが、以降、キルステン家に到着するまでの間に共有されたのは沈黙だ。

懐かしの生家は典型的な、いかにもといった貴族の屋敷である。

柵格子に囲まれた敷地、門を潜り広がるのは人工的に整えられた庭園。門から正面玄関にかけては石畳で整えられている。中流は中流でも、まあまあ上に分類される家筋だろうか。

この風景、懐かしくも苦々しい気持ちになるのもまた事実。感傷とも言い難い感情を胸に玄関を潜れば、白髪の増えた執事が恭しく礼の形をとった。厳しいくらいに私を叱りつけた使用人長は、目尻にうっすら涙を浮かべていた始末だ。なんかごめんね……と居心地が悪くなる。この人達は、出ていくときにたくさんお菓子をくれたのだ。

真っ直ぐに向かったのは、よく家族が集っていた居間である。そこには父親のみならず祖父母に親類といった面々が揃っており、圧迫面接かと首を傾げた程である。

「……お久しぶりでーす」

ちょっとだけ、むっとしてしまったのは否めない。

さっきまでは礼儀正しく挨拶でもしようと思ったけれど、親類の汚らしいものを見る視線が、はっきり言って腹が立った。子供かと言われるかもしれないが、いまは子供である。

肝心の母親も同席していたが、彼女は相変わらず他人を見る顔で鎮座するばかりだ。形だけの礼をして、私のために用意された席に腰をおろした。

「久しいな」

「はい、本当に久しぶりです」

父が周囲を制し私に話しかけた。本来はこんな無機質な喋り方はしない。もっと愛情深い人なのだが、兄の言葉を信じるのであれば親戚の手前もあるのだろう。

私たちの間に無駄な会話は生じなかった。父は端的に要件を告げたのである。

「ゲルダの婚礼が決まった」

「おめでとうございます」

「相手は国王陛下であらせられる」

「そうですかおめでとうござ……んんん？」

それは大変おめでたいし、姉のあの美しさなら納得だが、ちょっと待って欲しい。国王陛下、いま五十手前ではなかっただろうか。なにより后妃がいる。

時を止めた私に、父もわかっていると言わんばかりに頷いた。

「正確には第二妃だ。側室として召し抱えられる」

「あ、ああ。そういう……でもいったいどういう経緯で側室になんて」

「陛下に求婚されたからだ、それをあの子自身の意志で承諾した」

求婚されたらしい。流石姉。さすあねである。

「だが条件付きだった。傷ついたお前の名誉を回復させねば、側室など断固ありえぬ、修道院に入るとはね除けた」

待って。それ待って。姉の愛情は嬉しいけどちょっと待って。

顔から感情が抜けていく私に、父は言った。

「陛下はゲルダにお前の名誉回復を約束したそうだ」

「ちょ……」

「本家から我が家に命が下った。本日をもって、カレン、お前をキルステンに戻す」

姉！　姉ーー!!

うまく発音できない私の前に、二枚の肖像画が置かれる。

これはなにと顔を上げると、なんだか父の面差しに苦悩の色が宿っている。

「ついては、だが。お前も年頃だ。良い相手を見つけたいと……本家が仰せ、でな」

ここで父の兄弟が、そっと肩に手を置いた。顔色が悪い父親を心配するように「代わろうか」と囁《ささや》く声は、しっかり私の耳にも届いていたのである。

……つまりこれは父の本意ではないのだと、それがわかると少しだけ落ち着けた。

私は二つの肖像画を取って見比べる。

「つまりどっちかと結婚させて名誉回復をはかると、なにも考えてない本家はおおせなんですね」

「カレン！　口が過ぎるぞ！」

叔父は声を荒げるが、私も堂々とにらみ返した。わからないと思っているのか。

片方は二十代半ば頃の男性らしい。実際はどうか知らないが、見た目だけで述べるなら金髪の長い髪が魅力的な人。唸っちゃうくらいに顔が良い。

そしてもう一方、こちらどう見てもおじいちゃんである。人の良さそうな、愛嬌のある顔立ちをしている。

これは……どう考えてもお年寄りを断って金髪に行けってことでしょ？

「……私から説明をしてもよろしいかしら、カレン」

叔父の奥さんが夫のふとももを抓《つね》り、そっと口を挟んできた。居丈高な叔父が相手をしても怒らせるだけだと踏んだんだろう。

叔母は落ち着いた声音で二人の経歴を説明してくれた。

青年は名家の出身で、将来有望な騎士殿。

もう片方は田舎で隠居生活をしている、奥方に先立たれた地方領主。

他にも色々説明してくれたが、明らかに若い男性の方が説明が多い。

そりゃあ、私は若い娘だものね。地方領主と違い、金髪の男性を選べばキルステンに残れるとも教えてくれたのである。

……それで、どちらを選ぶのかって？

しばらく考えた後、真っ直ぐに父を見た。こころなしか居たたまれなさそうな雰囲気を感じるのは、周りを親類に囲まれているからだろうか。

「選んでいいんですね」

尋ねると、父は少し悲しそうな顔で目をそらし「ああ」と呟く。

その声を聞き届けると人差し指で肖像画を指さしたのだが、この一月後、仁王立ちの私が立っていたのは片田舎の館である。

「よろしくお願いしますねー」

笑顔で挨拶する相手は六十オーバーのおじいちゃんだ。この人が夫、旦那様である。

どうしてこの人を選んだのかは、別の機会に語りましょ。

2

婚約者候補。片方は美形、片方はおじいちゃん

出立前、姉には一度再会している。

国王の側室となるのが決定した姉だが、彼女は城住まいにはならない。もちろん側室になった後もだ。普通に考えるなら王城に入るのが常だし、警護の観点からも城住まいの方が良いのだろう。けれど彼女は後宮入りを蹴った。

理由はこうだ。

「疲れるからよ。どうせ四六時中張り付かれるのなら、住まいくらい好きにさせてもらうわ」

二年の間に美貌に磨きをかけた姉は、緩いくせっ毛を揺らしながら堂々と言ってのけた。気の強さは相変わらずか、その様は自信に溢れていて言動の一つ一つが潑剌《はつらつ》としているが、相手を不快にさせるものではない。姉は己に自信を持っているが、その自信に見合うだけの努力を怠《おこた》らない人だった。

私が彼女を訪ねたのは王城から馬車で十分程度の距離にある館だ。塀に囲まれた館は緑に溢れ、色とりどりの花が植えられている。姉は陛下に「わたくしに会いたいときは、どうかわたくしを想いながらこの道を辿って会いにきてください」と添えたのだった。

側室入りはこれからだが、国王が私の名誉回復を約束した時点でこちらに住居を移した。姉を訪ねると、それはもう大喜びで玄関先まで出てきてくれた。私たち姉妹はたくさんの人の注目を浴びながら抱擁を交わしたのである。

彼女は私を自室に招き入れ、そこで手ずから茶を淹《い》れてくれた。

「お茶なんて本当は使用人に任せるべきなんでしょうけどね。この家でくらい構わないでしょう」

内装を見た印象は意外に地味だったが、骨董に疎《うと》くとも調度品に力を入れているのは理解できた。華美ではないが質素にもなりすぎない内装。外見こそ派手だが、化粧や装飾品をさほど必要としない姉らしい家である。側室になったし多少なりとも派手になったかしらと案じていたけれど、いらぬ世話だったようだ。

座るだけで睡りに誘われそうな柔らかい椅子に腰掛ける、そのまま横になった。ここにいるのは家族だけだし、実は妹がだらしない人間なのだと姉は知っている。「人が来たら起きなさいよ」とだけ言って、自分は優雅にお茶飲みだ。しばらく雑談に興じていたが、その内容はほとんどがキルステンを追い出されてからの話だ。私の二年間の話は大して驚かれなかった。

「兄さんにあなたの様子を見てもらったからね。おかしなことがあったら必ず助けてあげてってお願いしていたし」

「あー……やっぱり調べてたんだ」

「当然よ。私たちの妹を追放して、はいそうですかと従っていられるほど馬鹿ではないわ」

けれど、と姉は頬杖をついて私を見る。なぜか呆れているようだった。

「カレンが苦労していたのなら、すぐにでもあなたを連れてお祖母さまの元へ行くつもりだった。なのにカレンったら、淡々《たんたん》と一人暮らしをはじめて、楽しそうにしてるというじゃない」

姉は深くため息を吐くが、当時は姉なりに悩んだのだろう。一緒に逃げてくれようとした思いに感謝だが、ある単語が引っかかり、首を傾げて訊ねていた。

「……お祖母さまって、どちらのお祖母さま？」

「母さん……お母様の方ね」

母方祖父母は不倫の子である私を蛇蝎《だかつ》の如く嫌っているのではなかろうか。ところが姉はそんな私を「馬鹿ね」と軽く一蹴し、それは演技だと言ったのである。

「本家の手前、そうせざるを得なかったの。あの時はお祖父さまとお祖母さまが怒ったから、無難な形に落ちついたのよ。本家に介入を許すだけだったら、あなた今頃田舎に追いやられていたわよ」

まったく、と頭痛を堪《こら》える面持ちだった。

「なのにあなたときたら、こちらの心配など気にもせずにのびのびと……いいえ、いいわ。これ以上は愚痴になってしまう。……元気でいてくれただけで充分よ」

そう言って昔のように膝枕をしてくれるのが懐かしい。

姉……姉さんの愛情深いところも相変わらずで、このまま甘えてしまおうとしたけれど、お祖父さま達の話を聞いてしまうと無視もできない。私を庇ってくれた祖父母の意図、父も知っていたのかと尋ねたら、苦虫をかみつぶしたような表情で首を横に振られた。

「お祖父さま達の意図は気付いていたでしょうが、あの人はよくわからないわ。母さんがああなってから、私たちにもなにも話してくれなくなったから」

親子仲は微妙なままらしい。表情に陰りが見えてきたので話題を変えたが、話は勿論《もちろん》、彼女の人生を変えた陛下の求婚だろう。どうやって陛下を射止めたかと問うたが、これは本人が首を捻《ひね》った。

「陛下主催の昼会に出たら声をかけられたの。それから目にかけていただくようになったの。そうしたら何度目だったかしら……側室になって欲しいといわれたから」

「……ん？」

「うん？」

「それだけ？」

「それだけよ」

「それだけで五十過ぎのおじさ……んんっ。三十以上も年の離れた男性の求婚を受けたの？」

「その悪いお口は社交場に出るまでに直しなさいね」

おじさんという言葉に苦笑したものの、年の差に関しては否定しなかった。

「陛下のお言葉だもの。断れなかったというのもあるのだけど」

「そんなの、本当に嫌だったら……」

「あなたは貴族社会の繋がりを軽視する考えもどうにかなさい。そのままでは足を掬《すく》われますよ」

「でも、姉さんなら私の言いたいこともわかるでしょう？」

「もちろんよ。心配してくれてありがとう」

姉さんが言うこともわかるが、根が現代日本人なせいか、こんな話を聞かされると安易に「断ってしまえばいいのに」と思ってしまうのだ。この世界じゃこんな考え方は不敬なのもわかるのだけど……。

姉さんはうっすら微笑むと、安心なさいと力強く言って耳元に唇を寄せてきた。血を分けた姉ながら、美人の迫ってくる胸と囁きにはどきりとさせられる。

「けどね、もし私が陛下のお子を生めるのなら、それって素敵な話だと思わない？」

ふっくらと艶やかな唇と、蠱惑《こわく》的な笑みを浮かべたものだ。

「え？　姉さんそんなこと企《たくら》んでるの」

「企みなんて人聞きが悪いわね。確かに既に殿下が二人もいらっしゃるし、たとえ私がお子を生んだところで、王位なんて遠いでしょう。それは重々承知しているのよ」

「……そう、ね」

「けれど世の中まだまだわからないわ。近年は帝国からの干渉も増えてきて、戦が起こらないとも限らないと噂されているじゃない」

妖しく笑う瞳は、私の知らない彼女の一面だ。

なんてことだ。姉さんは意外に野心家のようで、急いで話題を変えた。

「姉さん、ここは王城から離れているけど向こうに住まなくてよかったの。他の殿方と通じているなんて噂を流されでもしたら大変じゃない？」

「あら。まだまだ子供だと思ってたのに、しっかりしてるわね」

正妃とその他王位継承者らに聞かれたらマークされるような話はカットである。

「側室だもの、その手の噂はいつだって流されるものよ。それにあんな環境じゃ気も休まらないわ。噂では夜まで監視されると言うし、絶対に嫌よ」

「あ、そこまで考えてるんだ……」

「まあね。……あなたも、そのあたりの知識がちゃんとあるようでよかったわ」

そりゃ没年齢が三十路ですし。

「……もう十六だもの」

「そうね、もう十六歳。……お誕生日をなにも祝ってあげられなかった。ごめんなさいね」

「それはいいの。姉さんにも立場があったのはわかってる」

「もうちょっと聞き分けが悪くても大丈夫よ？　これからは融通を利かせてあげられるのだから」

「姉さん、あまり目立つのは駄目よ」

「大丈夫よ。私は政治に口を出さないし、ここで陛下をお迎えするだけだから安心なさい」

姉さんは正妃と自身の役割の違いを理解しているようだ。政治に口を出すつもりはないのもきっと本当。いまのところはひたすら寵愛を受ける事にのみ力を注ぐようである。

いままで側室を置かなかった国王だ。姉さんが寵愛されるのは目に見えており、それは周囲の環境も変化していくことを示唆《しさ》している。そしてそれは、彼女の妹である私にも当てはまる。

「ところで、縁談があったって本当？」

感傷に浸っているところにストレートをぶち込まれる。

うん、この質問、どこかで来るだろうとは予測していた。実のところ、姉さんを訪ねたのはこの件もあったからだ。

「姉さん、それ。それなんだけど」

「縁談は強引だけど、相手はローデンヴァルトの次男だし悪い方ではないはずよ。侯も是非にと言ってくださったようだし、悪いようにはならないはずよ」

嘘でしょ。私それ断っちゃったんだけど？

とはいえ、姉さんはその事実を知らない。私はもう片方を選んでしまった後なので、キルステンの面々は頭を抱えている最中だからだ。

「姉さん……。気持ちはありがたいけど、婚約しろだなんてやりすぎだと思わない？」

「最初は私もそう思ったのだけど、あなたの将来を考えると縁組みが良いだろうって、陛下も」

なんて断りにくい……。

姉さんはこの縁談にはしゃいでいるようで、なんとも口出ししにくい。私は上体を起こし、おそるおそる尋ねた。

「姉さん、あの、その方以外にもう一つ縁談があったみたいなんだけど……」

「もう一つ？　……ああ、もしかしてあれかしら、本家が進めてたっていうあなたの縁組。辺境だしとんでもない年の差だって兄さんが怒ってた」

つまりおじいちゃんの方が本来、私にあてがわれる縁談だったのだ。辺境だと言っていたし、国内では飽き足らず遠くへ追いやろうとしていたのだろう。兄さんに聞くべき話だったけど、あの日以降は忙しいようで、家にも戻っていない有様なのだ。

本家が勝手に縁談を進めて、引くに引けなくて話を出した。どうせ若い男を選ぶだろうと思っていたが……というのが妥当な線だろうか。

「へー……結構な人が絡んでるのね」

「やっぱり私のお願いがきいたのでしょうね……ってカレン、具合でも悪い？」

あれ。これまずくない？

もしかしなくても、これ国王陛下とローデンヴァルト侯の顔に泥を塗っている。

「……姉さん、あのね、お願いがあるんだけど」

「なぁに？」

返される声は優しく、この声音で思い出した。姉さんは私が母に忘れられ追い出されるまで、ずっと一緒に寝てくれた。あの日まで喧嘩も多かった姉妹は、いまじゃすっかり仲良しである。

「お気に入りの耳飾りをいくつか分けてくれると嬉しいな」

「構わないけど、カレンって私と趣味が違わなかったかしら」

「姉さんの持ち物を見たら元気出そうだから」

「……あら！　ちょっと待っててね」

姉さんは慌ただしく席を立ったけれど、私は両腕を組んで頭を捻らせている。

よろしくない、これは大変よろしくない。このまま放置していたら大人にいいようにされてしまう、そんな予感がしてたまらないのだ。

これは一計を案じるべきかもしれない。

考えた末、夕食まで一緒に過ごす予定を切り上げた。帰りがけ、姉さんはわざわざ門まで見送りにきてくれたのだが、名残《なごり》惜しさもあって心が揺れる。

「それにしても、遅いなあ」

「そ、そうね。遅いわね、一体どうしちゃったのかしら」

馬車がこない。姉さんはわざとらしい会話で時間を稼ごうとしていたのだが、このときはまだ、この行動に意味があるとは思っていなかった。

さらに十分は待たされただろうか。痺《しび》れを切らして御者を探しに行こうとすると、なんと馬車が壊れたと告げられたのである。

「壊れたのならしょうがないわ。もうちょっとうちで待っていなさいな」

「ううん、いいよ。歩いて帰るから」

「歩いて帰る!?」

「うん、少し行けば辻馬車も拾えるから大丈夫」

「だ、駄目よ駄目！　危ないわ！　若い貴族の娘が一人歩きなんて！」

「この格好で貴族だと思う人なんている？」

平民時とほとんど変わらない簡易な装いだ。装飾品なんて身につけていないし、近辺は安全性も確保されている。少し歩けば人通りも増えるし、本当に心配いらないのだが……。

「……姉さん、何か隠してない？」

露骨に肩が跳ねた。あっこれ本当に何か隠してるな。

こういうとき、姉さんの企みには乗らない方が吉である。そもそも私に隠しごとをしている時点でだめだ。捕まえてこようとする腕から逃げ、足早に去ろうとしたときだ。

「いえ、もう遅いわよ」

姉さんがニヤリと二枚目な笑みを浮かべたのだが、彼女の視線を追った私は貴族らしからぬ声をあげた。大分遠いけれど、視界の端に黒い物体が入り込んだのだ。

家紋はわからない。しかし御者の格好や馬車の作りや、立派な栗毛の馬からして、相当なお家だと予想できた。

「姉さん！　一体なにを企んでくれたの。ほんとになにしたのよヤダ怖い」

「心配しなくていいわ。ちょっとお話ししてもらおうと思っただけだから」

私は素《す》になり、姉さんは興奮気味に拳《こぶし》を握った。これほんとにろくでもないこと企んだな!?

予想は的中した。ご立派な馬車は数騎の護衛付きで、その護衛は対峙しただけで子供が泣き出すことと請け合いの、威圧感抜群の軍人さんたちである。中には女性もいたけれど、柔らかさなど欠片《かけら》もない。

もうちょっとわかりやすく言えば、にこりともしない職業軍人っぽいナニかが群れていて、すっごくこわいのだ。

姉さん、ほんとになにしてくれたの。

馬車の戸が開き、そこから出てきた人物にはつい瞑目《めいもく》した。

姉さん、あなたはサプライズの意味を考えるべきである。悪意があって企画したなら大正解だが、きっと私が喜ぶと思ってこの人を呼んだのだ。

艶やかな金の長髪が眩しい麗人は、艶然《えんぜん》と微笑む姉の手を取り指先に口づけた。

「どうやら遅れてしまったようだ。サブロヴァ夫人、遅参をお詫びする」

「間に合ったようでなによりだわ、ライナルト。ローデンヴァルト侯はお元気かしら」

「元気にしておりますよ。本日は所用とのことで、夫人に会えず残念がっていた」

「わたくしの機嫌などとらずとも結構ですよ。王妃様の御用と比べれば、わたくしの用事など道端の石のようなものでしょう？」

「これは手厳しい。しかしながら夫人を思う気持ちは本当ですよ」

サブロヴァは側室になる姉さんに与えられた新しい家名である称号だ。ちゃっかり「私の事なんてどうでもいいんでしょう」なんて拗《す》ねた振りをして遊んでいる。

うわあ、面倒なのが来ちゃったぞ。

名前からお察しの通り、これが本来宛てがわれる予定だったもう片方の夫候補である。私と十も離れていなかったはずだが、実物を前につい恐れおののいた。

うわ怖い、やだなにこれ怖い。

観賞用ってレベルじゃなくて、顔の造形が神がかっている。体軀《たいく》からして鍛えているのは明白で、背筋も伸び佇《たたず》まいは凛としている。一人にこれだけの美貌を与えたのだから、神様は随分不公平がお好きなようだ。

男性は私に向き合うと、姉にそうしたように私の手を取った。あまりに洗練された仕草《しぐさ》だったから頬が紅潮したけれど「ひえっ」なんて声を出さなかったので及第点だ。

姉さんが「ま」と口元を扇子《せんす》で覆ったのが余計である。

「カレン嬢とお見受けする。私はローデンヴァルトが第二子、ライナルト。すでにお聞きだろうが、貴方の婚約者として紹介されていると思う」

指先に口付けされる経験なんて数回でよろしい。

彼は女性の赤面なんて見慣れているのだろうか。うっとりとため息を吐いてしまいそうな甘い笑顔を浮かべ、優しく話しかけてくるが、私は聞き逃さなかった。

婚約者ってなんのことよ。

もしかしてだけど、私がおじいちゃんを断って、こちらをオーケーすると思って返事しちゃってたのかな！　それは本家も頭抱えるしなにしてくれてるの馬鹿!!

あっはっは！　とヤケクソに笑ってやりたい気分だけどそうもいかない。

これ、本格的にまずい。

なにがまずいって、私の意向を無視しておじいちゃんの方を断る可能性が出てきたことだ。

痙攣《けいれん》する頬がばれぬよう俯《うつむ》いていると、姉さんと他称婚約者殿は盛大な誤解をしてくれたらしい。姉さんによってこの人に送ってもらう羽目になってしまったが、嫌とは言えない。ここでごねるのはただの恥知らずである。

別れ際、姉さんには「覚えてろ」の意を込めて微笑んだが、相手は「頑張って」と言わんばかりのスマイルだった。姉妹といえど所詮《しょせん》は他人なのである。

ライナルトの手をかりて馬車に乗るのだが、意外にも内装は簡素だった。椅子は革張りで多少固めの作り、無駄な装飾もなく実用優先の仕様である。

「カレン嬢は最近キルステンに戻られたとか。街の学校に通っていたと聞くが、そろそろ卒業を？」

「ええと、はい、そうですね……」

会話に困ると思いきや、ライナルトは話し上手だった。柔らかな物腰だし、私の年に合わせてくれるようで難しい話はしてこない。納得の美形だし、日本人の頃だったらキャーキャー叫び撮影していたのではないだろうか。選りすぐりの美形百選堂々の殿堂入り間違いなしの人物が自分の夫候補だなんて思いもしないのだから、他人事でいられる。

かくいう私は、相手の顔をろくに見もせず「はい」「ええ」「まあ」の使い回しである。相手の顔面にひれ伏したくなるのは事実だが、それよりもなによりも自身の置かれた状況を危ぶんでいたし、彼やローデンヴァルト侯の顔に泥を塗ろうとしているのである。かといって意志を曲げるつもりはなかったから、まともに顔を見れなかった。

相手の経歴に「婚約者から逃げられた男」なる肩書きをのせるのには、両手を合わせる勢いだ。

「カレン嬢？　うわの空のようだがご気分が悪いのだろうか」

「え、あ、はい。すみません、色々あったせいか、疲れが溜まっているようで」

キルステンに戻ってからはのんびり生活してただけだけど、そこはそれ。

結局家に帰るまでの間、私たちは会話らしい会話もろくにせず、なんともつまらない逢瀬を交わしたのである。

キルステンには姉さんから連絡が入っていたのだろう。父や兄さんも出迎えの態勢が整っており、ライナルトと挨拶を交わす始末である。兄さんはなんとか平静を装っていたけど、内心は嵐が吹き荒れていただろう。

お別れの際、私はライナルトに恭《うやうや》しく頭《こうべ》を垂れた。

「ライナルト様、送ってくださったというのに、ろくにご挨拶もせず申し訳ありませんでした」

「気にされる必要はない。これから互いを知る機会は何度でもある」

普通はそう考えるだろう。普通はね。

「……申し訳ありません」

麗しき婚約者（仮）と怖い護衛達とはこれでさようならだ。兄さんは「どうかな？」と期待の眼差しを送れど、どうもこうもあるわけない。私は早々に自室に籠《こ》もり、せっせと筆を走らせたのである。なぜならあれはもう、こちらが黙っていたら確実にあの人が夫になる。

それは困る。本当に困るのだ。

私の行動は早かった。手紙をしたためると、姉さんの耳飾りの片方を放り込み、相手方に郵送する手筈《てはず》を整えたのである。少ない荷物を纏《まと》め、朝焼けの花が開くと同時に「散歩」と称して庭に出た。

あとは時間勝負だ。庭の物置から梯子《はしご》をとって、塀を乗り越えた。降りる際に足首を痛めたけれど、呻いている暇はない。街中にくだると辻馬車を捕まえ、ある人の元へ直行である。

「え、なにそれ関わりたくない」

「私に騙されたってことにして！　うちにすぐ連絡入れていいから、お願い！」

ある人……唯一頼れる友人エルに頭を下げて小金を借りたのだ。辻馬車を雇って訪ねたのは、郊外に住まう母方の祖父母。彼らは孫の訪問にいたく驚いたが、姉さんの話が本当なら助けになってくれるはずである。「助けておばあちゃん」と某有名漫画の如く涙を零《こぼ》しながら祖母に抱きつき、第一段階クリアである。

「あの方とは婚約できないわ。私、辺境伯に嫁ぎます！」

超絶美形より六十過ぎの老人を選ぼうとする孫に彼らは困惑を隠せない様子だったが、相手が美しすぎるという点に祖母は同感してくれたようだ。祖父は納得いかない様子だったが、不義理をした孫娘たっての頼みというわけで、めでたく祖父母の了承を得たわけである。祖父母から実家に報告が行き、ここで第二段階クリア。

最後が私の送った手紙の効果発動である。

私は初めに用意した手紙を辺境伯に送っていた。中身は伯の元へ嫁ぐ用意があるというもの。姉さんからもらった耳飾りを添えたので、サブロヴァ夫人も了承済みであると偽装したのだ。言葉は悪いが既成事実を作り上げた。

後年、私はこの頃を思いかえす度に、つくづく首を斬られなくて良かったと思う。

私の手紙を受けた辺境伯から連絡が来て、キルステンは相当慌てた。皆の知るところとなったが、彼らが叱ろうとも私は「辺境に行く」の一点張り。辺境伯に恩があるキルステンは縁組を壊すわけにいかず、私は六十過ぎの老人に嫁ぐことが決定したのである。ミッションクリアであった。

もう色々怖くて実家には帰れない。朝焼けと共に去ったあの日の光景が見納めになるのだろう。

祖母の微妙な笑顔に見送られながら、私は満面の笑みで田舎へと嫁いでいった。相手方の名前はコンラート。私は十六にしてコンラート領、辺境伯カミルの妻になったわけである。

「いらっしゃい、カレン嬢。遠いところからよくいらしてくださった」

「はじめましてコンラート伯。どうぞよろしくお願いいたします」

ご老体は一応の笑顔で出迎えてくれたが、使用人しかり、全員が困惑を隠せない面持《おもも》ちだった。当然である。好き好んでド田舎にやってくる令嬢なんていやしないのだから。

さて。何故十六の小娘が六十過ぎの……正確には御年六十三歳のご老体を夫に選んだのかだが……。キルステンに対し反発心がなかったといえば嘘だが、それだけで人生を引き換えにするには微妙なところだ。だから理由は単純、私は私の目的を忘れていなかった。

おじいちゃんには申し訳ないのだが、この人が亡くなったら国を出る。その一心だけで辺境伯を選択させてもらった。

私は十四の頃に母に忘れられ、家を追い出された。実家に戻された地点がチュートリアルだったなんて誰が予想しただろうか。

これこそが、私の波乱に満ちた生涯の幕開けだったのである。

3 嫁いだ

――あの時、二つの肖像画を見比べながら考えていた。

頭の中では複数の自分が意見を出し合って、なにが私にとって有利に働くかひたすら検討した。

ライナルト。言わずもがな乙女たちが頬を赤らめ、うっとりとため息を吐き、羨望のまなざしを送られる絶世の美男。彼と婚約し、さながら恋愛小説の主人公ばりに花形をつとめるのは悪くない未来だ。お金もあるし都住まいの人だから生活に苦労はしない。なにより次男だから跡継ぎに男の子を望まれる可能性も低い。

次に辺境の田舎領主コンラート辺境伯カミル。昔は都に住んでいたが、何を思ったか田舎に隠居。かつては妻子もいたが、いずれも病気と戦で亡くしている。

最初にもたらされた情報はこれだけ。これだけで将来を左右されるとなれば、当然若いライナルトを取るのが若い娘としての行動だが、私の選定基準は単純だった。

ぶっちゃけ、お爺さんの方が先に死ぬ。

普通に考えればあと十年二十年は生きるだろうと考える。が、それはあくまで現代日本基準。この世界基準で考えると長生きしても七十がせいぜいだ。しかもこれは彼が貴族だからであって、市井《しせい》あたりになってくると允分致死圏内。

対してライナルトはまだ二十半ばであり、健康な成人男性だ。まだまだ長生きするだろうし、私とて夫の戦死を期待するほど非情じゃない。

要は、だ。私はこの国を出たい。ひいては他国を自由に歩き回りおいしい食べ物を満喫したい。ついでに文化の違いも見てみたい。

このあたり、やっぱり根っこは日本できままに育ててもらえた、生まれ変わる前の私が影響している。そりゃあファンタジーな世界、貴族と生まれ、お金に不自由せず、しかも働かず生きて良い環境は魅力的だ。……政略婚があるのは置いとくけど。

ともあれ、ともあれなのだ。

「ああ～……世の中世知辛いわぁ」

貴族の令嬢生活は、どうしようもなく「面倒」なのだ。

働きたくない、だらけたい、わがまま放題に遊びたい。けれど、それを続けるとどこかで「あれ？」と首をひねる自分がいる。元々ただの一市民なので大変気が小さいのだ。小さいんだってば。ほんとだって。

貴族に向いてない。実感したのは一人暮らしに入ってからだ。手紙の代筆といった小遣い稼ぎをしたことがあるのだけれど、自分の働きで得た充実感と食事は美味しかったのだ。

つまるところ誰かのお金だとか気にする必要なく、憚《はばか》らず自由に過ごしたいのである。もっと具体的に述べると人目を気にせず麦酒と一緒によく焼いた鶏の丸焼きにかぶりつきたい。扉の向こうで使用人が歩く音を気にせずぐうたらしたい。けれど貴族の令嬢にそんな無作法は許されないので、この望みを叶えるためには貴族を諦めるしかないと至ったのだ。

下手に自由だった頃の体験と知識があるのだ、社交界に出席し美容と教養に身を入れ使用人に気を配りつつ旦那の支えとなる生活なんて向いてない。私には荷が重すぎる。

なので、コンラート伯を選んだという次第だ。

嫁ぎ先は田舎だから人付き合いが必要だろうが、都ほど作法を気にしなくても良いはずだ。コンラート伯の人となりが多少不安だが、そのあたりはほとんど賭けである。祖父母の家に滞在中聞いた話では悪い人ではなさそうである。コンラート伯の人柄は後ほど述べるとして、ひとまず辺境までの道中を語らせてもらおう。

道中は私が派手にしないでくれと頼んだのもあり、ひたすら地味だった。

キルステンから送られた護衛に囲まれつつ、馬車数台分の荷物を伴って移動し、途中でコンラート伯の衛兵とも合流し、ようやく一安心だ。

コンラート伯の統治する領地は……こう、ひたすら地味だった。移動する間は景色を見ていたが、娯楽は何もなさそう。途中、畑から一同を見上げる農民が目を丸めていたくらいか。超絶ド田舎、もとい牧歌的かつ長閑な土地に向かっている実感が増していく。

森と草原を抜けゆるやかな斜面を登った場所に、コンラート領の要となる館はあった。予想より標高が高く、周りは木々すらないため風が強い。人家の周りはすべて塀で囲まれていて、一見殺風景だが、物見からの見渡しは抜群なので賊の侵入は難しそうである。

私の想像する辺境領が、緑に囲まれた長閑な田舎町ってイメージだったせいかもしれない。田舎の領にしては、思ったよりがっしりしっかりした戦闘向けである。

同席していたお祖父さまに質問すると、こんな回答だった。

「お祖父さま、こちらの領は随分物々しいのですね」

「ここは隣国との境界が近いからね、侵入されてしまえば真っ先に被害に遭うのは間違いない。隣国に異常がないか伯は報告をする義務があるし、なによりご自身の領民を守るためだろう」

「へー……すごい方なのね」

「お前はもうコンラート辺境伯夫人なのだから、夫を支える者として勉強せねばならないよ」

「お祖父さまは心配性ねー」

「心配もするさ。お前が、今度はもっと遠くにいってしまうのだから……」

「やだわ、恨んでないって言ったじゃありませんか」

「その軽々しい態度も人前では改めなさい」

孫娘に言い聞かせる祖父だが、その表情はどこか苦々しい。孫が自分と同世代の相手に嫁ぐなんて、卒倒ものだろうからなぁ。それでも送り届けてくれたのは、孫をキルステンから追い出してしまった負い目があったからなのだろうか。

馬車が門に近づくにつれ、周りが騒がしくなってきた。馬車が止まると、装飾の少ない実用一辺倒の門が開く。再び馬車が揺れだし、結構な時間を掛けて移動し終えると停止する。

「旦那様、準備が整いましてございます」

先に出るのはお祖父さまだ。私はその間に髪や衣装の崩れを直し、にっこり笑顔の練習を試みる。今回の婚姻にあたり私は侍女の同伴を断ったので、自分の世話は自分でしなくてはならない。

お祖父さまにはしつこく粘られたのだけど、こちらで侍女を見つけるわって譲らなかったのだ。

やがてお祖父さまに呼ばれると、それはもう精一杯の猫をかぶって出て行くのだ。お祖父さまが手を差し出してくれているので、掌を乗せ、早すぎない速度でゆっくり降りていく。ただし、この段階ではまだ声を出さないし相手の方は見ない。

「コンラート伯、こちらが孫のカレンだ。……よろしく頼む」

「いらっしゃい、カレン嬢。遠いところからよくいらしてくださった」

「はじめましてコンラート伯。どうぞよろしくお願いいたします」

伯とお祖父さまは知り合いなのだろうか。ともあれ、お祖父さまから紹介を受けたので俯きがちだった顔を上げて、伯を含む使用人の皆さんを視界に収める。

うん。やはりというか、結構な大人数でいらっしゃる。これ二十は軽くいるかな？　なんなら背後からもざわめきがしているし、塀の方によじ登ってこっちを見ている領民の方々もいる。

まあ、好き好んで田舎のお爺さんに嫁いでくる若い娘なんて格好の噂の的だろうからなあ。

余計な意識はポイ捨てして、中央に佇むご老人に微笑んだ。ぱっと見だけど、柔和なおじいさんという印象。やや痩せ型でふさふさの白髪に、ちょこっと蓄えたひげが威厳付けに一役買って……いるかなあ？　とても優しそうな人で、ひげが無ければもう少々若く見えるはずだ。

コンラート伯は私に手を差し出す。ここで私がお祖父さまから手を離し、手を重ねて挨拶は完了だ。

「長旅で疲れただろう。ひとまず部屋で休まれるとよろしい」

お祖父さまと伯はしばしお茶を共にするそうだ。私を案内してくれたのはいかにもベテランって感じのおばさまと、同い年くらいの使用人さん。後者は年齢が近い子を探しておいてくれたのだろうか。その子が私付きの使用人になってくれるそうである。

田舎と連呼したけど、使用人さんのきびきびした感じを見ると、ただの辺境領地ではなさそうだ。

「奥様の部屋は旦那様の部屋から三つほど離れております。こちらにいらしたばかりでまだ慣れていらっしゃらないでしょうから、時間をかけていただきたいということで……」

「お気遣いありがとう。……わあ、部屋も広くて綺麗ね」

「若いお方のお気に召すかはわかりませんが……」

「変にごてごてに飾られるよりよほど良いです。過ごしやすそうでよかった」

ベテランさんの「若いお方」あたりのニュアンスが微妙だったが、あえて無視である。部屋に乗り込んで窓を開くと、レースのカーテンを揺らしながら風が流れ込んだ。

コンラート伯の屋敷は広めの三階建てで、中庭を囲むコの字型の建築だ。領主含む家族が三階。二階は客室が主となり、一階が食堂や居間、書斎といった部屋となる。使用人は一階から二階にかけて部屋があると教えてもらった。

「詳しい点は追々、こちらの者に確認くださいませ。ひとまず、今日のご予定ですが……」

女の子は緊張の面持ちで一礼。部屋をぐるりと見渡しながらベテランさんの話を頭に叩き込む。

部屋は飾り気が足りないんじゃ無いかと思うほど質素！　けどそれがいい！　嫁いできた娘にあて

がうにはいささか地味、いや朴訥《ぼくとつ》すぎて、普通なら不満を垂れるかもしれないが、よくよく見れば調度品はほどよく年季が入っており、意匠も凝っているので、決して安物ではない。派手さはないが花瓶一つからしても趣味がいい。

「良い部屋ね」

感じたままに呟くと、女の子はきょとんと目を丸めていた。ベテランさんもやや驚いたようだが、説明を止める気配はない。

「婚礼の儀ですが……ご親族の到着が遅れているのもあり、本日は奥様方と旦那様のみの会食となっております。お気を悪くされたのならば……」

「構いません。親族の心中を思えば無理もないもの」

非常に言いにくそうだったが、こちらがあっさりと頷いたので驚かれた。……流石にそのくらいはわきまえてますって。そうそう歓迎されるわけないだろうってくらいは。

ついでにこの婚礼、新妻のために行われるであろう婚姻式もない。それもこれもぜーんぶ私が後妻として入るためである。親族を集めてパーティーくらいしてもよさそうだが、それもないのだから拒絶反応を示した親族がいたんだろう。到着が遅れているというのも誤魔化すためじゃないだろうか。

もとより強引に通した話なのだから、そのくらいは想定してしかるべきだ。

「それより、よければお茶をもらえませんか。……長時間揺られっぱなしで、もう喉がからから」

「あっ……す、すぐ用意します」

「ニコ、そう慌て……まったく……」

慌てて出ていく女の子をベテランさんが呼び止めたが、気付く様子もない。これにはベテランさん、もといヘンリック夫人もため息である。

「教育が行き届いておらず、申し訳ありません」

「元気があっていいですね。それはそうと、ヘンリック夫人も、これからよろしくお願いしますね」

「はい、こちらこそよろしくお願いいたします。都ほど洗練されたおもてなしはできませんが、奥様が気持ち良く過ごせるよう努めさせていただきます」

「ありがとう。私も知らないことがたくさんあるから、いろいろと教えてもらわなくてはなりません。夫人を頼りにさせてもらいますね」

夫人はコンラート伯の家令と並び、館の顔役である使用人だ。ニコと呼ばれた私付きの使用人も合わせ、皆の面倒を見ているらしい。

……ま、いまはあれだ。

おそらく想定と違ったお嬢さんが来て、夫人は面食らっているのだろう。澄ました装いに多少のとまどいを感じたが、そこは美少女スマイルで適当に流す。

そうそう、今更だけど私の容姿は美少女に分類される。あの絶世の美形ライナルトには及ばない事実はともかく、日本人だった頃より数万倍は可愛らしいと自信をもって言える。なぜならキルステンは何代も続いた家柄。えり好みが可能な貴族が掛け合わさってできた血筋、そりゃあ美人も生まれやすい。

「さてと、これからどうしようかしら」

夫人には聞こえないよう呟いた。窓は出窓となっており、庭を見渡せるようテラス席も設けられている。実際そこからの景色は美しく、柵すら越えて領地を見渡せるようになっていた。

「奥様の部屋が一番景色の良い部屋ですよ」

「本当に良い景色。さっきは緑が少ないって思ってたけど、向こうはすごく広い森があるのね」

「山師たちの狩り場ですね。ただ、その更に向こう側は切り立った崖になっています。さらにその奥をこえてしまうと、隣国の領内に入ってしまいますね」

「行くのは禁止されてる?」

「いいえ、途中の湖までは領の者もよく行きます。春から夏にかけては大丈夫ですよ」

館も警邏《けいら》がいないわけではないらしい。衛兵に加え帯刀した人影がちらほら見受けられる。新しい違和感、新しい住人にちらほら視線を差し向けられているが、彼らもそのうち慣れるだろう。

「本当に良い部屋ね。すごく綺麗」

感慨深くなりながら、森の方を眺め続ける私を、夫人はどう思っているのだろうか。

……さて、辺境に逃げ切れたからといってこれで終了ではない。私にはまだやるべき事が残っており、ここで思考停止はできないのである。

それになにより、直近でどうにかしなくてはならない問題がある。これはかりはあれこれ考えを巡らしても、相手次第なのでどうしようもない問題。

ずばり初夜。

えーわたし子作りなんてわかんないこわーいやだー。なんて誤魔化すほど馬鹿じゃない。やってもいいけど、それやったらただの間抜けである。今後のイメージや活動においてあまり間抜けで通すと後々疲れる、という点や私の性格に鑑みて、お馬鹿さんを通すのはキッい。

いざとなれば覚悟しているが……。できれば避けたいのだけどなあ。コンラート伯が話が通じる方であればいいけど、これぱっかりは運次第。

とりあえず情報収集といきますかねと背伸びしたところで、ガチャリという音と共に私の使用人、ニコが戻ってきた。

「お、おおお待たせしました！　お茶でございまひゅ」

噛んだ。

夫人は苦虫をかみつぶしたように眉を顰《ひそ》めるが、その場で叱るわけにもいかないようである。ニコも耳まで顔を真っ赤に……私は素知らぬ顔で彼女の名誉を守る方を優先した。喉の渇きを癒やしてからじっくり質問していこうではないか、と席に着いたところで「あっ」という声がする。

「ぎゃあ!!」

お世辞にも可愛いとはいえない声をあげたニコがすっころび、茶器類が宙を舞う。誰も彼も即応なんてできず、中身のお茶ごとあたりにぶちまけられた。その一部は私の腕にかかり、咄嗟《とっさ》のことに服を剝がそうとするも、ぴったりくっついてる型の服なんだよね。これ。

「ニ……奥様っ⁉」

「いたた……あ、おくさ、あ、あああっ⁉」

夫人の驚愕とニコの悲鳴が室内に響き渡る。

額に浮かぶ脂汗と痛み出した腕を押さえながら、面白い初日になったなあと頭の片隅で考えていた。

火傷を負った私を治療しに駆けつけてくれたのは女医だった。四十代程のふっくらとした女性で、名前はエマ。とりわけ美人ではないが愛嬌のある顔立ちだ。桶《おけ》に汲んだ水に腕を浸す私を見て驚いたが、すぐに立ち直ると鋏《はさみ》で布地を裁ち治療に移った。

「しばらく痛むでしょうが、痕になることはないでしょう。塗り薬を作りますから、あとで息子に届けさせましょうね」

痕が残らないと聞くと、私よりも夫人が胸をなで下ろした。

「ああ、よかった！　ありがとうエマ……！」

「とんでもない、夫人の処置が早かったおかげですわ」

「いいえ。それは奥様が対処なさいました。すぐに水を汲むよう指示されましたので」

エマ先生、正確には薬師らしいが医師の心得もあるようで、コンラート伯付きということで職を得ているようだ。夫人とも親しいようで、気安げな笑みを浮かべている。

「火傷はまず患部を冷やすのが重要です。よく知っておいでてしたね」

「本で聞きかじった知識ですが……」

「知識は重要です。そしてそれを活かす機転もね。いったん痛み止めを塗りましょう」

腕は変色し水ぶくれを作っている。空気に触れると途端に痛み出したが、手ぬぐいで包むように素早く拭き上げ、取り出した軟膏をさっと腕に塗りたくる。

「いっ、た」

「いまはすこしだけ堪《こら》えてくださいましね」

触られると痛いが、我慢できないほどじゃない。緑色のでろっとした軟膏は薬草臭く、おまけにざらざらしているから針でチクチク刺すような痛さがしみる。薬が効けば痛みが引くと信じ、包帯を巻き終わるまで奥歯を噛んでいた。

「ありがとうございます」

「いいえ、若いお嬢さんに大事がなくてよかったわ。もう少ししたら痛みも引きますからね」

様子見に留まってくれるようだ。私も痛みから気を逸らせるからありがたかった。

「先生は貴族出身のお医者様ではありませんよね？」

身ぎれいにしているが、着古してこざっぱりとした服装といい、お金をかけている様子がない。日焼けした肌も健康的だし、貴族ではないのだろう。私の質問にも恥ずかしそうに笑って答えた。

「気に障りましたら申し訳ありません。こんな田舎ですから、都から医師を招いても居着きにくいのです。カミル様が薬師の心得があった私に声をかけてくださって、それ以来、僭越《せんえつ》ながら医師の真似事を……」

「奥様、彼女の腕は確かです。領の者からも慕われておりますし、都のお医者様の教えも受けております。真似事ではなく、いまでは立派な医者ですよ」

夫人が慌てたのは、都、とやたら強調するのに関係あるのだろう。勘違いさせたのは申し訳なかったが、当然私の本意ではない。

「そうじゃなくて、どこで勉強したのか知りたかったんです。誤解させたのならごめんなさい。出自を気にしているわけじゃないから安心してください」

毅然としていたヘンリック夫人があからさまに狼狽《うろた》えるのだ。この人達はよほど仲がいいのだろう。

しかし初対面時の反応といい、もしかしてとんでもなく気位の高い、世間知らずの癇癪《かんしゃく》玉がやってきたと思われていたのだろうか。額に滲《にじ》む脂汗に気持ち悪さを覚えていると、エマ先生がハンカチを取り出し額の汗を拭ってくれた。患者の前だときびきびとしていたが、治療を終えるとおっとりお母さんといった印象だ。

「それにしても、綺麗なお部屋が大変ね。初日から災難だったんじゃないかしら」

「掃除はすぐに終わらせられるわ。それよりも……」

ニコはどこにいったのだろう。青い顔でぐずぐずと泣いていたから水を汲んでもらったのだけど、途中から姿を見かけない。

「夫人、ニコはどこに行きましたか？」

「あの子でしたら、旦那様の元へ行っております」

途端、夫人を纏う空気が教師然としたものになった。きゅっと眉根を寄せ、目元がつり上がった様子からしてニコはお叱りを受けているのだろう。やってきたばかりの花嫁に火傷を負わせたのだ。しかも今日はお祖父さまも同席しているし、コンラートなりの面子もある。

「あとでお菓子でもあげといてくださいな」

「お菓子、ですか」

「反省していれば、ですね。……反省しているでしょうけど、きっと相当絞《しぼ》られるでしょうから」

私に火傷を負わせた際の、ただ泣くだけの役立たずっぷ……狼狽《ろうばい》の激しさを考えれば、緊張の末のドジであるのは明白だ。あれが演技だとしたら主演女優賞もの。落ち込むところに追い打ちをかける趣味はない。

「次は気をつけるよう言っといてください」

私も痛みと汗のダブルコンボで丁寧を心がけた態度が若干《じゃっかん》崩れてしまっているが、痛いものは痛いし、『若干』程度で済んでいるから及第点である。三十路の私だったら火傷に氷嚢《ひょうのう》を当てて、机に倒れ込み死んだ顔してるところだ。お行儀良く座ってるだけでも偉いと内心褒めちぎる。

「わかりました。……では、そのように伝えてまいります」

「あとで言ってもらえればそれでいいですよ」

夫人は慌ただしく部屋から出て行ってしまった。そんなにせっかちにならなくても良いだろうにと、あっけにとられる私に、エマ先生が教えてくれる。

「奥様はニコを首になさらないのですね」

……あ、そうか。

いけない、また日本一般市民基準で考えていた。

使用人が主人に傷を負わせたのだ、情があるならともかく初対面時にこれは大失態。所属を離されるか、職を奪われても仕方ない。使用人の失態に鞭を振るう貴族は少なくないからだ。

「大事なかったのですし、それだけで職を奪うのは酷《こく》でしょう」

「お優しい方で嬉しく思います。ニコの両親は、わたしの友人でもあります。あの子も少しあわてんぼうなだけで、悪い子ではありませんから……」

なるほどなるほど。となると、やはりあの娘を叱らなくて正解だったのだろう。やるつもりはなかったけれど、この領で慕われている人物の機嫌を損ねるのはよろしくない。

「そういえば先生はすぐ駆けつけてくださいましたけど、近くにお住まいなのですか?」

伯付きといえど、館に住んでいるわけではあるまい。素朴な疑問だったが、エマ先生はそれまで浮かべていた笑みを強ばらせ、高めの声で何度も頷いた。

「た、たまたま近くにおりましたの。庭師のベンが怪我をしたと聞いて!」

「あちこち駆け回るのは大変ですね。おかげで私は素早く治療してもらえましたが……」

「ほんと、偶然ですがよかったですわ。あ、そうだわ、軟膏ですが、帰ったらすぐに作りますので、夕方頃にはお届けしますね」

「本当にありがとうございます」

エマ先生がお茶のお代わりを用意してくれて、腕の痛みになれだした時、部屋の扉をノックする人が居た。どうぞ、と声を掛けると入ってきたのは私と同い年くらいの少年だ。

この子が誰なのかはすぐにわかった。やや着崩したシャツに、履き古したズボン。やはり貴族ではないが聡明そうな相貌がエマ先生にそっくりなのである。男の子は唇を真一文字に結んだ緊張の面差しのまま、視線は私を素通りしてエマ先生を見つめる。

「母さん」

「あらスウェン、いったいどうしたの」

エマ先生が席を立ち、息子に駆け寄った。何故か青ざめているが、その理由は一目瞭然である。

「いつまでそんなところにいるのさ、こっちも用事終わったんだから早く戻ってきてよ」

「スウェン！」

エマ先生のご子息と思しきスウェン少年、どうやら私が嫌いなようである。挨拶どころか露骨に敵《かたき》を睨み付けるような表情は苛烈で、殺してやりたいと憎んでいる。

けれど私とこの子は初対面だ。嫌われる理由がわからないので、ひとまず様子を窺っていると、母が息子を叱りつけた。

「あんたなんて失礼な態度を！　こら、カレン様に謝って挨拶なさい！」

息子の前では母親の顔になる。むくれる少年の頭を摑み、力尽くで頭を下げさせるようだった。

「だって、だってさ……」

「だっても何もありますか！　……申し訳ありません。この子はわたしの一番上の息子です。普段はこんな失礼な子じゃないんですが！」

こっちが申し訳なくなるくらいの様子なので、怒ってないのアピールのために苦笑いで対応する。

「事情はわからないけど、怒ってないですから。それより用事があるなら戻って大丈夫ですよ」

「本当にすみません!!　よく言って聞かせます」

息子がこんな態度だから、彼女もこれ以上滞在するわけにはいかない。子をひきずるように退散するのだが、出て行く間際、少年がチラリとこちらを見たのでひらひらと手を振っておいた。

……睨まないでほしいなあ。

二人が出て行くのを見届けると、隣室のベッドに腰掛けた。これがキルステンの家なら入れ替わりで使用人がやってくるのだろうが、ここに人的余裕はないらしい。おかげで一人ゆっくりできる。

やはりすんなり受け入れてもらえるわけではなさそうで、ほう、とため息をつきながら包帯が巻かれた腕を持ち上げた。

こればかりは時間をかけて受け入れてもらうしかないだろう。

「いやー……さっそく性格を摑めたのは怪我の功名ね」

どたばたするだろうから、伯がよほどの好き者でない限り夜はなにもないだろう。この日は会食だけと夫人から伝えられ、お祖父さまと私と伯とで食事になった。普段使っていなさそうな部屋で老人二名プラス若い娘。私はほとんど聞き役だったが、お祖父さまもコンラート伯も話し上手なため飽きはしなかった。ほとんどが若い頃の武勇伝ではあったけれど、夫となる人が「悪い人となりではない」と知れたのが一番の収穫だっただろう。事実、この日の訪問はなかったし、ぐっすり寝ることができた。

ニコは丸一日戻ってこなかったが、朝になると涙目の訪問と謝罪を受け、これを了承。改めて自己紹介して主人と召使いの関係となった。

「えと、奥様。旦那様なのですが、伝言を預かっています」

朝の着替えは、余程じゃない限り一人で着替えられるので手伝いを断わっている。代わりにお茶を淹れてもらっているのだが、少女は言い辛そうに視線をそらしていた。

「本日は奥様のお祖父様を見送った後はお出かけだそうで、明日まで帰ってこないそうです」

「あ、そうなの。わかったわー」

お祖父さま、三日は滞在する予定じゃなかった？

朝食の席になると、伯とお祖父さまの間に流れる空気が悪い。お祖父さまは怒り心頭といった様子で、伯はやや身を縮こまらせて座っている。これじゃどっちがこの家の主人かわからない。

「カレン、私は急用ができたのでキルステンに行く、お前はもう数日世話になりなさい」

「わかりました。お気を付けていってらっしゃいませ」

もう数日ってなんだ。それじゃ数日しか世話にならないみたいじゃない。

とはいえ、ここで怒りを堪えているのは私に聞かせたくない事情があるからなのだろう。食事を終えるとお祖父さまは都へ向かい、私はコンラート領に一人である。薬のおかげですっかり痛みも引いたし、いまは健康そのものだ。

「お、奥様。あたしでよければ話し相手になりますがっ」

「ありがとね。ひとまず、館のことが知りたいかな。自分の住むところだもの」

伯も出かけるし、夫人も私の相手ばかりしていられないから、話し相手は自然とニコになる。いろいろ知りたい気持ちはあるが、二日目にして根掘り葉掘り聞いても口を割ってくれないだろう。

「とりあえず、中から庭までぐるっと歩いてみようかしら」

外は難易度が高すぎる。館内ならばと提案したら、ニコはほっとした様子で笑みを浮かべた。

「それじゃ各お部屋について説明させていただきますね！」

「お願い。昨日は大雑把《おおざっぱ》にしか聞いてなかったから」

自室から出て上から下へと館内を行き来すると、すれ違う使用人さんが慌てて頭を下げる。慣れていないのは一目瞭然で、おそらくこの領は伯と民の距離が近く、堅苦しい挨拶とは無縁なのだろう。家令とヘンリック夫人以外は、いかにも教え込まれた！　といった風にぎこちない。

「あの、奥様。みんな堅苦しいですけど、都の作法にとまどってるだけなので……」

「大丈夫よ、気にしてるわけじゃないから。本当は作法とかもいらないのだけど」

ニコは多少ぽけっとした部分があるが、人の気持ちを読むのに長けている。私が何も言わずとも、それとなく話しかけるタイミングが上手いのだ。

「ねえニコ、あなた私のお祖父さまが怒っていた理由を知ってる？」

「へっ？　……い、いいえ、いいえ！　なにも！」

……ここまでわかりやすいと逆にありがたいなあ。

さーてどうしたものかと二階、一階と探索を終えて庭に出る。ここに植えられているのは見栄《みば》えのいい花々だけではない。いくつもの野草が連なっており、学校でもお目に掛からない品種だったから、膝を曲げて見つめていると、ニコが嬉しそうに教えてくれる。

「それはですね、エマ先生がお薬を作るのに必要なお花なんだそうです。なんでもご自宅で栽培するだけじゃ足りないそうで、それなら手を貸そうって旦那様がおっしゃったそうです」

「ここで栽培できるからみんなに行き渡ってるのね。先生も伯も領民のこと考えてるのね」

「はい！　どちらもすごい人です。みんなお二人が大好きなんですよ！」

ニコの溌剌《はつらつ》とした声は、二人がどれだけ好かれているのかを物語っている。

顔を上げると、麦わら帽子を被った庭師のおじいちゃんが心配そうにこちらを見ており、私と目が合うと急ぎ目をそらした。

……ほおぉぉ？

いやいやでも判断材料が足りない。一日ちょっとで判断するなんて早計すぎる。

もう少し散策しようと立ち上がったときだ。庭にやってきたのは、私を嫌うスウェン少年である。昨日と違うのは、彼が一人じゃなかった点だろう。十歳くらいの男の子の手を引いており、その子の容姿はエマ先生にそっくりだ。

スウェンはこちらに気付くとむっと眉を寄せたが、まっすぐこちらへ向かってくる。サーチ対象からわざわざ来てくれるなんてありがたい話じゃないか。

「おはよう。今日は兄弟で散歩？」

さあて鬼が出るか蛇《じゃ》が出るか、やってみようじゃないのと話しかけたにも拘わらず、スウェンはこちらを無視するようだ。エマ先生に何か言い含められたのだろうか、怒りをぐっと堪えつつ、私を視界に入れないように顔を逸らす。たった二日目なのに、とんだ嫌われようだ。

「兄ちゃん、この人は誰？」

「見るな。喋っちゃいけない人だ」

「わ、酷い。私たち昨日が初対面でしょう。話しかけただけなのに、あんまりではない？」

「お前みたいなやつと話す理由なんてない。このぶ……」

ブス、もしくは不細工って言おうとしたのだろう。スウェンは改めて私の顔を見たところで怯《ひる》み、悔しそうに顔をそらした。私の顔面の勝利である。

「ねえ、別に嫌うのは構わないの。だけどあなたに嫌われる理由がわからない。せめて理由だけでも話してくれない？」

「嫌だ」

さすが微妙なお年頃。話が通じない。弟くんを引っ張り足早に去ってしまったわけだが……。

「ニコ」

「は、はいぃ」

「あなた、あの子が私を嫌う理由はご存じ？」

勢いよく首を横へ振る。視線を庭師にずらしてみても、こちらも露骨に顔を背けられた。守衛らしき男性も遠巻きに見てくるだけで頼りになりそうにない。

「……まあ、まだ二日目だものね。急《せ》いては事をし損じるというし」

職場といった新しい環境に慣れるのは三日目、次に一週間、人となりが見えてくるのが一ヶ月で慣れるのが三ヶ月くらい。一月《ひとつき》くらいどうっていうことないが、お祖父さまの反応が不安である。なお数日で帰るつもりはない。

館の者に挨拶をしながら世間話を振ってみたところ、コンラート伯カミルの人柄はわかった。噂で聞いたとおり、おおむね良好というか領民に愛されている。国から示された以上の税は課さないし、領民の声にも耳を傾け、田畑を荒らす獣への対応にも余念が無い。エマ先生といった医者以外にも出資している医師や芸人がいるようで、特に後者は定期的にコンラート領を訪ねて公演しているからほどほどに娯楽も与えているようだ。過去においても多方面に出資しており、いまなお交流がある貴族も多い。キルステンもその縁で繋がりがあったのだろう。

領主として当たり前の政かもしれないが、その当たり前が難しい貴族が多いのである。特に辺境ともなれば都の目も行き届かず、たとえ勇気を振り絞って告訴しても途中で握りつぶされるパターンも少なくない。重罪にならない範囲の私欲を満たす領主は多いし、告訴に失敗すれば公認の村八分だ。そんな話を学校時代、実際に地方から逃げ出してきた学友に教えてもらった。

このあたりはどんな世界も一緒、万国共通の悩みなのだろう。特にこちらは電話やネットなんて便利なものはないのでさらに逃げ道がない。魔法なら遠くの人と会話できる便利ツールもあるらしいが、基本そんな便利道具はないのが前提である。

それからは二日目、三日目とコンラート領について学んだだけだ。伯は忙しいからと新妻の部屋を訪れることなく、私は早寝早起き超絶健康優良児の毎日である。

これが想像以上に暇で、余所の噂に目を輝かせるおばさま方の気持ちがわかってしまったくらいだ。精神年齢的に洒落にならないため、早急に暇つぶしを見つけなくてはならない。

移住四日目、火傷の存在を忘れてしまった。包帯も取れたし、痕も残っていない。

あいかわらず毎日平和で、ニコは毎朝挨拶に来る。どこに行こうとついてこようとするので、具合が悪いと言って横になった。もちろん嘘なのでこっそり部屋を出て、目星を付けておいた部屋に突入。

本を読みつつ使用人の噂話に聞き耳を立てる。隠れ続けるのは案外心労が募るので、二度とやりたくない。なお、私を探していたらしいニコに泣かれたので言い訳が大変だった。

五日目、お祖父さまから手紙。その内容と使用人の会話から状況について確信を得た。

六日目はエマ先生がこちらに来ていると聞いたので、いよいよ「話し合い」である。

「お忙しいところごめんなさい。お二方、ちょっとよろしいでしょうか」

家令や護衛さん達が止めてもひるまず特攻である。コンラート伯とエマ先生は真剣な様子で、驚きつつも私を通してくれたので、笑顔で切り出した。

「こうしてお二人の時にお訪ねしたのです。何を話したいのか、すでにおわかりかと思います」

ここで家令ウェイトリーさんと使用人頭ヘンリック夫人のリアルスキル「空気を読む」が発動である。秘書等は素早く撤収、私たちは商談向けの狭い一室に通された。

コンラート伯、エマ先生が並び座れば、二人の方がよほど夫婦らしい。向かいに座った私がコンラート「夫人」ではあるけれど、並びはこれでよかった。夫人がお茶を注ぐと、伯が口を開く。

「それで、話とは何だろうか」

「切り出しが悪かったのは申し訳なく思います。ですが喧嘩をしにきたわけではないですので、固くならないでください。私はエマ先生やスウェンに怒っているわけではありません」

私が訪ねた時点で予測がついていたのだろう。二人は深くため息を吐くのだが、特にエマ先生は天に祈りを捧げるような面持ちだ。

「ごめんなさい。隠すのは悪いと思っていたのだけど、どう切り出せばいいのかわからなくて……」

「公然の事実だったのですから言ってくれてよかったんですよ？」

「……私は平民よ。立場的にも、貴女を蔑《ないがし》ろにするわけにはいきません」

「下手をすれば私の機嫌を損ねてスウェンの身が危ういと……ごめんなさい、意地悪な言い方をしました」

「カレン嬢。エマやスウェンに関しては私に責がある。彼女は正式な妻ではないが、隠し立てもせずいたのでね。長年それでやってきたものだから、すっかり呆《ほう》けてしまったよ。当然キルステンも知っている前提で相手をしてしまった」

「お二人に他意がないのは承知しております。これはどちらかといえば、調べてなかったというか、私に教えなかった人たちの問題でしょう」

この縁談を仕組んだ人、本当に知らなかったのかなあなんて疑問はともかく、怒っていないよ、とポーズも込めて苦笑いを作った。

さて、もうおわかりかと思うが改めて説明しよう。

エマ先生はコンラート伯カミルの内縁の妻、スウェンとその弟くん……は、どうか知らないが、少なくともスウェン少年は二人の息子である。

「うちのお祖父さまが怒って戻ってしまったのは、お二人の件ですよね？」

「その通りだ。すでにご存知だと思い話をしたのだが、まさか知らなかったとは……」

「私はなにも聞いてませんでした。あの様子では、お祖父さまも知らなかったのでしょう」

「彼には申し訳ないことをしてしまった。初日は、内縁の妻と息子がいるがよろしいかと改めて確認をさせてもらったのだが、聞いた途端席を立ってしまわれた」

「……まあ。ところで私たちが知らなかったことが意外なご様子でしたが、だれかに話を？」

「キルステンの本家、ダンスト家は知っているはずだ。先方からの申し入れだったからね、すでに妻がいると説明し一度は断らせてもらったのだが、内縁の妻よりはと君を勧められた」

わーお、ご本家がやらかしているのか。

他にも話を聞いたが、本家の押しが強く、上手い断り方を探しているうちに私がノリノリで来てしまったのだ。

「陛下のご側室の妹君となれば、断るにも慎重にならざるを得なくてね」

お祖父さまは本家伝いに話を聞いていたから行き違いが発生したのだろう。当日知って大爆発。急な婚約だとこんなドタバタが起こるのである。

事情はわかった。そのためここからは個人的な、さらに突っ込んだ話になってしまうのだが。

「あの、そこのお二人に外していただくわけにはいかないのですね?」

「ヘンリック夫人にウェイトリーは信頼できる人物だ。ここに住む限りにおいて、私とて彼らに隠し事はできないよ」

「わかりました。その判断に否をとなえるつもりはございません」

夫人と家令の同席も、あくまで確認だけだ。二人も壁際で静かに息を潜めているし、しばらくこの二人の存在は考えないものとする。お茶を一口啜り、唇を潤して本題に移った。

私は二人に謝らねばならないのである。

「まず、お二人には謝罪を」

「謝罪、とは……」

「もちろん、エマ先生という伴侶がいるにも拘わらず力任せで嫁いできたことです。コンラート伯が長い間独り身であったと伺った時点で、考えられない可能性ではありませんでした。これは私が浅慮《せんりょ》であったとしか言い様がありません」

心からの言葉だった。身分違い故に籍を入れられなかったとはいえ、子供まで作ったのだ。ましてコンラート伯もいい歳なのだから、お互いとっくに夫婦のつもりで過ごしていただろう。そこに小娘が嫁いできたとなれば心騒がずにはいられない。エマ先生の本心はどうあれ、そんな私に対して悪心を起こさず笑顔を振りまいた心根は、彼女の人となりを証明するだろう。私であれば、同じように笑顔でいられるか定かではない。

「それは……彼女のことを知っていたのなら、嫁ぐつもりはなかったということかな」

「いいえ、迷いはしたでしょうが……やはり同じ選択はしていたでしょうね」

これは変わらない。あのライナルトを選んだ場合、ほぼ詰み確定である。

私の様子に訳ありと悟った伯は髭を撫で、エマ先生は驚きに目を見張っていた。

「お詫びした上で、私はお二方にお願いしなくてはなりません。どうか、あと三年……いえ、一年でもいいのです。私をコンラート夫人としてこちらに置いてもらえないでしょうか」

もちろん子は望まない。財産が欲しいわけでもない、伯の後継としてスウェンを望むのであれば、喜んで公文書にサインをしようとも告げた。

「その、出て行くときには、しばらくやっていけるだけのお金を都合していただけると……」

「出て行く、ですって」

エマ先生が驚愕の声を上げるが、彼女の懸念はわかっているつもりだ。

「そのあたりについては、そちらに迷惑がかからないよう理由を考えるつもりです」

「お待ちなさい、カレンさん。私には貴女が何を言っているのかわからないわ」

驚きのあまり素になっているようだ。対してコンラート伯は何か考えるように瞳を沈めていたが、顔を上げると私をまっすぐに見つめた。それは私人というよりは公人としての貌《かお》である。

「実を言うと、貴女との縁組を持ちかけられてから、人手を使って調べさせていた」

「あなた？」

十六の小娘が自ら嫁いでくるなど不思議だっただろうし、調べなかった方がおかしいだろう。彼女の様子を鑑みるに、伯は裡《うち》に留めておいてくれたようだ。

「……はい。では、キルステンの醜聞もご存じですよね」

「そちらは有名だったからね。これを他の者に話して良いのか迷っていたが……」

「構いません。というより、エマ先生にも知ってもらった方が話が進みます」

コンラート伯は私に関する噂を語り出した。キルステンの奥方が記憶を失い、真ん中の娘の存在をすっかり忘れ去った。それに伴い娘を家から追い出し平民に落としたが、姉が国王の側室になったのをきっかけに再び家に戻された話を。

その間、周囲をそっと窺ってみたのだが、どうやら家令のウェイトリーさんは事情を知っていたようだ。ヘンリック夫人は……カッと目を見開いてるあの表情から察するに、知らなかったのだろう。

「そこで何故か私との縁組が浮かんだようだが……」

「そこなのですよね。おそらく遠くへやってしまいたかったのだと思いますが」

コンラート伯との縁組は嫌がらせにしか思えないが、本意は本家にしかわからない。本家は私がありがたがって話を受けると思っていたのだろうが、姉さんが原因でより良い殿方との話が持ち上がってしまった。ボタンの掛け違いが発生したのだが、私にとっては明暗を分ける掛け違いだ。

「私は、エマもいるし断るつもりだったのだがね……」

「……断られる前で助かりました、本当に」

「その様子では、ローデンヴァルトのご子息では納得できなかった理由があると見える」

「端的に申し上げると、そうです」

「ふむ」

「まず申し上げておきたいのは、ローデンヴァルトに非はありません。それに、キルステンも恨む、とは少し違いますね。ええ、大変だと思いこそすれ、恨んではおりません」

だから単なる反発心を起こして自棄になったわけではないと言っておかねばならないし、なにより誤魔化してはいけない部分だ。

私は平民に落とされたが、その後一人暮らしをはじめ学校に通ったと説明した。これに助力がなかった点、コンラート伯は眉を顰《ひそ》めたが聞き役に徹してくれるようだ。大事なのは、私はその生活に馴染んでしまったという部分だ。

「こう言ってはなんですが、元より貴族としての意識が欠けていたのでしょう。それほどに、私にとって市井の暮らしは悪いものではなかったのです。キルステンに戻るつもりはありませんでしたし、姉の件がなければ学校を卒業した後は働いて国を出るつもりでした」

「国を出る？　どこか他国に移住するつもりだったと？」

「そうでなくては、私はいつまで経っても家を追い出された哀れな娘のままですから。伯も、そういう噂を少しは耳にされたのでは？」

返答が無言なら肯定と受け取らせてもらう。

同情が欲しいわけじゃないのだ。一番欲しいのは自由気ままに、誰にも咎められず麦酒と丸焼きをお腹いっぱいに貪《むさぼ》っても問題ない環境である。

「ですから、言い方は悪いのですが……伯とローデンヴァルトを秤《はかり》にかけました」

「ふむ、その秤の中身を聞かせてもらえるだろうか」

「気を悪くされないでくださいね。……どちらに嫁げば早く自由の身になれるかです」

「ああ……年の差か。確かに、若人よりは年寄りが先に逝く」

不敬この上ない発言だ。機嫌を損ねて追い出されても仕方ないが、この人ならば問題ないと素直に言わせてもらった。周りの人々の雰囲気は固くなったが、本人は平然としている。

ゆっくりと髭を撫でるコンラート伯を、エマ先生は心配そうに見つめている。私も緊張を隠せず口を閉ざしたが、やがて老人は低く言った。

「それは随分と無謀な賭けだ。やるにしても人を選び、慎重に動くべきだったね」

「仰るとおりです」

自覚はしていただけに、こうもはっきり言われると肩が落ちる。時間がなかったとはいえ、計画が無鉄砲すぎた。

「あなた、彼女にも事情が……」

「わかっているとも。悪いとは言わないさ。だが、それでもよくやったねと褒めるわけにはいかないよ。我々が大人であるなら尚更《なおさら》そうだ。……先に届いた手紙に姉君の名を使ったね？」

「はい、その方が確実でしたので」

「その時点では、貴女は親の保護下にあるべき立場だった。下手をすれば周りの者に害が及んだかもしれないのは理解しているだろうか」

それも理解……しているつもりだ。ただ、年長者から改めて念を押されると、禁じ手を使ってしまった罪悪感が強い。頷く私にコンラート伯は何を思ったのか、深く頷いた。

「うん。……なら、いいだろう」

そう言うとお茶を一啜り、ふう、と息を吐いて背もたれに身を預けた。

……それだけ、だろうか。

「自らの行いを省みている人にそれ以上叱る意味はないからね」

苦笑を漏らす姿に、公人としての貌はすっかり隠れた。代わりに人好きのする顔立ちでほっそりと笑みを零す。

「脅かしたようですまなかったね。だが、若い娘さんが危険な目に遭うかもしれないとなれば、やはり見過ごすことはできない。……うちだったからよかったかもしれないが、これが別の領主なら、うまく運ばなかったと覚えておいてくれると嬉しい」

これにはしっかりと頷いた。

下世話な話になるが、地域によっては領主が若い娘の処女権を有していたりもするし、それほどまで横暴なのだ。老人はそういった話も込めて言っているのだろう。

「話を戻そうか。どうやら私たちには話し合いが必要なようだから。その前に……」

一歩進み出た夫人に、領主は机を指して頼み事をする。

「お菓子を用意しておくれ。込み入った話には、甘い息抜きが必要だからね」

夫人は恭しく一礼すると、私の視線に気付いて照れくさそうに目をそらす。

「許しておくれ、カレン嬢。長い年月閉じこもっていたせいか、どうも保守的になってしまったようだ。この六日間、僕は貴女との話し合いを放棄してしまっていた」

「私の方こそ、色々と警戒していました。お詫びいたします」

……ああ、そうか。

若人に対しこうも容易く頭を下げるこの人は、だからこそ領民に好かれているのかもしれない。幸いだったのは、私の境遇に対しエマ先生やコンラート伯が同情的だった点だろう。

「カレン嬢、貴女の望みを教えてもらえるかな」

「キルステンを離れ、国を出ることです」

「それは本心だろうか」

「まごう事なき本心です。二年前、キルステンを追い出されたときにはうっすらと考えていた程度でしたが……一人で暮らすうちに、決めました」

「では次だ。今回おとなしく嫁がれたのは何故だろう」

極端な話、家を出ればよかったとコンラート伯は言いたいのだろう。貴族の娘のありようとしては口にしてはいけない話だが、老人はあえて問うている。その表情は決して茶化している様子はなく、むしろ私とどう向き合うべきか模索しているようにも思われた。だから、私も偽らざる本音をもって向き合う。……実際、この人の言うことはある程度的を射ている。

「恩があるからです」

「恩、とは」

「仮に、とはいえ、十四年間育ててもらった恩。それに、もめ事は起こりましたが祖父母や兄弟は私を気に掛けてくれていたようです。キルステンを出るときも結構なお金を包んでくれましたし、おかげで不自由なく学校にも通えました」

何かの形で良い。彼らに一度はちゃんと報いておこうと思った。いかに無茶な話だとしても、これを無視して出て行ってしまえばキルステンはともかく、姉さんが恥をかくかもしれない。故に、すべてを捨てて逃げる選択をしなかった。

私が淀みなく答えると、伯はこめかみをもみほぐす。

「子を育てるのは親の義務でもある。君が気負わずとも……僕が口を挟む内容ではないね」

「たとえすぐ国を出ても、働いた経験がありません。雇ってくれる所は知れているでしょう」

「そうか、国を出たとしても山の向こう、大国ラトリアは我が国と折り合いが悪いからまともな働き口は得られない。可能性があるとしたら帝国だろうが……」

私たちが住まう国。いまさらながら国名を述べさせてもらうとファルクラムと舌を噛みそうな名前である。資源に富み、土地も豊か。比較的潤っているが、それ故に大国ラトリアと、強大な軍備を備えるオルレンドル帝国に挟まれ、虎視眈々《こしたんたん》と領土を狙われている難しい立ち位置である。ここ三十年ほどは帝国と交流が盛んで、資源の排出や商人や旅人・傭兵が落とす金銀で経済が回っている。

「帝国には詳しくないのです。後継者争いもしょっちゅうあると聞きますし、情勢も不安定です」

「……若い身空で単身向かうには無謀だろうね」

ファルクラムで働き続けるとなれば、どこにいようと噂がつきまとうだろう。

なるほど、とコンラート伯は顎髭を撫で撫で。改めて私の立場を考えてくれたらしく、頭痛を堪える面持ちだ。

「学校を卒業して働く予定だったのです。ある程度経験を重ねた上で離れるのなら、問題ないだろうと思っていたのですが……」

「そこに姉君の結婚か。……貴女がサブロヴァ夫人の名を使った件については、なにもいってくる様子がない。姉君は、よほど貴女に甘いのだろう」

確かに。今回手紙も何も送ってこなかったけど、姉さんはお怒りの際は黙って座っているような人じゃない。なんなら馬車を飛ばしてでも私を叱り飛ばしにくる性格である。

「サブロヴァ夫人が貴女の名誉を回復させてあげたかったのは本心のようだが、互いに空ぶってしまったのだろうね」

あはは、と乾いた笑いが漏れる。二年間意思の疎通が図れてなかったからなぁ……。

夫人がもってきてくれたお茶菓子。エマ先生がわざわざ取り分けて渡してくれたのはバターをたっぷり使った甘い焼き菓子にたっぷりのジャムをのせたものだ。特に赤い果物のジャムはこれでもかってくらいに上乗せしてくれた。

「美味しそう。……ありがとうございます」

「ヘンリック夫人の焼き菓子はみんなに人気なのよ。普段はもったいないからとジャムは少ししか出してくれないけど、奮発してくれたのね」

「なんのことでしょう。傷みそうだったから出しただけですよ」

エマ先生は意味深長に夫人を見やるが、夫人はそらとぼけてお茶のおかわりを用意する。砂糖をたっぷりつかう菓子は甘かったが、渋めのお茶によく合っていた。たまにはこういうのも悪くない。

「美味しい」

思わず出た言葉にエマ先生は笑顔になり、ヘンリック夫人もどこか自慢げである。

砂糖菓子は値が張るからなかなか買えないのだよね。たとえちょっと甘すぎようが、久方ぶりの甘味は美味しいのである。

いっとき、全員でお茶に舌鼓《したつづみ》を打つことになった。意外にもコンラート伯は甘党で、甘い焼き菓子もぺろりと平らげてしまったから驚きである。その間にも自己紹介を兼ねて色々話をしてみたのだが、予想に反してこちらに親切にしてくれる。これからについても、どちらもすでに私を受け入れる前提で話を進めようとしていたから、こちらが驚いたくらいだ。

「あの、こう言っては何ですが、私は結構なお荷物の自覚があるのですが……」

「でもキルステンのお屋敷にはいられないのでしょう？」

特にエマ先生。彼女はコンラート領の人々にどのように対応するか考えていたようだ。

「ええと、ですがお二人は夫婦でいらっしゃいます。私が割り込む形になってしまって……」

「そうねえ、でも、貴女が困っているかいないかくらいは、わかるつもりですよ」

「もう嫁いできてしまっているしね。……エマ」

「はいはい。私は正妻の立場にこだわりはありませんから、このままで構わないわ」

……え、二人とも受け入れるのが早すぎでは？

特にエマ先生。どんな理由であれ別の女性が正妻など難色を示すと思っていた。二人はあれこれと話を進めるうちに結論までたどり着いてしまったのだ。

「カレン君がどうしたいかはこれからとして、いまは周囲の目もあるからそのままにしようか」

「皆への根回しは私がしておきましょう。でも、しばらくは変につっかかる人もいるかもしれない。そこはどうか堪忍してちょうだい、何かあったら教えてね」

「あ、はい。それは構わないのですが……」

「なら彼女の家族に手紙を書かないと。ウェイトリー、考えるから一緒に来ておくれ」

「かしこまりました」

伯は席を立ち、家令もそれに随従《ずいじゅう》した。エマ先生も仕事があると席を立ってしまい「ゆっくりしてね」という言葉とともに残されると、残った菓子とお茶を平らげ、しばらくの沈黙の後に天井を仰ぐ。

「……あれ？」

ここは深刻な顔をした私が二人に頭を下げ、コンラート領に置いて欲しいと懇願するシーンではなかっただろうか。

首をひねり続ける私に、ぽん、と肩に手を置く人がいた。ヘンリック夫人である。私のとまどいを見抜くようにまっすぐな……そして、何かを悟ったような表情で言った。

「あの二人は一人だとそうでもないのですが、一緒になると驚くべき早さで物事を決断なさいます」

「ヘンリック夫人、あの、私がおかしいのでしょうか。長年連れ添った夫婦の立場とか……」

「エマは旦那様を愛していらっしゃいますが、本妻になる気がありません」

恐ろしい早さで断言された。こちらが驚くくらい確信に満ちた言葉だったから声を出せずにいると、我に返った夫人が咳払いで誤魔化す。

「旦那様の心が奥様に移ることはないとわかって安心したのでしょう。それに、元々エマも旦那様も困っている人には手を差し伸べられる方。奥様は当家の保護下に入ると思ってくださいませ」

「それはありがたいのですけど……。えと、だとしても奥様呼びは……」

「外の目もございます、しばらくはこのままにいたします」

心なしかヘンリック夫人の対応も柔らかくなった。同情されるような身の上じゃないんだけどなあ。

「……あ、お菓子美味しかったです。ありがとうございました」

「それはよろしゅうございました」

その後も夫人は何か言っていたが、あっけなく説得が終了して気が抜けてしまっていた。ぼうっとしていたらとっくに翌日で、挨拶に来たニコは胸のつっかえがとれたような晴れ渡る笑みである。

「夫人、ニコに話してしまいました？」

「いいえ。あの子は良い子ですが口が軽いのが玉に瑕なのです。ですから奥様とエマが争うようなことはないとだけ教えました」

なるほど。ニコは私とエマ先生の女の闘争が始まるのを恐れていたらしい。

「ただ、昨日ご許可を取りましたように、スウェン様には事情を話してあります」

「それは仕方ないかも。お母さんとお父さんが取られると思ったわけだし」

実は昨日のご許可の内容を覚えていない。そんなことを言っていたような気がするが、正直に言ったらお叱りをうけそうなのでそつない顔で同意した。

なぜかできの悪い娘をしつけるような雰囲気がヘンリック夫人から漂っているのである。

「奥様には酷い態度だったと聞きましたが、元来優しく正義感の強い子です。早速謝りに来るかもしれませんね」

これはヘンリック夫人の予言通りになった。早々にスウェンの来襲を受け、出会い頭に頭を下げられたのである。目元を赤くしたスウェンは「すまなかった」と言葉を添える。

「事情も知らないで軽率に罵倒《ばとう》した。本当に悪かった、ごめん」

「いいんだってば、私も態度が悪かったんだから」

「こっちが当たり散らしたからだろ。……母さんから話は聞いた」

「あーうんうん。そういうわけなの、だからよろしくね」

目元のつり上がっていないスウェンは物腰が柔らかな、人当たりの良い少年である。髪はやや長めで肩まで伸ばしており、利発そうなお坊ちゃんといった印象だ。心底反省しているらしく、こっちが恐縮してしまいそうな勢いである。被害はないし、心情もわかるから怒ってないのだけどな。

コンラート伯は早速行動してくれたらしく、馬で六日ほどかかる都まで早馬を出してくれた。ただ、このあとコンラート伯から言い渡された。

「カレン君、もう少し落ち着いたら姉君に会いに行ってきなさい」

「姉にですか？」

「名前を使ってしまったことについて謝罪をしておいた方がいい。僕の見立てでは、貴女の後見人にはサブロヴァ夫人が一番良さそうだ」

「兄やお祖父さままでは駄目でしょうか」

「駄目ではないが、話を聞く限りでは難しいだろう。心情的には味方だろうが、本家から圧をかけられれば否とは言い難い。それに比べ、姉君はサブロヴァの家名を賜《たまわ》ったからね」

個人として権威を持ち、本家より強い発言力を有する。ある程度自由が利くだろうとの判断だ。

「僕もできる限り君を保護するが、やはり他にも繋がりを作っておくべきだからね」

「わかりました。では、身辺が落ち着いたら都に向かいます」

「そのときは良かったらスウェンも連れて行ってあげておくれ」

「はい、では二人で観光でもしてまいります」

夫婦というより先生と生徒の会話である。実際、エマ先生も接し方が変わった。私が市井で暮らしていたのもあって、普通に喋って大丈夫だとわかると口調もくだけたし、薬学の本を渡されるようになった。勉強しろというメッセージだと受け取り学んでみると、小さな子供にするように頭を撫でられたのである。基本的に根が良いおばちゃんなのだろう。

私は相変わらず奥様と呼ばれるが、伯との会話は夫婦のそれではない。エマ先生との関係も良好で、しばらく経つと使用人達の態度も軟化しはじめた。

「もうそろそろしたらお祖父さまが来る？　……あ、じゃあ都に行きます」

激怒のお祖父さまの来襲を予見した伯により、姉さんに会いに行く準備を整えた。下手すれば無理矢理連れて行かれる可能性があったし、私からはお祖父さま宛に手紙を渡すようお願いしたのである。

「厄介事は大人に任せて、子供は遊んできなさい」

子供が持つには大金過ぎる小遣いをもらい、スウェンやニコにお目付役のヘンリック夫人、そして護衛の兵を伴って都へ出発である。

姉さんには事前に早馬で知らせていたのだが、それがあんな面倒くさいことになるなんて考えていなかったのである。

4

嫌いというわけではない

こんな短期間で帰省すると思わなかったからちょっと複雑。

馬車に揺られながら、謝罪を考えるため頭を捻らせていた道中での話だった。

「スウェン、学校に行きたいの？」

都までの六日間、休息は街道沿いの村や馬車泊あるいは野営になるが、移動は同じ馬車に詰める。手持ち無沙汰となればスウェンと話す機会も増えるので、そこで話を聞いたのだ。

スウェンは「まあね」と頭を掻きながら窓の外を見る。

「学校では学ぶ事も多いから、学を身につけておけば皆の役に立つだろ」

「うん、それはそうだけど、スウェンなら普通の学校より……」

誤解が解けたいま、コンラート領を継げるのはスウェンだけだ。

「わかってるよ。父さんには貴族が通う寄宿舎を勧められたけど断ったんだ」

「どうして？　あちらに通っていた方が有利に働くじゃない」

「だってどんなに頑張っても二年はろくに帰れないだろ。それにいまさら気取った連中に愛想を振りまいて勉強する気にもなれない。固っ苦しいのが嫌いなのはカレンも同じだろ」

「気持ちはすっごくわかるんだけど……」

上流階級の子供が通う学校は、平民学校と違い年齢の幅が狭く、大体十四から十六の間の子が三年ほど通う。遠方出身であれば寄宿舎から通うのが普通で、大抵の貴族の親はこの学校に子供を入学させる。片親が平民だからと入学を拒むことはなく、また入学させない理由にはならない。学校内で差別が発生するかもしれないが、それでもこちらの学校に通わせるのには理由がある。

学校は義務教育ではないし、法律で定まっているわけでもない。学校に通わずとも家庭教師の教育だけで跡を継ぐには問題ない。ただ、学校で友人を獲得しておけば将来において有利に働くから、皆将来を考えて学校に入れるのだ。

「……スウェンはそれでよかったの？」

「父さんや母さんにも同じ事を言われた。けど、僕はどちらかといえば母さんの後を継ぎたいんだよ。見栄っ張りの貴族みたいに椅子にふんぞり返るだけの仕事は嫌だ」

「領主の仕事だって立派じゃない。跡は継がないの？」

「継ぐよ。というか、僕が継がなかったら偏屈な親戚どもに領地を滅茶苦茶にされる。だからそっちはついでだけどさ」

「……ついでで領主ってなれるものなの？」

「なれるかじゃなくて、なるんだ。僕は医者になるって決めてるんだから」

スウェンの決意は固いようだが、ニコが意地悪く唇を歪めながら囁いた。

「奥様奥様、スウェン様はですねえ、領地にお医者様が居着かないのが不満なんです。だから、エマ先生に負担をかけず、正しい知識で皆を支えられるようにしたいんですよ」

「なるほど。……やだ、それならそうと言ってくれたらよかったのに！」

「ニコ！」

図星だったらしく、赤面するスウェンである。

本意ではないが、領地を守るために消去法で「なる」と決めた感じだ。それに貴族を「見栄っ張り」と称した際に心底嫌そうな顔をしたから、帰れないのが嫌というより、貴族に嫌な印象があるのかもしれない。

「スウェンっていくつだっけ」

「十五。まだ入学には間に合うだろ」

なるほど私の一つ下なのね。

コンラート伯はスウェンの意志を尊重したのだ。私としては貴族学校に通っていた方が得策と思うのだが、彼自身わかっていて拒否したので余計なお節介は控えておこう。

「いずれにせよ学校自体は行かなきゃいけなかったんだ。学ぶのは嫌いじゃなかったし、医者になるには外の世界を知っておけって母さんも言ってたから」

「だけどあっちの学校も評価はあるから、頻繁には帰れないと思うけど」

「わかってる。だから時期を見てたんだ。いい加減入学しなきゃいけなかったから、ちょうどいい機会だったかもな」

スウェンに見聞を広げてもらいたいのだろう。そういう意味でなら、色々な立場の子が集う平民学校はぴったりだ。貴族には及ばないが、商家や小売業の子がたくさん集っている。

「ふーん。じゃあ今日は様子見もあるのかな、よかったら紹介状書こうか？」

「紹介状？」

「スウェンなら大丈夫だと思うけど、少し大変なの。先生も気に掛けてくれると思う」

不可解そうなスウェン、やっぱりピンとこないか。

「入ってみたらわかるよ」

「いや、いいよ。自力でなんとかする。ありがとな」

最初の頃、学校についての利点を挙げた。学費さえ納めればよほど問題ない限り入学を拒否されないため、生徒数も多く先生の目が行き届かない事も多々ある。私も貴族出身だから陰口はもちろん、暴力沙汰になりかけたのを、転生仲間のエルに仲裁してもらった過去がある。

スウェンは紹介状を断ったが、これは後ほどヘンリック夫人に改めて依頼されている。この人はスウェンが普通の学校に通う意味を理解しているようだった。

「母親が平民であろうと、従来であれば貴族の子は身分に合った学校に行きますから……」

「わかりました、こちらにいる間に先生へ手紙を出しておきますね」

わざわざ普通の学校に入るスウェンが苛められる可能性はかなり高い。先生にあらかじめ手紙を出しておいた方が、もしもの時に助けてくれるだろう。名目的にはコンラート辺境伯夫人だが、それ以前に国王お気に入りの側室関係者の名が立つ。

荷馬車に揺られ都に到着したのは、出発してからちょうど六日目の朝だった。私たちはコンラート伯所持の別宅に荷物を置いたのだが、この屋敷が存外広かった。街外れといえど維持費が大変だろうし、なにより都に屋敷を構えていたのが予想外だ。スウェンも初めて足を踏み入れたようで驚いていたのだが、ヘンリック夫人が懐かしそうに教えてくれた。

「旦那様はいまでこそ領地に居を構えていますが、昔は都で勤めを果たされていたのですよ」

「じゃあここはその頃から？　ずっと管理し続けてるんですか」

「旦那様が滞在するために王室から賜った屋敷なのです。ですので、手放すのも不敬だと……」

「王室から？　え、じゃあ父さんって……」

スウェンが声を上げたが、夫人は台所や使用人室を見てくるといって立ち去ってしまった。あからさまな態度は聞かれたくない話だったのだろうか。私たちは揃ってニコに顔を向けたが、彼女は慌てて首を横に振っていた。

「ニコは昔の話はわかりません！　ほんとに知らないですっ」

「本当に、何か隠してたりしない？」

「今度は本当に知らないです、知ってるとしたら家令のウェイトリーさんか庭師のベンさんですよぉ！　お屋敷で働く人って、あとはみんなうちのご近所さん達ですもんっ」

必死に叫ぶ姿に嘘はなさそうだ。

この話は頭の片隅に留めておくとして、私たちはそれぞれの部屋に移動した。休息を挟むと、ニコを置いて出かける旨を伝えたのである。

「ニコを置いて行かれるのですか。わたくしはあまり賛成できませんが……」

「奥様ぁぁ」

田舎からやってきたニコは都に興味津々だ。街を散策したかったらしく、涙目で私に訴えてきたが、私にもそれなりの事情がある。

「元々こちら住みだから慣れているし、危険な所には行かないから大丈夫。夫人は屋敷の方をみなきゃいけないし、だったらニコは夫人かスウェンにつけてあげて」

「奥様、あたしも奥様と都を回りたいですぅぅ」

彼女にとって、同い年であり気安く話せる私は良い主人なのだろう。夫人といると常に背筋を伸ばさなきゃいけないし、肩肘張るのが苦手なニコは簡単には諦めない。

私もニコを連れて行ってあげたくはある。けれどこのときばかりは駄目だと固く断った。

「あのねえニコ、私、これからサブロヴァ夫人の所に行くの」

「……わかりました」

「ヘンリック夫人までー！」

ニコはショックを受けているが、夫人はすぐさま了承の意を示した。代わりに彼女が行く、と申し出てくれたがこれも断らせてもらった。

それというのも、現状姉さんが私にどういった感情を抱いているのか不明だからだ。いまから謝りに行くのに、コンラートの侍女を連れていってまなじりをつり上げさせては元も子もない。姉さんの使用人から嫌みを言われる場合もあるし、一人で行くのは悪い選択じゃないはずだ。

「一人で出るけど、辻馬車を拾って行くから心配しないで」

「約束のお時間には早くありませんか？」

ふむ？　夫人がサブロヴァ邸の場所を知っていたとして、到着時刻まで予想できるってことは、地理を把握できているのだろうか。

「手ぶらじゃなんだから、手土産でも持って行こうと思ってます」

「そうでしたか。……イチョウ通りの菓子店に行かれますか？」

「そのつもりです。姉さんのお気に入りですから」

「あの通りにある店でしたら、まだ店主は現役ですね。コンラート伯かわたくしの名前を出してくださされば会計は不要ですよ」

今でも利用しているから、と見送ってもらったのだが、半信半疑で名前を出して会計したところ、本当に財布いらずで、しかも立派な包みの菓子折を渡されたではないか。お高めの菓子店なのだけど、わざわざ店主が出てきて対応してくれた。キルステンでもここまで頭を下げてくれないだろう。

辻馬車を拾って向かうは姉さんの館だ。早く到着しそうだったので途中で下ろしてもらい、いかにも私道といった雰囲気の道を徒歩で進む。騒々しい都にあるのかと疑いたくなる緑の多さ。晴れ晴れとした天気に汗ばむくらいだが、風が冷たいから心地よく、歩くにはもってこいだ。

「……ん？」

周囲が気になって辺りを見回した。

誰かに見られてる気がしたのだけど、人っ子一人見つけられなかった。

一人で訪れた私に衛兵は警戒したが、主人の妹の顔を覚えていたらしく中継ぎをしてくれる。玄関を通れば姉さんじきじきの出迎えを受けるが、彼女が口を開く前に頭を下げた。

「ごめんなさいっ」

先手を打たれた彼女は、「ぐ」と喉まで飛び出しかけた怒りを呑み込んだ。呻きを上げ、やがて深いため息を吐《っ》いたのである。

「……次からは勝手に名前を使うような真似、やめてちょうだい」

「二度としないっ、ごめんなさい」

「わかってくれたならいいわ。頭を上げてちょうだい」

恐る恐る顔を上げると、苦虫をかみつぶしたような姉さんがいた。

「あなたが頭を下げるのは珍しいから、怒る気をなくすわ」

「あでっ」

お叱りの代わりにデコピン一発。これでお説教を免れるなら安い代償だ。言いたいことは多々ある、といった様子なので無駄口は叩かない方が良さそう。

「侍女がいないわ。一人で来たの？」

「あ、うん。必要なかったから」

「一人歩きはやめなさい。仮にも……いえ、コンラートの侍女なんて見たくもないからいいけど」

ニコやヘンリック夫人を連れてこなくて正解である。特にニコなんて一言でも冷たい言葉を投げられてしまったら涙目だろうから、自分の判断に心の中でガッツポーズだ。

「えーと、その、なんか、ごめんね」

「反省してないくせに」

「とんでもない、ちゃんと反省してるってば」

「私の名前を使った件だけでしょう。あなた、いざそういう行動起こすときは絶対反省してないのよ。知ってるんだから」

よくわかっていらっしゃる。さすがは姉妹というべきか。

頭痛を堪える面持ちの姉さんは私を談話室に連れて行ってくれるが、今度は以前通された部屋とは違う一室である。

場所は一階、広範囲にわたる硝子戸を開け放しにし、色とりどりの花が見渡せる一室だ。中庭続きで、すぐに外に出られるようになっている。所謂《いわゆる》お金持ちの家でよくみるテラス席で、落ち葉がすぐに紛れ込んできそうだ。部屋の端あたりが衝立で隠れているが……。

「前訪ねてからそんなに経っていないのに、庭の形が大分違う」

「ええ、美しいでしょう。陛下にお願いして、王城と同じ庭師に手を入れてもらったの」

「朝起きたらこんな庭が毎日見れるのでしょう？　素敵な一日になりそう」

「わかってるじゃない。あとで見て回ってもいいのよ。……さ、お茶にしましょう」

「私が持ってきたお菓子も開けてもらえる？」

「はいはいわかってるわよ。あなたのことだから、自分の好物も買ってきたんでしょ」

運ばれた器には、私が持ってきた菓子類も盛られていた。栗をたっぷりの砂糖で煮た甘露煮、これを刻んで入れた焼き菓子が姉さんの好物で、こころなしか目元が柔らかい。姉妹だけのお茶会なので行儀作法は二の次だ。

「あなたは相変わらずお砂糖控えめなのね。女の子には不人気でしょう、それ」

「私にはこのくらいが丁度いいの」

我が国の甘味の基準がどのくらいかといえば、保存を利かせる目的もあって、歯が痛くなるレベルの砂糖量である。ヘンリック夫人のお手製ジャムも甘かったが、都の人気店菓子に比べればまだまだ控えめ。砂糖は希少だからたっぷり使ったお菓子を味わえるのは貴族の特権だが、この国基準で三時のおやつを食べると日本人なら糖尿病まっしぐらのコースである。

元日本人として、生地を焼いた後に砂糖水をたっぷり染みこませる甘味はあまり食したくない。繊細なデザートの味を知ってるから、ケーキを食べたときのジャリっとした食感、あるいは生地をフォークで押せばじゅわっと染み出てくる砂糖液……怖気がするのは私だけだろうか。

「ここのお菓子も久しぶりだわ。うちの料理人も腕はいいけど、たまにこの味が食べたくなるの」

糖蜜をたっぷり染みこませたお菓子を食べる姉さんだが、その姿に内心首を傾げた。口調はともかく、いつもならもっと楽な姿勢でフォークを動かすのに、この日はきちんと背筋を伸ばし、作法をきっちり守りながら食べている。

「姉さん、もしかして今日は予定があったんじゃない。私が押しかけて迷惑ではなかった？」

「え？　突然なに言ってるの、迷惑なわけないでしょう」

「だって格好がいつもと違うし……家でくらいゆっくりしてたいと言ってたじゃない」

よく見れば服装もよそ行きだ。私の指摘に姉さんは「ちょっとね」と笑いお茶を啜《すす》るのだが、もしかして夕方にでも陛下が来るのだろうか。

「そんなことよりも、あなたこそもっとちゃんとした衣装を用意してもらいなさいな」

「私はわざとこうしてるの。動きにくい服は嫌いなんです」

団欒《だんらん》を交わしていたのだが、菓子を半分食べ終わる頃になると一息つき、それに伴い私も背筋を伸ばした。そろそろ頃合いである。

「カレン、経緯はどうあれ、婚約を飛ばして結婚おめでとう」

「……ありがとう」

婚約を飛ばしてってあたり、ちょっと皮肉入ってたな。

「姉として言いたいことはたくさんあるわ。だけどあなたに聞きたいのはひとつだけ。嘘をつかずこたえてちょうだい。あなたはコンラート伯を愛していらっしゃる？」

「いいえ？」

即答できたが、いきなり核心を突いた質問には驚かされた。眉を寄せた姉さんに、なるべく平然を装って目についた菓子を皿に取る。

「嘘をつかず、と言ったじゃない。会ったことない人だから、そこではい、なんて頷いたらそれこそ嘘つきよ。だから素直に答えただけ」

「だからって即答する子がありますか。溜めというのを考えなさい」

「姉さんにはいわれたくありませんー。……いい人だとは思ってます。それで充分よ」

このしかめっ面は納得していないが、それだけの理由がある。

「あなたがそう言うのならお優しい方だというのは理解しましょう。けれど、それは私が紹介したライナルトよりも良かったのかしら」

「えー……」

「えー、なんて言わない。相手に失礼でしょう」

当然もう片方の婚約者候補ライナルトである。いつになく厳しいのは、やはり美形を蹴って遙か年上の男性を選んだからだろう。

「確かに彼は次男だけれど、ご自身でも武勲を立てていらっしゃいます。ご当主からも独立を認められているし、なにより縁組を了承してくださったのはあなただけだったのよ。陛下だって驚いていらしたし、私はあなた達が並んで立つ姿を楽しみにしていたの」

「姉さん姉さん、私は……って、なにを勝手に楽しみにしてるの」

「女性にも人気で、品性高潔でも有名だわ。あなたに苦労はさせないと約束してくださったのに」

「……はぁ」

「実力に不満があるとか言わないわよね？」

「言いません言いません。前に馬車でご一緒しましたが、配下の方々の統率もしっかりしていました。きっと武芸にも秀でてらっしゃるのでしょう。ただの貴族のご子息にあれは無理です」

実際、帰るまでずーっと怖いくらいに統率されてたし……。

というか独立されたら家を盛り上げるためにも、キルステンや本家と密になるだろう。なおさら離婚しにくくなるじゃないか。やっぱり私はコンラート領でいい。

「あのあと、私はローデンヴァルトに謝罪しなくてはいけなかったし
「それは本当に申し訳ございませんでした」

多分これが本音六割だ。こっちは特に真摯に謝罪させていただく。

「ねえカレン、お願いだから答えてちょうだい。いったいなにが不満だったの」

「ですから、不満はないです。私にとって過分な縁談だったのは充分わかってます」

「ならなんだったのよ。あんな素敵な縁組はどこを探したって見つからないわ」

キッと涙目で睨んでくる姉さん。演技臭くはあるけれど、本心でもあるのだろう。引き下がるつもりはないようで、そうなると私も喋らざるをえない。

「無難には生活できそうだけど、伴侶とかには興味なさそうで。それに……」

「それに？」

「……うまく言葉にできないけれど、あの方の隣は大変そう」

それは美しい男性が伴侶だからではない。もっと他の、たとえるなら生存本能に近い勘だ。

ただの勘なので、こんなこと姉さんにしか喋れない。私が本当にただの十代の女の子だったら、きっと喜んで恋に恋して、頬を赤らめて毎日を楽しく過ごせただろうに。

正直、そこだけは老成してしまった自分が残念だ。

ま、だから転生する前も婚期逃したんだけどね！

……自分で言ってて悲しくなってきた。

「ですからライナルト様が嫌なわけではありません。大体、初対面で嫌いとか失礼でしょう。ローデンヴァルトと縁続きになりたいのであれば、従姉妹のマリーでいいじゃありませんか」

「……聞いてなかったの？　あなただけが了承されたのよ」

唖然としていた姉さんはがっくり項垂《うなだ》れたが、そんなに落ち込まれても……。

「まったく、どうしようかしら……」

あらかじめ椅子に置いていたらしい、意匠の凝った箱を私に差しだした。結婚祝いらしく蓋を持ちあげると、中は赤い布張りで、金細工の腕輪がちょこんと置かれている。

中身を見た瞬間、感激の声をあげた。

「すごい、とっても可愛い」

ファルクラムで腕輪となると手首を覆うごてごての飾りが主流だが、これは細く繊細な金の鎖で、小さな台座の上に薄青の宝石が嵌《は》まっている。宝石自体も大きさを主張しない程度に控えめで、普段使いにしても問題なさそうな細工品だ。

思わず手に取って眺めていると、頬杖をついた姉さんが意外そうな顔をした。

「意外。あなた、そういう飾り好きじゃないと思ってた」

「派手なのはつけにくいから苦手なだけ。……うわ、これすごく細かい」

現代日本であれば細い鎖飾りなど珍しくもないが、この世界では違う。なにせ機械技術が発達しているわけではないし、一品ずつが手作りだ。装飾品は彫金師といった職人の仕事であり、細工が細かくなるほど値段もつり上がる。

「並の店でしつらえられるものじゃなさそう。姉さん、これ高いんじゃない」

「そうかもね。それよりも、それ、気に入った？」

「ええ、すごく好き。それにようやく姉さんと趣味が合ったみたいで嬉しい」

「ふぅん」

用意した本人のくせに何故そんな呟きを漏らすのだろう。

「ただ嫌だというだけなら諦めようと思ったけど、これはどうしたものかしらね」

うん？

悩ましげにため息を吐く様は我が姉ながら美しいが、私はそれどころではない。なぜなら姉妹以外誰もいないはずの部屋から、密やかな、低い男性の笑い声が聞こえてきたからだ。

笑い声の方向を探し視線を彷徨《さまよ》わせ、ふと、姉さんにつられて衝立の向こうを見た。笑い声はそちらから聞こえてきている。

ガタン、と誰かが席を立つ音がした。

――待って、ちょっと待って。

焦って姉さんを見ると「諦めろ」と言わんばかりの目である。

衝立の向こうから現れたのは三十代前後の男性。どうやら笑っているのはこの人のようで、随従するように現れるのは渋面の兄さん。男性らが衝立を避け、さらに姿を現したのは……。

おま、ちょ、え、姉。

椅子に座っている人物は見間違えようがない。まごうことなき目の保養……ライナルトである。

頭の中で／(＾o＾)／の顔文字が浮かんで消えた。頬の痙攣が抑えられずにいると、男性がくつくつと喉を鳴らす。

「なるほどなるほど、これは可愛らしく抜け目ないお嬢さんだ。あのゲルダ殿も妹御には優しくなるのも納得だ。なあ、アルノー」

「口が減らない妹でして、大変お恥ずかしく」

「素直というわけだ」

「妹は世間知らずなのです。殿下、どうぞそれ以上はご容赦くださいませ」

返事に苦心しているが、男性は嫌みではなく本気でそう思っている口調だ。頭髪を肩まで伸ばし、垂れ目がちだがぱっちりした睫毛が特徴的な人である。鮮やかな刺繍入りの衣装は高価なもので、その下に逞《たくま》しい筋肉が備わっている。半ば絶望的な気分で、高貴な人へとするように頭を垂れる。

「失礼しました。まさか殿下がいらっしゃるとは知らず、とんだ話を……」

「堅苦しい挨拶はいい。ゲルダ殿に請われたとはいえ、我らは盗み聞きをした身なのでな、威張れる立場ではなかろうよ」

自覚あるんじゃないか。そして主犯は姉さん！　わざわざ衝立がある部屋、そして窓を開け放っていたのは外音で彼らの気配を誤魔化すため。調べればわかっただろうけど、まさか衝立を挟んで人がいるなんて思いもしない。

姉さんは殿下の前で文句を言えないのをいいことにしらを切るつもりだな。兄さんは……だめだ、これは目上の人を止められる雰囲気ではない。目が「余計な事を喋るな」と血走っている。

さて、この三十路程の男性はダヴィット王子。正当な王位継承者で、次代のファルクラム国王である。王子と聞けば十代二十代を想像するかもしれないが、ご覧の通りだ。

これだけの客人なのに馬車を見かけなかったから、私には見えないよう隠していたのだろう。

しかしどうしてここに殿下がいるのだろうか。

「何故俺が盗み聞きを、なんて顔をしているが……まずはこちらに来い。声を張り続けては俺の喉が枯れてしまう」

殿下に手招きされてはもう逃げられない。さしずめまな板の上の鯉となって座ると、隣に姉さんが付き添った。兄さんは殿下の背後に立っているが緊張に満ちている。先ほどから無言のライナルトとは、断固として目を合わさなかった。

うわーい一気に楽しくなくなったー。

殿下は悠々と私たちを見渡し、足を組み直した。

「……ふむ。キルステンの三兄妹は容姿に恵まれたな」

「殿下、僭越ながら我らには弟もおります」

「では四兄妹か。仲も悪くないようだし、家族に恵まれたな」

ダヴィット殿下って弟のジェミヤン殿下と仲悪いのだっけ。しかし余所の家族より目の前が優先だ。

転生物語の知識がある身としては、ここで素っ頓狂な発言をして殿下の興味を引くのがセオリーだ。読み手としては最高の展開だが、現実だとお笑いにもならない。

「殿下だけれどね、私がお呼びしたのよ」

優位な立場にある人はこういうときが羨ましい。

私は発言していいの？　と思っていたら、すかさず殿下が「許す」と言った。

「なんで……でしょうか。姉さん」

「それはもちろん、ライナルトの推薦を陛下も賛成されたからよ。ただで済ませるわけにはいかなかったし、あなたの真意を確かめておこうと思ったの」

私の名誉回復だっけ。陛下はともかく、なぜ殿下が関わってくるのだろう。おかげで帰省するのではなかったと後悔でいっぱいだ。

「でも、ライナルトを連れてきてくださいといったわけではないのだけれどね？」

「ゲルダ殿に会いに行く途中で捕まえてな。我が親友の弟が珍しく素直に頷いた縁談だったから、出歯亀をしたくなったのさ」

ライナルトを連れてきたのは殿下と。

まったくとんでもない暇人だと思っていたら、殿下がニヤリと口元を歪めた。

「カレン、だったか。我々は常にどんな噂にも飛びつかずにはいられない生き物だ。特に長らく側室をもたなかった陛下の寵愛を集めるゲルダ殿の頼みとあれば、嫌でも注目を集めるというものよ」

――揚げ足取りの材料を探してる、とでも言いたいのだろうか。それきり黙り込んだので、発言を求められていると知って頭を捻らせた。

「……さしずめ、殿下は姉の騎士でしょうか」

発言内容は考えたつもりだったが、過ぎた発言だったかもしれない。

つい口をついてしまっていたが、殿下は気を良くして笑っていた。

「その通り。本来ならば陛下自ら出向かれたいだろうが、なにかとお忙しい身だからな。俺がその役目を仰せつかっているのよ」

にこやかに何度か頷きながら、何故かこちらを見つめ続ける。……やだなあ、面倒だなあと思っていたのだが、その真意はすぐに判明した。

「アルノー。お前の妹はお前が言うほど世間知らずでもなさそうだ」

本人を前にして「馬鹿だと思ってた」って宣言してるよね。

けれど兄さんは反論しない。肩越しに振り返った殿下に無言で頭を垂れるのみで、いままさに貴族社会の縮図を見せつけられている。

「無知な娘ならば価値はないが、そうでないなら俺好みだ。どうだライナルト、いっそ攫《さら》って事実婚に持ちかけるのもいいかもしれん」

やめろ馬鹿。

アウト。その発言アウト!! すごいな、私の意志がどこにもない!!

この発言には、自分の顔から血の気が引いていくのがわかる。姉さんは「まあ」と暢気《のんき》な様子で、唯一反応を示したのは兄さんくらいだけど、駄目だ味方がいない！

もしかしてさっきの発言、私が姉さん側の事情を把握できてるか試したな。馬鹿になって笑顔でだまり続けていればよかった!!

いますぐ館を逃げて辻馬車をつかまえられないだろうか。

それとなく周囲を見渡すと、殿下の配下が出口を塞いでいた。

兄姉が期待できないとなれば、頼みの綱は肝心のライナルトだけど……。ようやくまともに直視した男性は、殿下自らに話を振られたのにも拘わらず表情筋一つ動かしていなかった。

惚れ惚れするような、と言いたいところだが、いまの私にそんな余裕はない。

ライナルトは何か考えるような仕草を作るものの、ゆっくりと首を横に振った。

「私を案じてくださるのは光栄ですが、コンラート伯の奥方を連れ去れば遺恨が残るでしょう」

「なに、離縁させれば問題なかろう」

ナチュラル人間の屑かこの人は。

「それも如何《いかが》なものかと。それに此度《こたび》の王都入り、コンラート伯のご子息や護衛も同行したと聞きます。コンラート伯への信望は我が家では遠く及びますまい。先方がカレン嬢を受け入れているのであればなおさら、溝を作るような真似はできません」

「うら若き乙女が年寄りの毒牙にかかるのを見逃すのか。お前とこの娘は気が合うと思うぞ」

「私もそうあれたら良いと思いましたが、であればなおさらみっともない姿は見せられません。殿下、どうぞお考え直しください。カレン嬢に嫌われる真似はしたくありません」

「馬鹿言え、お前がやっと落ち着くとザハールが喜んでいたのだぞ。我が友とゲルダ殿、そしてなによりお前のためにもそろそろ身を固めておけ」

「気持ちは有り難く存じますが、事を急いても腹を探られるばかりでしょう」

「なあに、俺は次期国王だぞ。俺の決めたことに文句を言うやつがいたら黙らせてやろう」

殿下とライナルトの応酬は続くが、その内容より気になったのはライナルトの発言だ。私が都入りしたのは朝、しかもスウェンや護衛まで彼らの知る所となっているのである。

……っていうか年寄りの毒牙って、伯に失礼だなこの睫毛！　あなたに比べたらあの老人の方がずっとずっと紳士なのだけど！

でもライナルトは乗り気ではないし、殿下と違って案外常識人なのかもしれない。

「ねえカレン。ライナルトの言葉を聞いたでしょう。あなたを気に入ってるようだし、どう？」

「どうって言われても……」

あれはどう聞いても殿下の機嫌を損ねないよう、のらりくらりと躱《かわ》しているだけである。

「姉さん、私には夫がいますので、浮気を勧めるような真似はやめてください」

「お馬鹿ね。自ら進んで不幸になる妹を放っておけるわけないでしょう」

殿下の発言を鑑みるに、この人達は私とライナルトが一緒になった方が都合がいいのだろう。この後も殿下と姉さん双方の説得が続くが、幸いにもライナルト、そして私の意志は折れなかった。辟易《へきえき》していると兄さんが急用で退室し、そのタイミングで殿下も降参したのである。

「まったく、この不孝者共め。俺とゲルダ殿の喉が枯れてしまいそうだわ。……ああ、しばらく茶でも飲んで休むとしよう。お前らはそこらでも散歩してこい」

「裏に林道があるからゆっくり歩いていらっしゃい。道なりに歩けば戻ってこれるわよ」

自然に人に命令出せるってすごいな。見習いたくないけどすごいなあ。

殿下は疲れたらしく、追い出されるように退室した私たちは扉の前で沈黙した。

……まあ、これはもうしょうがない。

「……すみません。一周回ったら帰りますのでお付き合い願えますか」

「殿下の命とあれば従うほかないでしょう。お付き合いしよう」

いつのまにかライナルトの臣下の姿もあった。彼らは近寄りがたい雰囲気で、型にはまった礼を取る。ライナルトは彼らに供は不要であると告げ館を出た。裏手に回ると細い林道が目に入る。

「私と二人では気が休まらないでしょうが、しばしの辛抱を。なにもしないのは約束します」

「とんでもない、お会いして間もなくではありますが信頼しております」

姉さんたちは二人きりになればもしやと思っているのだろうが、お互いそんなつもりはない。ライナルトもその気は無いようだし、二人で並び歩くだけだ。

「ところでカレン嬢、ひとつ確認をしたいのだが、よろしいだろうか」

ライナルトは歩調を合わせてくれるので歩きやすい。

「以前、貴方は私に謝罪された。あの時には心を決められていたのだろうか」

「ああ、ライナルト様はわかっていらしたのですね」

顔を上げると、意外にもうっすらと微笑む顔があった。その微笑は以前見た優しい面差しとは違い、作り物ではない素の感情が垣間見える。

意外。この人、普通に笑えるんだ。

造形がどこか人間離れしているからか、無意識に非人間扱いしていた自分が恥ずかしい。ライナルトには殿下のような息の詰まる雰囲気はなく、やっと胸をなで下ろせたのだ。

「おっしゃるとおり、私自身はコンラート領に行くことを決めていました。ですから、ライナルト様に相手に逃げられたと汚名を着せるのは本意ではなかったのですが……」

「いいや、そういうことなら私こそ迷惑をおかけした。縁談の話は知っていたというのに、断られるとは予想せず迎えに行ってしまったのだから」

「姉の要請ならば断るわけにもいかないでしょう。拒否権などあってないようなものです」

彼の考えは間違っていない。普通は断られるはずのない縁談である。

きっと両家にとって得のある話だったのだろう。政治は遠い世界だが、そのくらいの想像はつく。

「本当に、申し訳ありませんでした」

無名に等しい私と違い、彼のイメージは悪くなる。笑いものになってもおかしくないのに、彼は気にした様子もなく、むしろ低く喉を鳴らして微笑んでいた。

「なに、私もこれから貴方に迷惑をかける。お互い様というものでしょう」

思わず足を止めるも、ライナルトは歩みを止めぬよう促した。聞き捨てならない台詞を聞いたのだが答えてくれる様子はない。

……迷惑ってどういう意味？

林の中に作られた道の幅は広くなかった。三人くらいが並ぶのがやっとだが、手入れが行き届いているから木の根に躓《つまず》くような事はない。飽きない程度に小さな花が植えられ、木の形も整えられている。おかげで鬱蒼とした雰囲気はなく、目で愉しむための工夫が凝らされていた。

ライナルトの言葉が気にかかっていたが、答えてくれないものを気にしてもしょうがない。

「差し支えなければ、ライナルト様にお聞きしたいことがあるのですが」

「私に答えられることであればいくらでも」

幸いにも彼は殿下に従う気はなさそうだし、こちらから突き放す必要はない。

「ご存じの通り、私は長らく貴族社会から遠ざかっていました。ですので本来ならば知っていてしかるべき事情にも疎いのですが」

と、前置きしておいて。

「様々な方の思惑があったとはいえ、なぜ本家ではなく我が家だったのかと思っていたのです」

「それはもちろん、姉君と懇意にしたいからでしょう」

彼の回答は、意外にも遠慮のないものだ。

「カレン嬢？」

「失礼しました。……その、思ったよりも忌憚《きたん》なくお答えいただけるのだなと」

「嘘をつく理由もない。市井に長くいたのであれば遠回しな表現は好まれないだろうし、貴方に嘘は見抜かれそうだ」

「わかりやすくて助かりますが、こうも見抜かれているとは思わなくて。……調べられました？」

「気を悪くされたのであれば謝りますが、当初は婚約前提でしたから必要なものであったと理解してもらいたい。ただ、いまの貴方に対する評価はこうして直接お会いした上でのものだ」

どういう情報網を持っているんだろう。でもちょっと会っただけで見抜かれるのって、そんなに私はわかりやすいのかな？

「話が早く進む、と思いましょう」

そう言うと、ライナルトは唇の端をつり上げたのだが、この人の性格がよくわからない。

「本家のダンスト……従姉妹のマリーではだめだったのでしょうか」

「姉君が貴方のために、陛下に名誉の回復を願ったと聞きましたが」

「だとしてもライナルト様、いえローデンヴァルト家と釣り合わないと思いまして」

ダンスト家の名はいままで何度か出ているが、本家だけあって社会的地位はダンストが圧倒的に高い。キルステンなんて中の中がいいところで、そういった理屈で話をするのであれば、私とコンラート辺境伯の身分はそれなりに釣り合っている。

「姉の件があるとはいえあまりにも玉の輿……んんっ、良縁で驚きましたし、ライナルト様のお兄様がよく了承されたなあと疑問だったのです」

「ふむ。良縁と思ってくださっていたと」

「出来過ぎてて、きっとあのままお受けすれば皆から羨ましがられるだろうなと」

「これは異な事をおっしゃる。その良縁からカレン嬢は逃げられたはずですが」

「重ねて申し上げますが、私、ライナルト様を嫌っているわけではありませんので」

こっそり話を聞かれた件については開き直っている。

前方に小さな池を見つけた。おそらく地下から湧いているのだろう、水は透き通っており、水面にはアメンボらしき虫が浮かんでいる。

「……池を見せてもらってもいいですか？」

ライナルトは近寄ってこないが、無理に会話をするつもりはなかった。池端にしゃがんで湖面を見つめれば、水面に揺らぐ女の子の顔がある。

その少女は悪くない容姿をしている。髪質は濃茶っぽい黒髪ストレート、目は青緑もとい碧色で全体的に根暗……文系っぽい。姉さんみたいに緩いくせっ毛だったら色気も醸し出せただろうか。池の中に手を突っ込むと、想像以上に冷たい水が指先から体温を奪っていく。

そこで、いままで黙り込んでいたライナルトが口を開いた。

「なぜダンスト家ではなく貴方だったか、詳しい話は教えてあげられないのですが」

振り返りはせずに耳を澄ませた。

「我が家としては、キルステンと縁を繋げるべきだと考えたのですよ」

「本家より重要視するのですか。キルステンはダンストのいいなりですよ」

「気になるのであれば、コンラート伯に頼みダンスト家について調べてもらうとよろしいでしょう」

「コンラート伯に？　あそこは辺境です、調べてもらうにも……」

「あの方は都を離れて長いが、その伝手はいまだ健在だ。すぐに調べもつくでしょう」

直接教えてくれないのは、後ろ暗い理由でもあるのだろうか。ともあれヒントはありがたい。

「もしかして殿下がダンスト家の人ではなく、兄を連れていたのに関係ありますか」

この問いには目を見張られたが、肯定か否かわからない微笑が返答だ。

「ところで、私からも貴方に聞きたいことがあるのですが」

「どうぞおっしゃってください。ライナルト様にお聞きするばかりでは気が引けます」

「これは今回の件とは直接関係ない、私個人の興味なので答えなくても構わないのですが」

水を弾き飛ばしながら立ち上がると、目の前にハンカチが差し出された。自分のハンカチは持っているけど、話を遮ってしまう気がして受け取った。手を拭く間もライナルトは話を続けるが、こういうさり気ない所作がもてそうだ。

「私も疑問だったのだが、カレン嬢はなぜ縁組をお受けになられた？」

わざわざ断りを入れてくるのだ。踏み入った質問だろうと思っていたら案の定である。縁組については伯にも話していたし、同じように説明したが、それだけでは不足のようだ。

「貴方の行動力を考えればそれだけとは……などと、これは野暮でしょうね。しかしお母上を恨んではいないと言うのも不思議だ」

「そこまで不思議でしょうか。でもやはり恨んではいません。悲しくはありますけど……」

些《いささ》か迷ったが、まあいいかと話を続けた。

「多分、最初は、そういう気持ちもあったかもしれませんが」

なぜ赤の他人に話す気になったのか、それは彼のように直接的に聞かれた経験がなかったからだ。皆事情を知っていたから、私の心情をおもんぱかってあえて質問をしてこない。唯一違ったとしたら友人のエルネスタか。しかし彼女も深くは尋ねなかったから、私も話題にはしなかった。

ライナルトがどうしてこんな話に興味を示すか不明だが、その表情は憐れみとは遠く、純粋な疑問として成立していたから話してもいいと感じたのだ。

「なんと言えばいいのでしょうね。あの人がせめて、私を嫌うなり、なにかしらの反応を示していたのなら、違ったのでしょうが」

キルステンの奥方は現在に至るまでなにも思い出していない。もし彼女の中で三番目の子供の存在があるとしたら、周囲からしつこく訴え続けられる煩わしさ、或いは浮気の象徴への嫌悪感か。

彼女は私を嫌ってもよかった。それなのに実際は逆だ。

すれ違えば「おはよう、良い朝ね」「こんにちは、今日も元気ね」と声を掛けられる。お菓子が余れば分けてくれたし、養育費をケチるような真似も、嫌がらせすらなかった。ただ、他の兄姉達に対するような親の顔はなかった。「同居している余所の娘さん」以外、彼女にはなかったのである。

立ち直りが早かった理由は、日本人だった頃の母親の存在が大きいけれど、そんな顔合わせを毎日行っていればこちらも諦めがつく。

「あの人の中に私という存在はなかった。ないから無関心でいられる、他人だから優しくできる。そんな姿を見ていたら、私はあなたの娘ですと駄々を捏《こ》ねるのも違うとわかってしまいました」

この状態を良しとしなかったのが周りの人たちだけど、母と私の中では決着がついてしまった結末だから憎悪はないと説明すれば、ライナルトは興味深そうに腕を組んでいた。

「貴方の事情はわかりました。しかし、そうですね……驚きました」

驚くような話なんてあったっけ？

ライナルトは素直に感嘆しているようである。

「貴方の年頃であれば両親を恨まれても仕方のない経験だ。もっと言ってしまえば、ご両親に対する反抗心すらあったのではないかとも考えていた」

「たしかにない話ではありませんね。否定はしませんよ」

「気を悪くしないでもらいたい。あなたと会ってみると、どうもこの推測が間違っている気がしてならなかった。故に確かめてみたくなったのだ、どうか許してもらいたい」

「許すも許さないも、怒っておりません。周囲はそう思うのかと確認しただけです」

ハンカチを返したいのだが、洗って返すべきなのだろうか。迷っていると、ライナルトが空を見上げているのに気がついた。

彼の視線を追うと、新緑のカーテンの隙間から滴がすべり落ちた。

「通り雨か」

快晴だったはずだけど、空はいつのまにかこんもりとした雲に覆われている。

「カレン嬢、そこにいては濡れる。こちらへ来てください」

「え、あ、はい」

肩を抱かれ誘導されたのは木の根元だった。生い茂った葉が傘代わりになって、雨の被害が少ない。雨粒にはじかれる土の匂いを鼻腔に感じながら。しとしとと濡れ行く地面を並んで見つめていた。

「通り雨にしては長いですね。すぐに止むでしょうか」

「先ほどまで晴れていたので、大丈夫とは思いますが……。なんにせよ、私たちが身一つで出ていたのは皆知っている。すぐに外套を持ってくるでしょう」

ちなみにこの世界、傘はない。布張りの日除け傘らしきものは存在するが、基本的に剣を振り回すのが主流のこの世界。片手が埋まるのが邪魔だという理由で流行りはしなさそうだ。そもそもポリエステルやナイロンが存在しないので、雨除けは固い布地やなめし革に撥水性の高い薬品、植物の汁を塗った外套が主流である。

幼い頃、傘を作れば儲かるんじゃないか！　と野望を抱いたが、兄さんや姉さんにこの素晴らしい提案をしたところ純粋な眼差しで「自分で持つのか？」という疑問で返された。挙げ句、使用人といった人達には「片手が埋まるし周りが見えないのは怖い」と言われ夢は砕かれた。みんな基本的に、大雨の日は家に籠もるのである。滅多にないが、地域柄大雨が降ると霧で視界が覆われてしまうため、外出を良しとしないせいだ。

悲しい記憶に思いを馳せていると、避難も虚しく葉の隙間から水が滴《したた》りはじめていた。

「止みませんね、それどころか強くなっている気が……」

ライナルトの供が駆けつけてもおかしくないくらいには時間が経っている。

隣の麗人は無表情で腕を組んでいるが、待ち人が来る気配はない。空模様は悪く晴れる気配はなさそうだし、ただの通り雨ではないのかもしれない。

「仕方ない。走って戻りましょう」

幸い館までは近い。濡れても姉さんに服を借りればいいし、ライナルトは厚めの外套を羽織っているからさほど被害はないはずだ。踏み出しかけたところで、突然視界が黒で埋まった。

「失礼。だが、こうでもしないと貴方が濡れる」

広げた外套の中に私を入れたのだ。服越しとはいえ身体が密着した状態は、ええと、その、ちょっとびっくりして頬が熱い。ライナルトに私の顔は見えないからいいけど。

でもい、いちおうこちらは人妻なんだけど。

「転ばぬよう気をつけて」

揃って走り出すが、その最中に気がついた。ライナルトは先ほどから私をカレン嬢と呼び続けており、コンラート夫人とは口にしていない。

深い意味があるとは思えないが、しかしこの人、よくわからないからなあ。

足を汚しつつ林を抜けた頃には雨も弱まり、外套がなくてもよさそうだった。私のペースに合わせては移動しにくいだろうし、あまり接近するのもどうかと離れようと思ったときだ。

「ライナルト様、どうされました？」

突然足を止めたから、つられて転びかけた。彼が見ている方向は姉さんたちのいる部屋のはず。混乱している間に膝裏に手が差し入れられ、持ち上げられた衝撃で体が後ろに傾く。転ぶ！　と身構えていると、背中に回された腕がしっかり身体を支えてくれた。

「え、え、え？」

「失礼、大きな水たまりがあったので踏んではいけないと思い」

え？　なに、これってもしかして所謂お姫様抱……。

「…はい？」

うわあああああああ!?

み、水たまりって、その程度で持ち上げるの!?

外套のおかげで顔どころか周囲すら見えないけどこの状況……！

いやいやいやまってまった落ち着こうか自分。まずはライナルトに断りをいれて立たないと。

「あ、あの、自分で走れますので……！」

「黙って」

「はい」

反射的に従ってしまった。

意外に鍛えているのだろうか。体格がいいとは思っていたけど私を運ぶ動きに乱れはなく、体幹は揺らぎもしない。見た目だけの筋肉ではないのだ。

結局最後まで運ばれてしまった。帰ってきたときの周囲の視線は考えたくもない。ライナルトの関係者さん達、違うんです不可抗力なんです。ほらそこのライナルトさんもまったく気にせず涼しい顔でタオルを受け取っているでしょ……待った。使用人が既に待機しているってどういうこと？

私の疑問はライナルトの疑問でもあった。長髪から水を滴らせる姿は絵になるが、その薄い唇は配下の対応の遅れを問うていた。

「モーリッツ、ニーカ。私たちが雨具を持たず外にいたのはわかっていたと思うが」

黒い軍服を纏う長身の男女が背筋を伸ばしていた。三十前後の細めの男性が淡々と対応している。

「申し訳ございません。殿下のお声がかかり、お迎えするのを止められておりました」

「殿下が？」

「はい。正確には殿下の護衛官殿経由ですが、殿下の下知《げじ》とあらば従わぬわけには行きません」

男性の視線が姉さんの家の使用人に移り、つられてそちらを見た。使用人は「その通りでございます」と深々と頭を垂れ、代わりにタオルを用意し待っていたと告げたのである。彼らの気遣いは有り難かったし、実際とても助かったのだが、問題は殿下である。

なんとも頭が痛くなってくるレベルの人だ。

「……すみません。なんか、本当にすみません」

つい謝ってしまう。被害者には私も含まれているが、姉さんが関わっている分だけ罪悪感がある。もしかしたら姉さんも殿下には逆らえなかったのかもしれないが……。

私はライナルトのおかげでさほど濡れずにすんだが、彼の方は被害大である。

「仕事柄濡れるのは慣れているのでカレン嬢が気にする必要はない。それよりもご自身を気にかけるといいだろう。この時期はまだ冷える」

「私は姉の服を借りるつもりですが、ライナルト様はそうもいかないですし……」

「退散する口実としては丁度良い。殿下もこの姿を見れば残れとは言えないでしょう」

ちゃっかりしてらっしゃるが、罪悪感がなくなるわけではない。姉さんに服を借りなければならないし、彼を早く帰すためにも挨拶を済ませてしまおう。馬車を借りるために一声かけないと。

「私はお二人に挨拶してきます」

ライナルトは濡れているし、代わりに事情を説明しようと思ったのだ。すんなり部屋までたどり着けたが、扉前には護衛官が立ちはだかっている。

私を見るとあからさまに目が泳ぎだしたのだが、一体どうしたのだろう。

護衛官はわざわざこちらに近寄ると、背後を気にするように声を潜めて喋りだすのだ。

「どうぞお引き取りください。殿下とゲルダ様はただいま歓談中でございます」

「……殿下に言われ出ていたのです。それに姉に挨拶もなしに帰るわけにはまいりません」

「お静かに」

護衛官は全身に緊張をみなぎらせ、額にはうっすら汗を掻いている。

黙って服を借りるくらいなら姉さんも笑って許してくれると思うのだが、殿下がいるし挨拶なしで帰るわけにはいかない。しかし強行突破を試みようとしても、護衛官はとにかく止めようとするのだ。

「あのですね、そう言われましても殿下に失礼を働くわけには……」

「どうか声を抑えて」

「だから……」

そのとき、扉の奥から女性の悲鳴が聞こえた。

突然のことに固まるが、硬直が解けるのは相手の方が早かった。目を閉じて、神に祈りを捧げるかのように顔を天井に向けたのだ。

——聞かれてしまった、とでも言いたげに。

私は動けなかった。いまのは確かに女性の、姉さんの悲鳴だったが、その後いくらか断続的に聞こえてくる声のせいで判断に迷ったのだ。

それはただの悲鳴じゃなかった。種類的には男女が夜の床で行う種類の……夜の大運動会の類だと説明すればわかってもらえるだろうか。

そして、ここにいるのはダヴィット殿下の護衛官。もう一度言おう。ダヴィット殿下の護衛だ。姉さんの夫である陛下ではなく、陛下の息子である、ダヴィット殿下の！

……ああ、この人は私が気付かぬように止めようとしてくれていたのだ。

職務に忠実な、しかし親切な護衛官はゆっくりと下がるよう仕草で指示をだした。私の気概はとっくに消失し、そろそろと足を下げていると背後から声がかかったのである。

「どうされましたカレン嬢、中に入らないのですか」

いやー！ ライナルト、タイミングが悪い!!

瀕死だった私の精神が「彼を止めなければ」という使命によって覚醒し、いままさに気持ちは護衛官と一体になった。

二人しながら引き返して！ と動作で示していたときだ。また女性特有の艶っぽい嬌声が響いた。私も護衛官もはっきりと硬直し、全員がその意味を違えることなく理解していた。

……とんでもないスキャンダルだ。他言されてしまえば一瞬で国中に噂が広がってしまうだろう。そうなってしまえばキルステンは終わり。殿下はともかく姉さんの罰は免れず、最悪お家取り潰しだ。私の脳内では親類縁者の処刑映像まで再生されている。

しかし姉さんのそういう声を聞くのは、あの、妹としてもあるけど、普通に人としてつらい。ライナルトになんと弁明するべきだろう。

悩みつつも彼の袖を引っ張ったのだけど、この人に緊張の二文字はあるのだろうか。彼は私のように慌てても騒ぎもせず、遙かに落ち着いた動作で踵を返したのだ。私は咄嗟のことに転びかけたが、悲鳴が上がる前に口元を押さえ持ち上げたのだ。再び玄関まで戻ったとき、皆何事かと思っただろうけど、それどころではない。

解放されたのもつかの間、足下から崩れ落ちて床にへたり込んだ。

「カレン嬢、落ち着いて」

夢じゃないのだ。

「なにこれ」

マジで。マジか。マジなのか。

呆然としながら、わずかも驚いたそぶりを見せない男を見上げた。さっき、林から出たときにこの人は立ち止まった。あの位置なら姉さんたちの部屋に駆け込んだ方が早かったのに、あえて玄関に戻り、そして彼らが見えないよう視界を覆ったのは——。

「ライナルト様はご存じだったのですか」

「殿下の女癖の悪さならば。しかしあそこまで進んだ関係だったとは……」

彼の言い様だと、それ以上に及んでいるとは思わなかったのだろう。そりゃそうだ、いまはまだ陽が登っている時間帯である。

もう帰りたい。

これほどまでにコンラート伯とエマ先生の穏やかな笑顔が見たいと思ったことはなかっただろう。わずかな期間しか共にいないのに、彼らの穏やかさは私にとって救いになっている。

「姉さんに話をしなきゃ……いえ、でも」

話をしなければと思った。

姉さんは間違った行いをしている。これを真正面から正すのは家族の役目だろう。

部屋に戻るべきだ。わかっているけれど、このときの私には勇気がなかった。もっと言えば混乱していた。

いくら転生者でも姉が浮気を、もっと言ってしまえば義理の息子と関係を持った場に居合わせて冷静ではいられない。言い方は悪いが、これがただの他人であればなかったことにしていたが……。

殿下は遙か上の身分だ。いくら側室の妹といえど、勢い任せで突撃してはならない。日本とは違う厳しい縦社会、夫であるコンラート伯の不興にも繋がると考えれば、それ相応の覚悟で意見をせねばならないのは理解している。

でも、何故だ。何故、どうして姉さんは殿下と……。

考え込んでしまうが、周囲の視線で我に返った。

「失礼しました。私、ここでお暇《いとま》させてもらいますね。悪いけれど、殿下と姉さんには帰ると伝えておいてくださいな」

使用人さんに伝言をお願いする。と、とりあえずこの魔窟から出て頭を冷やしたい。いまは思考がまとまらないけど、殿下がいないときに、そう、兄さんを連れてきて、対策を考え挑まねば……。

「待ちなさい」

帰ろうとした私の手を摑んだのはライナルトだ。そうだ、彼を無視して帰っては礼儀に反する。間近にいたのに無視するのはよろしくない。

「気が動転してました。すみません、ろくに挨拶もしないで……」

「そうではない。……いま帰ろうとされていたが、足はおありか」

「へ？　……あ、はい、なかったですね」

着替えは……いいや。もう勝手に部屋の中を漁るのも面倒くさい。勝手に馬車を借りようとするまえに、ライナルトが指示を下していた。

「モーリッツ、こちらでカレン嬢を送る、道はわかるな」

「キルステン、コンラート邸、どちらも存じております」

「ニーカ、毛布か裾の長い上着を持ってきてもらえるか」

「自分のものでよろしければ用意がございます、準備してまいりましょう」

口出しする間も与えられずテキパキと手筈を整えてしまい、あっという間に馬車の中である。ニーカさんという女性が貸してくれた上着を羽織り、ライナルトと向かい合い座っていた。

「カレン嬢、コンラート伯邸でよろしいか」

キルステン、といいたい所だが、兄さんは仕事だから不在だろうし、父さんとは折り合いが悪い。頷いていると、ライナルトの配下二人も乗り込んできた。ライナルトの隣にモーリッツさん、私の隣にニーカさんだ。広さに余裕があるので充分座れる。

「カレン様、どうぞ乗り合いのお許しを」

モーリッツさんは見た目通り堅苦しい人という印象だが、規律に厳しい軍人であれば仕方ないのかもしれない。二人とも生真面目が服を着たような雰囲気と眼の鋭さがある。

「え、ええと。乗り合いなんて気にしません。送っていただくのはこちらの方ですし、上着まで借りてしまって。ニーカさん、でよろしいですか？　洗って返しますから、お許しくださいませ」

ニーカさんはなぜか驚くし。……なんで？

「直接、は無理ですよね。お勤め先に送ってもよろしいですか」

「お気遣いはありがたいのですが、そこまでしていただくわけには……」

「これ、支給品でしょう？　きちんとお返ししなくては私の気がすみません。すぐに上着が必要とあれば、もちろんお返ししますけれど」

「予備ですので、お気になさ……」

「では洗ってお返しします」

女性ながら凜とした勇ましさで惹きつけられる人だ。結わえた赤毛が特徴的で、首や耳といったあたりに細かい傷があった。帯刀した剣は年季が入っており、戦闘経験の豊富さを窺わせる。ニーカさんはライナルトを気にしたが、彼が何も言わないのを察すると遠慮がちに頷いた。

「……お気遣いありがとうございます。では、第三連隊宛に送ってくだされば届きますので」

「ニーカさんの名字は何になりますか？」

「サガノフです。ニーカ・サガノフまでと書けば届くでしょう」

「わかりました、サガノフ様ですね」

頭のメモ帳に名前を残し、馬車も走り出した時だ。誰かが馬車を呼び止め、戸を開いたのである。そこにいたのはサブロヴァ家の使用人だ。

「主人より、こちらはカレン様にお持ち帰りいただくよう言いつけられておりました」

結婚祝いだと渡された小箱だ。素直に受け取れる気分ではなかったから断ろうとしたけれど、縋《すが》るような瞳でこちらを見つめている。受け取ってくれと言葉無く訴えており、うっすら汗を掻く姿には受け取るほかなかった。小箱には変わらず、あの腕飾りが可愛らしく鎮座している。

「気に入られましたか」

盗み聞きしていたから知っているだろうに、そんなことを問うてきたのはライナルトだ。

「ええ、姉とはあまり趣味が合わないのですけど、これは本当に素敵です」

「そうですか。では、大事にされるといい。送り主はともかく、ただの金品に罪はない」

「ライナルト様は存外、お口が悪くていらっしゃいますね」

「ここには気の置けないものしかいないので、つい口がすべってしまった」

「あら、お上手ですね」

美形に微笑まれて悪い気のする人はそんなにいないだろう。笑ってみせたが、話を続ける気にはなれずに口をつぐんだ。

腕輪は本当に好みだった。台座に嵌まった薄青は柘榴石、電気石、緑柱石……どれになるのだろうか。宝石には詳しくないから種類なんてわからないが、綺麗だと感じる気持ちに偽りはない。

……姉さんは本気で陛下を裏切っているのだろうか。

今日の出来事は、私の知っている姉さんと違いすぎて、脳がバグを起こしたみたいにあべこべだ。

二年という空白期間は人を変えてしまうのか、それとも側室になったから変わったのか。

少なくとも私がキルステンを追い出される前は、世間に疎くはあっても常識的で、ちょっと強気なお嬢様だったのだ。いまはちょっと力んでいるように見えていたから、行き違いはあったけど、それでも人の気持ちを汲めない人だとは思わない。

だって姉さんは私について誰よりも憤慨したし、母を説得しようとした。父の書斎に乗り込んで物を投げまくって徹底抗戦、諫《いさ》められると倒れるまでハンガーストライキを決め込み叱られた。我が儘な側面もたくさんあったが、そのぶん情にも厚い人だ。

少なくとも私にとっては悪い姉じゃない。悪くないと信じたい。

でもそちらについてはまだいい。いえ実際はまったく良くないけど、諫められる可能性があるから、幾分ましといえる。

問題はダヴィット殿下だ。

あの人には怒りを通り越して呆れしかない。よりによって父王の側室を寝取る思考になるのか普通。私への対応といい、もはや好感度など氷点下もいいところ。しかし相手はなまじ王子であり、そしてあの驕慢《きょうまん》な態度からして説教なんて無意味だろう。

「……母子二代はきっつい」

気持ちを声に出してしまっていたらしく、口元に手を当てる。三人の視線は当然こちらに集ってお り、意図しない注目に「失礼」とだけ零して視線をそらした。

送ってもらっている最中なのだし、考えるのは後にしよう。地獄の底からやってきましたみたいな絶望的な声は品がない。

「カレン嬢、館での件ですが」

「あ、ああそうでした。あの、できれば今日の件は内密に……」

「部下共々他言はしないと約束しましょう。ただ、どこまでこの話が漏れているかはわからない」

「できるだけ……できるだけで、いいので」

絶対誰にも知られたくないのが本音だけど、彼に訴えてもどうにかなるわけではない。

ああ、あの二人いつからだろう。いつからあんな関係になったの。

お願いだから他に知る人がいませんように!

「迷惑でなければ、兄から殿下に真意をお伺いさせていただこう。もしかすれば兄がなにか掴んでいるやもしれない」

「そのようなことを軽々しく言ってよろしいのですか。頼りにしてしまいますよ」

「もし兄が立ち会っていたのなら同じことをするでしょうからね。なにより、キルステンの没落は当家も望むところではない」

「お諫めいただくことは……いえ、すみません。無理を申しました」

ダヴィット殿下はライナルトの兄を「我が友」と言っていた。本当かどうかは知らないが、事実ならあの人もどうにかしてほしい。

「ひとまず今日はもう休まれるべきでしょう、顔色もよくない」

「そう、ですね。夜にでも兄と会えればと思っていましたが……一度冷静にならなくては」

外はまた雨が降り出している。この調子で続けば霧が深くなり、出歩くのは困難を極めるだろう。

無事にコンラート伯邸に到着すると、見知らぬ家紋の馬車を使用人が困惑しながら出迎える。

一人で出かけたと思った私が降りてきたとき、ヘンリック夫人やニコは度肝を抜かれたのではないだろうか。なにせ一緒にいたのは非常に顔立ちの整った美形である。

「本来ならば辺境伯のご子息に挨拶するべきだが、このような姿ではかえって気を使わせるだろう。カレン嬢からお伝え願えるだろうか」

「こちらも都に到着したばかりで、とてもお会いできる状態ではございませんから、どうぞお気遣いなく。ローデンヴァルトには良くしていただいたと家人に伝えましょう」

「感謝する。それでは、また機会があればお会いしましょう」

「ありがとうございました。でも、本当はお会いしない方がお互いのためなのですけれどね」

「違いない」

今度は以前とは違う気持ちで笑顔を返せた。濡れていても去り際まで見惚れるような立ち居振る舞いである。そして手を取って指先に口付けは、ある程度覚悟していたので問題ない。

彼らの姿が見えなくなるまで見送ってから、さて、と振り返った。

「ヘンリック夫人、とりあえず着替えをしてからの説明でよろしいで……」

夫人がなんとも奇天烈な表情をしている。ニコは赤面しているし、いつの間にか出てきていたスウェンが腕を組んでいたのだが……。

ニコの赤面の理由はライナルトだろう。けれどヘンリック夫人が固まる理由は何だろうと思っていたら、スウェンが私の前に立った。ご丁寧に指を一本立てている。

「コレか?」

オーケー少年。ちょっと話を付けようじゃないか。

5 厄介事ばかり

想像はついていたが、ニコやスウェンの反応は酷かった。特にニコなんて、ライナルトが私の婚約者候補だったと知るや叫び声を上げた。

「奥様、アレを断ったんですか⁉」

そうだよ断ったんだよ。いかな美形も話題にあがればアレ呼ばわりである。

二人と机を囲んでいるが、ニコは心底理解できないといった様子でお菓子をつまんでいた。一方でスウェンは事情を聞いているから複雑な面持ちである。彼女はおしゃべり好きで隠し事が苦手なのだけれど、いるだけで場の雰囲気が明るくなる。堅苦しいことをいえば侍女を同席させるなんてもってのほかだが、家の中だから構うまい。ヘンリック夫人も苦言を呈することはないだろう。

「奥様の趣味って変わってますね。あんな人を振ってコンラートに来るなんて……あ、いえ、旦那様が駄目っていってるわけじゃないんですけど」

「言いたいことはわかるけど、しみじみと言わないでちょうだい」

このように主人に対しても遠慮ない。私とスウェンの様子を窺いつつもお茶に砂糖を追加しているのもちゃっかりしているが、山盛り五杯も入れて甘ったるくないのだろうか。

「あの御方、奥様に向ける眼差しがとてもお優しかったですよ。きっと奥様のことがお好きなんじゃないでしょうか」

「そうねえ、嫌ってはいないご様子だったから私もびっくりしたのだけど」

「え、奥様も脈有り？」

何を言っているのかこの子は。

「話してみたら意外と話のわかる方だったの。婚約破棄、になるかはわからないけど、それについては怒っている様子でもなかったしね」

私はサブロヴァ夫人が可愛がる妹なのだ。優しくするし気も遣うだろうという考えは寂しいだろうか。でも除外できない要素である。

「でもでもー、すっごく格好良かったのに、いまからでもお近づきにはならないんですか」

「はいはい。あの人が格好いいのは認めるけど、不倫をすすめてどうするのよ。あなたのことだから他意はないのはわかってるけど、知らない人に聞かれたら問題よ」

「そーゆーつもりはないんですけどぉ」

「ヘンリック夫人に聞かれたらあとが怖いんじゃないかしら」

ヘンリック夫人の名前を出すとようやく静まったので、これを機にスウェンにも忠告だ。

「スウェンも、編入手続きは上手くいきそうなのよね。口の利き方には気をつけたほうがいいわよ」

「気をつけてるけどずっとは無理だ。カレンだってたまに崩れるじゃないか」

「私は時と場合を選んでますー。少なくとも学校じゃ指を立ててコレか、なんて言いませんー」

「それは悪かったけどさ……。なんか、やめろよ」

「やめろよって、なにが」

「言い方が母さんみたいだった。妙な気分になるからやめてくれ」

「じゃあ言われるような事しないでちょうだい」

「だーかーらーさー……そういうの！」

スウェンはエマ先生が奔放に育てたためか、作法に疎い傾向がある。一応はきちんと仕込まれているらしいが、いまのところテーブルに肘をつきながら茶を啜る姿しか見たことない。

ときにいまのおばちゃんくさかっただろうか。微妙にショックだったから気をつけよう。

「スウェンってばなんか頼りないんだもの。学校の先輩として心配だわ」

「退学してるだろ」

「退学してても先輩は先輩です」

そういうことにさせてもらおう。気分はとっくにスウェンのお姉さんだ。

「ところでニコ、明日について聞いておきたいのだけど」

「あっ、はいはいはい。お出かけされますよね、どこでもお付き合いしますよぅ」

「あなたの希望は劇場や服飾店だったっけ」

「お菓子でもいいですよ！」

元気いっぱいだ。微笑ましくなりながら、目をキラキラと輝かせる少女の希望を打ち砕く。

「実家と友人の家に行くんだけど、一緒に来る勇気はある？」

ニコの笑顔が固まり、首を横に振った。いくらのんびり屋の彼女でもコンラート伯の侍女がキルステンに赴く愚かさは理解できるらしい。あなたへの風当たりが強くなるけどいいかしら、と尋ねる手間が省けた。ニコが付いてきても馬車で待っていてもらうのが関の山である。

しかしながら、憧れの都に胸膨らませてやってきた少女に館に籠もっていろと命じるのも酷だ。

「お留守番ばかりもなんだし、スウェンと一緒にお使いをお願いしたいのだけどいいかしら」

「は？　僕は編入の準備があるんだが？」

「嘘つき。必要な教材は準備済みだって夫人から聞いてるんだから。どうせ図書館で本を漁るのでしょ、籠もりきりにならないようにって伯から言われてるの」

「お前、そんなのいつの間に」

「難しいお使いなんて頼まないわ。お土産を買ってきてほしいだけだし、スウェンはこちらで暮らすのなら地理を把握しておくべきよ」

私が出かけている間にスウェンは学校の編入を決めたようだ。本人は一人暮らしを希望しているが、許可は下りないだろう。ヘンリック夫人曰く、新たに人を雇ってスウェンをこの館に住ませるか、親戚の家に預ける方向で考えているようだ。

「奥様はご実家ですよね、一人で大丈夫なんですか？」

「知らない場所には行かないから平気よ。戻りが遅くなっても学校の友人と会ってるだけだから気にしないでね」

兄さんに会わねばならない理由に気分も台無しだ。憂鬱でため息を吐くと、スウェンに心配そうな顔をされた。茶化しているようで、ライナルトと帰ってきた件を気にかけているのだ。

「もしかして厄介事でも起こったのか？」

「わかる？　とっても面倒な厄介事が……私のことじゃないから大丈夫。ただ、放っておくのはできなさそうだから、できる限りのことはやってくる」

「ヘンリック夫人に相談しろよ。頼りになるぞ」

「落ち着いたらそうさせてもらうわね」

スウェンにはそう返事をしたが、これは嘘である。

二人にはお使いを頼んだが、見て楽しい店を選んだつもりなので明日はゆっくり遊べるだろう。二人は幼馴染みでもあるので気心知れているし、楽しい思い出作りになってくれたら嬉しい。

茶会が解散し、ヘンリック夫人の手が空いたところで部屋に来てもらった。帰ってきた時から察していたのだろう。呼び出しにも慌てず騒がず、実に頼もしい夫人に一つお願い事をした。

「詳細は話せないのですが、コンラート伯の力でダンスト家について調べてもらいたいのです。コンラート伯に伝えていただくのは可能ですか」

「……ダンスト、というとキルステンの本家でしょうか」

「知識程度ですが。……ご用件を旦那様にお伝えするのは承りましたが、僭越ながら確認いたします。そのように仰るからには、ご実家に頼るわけにはいかないのですね」

「ご存じでしたか」

「旦那様からは何かあれば奥様の力になるようにと仰せつかっています。ですので、そう命じられるのでしたらもちろんご助力いたしますが……」

「頼れない、ですね……」

「ありがとう。ええ、言いたいことはわかってます」

相談に乗るよと夫人は案じてくれている。私もこの秘密を誰かにぶちまけてしまいたい気持ちがあるが、流石に難しい。いち使用人が抱えるには重たすぎる秘密だからだ。

「できれば相談したい。誰かに話を聞いてほしいけど、伯に相談してからでないと難しい内容なんです。夫人は聞かない方がいいと思う」

夫人は長年コンラート伯に仕えているだけあって、この言葉で悟ってくれたようだ。

「ダンスト家についてはすぐに調べがつけられるでしょう。ですが奥様、差し出がましいのは承知でおたずねします。この件、ローデンヴァルトに関わる話ではございませんね？」

「関わりは無いです。夫人、ライナルト様とは完全に別件ですから安心してください」

一緒に帰ってきたから警戒してるのだろうなあ。

夫人は古参の使用人だし、都の地理にも詳しいのだから、以前はこちらに住んでいたのだろう。家令のウェイトリーさんとヘンリック夫人、この二人は佇まいから他の使用人と一線を画しているし、主人の信頼も厚い。田舎と違いのんびりしていられないことを知っているのだろう。

「あまり心労をかけないようにしないと」

部屋をぐるりと見渡すと、コンラート領の館より豪奢な調度品が目に飛び込む。壁掛けの絵画の縁は金の装飾、寝台も天蓋付きと豪華極まりなく、しかもどれもが年代品。使い込まれてはいるが、大事に使われていたのが窺い知れる。

窓を開くとやや冷たい空気が流れ込み、湿気混じりの雨の匂いが鼻腔をついた。このまま降り続ければ霧が濃くなり出かけるのも困難を極めるだろうから、晴れを祈るばかりだ。私はもう楽しい帰省を諦めているけれど、明日のスウェンとニコには楽しい思い出を作ってもらいたい。

今日は疲れた。いいことといったら新しい装飾品を手に入れたくらいで、あとはライナルトが存外話しやすい御仁だとわかったことか。しかし改めて彼の人となりを思うと首を捻りたくなる。

確かに親切で優しい人ではあったのだけど、なんとなく腑に落ちないのだ。姉さんにも話したけれど、伴侶に興味がありそうな人には感じない。それに次男といえど、ローデンヴァルト侯の次男が二十半ばにして独身なのも疑問。彼ほどの家柄なら婚約者がとっくに定まっているはずである。なにせうちの兄さんですら婚約者がいる。

何度目かわからないため息を吐いて、寝台に横たわった。

これ以上考えるのはなしだ。なぜって、横抱きに抱えられたあの事を思い出して頬が熱を持ってきた。誰もいなくてよかった、クッションを抱いて瞼を下ろす。

「こんなのじゃなければ、喜んで婚約してたのかなぁ」

生まれたときから『私』を自覚していたが、もし日本人としての記憶を有せず生まれていたのならどうなっていただろう。でもそれだと十四で心がボロボロになっていただろうし、なんとも複雑だ。

身体が睡眠を求めているのか、段々と睡魔が襲ってくるのだが、ふと思い出した。

……ハンカチ返すの忘れてたなぁ。

うっかりそのまま寝てしまったのだが、翌朝は咳き込む私をニコが心配そうに見つめていた。

「寒かったのなら毛布をお持ちしましたよ。遠慮せずにちゃんと声をかけてください」

「……ただのうっかりなのよ」

「それが駄目なんですよぉ。昨日は濡れて帰ってきたから、厚めの寝衣をお渡ししていたのに台無しじゃないですか。年下のスウェン様だってもうちょっと気をつけますよ」

「はい、ごめんなさい。自分のうかつさを身にしみて実感してます。だから小言は勘弁して……」

「ニコは奥様の侍女ですし、大事な話なんだから小言はやめませんよぉ。二日続けて置いて行かれちゃうけど、奥様の侍女ですし！」

「根に持ってるでしょ」

鼻をかんでいると、ヘンリック夫人はまなじりをつり上げながら温かい薬草茶と薬を用意してくれる。衿巻《えりまき》や外套を用意してくれ、おかげで出かける頃には体調も落ち着いていたが、こんな調子だから外出は反対気味だった。

「体調が優れないのなら出かけるべきではありません。ただでさえ霧が出ているというのに……」

「今日は馬車にしますから許してください。終わったら大人しく寝ます」

日本と違って、そもそも病気気味の人は家で安静にするのが基本だ。たかが咳といっても例外はないけれど、私も大事な用がある。ヘンリック夫人は不承不承ながらも見送りに出てきてくれたのであった。

「友人とは長時間会うのを避けます。なるべく早めに帰ってきますね」

「エルネスタ様でしたか。確か魔法院の方でございますね」

「ええ、正確にはこれから魔法院入りするんですけど、いまならいつでも会えるので」

エルには借りたお金を返し、現状を報告せねばならなかった。合間に手紙を出していたし、コンラート領を出発するぎりぎり前で返事がきたのでおおよそは把握しているはずである。……やはりエルの顔は見ておきたい。数少ない友人くらいは大事にするのである。

夕食を一緒にとりたかったが、風邪気味ではエルに迷惑をかける。兄さんが出かける時間にはまだ余裕があるし、先にエルを訪ねたのだが、そこで思いもよらぬ事態になった。

「エルちゃんかい？　いや、ちょっと前にご両親と店を畳んでどっか行っちまったよ。何処に行くのか聞いたんだけど濁されちゃってねえ。魔法院？　いや、エルちゃんやめるっていってたよ。なんかお家が大変だからって……」

なんとエルの両親が営んでいるはずの店がもぬけの殻だった。あまりのことに立ちすくんでいると近所の人が声を掛けてきてくれたのだが、話を聞いたところ、行き先すらわからないというのだ。

「は……？」

彼女から返ってきた手紙を握りしめ、空っぽの店を食い入るように見つめた。

エルの家は店舗兼実家だったから、ここ以外の場所は知らない。親戚もいるとは聞いていたが、国内の何処にいるかまでは把握していない。

あ、だめだこれ。普通にショック。突然の婚約を迫られたときもここまで悲しくならなかった。

近所の人から集めた話を総合するに、出て行ったのは私に手紙を送った少し後だ。エルが私に嘘をつく理由はないから、きっと不測の事態だったのだと信じたい。

足取りがおぼつかないまま戻ったせいか御者には大層驚かれた。

「先生ならなにか知ってるかも、あとで学校に問い合わせなきゃ」

こうも不慮の事態は重なるのか。予定をすべて切り上げて学校に行ってしまいたい。けれど実家に行って兄さんに会わないわけにもいかない。歯がゆさに胸をかきむしりたい感情を抑えつけ、歯を食いしばる。馬車が到着するなり扉を開け放つ。

キルステンの玄関を潜るとすぐに兄さんの名前を叫ぶのだ。

「アルノー兄さんはいらっしゃる!?」

叫びには……これまでの諸々を含めた様々な感情と八つ当たりが含まれていた。使用人が慌ただしく奥へ駆け込み、しばらくすると兄さんと護衛兼乳兄弟のアヒムが共に姿を現したのである。連絡なしに来た上に、私がキルステンに近寄るとは思っていなかったのだろう。兄さんは驚愕に目を見開くが、私が近寄る方が早かった。

「ねえちょっと、お兄様に聞きたいことがあるのですけど」

喉を締め上げるように両手で衿を摑んだ。アヒムが引き剝がそうとするが、渾身の力で外まで連れて行く。感じ入るところがあったのか、兄さんは大人しく引きずられるようだ。

「大事な話だからアヒムはこれ以上近寄っちゃ駄目」

誰の耳にも届かない場所まで移動すると、兄さんを睨み付けたまま呻くように囁いた。

「兄さんは知ってた？」

「カ、カレン？　いったいどうしたと……」

「答えて、あの二人の関係を兄さんは知ってた？」

「ふた……待ってくれ、お前は一体なにを言っているんだ。昨日の盗み聞きは悪かったと思ってる、ただ私も殿下に命令され……言い訳にしかならないのはわかってるが！」

「その殿下だってばっ」

「なにがだ、騙し討ちのようになってしまった件じゃないのか」

「それにも言いたいことはたくさんあるけど！」

慌てふためく様は演技ではなさそうだ。私に悪いことをしたと思っているのは本当らしく、衿を摑んだ指を離そうとはしない。気が弱いわけではなく、理不尽にこんな行動を起こされたら抗議する人だ。私の怒りを静めるため、あえてされるがままになっているのだろう。

「ダヴィット殿下と姉さんよ。あの二人、不倫してるの知ってた？」

はじめは驚愕と、しばらくすると言葉の意味を理解した故の失笑だ。駄々を捏ねる子供を落ち着かせるように、ゆっくりと私の指を外していく。長兄らしい顔つきで妹を叱った。

「カレン、いくらなんでも不敬だ。言葉を改めなさい」

私は謝らない。失礼なのは百も承知で、これ以上の言葉は難しくひたと兄を睨み続けた。

半分くらいは泣きも入っていた。いっこうに頭を下げない私を兄さんは訝《いぶか》しみ、段々と顔のパーツを奇怪に歪めていく。

「いや、お前……流石に冗談がすぎるだろう」

「冗談で、こんなことを、朝から、言いに来ると？」

「いやいやいや……だって……ほら、お前……いくらなんでも……」

人の目が怖いからうまくしゃべれない。本当はもっと人を避けて話すべきだったのだけれど、これ以上堪えきれなかった。

「聞いちゃったんだけど」

「聞いた？　なにを……」

「仲良くしてる声」

ぼかして伝えたが、意味は伝わったようだ。息を忘れてしまった姿に「ライナルトも聞いた」と付け加えればヒュ、と喉が空気を通過する音がして、その無残な姿に確信した。

……本当に知らなかったの、アルノー兄さん。

実はグルなのかと疑ってた。

「だから相談をと思ったのだけど兄さん、ちょっと、ねえ兄さん聞いてよ」

白目を剝きながら後ろ向きに倒れていく成人男性の姿に、遠巻きながら見守っていたアヒムの叫びが響き渡った。

私だって耐えたんだからもうちょっと頑張ってほしいところである。

自室で介抱された兄さんはすぐに目を覚ました。はじめ私の姿に要領を得ない様子だったけど、段々と記憶が蘇ったのか、頭を抱え込むようにうなり声をあげたのである。

「そんなばかな、あれは夢だろう、そんなはずは……」

「現実です。ですから早く立ち直ってください」

「おれには何が起こったかわかりませんが、正気に戻ってくださいい坊ちゃん」

私に続いて言い放ったのはアヒムである。目上の人がいないときは兄さんを坊ちゃんと呼ぶが、いまだ続いているようだ。彼には兄さん同様可愛がってもらっており、昔はよく遊びに連れて行ってもらっていた。昔語りに花を咲かせたかったが、残念ながらそんな時間はない。

「アヒム、悪いけど兄さんと話をしたいから外を見張っててもらえない」

「おれ、下がってなきゃだめですかねえ？」

「あんまり聞かせたい話じゃないかな。もし聞き耳でも立てられたらお終いだもの」

「そんなこと言わずに、おれとお嬢さんの仲じゃないですか。それに坊ちゃんの寝室は聞き耳立てられるような場所じゃないですって」

「それはわかってるんだけど……」

寝室の位置的に聞き耳は難しい。それでもアヒムに聞かせたい話じゃなかったのだ。

「坊ちゃんが倒れるほどの内容なんでしょ。胃痛持ち一人で抱えられる話じゃないですし、お嬢さんのことだって心配なんですよ」

くすんだ茶髪を後頭部で束ねた青年が、妹分の手を取って「ね？」と尋ねてくる。どことなく女慣れしているのは気のせいではない。彼は兄さんに夜遊びを教えた張本人で、女遊びもそれなりにこなしていた。不真面目な印象を与えてしまうが、兄さんが本当に嫌がるようなことはしないし、見極めはできるタイプである。私が言うのもなんだけど、彼はこの世の誰より兄さん第一主義だ。

アヒムを振り払った手で駄目だと制した。

「そうやって雰囲気で押し通そうとしてもだめ。騙されてあげない」

「おれはいつだって本気ですよ。坊ちゃんとお嬢さんのことはいつだって大事に思ってます」

「姉さんとエミールが漏れてるわ」

「ゲルダお嬢さんはおれの手の届かないところに行っちまいましたし、エミール坊ちゃんはおれを嫌ってますから」

「あの子、まだあなたを敵視してるの？」

「そうなんですよ。ことあるごとにお前は近寄るな、なんて厳しい言葉を……。だからお嬢さん、おれを遠ざけるようなことしないでください。可愛いお嬢さんにまで離れろなんて言われたら、寂しくて泣いちまいます」

「泣き真似がうまくなっちゃってまぁ」

ここで初登場。エミールとはキルステンの四兄姉、最後の末っ子である。アヒムが若干渋った物言いになったのは、末っ子がアヒムを苦手とするためである。

「……お前達、変わらず仲がいいのは嬉しいのだが、じゃれるのはそこまでにしてくれないか」

「一番時間食った人が何か言ってる。それにじゃれてないですー」

「なんだ、もう立ち直ったんですか」

アヒムの兄さんに対する素っ気なさは親しいが故の態度だが、兄さんの目は節穴だろうか。大体、貴婦人よろしく倒れるのがいけないのではないか。

「アヒム、一度だけ廊下を確認したら戻ってきてくれ」

「兄さん、いいの？」

「どのみち私の手足となるのはアヒムなのだから、話を聞いてもらった方が早い。それに私一人で抱えるのは無理だ。頼む、同席させてやってくれ」

他にも色々抱えてそうだし仕方ない。棚から薬を取り出す姿はちょっと可哀想である。

廊下には誰もいないようだが、念のため人払いもお願いした。私たちが警戒するから、アヒムは扉に背を預ける体勢である。兄さんは胃を押さえつつ話題を切り出した。

「ゲルダがダヴィット殿下と…………仲良くされていたとの話だが……」

「ええ不倫をされていて」

「っぐ……！」

「言葉くらいで揺らがないでください。私は声まで聞いてしまったんですよ」

「す、すまない。……どうしてお前がそんな話を知ってしまったのか話してもらえるか」

請われ、ようやくあらましを説明できたのである。兄さんは話を聞き終えると、もはや横たわりながら脱力していた。

「以上が、私の見てきたすべてです。信じてもらえますか？」

「信じる信じないも……お前はこんなときにまで嘘をいう子じゃないだろう……」

二年の間に逞しくなったと思っていたが、やはり根本は変わらない。アルノー兄さんはメンタルが弱いが人前で取り繕うのは上手である。

胃が痛むためか、仰向けのまま目頭に腕を押し当てていた。

「ゲルダは一体なにを考えているんだ。母上の不義をあれだけ怒っていたのに、よりによって、まだ十六のお前がいるときになんて」

「びっくりですよね」

「冷静だな」

「一晩経って少しは頭も冷えました。で、お話ししたとおり、ローデンヴァルトにいくらかはご協力いただけるかもしれません。うちはどうします」

私から父母に話をしに出向くことはない。家人で取り組むだろうし、兄さんから相談するのかと尋ねたら、意外にも渋る様子を見せた。

「お二人に話すのはやめておこう。ひとまずは私が赴き、止めてこようと思う」

「あら意外。話さないのですか」

「父上は心労がたまっているから、こういう話はあまり耳に入れたくない。ゲルダがどうしてもダヴィット殿下と切れたくないというのならお出ましいただいて、道を説いていただこう」

「私は行かなくてもよろしい？」

「いま顔を合わすのは気まずいだろうからやめておきなさい。お前だって気乗りしないだろう」

私の出自を気にしてるのもあるのだろう。確かにあまり良い気はしていないが、兄さん一人に任せてるのは不安だ。

「どうせなら一人より二人で説得した方がよろしいのではない？」

「カレン。お前、私では頼りないと思ってるだろう」

思ってます。

丸わかりだっただろう。兄さんは気弱な笑みを浮かべるが、その面差しには、二年前にはなかったふてぶてしさがあった。

「なに、末の妹を嫁がせてしまった頼りない兄だが、いまなお苦労をかけるほど不甲斐なくはないよ。……ゲルダが反発したら頼むかもしれないが」

「わかりました。では兄さんに任せますけど、必ず結果を教えてくださいね」

「約束するよ。しばらくはコンラート伯の館に滞在するのだろう？」

「ええ、スウェン……伯の息子さんが学校に編入する関係で手続きが残っているの」

「そのご子息にも挨拶せねばならないな。ああ、それとローデンヴァルトにも渡りをつけておくから、お前はこの件は静観しておきなさい」

「……任せていいのね？」

「もちろん。その様子ではろくに休んでないだろう。いいから私に一任しなさい」

「無理はしないでね」

「家の一大事だ、無理を通さねばならないときだよ」

ここまで言ってくれてるし、兄さんに任せるべきだろう。抱擁を交わすとお願いを口にした。

「姉さんとは別件なのだけど、アヒムを借りたいの。仕事の邪魔にはならないようにするから、用事を頼んでもいいかしら」

「とのことだ、アヒムがいいなら行ってくれ」

「はいはーい。お嬢さんの頼みならなんでも引き受けますよ」

「……とのことだ。好きに持って行って構わないぞ」

無事承諾を得たが、彼をつれて歩きたいわけじゃないのだ。

「どちらかといえばアヒムの顔の広さが頼りというか……」

どうせアヒムから「お願い」の内容も伝わるだろう。私の友人であるエルとその両親がいなくなったため、彼らの行方を追って欲しいと頼んだのである。コンラート伯にも人手を借りるつもりだが、現地の知り合いに頼むだけはしておきたい。

自らの足で情報を得たい気持ちはあるが、餅は餅屋という日本のことわざがある。

肝心の話題が終わったからか、アヒムは私たちの近くに腰を下ろした。座っているのは兄さんの寝台だが、二人とも気にしている様子はない。

「エルってお嬢さんとよく遊んでた子だね。わかったわかった、早急に調べてみようじゃないか」

「アヒムはエルを知ってるの？」

「そりゃあ知ってるとも。お嬢さんの身の回りの調査して坊ちゃんに伝えてたのおれですもん」

「あ、そっか。なら話は早いわね」

「うんうん。そこで怒らないお嬢さんがおれは好きだよ。ゲルダお嬢さんやエミール坊ちゃんなら顔を真っ赤にして怒ってるところだ」

調べられて困るような生活を送ってないだけである。

「ところでカレンお嬢さん、おれはとても気になっていることがあるんですが」

アヒムの両腕が伸び、私の頬を包み込んだ。昔っからだが、アヒムは人との距離感がない。そこが人付き合いの上手な理由でもある。しかも顔もいい部類なので、特に女の子の受けがいい。

「坊ちゃんが言わないいんで聞いちまいますよ。コンラートに苛められたりしてませんね？」

「アヒム、おい」

「この人は後ろめたさがあるから聞けないようですが、もしそうだったらちゃんと言うんですよ。おれも旦那様に逆らえなかった身ですが、お嬢さんを助け出すくらいはできますからね」

「ありがとう。でも伯はいい人だし、皆も親切にしてくれるから大丈夫よ」

元気付けようとしたのに、なぜ残念そうなのか。心配してくれるのが嬉しくてほっこりしたのに台無しだ。やや呆れた様子の兄さんが身を起こし、アヒムを剝がしてくれた。

「相変わらず、アヒムは私とカレンには甘い」

「甘くはないですよ、おれの中で二人の優先順位が高いだけです」

「カレン、アヒムが結婚したら奥方が苦労しそうだと思わないか」

「無理じゃないですか。おれ、いまなら女の子だとカレンお嬢さんがいいなって思ってますし」

「もう嫁いだけどね」

「生涯独身が決まってしまったんで家庭は諦めます」

とにかく兄さんの世話を優先してしまう人だ。自分についてははぐらかすのが好きな性分なので、彼が本気になる女性というのは想像できない。

「本当に苦労していないな？」

「してませーん。うまくやっていけそうなのでそこはご安心くださいな。私としては、ライナルト様と一緒にしたがる殿下をなんとかしてほしいです」

「あー……うん、それは、言ってはいるんだが、私の意志ではどうにもならないというか……」

あからさまに目をそらされた。本当に逆らえないらしく、アヒムも申し訳なさそうである。

「坊ちゃんも放っておいてくれと、それとなく言ってくれてるんですが」

「救いなのは、ライナルト殿が話のわかる御仁ということだ。無理強いするような方ではないから、うまく聞き流してくれ」

「ローデンヴァルトはどうなんですか。乗り気なのはライナルト様じゃないですよね」

ライナルトと話をした感じ、私がコンラートに嫁いだのなら諦める雰囲気があった。彼も殿下に従っている感じはあったが、それだけにしてはうまく躱《かわ》せていないというか、あの人にしては不器用すぎる気がしたのだ。

「ご当主が、なぜか我が家と接触を持ちたがるんだ。ありがたい話ではあるが……」

兄さんは納得いかないようだが、これがライナルトの言っていた、本家よりキルステンを推す理由だろう。ライナルトもご当主たる兄の意志とあっては逆らいがたいのだろう。

兄さんのこの様子ではダンストについて知らなさそうだ。話をしても混乱するだけなので、いまは黙っておこう。無駄に胃痛の種を増やす必要はない。

「ゲルダの側室入りから、我が家はほとんど休みなしだ。ローデンヴァルトといった名家にお声をかけてもらえるのは名誉だが、これまで見向きもされてこなかった私たちには荷が重いよ」

すべての人が好意的ではないだろうし、やはり気苦労が多いのだろう。

「落ち着いたらコンラートにも挨拶に伺わないとな。いまは代わりに詫びておいてもらえるかい」

「もちろん。伯も喜ぶと思います」

「ただ、あの方が良い方だったというのは置いといても、兄としてはせめて普通に愛することのできる夫を持ってほしかったけれどね」

おっとここでそうくるか。

そういえば聞き耳軍団の一人でしたね。都合良くその部分だけ記憶をなくしてくれないだろうか。

目を泳がせる私に、兄さんは言った。

「次は相談してくれると嬉しい。もし何かあれば力になるし、その頃には正式な当主にもなってるだろう。今度こそ本家の勝手にはさせないから」

「……そうね、兄さんが当主なら頼りにできるし」

「それとゲルダが謝ってきたら、できればでいい。許すよう考えてくれないか。あれでお前を大事に思っていたのは本当だよ」

「理解できないだけで、そこまで怒っていないから大丈夫」

愚行を改めてほしいと願っているだけだ。姉さんの事情も聞いていないし、むやみやたらと怒り散らすつもりはない。

「ところで坊ちゃん、そろそろ叔父上方が来る時間ではありませんか」

「む。カレン、すまないが……」

「はいはい、叔父様方に会うのは私も御免です。退散しますとも」

「ゲルダの所には今日中に行ってみる。……アヒム、この子を送ってもらえるか。ついでに件の友人について話を聞いてくるといい」

「かしこまりました。……胃薬は効きました？」

「あと少しだ。カレン、父さんと会ってみる気はないか」

「やめておきます。向こうも困るでしょう」

起き上がれるくらいには回復したのだろう。寂しそうに微笑まれたが、会ってもろくな話はできないので無理である。廊下の奥に消えていく背中を見送ると、アヒムと歩き出した。

「坊ちゃん、ちょっと寂しそうでしたねえ」

「悪いと思うけど仕方ないでしょ。私たちが会話をした方が胃を悪化させてしまうし」

「本人もわかっちゃいるんですが、聞かずにはいられないんでしょう」

「寂しいと思う気持ちはわかるけどね」

もうかつての仲良し一家は帰ってこないのだ。これでも昔は数日に一度は茶室に集まって、心から談笑していた家族だったのに。

アヒムの相づちがなかったのが不思議で顔を上げると、意外そうな目でこちらを見ている。

「カレンお嬢さんも寂しいと思ってたんですね」

「私をなんだと思ってたの？　普通に悲しい寂しいくらい感じるけど？」

「それにしては淡々と進めてたじゃないですか。泣かないし、強がってる様子もないし……。随分豪胆にお育ち……一人暮らしを満喫されてたと、おれは寂しく見守ってたんですよ」

「変なことというのね、やらなきゃいけない状況に追い込んだのは父さん達じゃない」

「えー……おれ、あのときは可愛い妹分に胸と軒先を貸す用意があったんですけど」

初耳だった。もしかして一人暮らし以外の道もあったのだろうか。

「お袋も説得して、最悪うちに預けてもらうよう話も進めてたんですよ」

「……そうなんだ。ありがと」

「どういたしまして」

存外味方は多かったようで、周りが見えてなかった私は、自分ではそうと思ってなかっただけで、ずっとずっと慌てていたらしい。

いくつになっても気付けないことはあるようだ。反省していると、玄関口にさしかかったところで息せき切った少年の声が挙がった。

「姉さん！」

昔は「お姉ちゃん」呼びだったけれど、いまじゃすっかり姉さん呼びである。振り返ると十代前半の男の子が両目を輝かせて立っていた。

当然ながら知り合いだ。私にとっては身内の一人、キルステン兄妹の末っ子エミールである。兄弟《きょう》姉妹《だい》の中じゃ一番勇猛な顔つきで体格も大きいが、まだまだ子供っぽい印象は抜けない。まだ十三だから大人びてても寂しいのだけどね。

「カレン姉さん、帰ってきてたんですか」

「兄さんに用事があったから立ち寄らせてもらったの。エミールはお出かけしてたの？」

「もう少ししたら学校に入学できるので、友人と一緒に下見にいってました」

「ああそっか、もう学校に入学できる年齢だものね」

「僕は十五になってからでもいいかなと思ってたんですが、父さんや母さんがうるさくて」

「……十五じゃだめだって？」

「早く社会性を身につけてこいと言われました」

「兄さんや姉さんが学校に入ったのは十五の時だったのに、随分急ぐのね」

「そうなんですよ、二人とも好きな時に入学したのに……。友達が一緒だからいいですけど」

エミールは乳母や使用人達に面倒をみてもらった上の三人とは違い、母が重点的に教育を担っているから制限が多いのだ。私は例の事件で街の学校に入ったが、それでも兄や姉同様に自由にやらせてもらった方。この子は選択の自由が少ないのが不服らしかった。

「あっ、愚痴を言いたいんじゃなかった。姉さん、帰ってきたのなら一緒にお茶をしませんか」

非常に悩ましいお誘いだった。私も弟が好きだし、母の「カレンは家族ではない」なる小言にもめげず、ずっと慕ってくれたのだ。後ろ髪を引かれる思いなのだが、残念ながら誘いは受けられない。

「ごめんね、今日は用事があって、もう行かなければならないの」

断ったときの寂しそうな顔といったら、捨てられた子犬のそれだ。罪悪感に駆られながら目線を合わせて抱きしめた。

「今日は無理だけど、まだしばらくこちらに滞在しているの。だから今度、兄さんと一緒にコンラートのお屋敷に来て。そのときならたくさんお話しできるから」

「……こちらにいるのにコンラートのお屋敷に泊まられるのですか？　うちではなく？」

「嫁いだのだから当然よ」

エミールは私がコンラートに嫁いだのを良く思っていない一人だ。私の手前何も言いはしないが、難しそうに眉を寄せている。

私だって嫌がる弟を無理に呼びたくない。だけどこの家に長居したくない理由があるのだ。

「エミール。帰ってきているの」

どこからともなく弟を呼ぶのは女性だ。声は柔らかく、優しさに満ちているが……。

もしかしたら来ると思っていたが、案の定である。侍女を連れて弟を出迎えにやってきたのは四十頃の女性。やや痩せ型、一分の隙もなく衣類を身に纏っており、いかにもな貴婦人といった佇まいである。いつの間にかアヒムは私たちと距離を取り、使用人よろしく気配を殺していた。

逃げたな、とは思うが責められまい。この人がキルステンの騒ぎの元凶であり、私やエミールの母アンナである。エミールは母の迎えに驚きつつも抱擁を交わした。

「わざわざ迎えにきてくださったのですか？」

「学校の見学、あなたの感想を聞きたくて待っていたのよ。カレンさんもいらっしゃい、こちらに来るのはどのくらいぶりだったかしら」

「母さん、姉さんは……」

「何日ぶりだったかは忘れましたが、お久しぶりです奥方様。元気そうで安心しました」

エミールに隙は与えない。私も形ばかりの礼をして挨拶するが、目に見えないものの、その場に居合わせた者達の体感温度が下がったのはわかった。

「ご結婚されたのよね、おめでとうございます」

「ありがとうございます」

「うちにいらした頃はまだまだ女の子だと思っていたけれど、時が経つのは早いものね。……息子とのお話は終わったのかしら。よろしければコンラートの話をうかがいたいのだけれど、エミールと一緒にお茶はいかが？」

無邪気な笑顔で誘われるが、おそらく返答がわかっていてのお誘いである。わかってないのは、まだ家族が元通りになれると期待しているエミールだろう。母と私の仲直りを期待する心を折るのは苦しいが、申し訳ない、と頭を下げた。

「お申し出はありがたいですが、先約があるので……」

「あら、では引き留めてしまってはいけなかったわね、ごめんなさい」

「とんでもない。また、よろしければお誘いください」

本当に形ばかりのお誘いである。……エミールと抱擁してたの見られてたのかな。牽制が入ったとしか思えないタイミングだった。

残念そうな弟には悪いけれど、彼女がいる手前、私も長居はできない。あとは出て行くだけだったが、母からアヒムに声がかかった。

「カレンさんを送っていくのかしら」

「はい。アルノー様に、カレン様を家まで送り届けるよう仰せつかっておりますので」

「アルノーから……。そう、気をつけてね。カレンさんを無事送りとどけてちょうだい」

母に見送られ、玄関を潜るが……。送るって、家までって意味だっけ。玄関が閉まったのをいいことに、昔馴染みはにっと口角をつり上げた。

「親族会議はおれがいても意味ないんで、話が長引いたってことにしましょうよ」

「まだ何も言ってないのだけど、戻らなくていいの？」

「もう少しお嬢さんと話したいんですよ、サボるくらい大目に見てください」

「それなら、ちょっと大通りを歩きたいのだけど付き合ってもらえる？」

「もちろんお供しますよ。護衛はお任せください」

馬車は途中待機してもらえばいいだろうと乗り込んだ。中では使用人の耳もないし、アヒムはやれやれと言わんばかりに肩をすくめていた。

「あの子、あなたに見向きもしなかったけど、まだ無視してるの？」

「いえいえ、エミール坊ちゃんはまだお若いですからね。アルノー坊ちゃんもあの年頃までは似たような感じでしたし、人前で罵倒しないだけお利口さんですよ」

「うーん、あの子も自分が悪かったのはわかってるはずなんだけど」

……昔、エミールが興味に駆られ火遊びをしようとしたことがある。これはよりによって冬、火が燃え移りやすい場所で行ったものだから一大事になるところだった。アヒムが寸前で消火したのだが、その際、強く叱責されたせいで苦手意識が生まれているようだ。

「平民に叱られるのは屈辱だって思うのはしょうがないですよ。そういう教育受けてるんだから、とっとと気付いて改めてくれるならいいんです」

「だとしてももうちょっとちゃんと教育しようがあるのだけど。無視はやめなさいって何度も言ってるのに……」

「そのうち向こうから謝ってきますよ。エミール坊ちゃんもアルノー様に似てるんです」

弟に寛容でいてくれるのは助かるが、その基準はどうかと思う。けれどアヒムは本当に気にしておらず、悪戯っぽく笑っていた。

「おれから言わせれば、小さい頃から一貫して態度が変わらないのはカレンお嬢さんくらいです。本当、全然変わりません」

「おばさんくさかったってこと？」

「なんでそうなりますかね。嬉しかったって言ってるんですよ」

墓穴を掘りそうだからやめておこう。馬車にいるうちに、アヒムにはエルについての話をしておいた。私から伝えられる内容は微々たるものだが、それでも十分だと保証してくれるのは頼もしい。

大通り近くに到着すると馬車を降りた。空は曇り模様で、空気はひんやりとしている。用意してもらった外套を脱ぐのは気が引けたが、大通りは貴族が大手を振って歩くには目立つ場所だ。

「で、なんで大通りなんですかね。宝石商や仕立て屋ならイチョウ通りでしょうに」

「買い食い」

「ああ……」

なんだろうその「納得した」みたいな感じ。しょうがないじゃないか、確実に買い食いを許してくれそうなのがアヒムしかいないのだから。

石でできた街路にさしかかると、段々と人が増えてくる。もしニコがこの場にいれば、田舎から出てきた少女は大変な活気に目を見張っていただろう。煉瓦でできた建物が建ち並び、街路や店先には人が溢れていた。各家庭のベランダには色とりどりの花が飾られて目を楽しませたし、ちょっとした隙間を縫って大道芸人が芸を披露し、音楽を奏でている。

道を行き交う人々は市民だけではない。異国の衣装を纏った商人や観光客もいて、彼らは物珍しさに露天商をのぞきこむのだ。

私もしきりに声を掛けられたが、きっと観光客と間違われたのだろう。通りを突っ切って目指したのは円形の噴水広場で、そこには食べ物を売る出店がある。地元住民に人気の出店は、小腹を満たすのにぴったりな食べ物を売っている。目的の店を理解したアヒムは懐を探っていた。

「小腹を満たすにはちょうどいいですね。どれ、お兄さんが奢ってあげましょう」

「やった、ありがとう！」

「そこで座って待っててください、買ってきます」

小遣い程度の額だから高い買い物ではない。しばらくして、アヒムが代わりに並んで買ってきてくれたのは挽肉の腸詰めを衣で包んで油で揚げた、ぶっちゃけるとソーセージが豪華なアメリカンドッグだ。衣は甘くないしケチャップやマスタードもないけど、香辛料が効いていかにもジャンク！といった味がする。揚げたては美味しく食べられるB級グルメである。

本当は散策しながら食べたかったけれど、流石に歩き食いは許されない。アヒムは自分の分も一本買っており、足を組みながら齧《かじ》り付いていた。……火傷しないのだろうか。

「お嬢さん、よくこれを立ち食いしてましたからね。懐かしくなっちゃいましたか」

「……そんなところまで見てたの？」

「様子をみてたって言ったでしょう。調査してたらそりゃあわかりますよ」

「見てたのなら声をかけてくれてよかったのに。家の中じゃないんだから人の目はないでしょ」

「そりゃ、お嬢さんと話したかったですけど、おれも一応気にしてたんですよ」

「気にしてた？」

「おれもキルステン側です。お父上を止められなかったんですから、怒っててもしょうがないって思うじゃないですか」

「なんでそう勘違いするかな」

アヒムと違って、火傷を恐れず食べる勇気はない。彼は味わうようなそぶりも見せず、大口で平らげていくのだから魔法のような食べっぷりだ。

「カレンお嬢さんに嫌われたら、おれだって立ち直るのに時間かかりますよ」

「私なりに事情は理解してたのだから、嫌う理由がないんだけどな」

「お嬢さんはわかりにくいんですよ。そう言うのならもっと思ったことを表に出してください、ちゃんと助けになりたいんですから」

「身にしみてるところなので、善処してみます」

わかりにくいと言われるのは身に覚えがあるので要課題だ。

「ところでアヒム、雑談ついでに知ってたら教えてほしいのだけど……」

「はいはい、知ってる範囲でよけりゃ答えますよ」

「ローデンヴァルトのライナルトってどんな人？」

すっっっごい顔された。

なに言ってんだこいつって険しい形相で見下ろされたのである。

「……え、なんですか。振っといていまさら興味持ってるんですか」

「うん、まあ興味といえば興味は持ってるかも」

「聞いてどうするんです。もうコンラート夫人でしょ」

「変な意味で聞いてるわけじゃないからね？　単純に気になったから知りたいだけ」

他に理由なんてないのだが、アヒムは疑り深かった。

「これまで特定の人に興味示したことないじゃないですか。特に男なんてその辺の雑草と変わらないみたいな態度で、お茶に誘われても無視してたくせに」

「そんなことないし……ほんとにどこまで知ってるの⁉」

興味あることを調べるのは当然ではないだろうか。アヒムは食べ終わった後の串を歯で嚙みつつ、難しい顔をして腕を組んでいる。

「……お嬢さんだから、妙なことにはならないか」

謎の呟きをこぼされた。私のあずかり知らぬ所で奇妙な評価を下されている。

「教えてあげてもいいですけど、あんまり気持ちいい話じゃないですよ」

「え、なあに、そんなに評判悪いの」

「評判は……いいと思います。表向きはの話ですけどね」

言いづらそうに口ごもった。そんなの余計気になる。

「なに？　兄さんに言われて調べたりしたんじゃないの」

「そりゃもちろん調べたし報告もしましたよ。そらもう経歴も血筋もご立派で、あの若さで将格とくればお偉方の評判も上々、将来有望すぎて雲の上の人でしたからね。この人ならお嬢さんを任せても安心だろうって話でしたが……ちょいとお耳を拝借」

ここでアヒムは周囲を探るような目つきで耳元に顔を寄せる。端からはちょっと内緒話をしているくらいに見えるのではないだろうか。

「ちと経歴が綺麗すぎると思いまして、いくらか手持ちを突っ込んで調べたんですよ。で、やっぱり出てきたわけです。黒い噂が」

「……それ、兄さんに話した?」

「まさか。ここからはおれが勝手に調べただけなので内密にお願いしますよ」

私が食べ終わると席を立ち、行こう、と親指で合図される。広場の方が雑音に紛れそうだが、どうやら納得してもらえないらしい。

馬車に戻ると、アヒムは街外れに向かうよう御者に頼んだ。

「調べたらすぐ出てきた話なんで、隠してたって感じでもなさそうでしたがね。ローデンヴァルトの次男殿が将格ってのはさっき話しましたが、その配下がどんな連中か知ってますか」

「寡黙で生真面目な兵って感じかしら。とても立派な軍人さんだった」

「正解です。お嬢さんの印象に違《たが》わず、他の連中もいかにも軍団めいた輩ばかりなんですよ」

ただ、とアヒムは付け加える。

「お嬢さんは兵隊の駐屯所に行ったことはありませんよね。この国の軍隊をよく知らないからわからないんでしょうが、ああいういかにもって手合いは、うちの国にはほとんどいないんです。巡回の兵士だってもうちょっとにこやかでしょ」

うちの国、という話し方が妙だった。この話しぶりでは外で話をしたがらなかったのも納得だ。ただの世間話にしたって誰かの耳に入ってしまうのは恐ろしい。

「数十年前ならいざ知らず、いまは長い間紛争なんか起こっちゃいません。兵力だって確保しちゃいるが、武人の質は下がる一方だと噂されてる。戦らしい代物があっても国境の小競り合いがせいぜいで、言葉は悪いが平和ぼけってやつを起こしてる」

「戦争をしてたのは私たちが生まれる前だものね」

国内の教養レベルが高いのは、内政に集中したおかげだと言われている。いくら外が危険とは言っても生まれたときから平和な環境で育ってきたから、紛争という言葉はいまいちピンとこなかった。

それにしてもアヒムは商人達からも情報を仕入れているのか。言葉を選んだようだが、自国の兵が弱いと言い切る眼差しはなんとも苦々しげである。

「じゃあライナルト様の兵が強そうなのは、傭兵でも雇ってるとか？」

「傭兵なんかじゃあんなにお行儀よくできやしないですよ。もちろん礼儀正しい連中だっているが、連中はもっとガサツで品がない」

まるで見てきたかの言い様だ。不思議に思っていると、おや、と驚かれた。

「坊ちゃんに聞いてませんでしたか。おれの実父は流れの傭兵で、祖父母は国外の内紛で死んでます。生き残ってる親類はお袋だけだ」

初耳だった。思わず固まってしまったが、平然と喋る姿に気負っている様子はない。

「お袋は幼いおれを連れて逃げて、金が底をついたってときに旦那様に雇ってもらったんです」

「父さんが雇ったの？　そんなの聞いたことなかったけど」

「まぁ、あんまり口外する方ではないですね。でもお袋に多少学があったとはいえ、難民を雇ってくれたんです。だからうちは旦那様に大恩があるんですよ」

意外な過去だった。アヒム曰く、元難民で父に世話になった人は多いそうだ。

「話を戻しましょうか。ともあれ、あの色男の下にいる連中は人を斬るのに躊躇《ちゅうちょ》しないし、むしろ慣れてる側です。気になったんで直に見に行きましたが、たぶんその話は間違っていない」

アヒムは御者にゆっくり走るよう指示すると、私には窓から外を見るよう伝えた。

そうっと外を窺えば、路はいつの間にか年季の入った石畳になっていた。道幅の狭い通路の両側に建物がびっしりとくっつくように並んでいる。

「わかりにくいでしょうが、奥の方です。両側に人が立ってるからわかりやすいはずだ」

そこがライナルト直属となる兵士の詰所に通じる通路のようだ。

アヒムの言うとおり、通路前には黒い軍服に身を包んだ兵が立っている。高い鉄柵と、木々の向こう側に無骨だが頑丈そうな建物が点在していた。先ほどまで陽気な喧噪にいたせいか、眼光の鋭い兵士の佇まいは異様に映る。

「あんな堅苦しい連中、この国じゃ滅多にいませんよ。で、あの連中ですが、多少はローデンヴァルトの兵が混じっていますが大半は違う。別国の出身です」

話の雲行きが怪しくなってきた。予想外の流れに驚きが隠せないが、一応は頭を働かせてみる。家庭教師と学校で習った歴史のおさらいだ。

「近しい国といったら帝国？　でも親交があるだけで同盟は交わしてないわよね」

「言いなりなんだから似たようなもんですよ。しかし帝国ですよ帝国、連中はあの全方位に戦争ふっかけてる国の出身だ」

「……それはちょっと無理がない？　ライナルト様はこの国の貴族よ」

ライナルトの傍にいた男女達を思い出す。職業軍人といわれてしまえば、行方不明のパズルのピースが嵌《は》まったように納得できるけれど、彼らが偽りの忠誠を誓っているようには見えなかった。いくら親交国といえど、帝国の者がファルクラムの兵になれる道理がないし、彼らとて揃って母国を捨てるような真似はしないだろう。そう伝えたが、アヒムの答えは否だった。

「ところがライナルト個人に従って働くなら正当な理由があるんですよね」

「なに、どういうこと」

「奴《やっこ》さん、いくらか黒い噂があるわけですが。その一つに長男の当主と父親が違う噂がありました。曰く、実父は帝国のお偉いさんだってね。その上前当主や国王陛下も容認しているときた」

「実の父親が息子のために兵士を寄越したということ？」

「言い方は悪いですが、ファルクラムは帝国に媚び売ることで生き延びてますからね。事情はわかりませんが、受け入れるしかなかったのなら辻褄が合う」

つまり、この国は帝国の要請を断りきれないまでに弱体化していたとなる。

「実質、奴さんの兵はすべて私兵なわけです。個人が持つ兵力としては異常だから、それを隠すためにあえて地位を与えたかと……色々推測できますが、どちらにせよ帝国出身の兵がいて、しかもそれは国家容認、国際問題どころの話じゃない」

本当だとしたら黒いどころの話ではないだろう。他にも兵を率いる将はいるし、兵がライナルト一人に集中しているわけではないが、この兵が個人にのみ有されるのは些《いささ》か恐ろしい話である。ローデンヴァルトほどの貴族になれば自前の兵を有しているだろうし、それらが合わされば結構な兵力である。ぞっとしない話だ。

「一国に自国の兵を割り込ませる権力者って相当だわ、誰が父親なのかしら」

「同じ事を思ったんで調べたんですけどね、残念ながらそこはわかりませんでした」

ライナルトの配下は口が堅いから話が漏れないらしく、おまけに帝国は遠すぎてアヒム一人では調べきれなかったらしい。

あ、そうか、あの質問は……。

ライナルトとの会話を思い出した。彼は確か私に母をどう思っているか尋ねたのだ。あれはもしかしたら、彼の出自に関連していたのかもしれない。

「ま、恐ろしいのは本人の実力も嘘じゃないってあたりですか。……だからお嬢さんがコンラートを選んだときは……喜ぶべきかちょいと悩みましたね」

ライナルトは国境の小競り合いに何度か出向いているそうだ。数年に一度は不自然な外泊期間があり、その間、彼がどこに消えているか不明らしい。随分きな臭い話を聞いてしまったせいか、頭痛さえ覚えはじめている。

「大体、国境の戦にしたってわかりませんがね。もっと遠いところに行ってるって噂もある」

アヒムの疑問は他にもあったらしいが、私を見ると苦笑気味で話を切り上げた。

「とにかく、ローデンヴァルトはきな臭いって覚えといてください。それにうまく隠しているが、郊外の予備詰所は部下の中でもひときわガラが悪いって評判だ。間違っても近寄らないでくださいよ」

「そんなところ、行く予定はないから大丈夫よ、ありがとう」

「心配なんですよ。……お嬢さんの顔色も悪そうですし、ここらで切り上げましょう」

気分を害したと勘違いされたのだろうか。……体調のせいだから違うのだけど、横になった方が良い気がしてきたので帰るのは賛成だ。

このあとは何事もなく館まで送ってもらったのだが、ニコとスウェンはまだ外出中である。アヒムはヘンリック夫人の機嫌取りに成功すると馬車を断って館を去り、私は寝台へ直行だ。

布団に入るなりぐっすり寝入ってしまったのだが、夕方頃になると夫人に起こされた。

「お休みのところ申し訳ありません、急ぎ耳に入れたいことが……」

目を擦りつつ身を起こすと、狼狽《ろうばい》したヘンリック夫人の顔が目に飛び込んだ。

……昼時より頭痛が酷くなっている。

私の調子が悪いのは重々承知で、夫人はスウェンとニコが戻らないと伝えてきた。

「夕方までには帰るよう言い含めていたのですが、いまだ帰ってこないのです」

「まだ二回目の外出でしょうし、はしゃいでるわけじゃなくて……？」

「そう思って待っていたのですが……。付添や御者もいますし時間は守るでしょう。探しに行くか相談していたのですが、先ほど詰所の兵士からこんな書状が送られてきたのです」

差し出されたのは一枚の手紙である。すでに封は開かれており、中の用紙が広げられていた。

寝起きの鈍い頭でもただごとでないのはわかる。手紙を読み進めると、眠気が一気に吹き飛んだ。

「出かける用意をします、夫人はお金を用意して」

寝ている場合ではない。中身はスウェンが人に怪我を負わせ、現在拘留中であるとの文である。ご丁寧に保釈金の金額まできっちり記述されており、これが夫人が動揺する理由だった。

「スウェン様やニコが人様に危害を加えるなどありえません。なにか事情があるはずです」

「それはわかってます。何かの間違いか事故だと思うけど、二人は子供よ。拘留されているなら不安でしょうし、先に保釈金を払って連れ帰りたいの」

私だってあの二人が意図して誰かを傷つけられるとは思っていない。ほんの少ししか一緒に過ごしたことのない相手だが、スウェンの素直さとニコの明るい朴訥《ぼくとつ》さは知っているつもりだ。詰所で拘留なんて目に遭い、怖い思いをしていないわけがない。

「お金は多めに用意してください。付添が戻ってきていないのだから、一緒に拘束されたかもしれない。彼らも連れて帰ります」

「わ、わかりました。そうなると結構な金額になりますが……」

「金品になりそうならいくらでも積んでください。伯もスウェン達のために使ったのなら怒りはしないでしょうし、私が責任を取ります」

夫人はこういった事態に不慣れなようだ。私も慣れてなんかいないけど、二人を連れて帰る使命だけが両足を支えている。

「お金を払って難癖を付けられるのが心配だけど、そこは仕方ないでしょう。伯に、最悪姉さんに相談します」

あまり考えたいパターンではないが、状況は知れずとも無力な子供、しかも貴族の子息を拘束した相手だ。権力を使うのが嫌だと言ってる場合ではない。使えるものは使えの精神だ。

「わたくしも同行しますが、他にやるべき事はございますか」

「キルステンに使いを出してもらえますか。長男のアルノーか、従者のアヒムに事情を話してください。伝言は、私たちは先に詰所に向かうから念のため来てほしいと」

「すぐに走らせます」

ヘンリック夫人は一度下がり、その間に着替えを済ませたのだが、部屋を出ようとしたときに、机上の小箱が目に入った。昼頃なら素通りしていたが、このときの私は金目の物が必要という意識があったのだろう。経緯はどうあれお気に入りの一品、誰かに渡るなど嫌だったが、役に立つかもしれないと中身を左手首に巻きつけた。

金貨を入れた袋を積む頃には太陽も沈み、空は藍に染まり始めている。夜の帳《とばり》が下りる前に迎えに行きたかったがこれはもう諦めるしかないだろう。馬車に揺られる私の付き添いはヘンリック夫人と護衛の二名。もっと人が欲しかったが、護衛として腕の立つ者が外出していた。二人を引き取りに行くだけだし、キルステンから応援が来ると思えど、なぜか胸騒ぎがおさまってくれない。

「奥様、顔色が優れませんがよろしいのですか。なんでしたら馬車に残っていてくださいませ。引き取りにはわたくしが向かいますから……」

「状況がわからないから、国内の厄介事なら私がいた方がいいと思うの。……ええ、まだ頭痛がするけど帰ったら休ませてもらうから、大丈夫」

「でしたらせめて温かくしてくださいませ」

夫人が自分の羽織をかけてくれる最中、送られた文にもう一度目を通していた。紙は羊皮紙、封筒に接着された蠟や詰所責任者のサインにも問題はない。使いの者も確かに軍人だったと確認が取れているから偽物ではなさそうなのだが、引っかかるのはある一点だ。

「ここに記述のある詰所って、あまり聞いたことがないのよね」

記載場所はほとんど田畑に囲まれた緑豊かな一帯だ。城や街を見回る衛兵とは役割が違うだろうし、広大な森と山岳地帯が広がっているせいか人も滅多に通らない印象。正直、そんなところに詰所があったのかとすら首を捻りたくなる有様だ。

夫人も同様の疑問を抱いたようで、不思議そうに口元に手を当てた。

「昔はこのような郊外に大規模な詰所などなかったはずですが……。それに、街にいたはずのスウェン様とニコが何故こんなところに……」

「郊外?」

あれ、郊外の詰所って、どこかでつい最近聞いた覚えがあるよう、な……?

「……夫人。確認したいのですが、他の郊外と呼べそうな場所に詰所はありますか?」

「郊外でございますか? ……いいえ、わたくしの記憶の限り、そのような場所はありませんが」

「あっ」

まずい。

すっかり忘れていたが、アヒムと話した内容をはっきりと思い出した。帝国出身の兵がつめる郊外の詰所……。どう考えてもこれから向かうところだ!

「ちょ、待って! 馬車、馬車を止めて!」

馬車を走らせてから結構な時間が経っている。これは兄さんやアヒムといった、はっきりと身分を立証できる男性を立てるべきだ。認めたくはないが、小娘がメインで対応したんじゃまともに取り合ってもらえない可能性がある。名前を出せばいけるかもしれないが、私の顔は知られていないから過信はできない。

御者に叫ぶとなんとか止まってくれたが、その場の全員が青い顔をした私に釘付けだ。

「早計でした。一度ここで引き返して、兄さん達との合流を優先します」

「ですが奥様、スウェン様が囚われているのですよ」

「わかってる、わかってるの。だけど郊外の詰所よね? ちょっと良くない話を聞いた覚えがあるの。私たちだけで行ってしまうのは……」

悪手かもしれない、と伝えようとしたときだ。小窓越しの御者が申し訳なさそうに「そのぅ」と切り出したのである。

「申し訳ありません……。かなりとばして走りましたので、もう見えてます」

「えっ、まってまって、いますぐ戻……!」

「で、ですね、向こうから馬が来てるようなんですが……」

間が悪いタイミングに飛び込む呪いでもかかってるのだろうか。私の様子で察してくれたのか、ヘンリック夫人達も背筋を伸ばしたようだが、あくまでもそれだけである。

詰所の使いからは逃れられなかった。相手は物腰の穏やかな男性で少しは安心できたが、誘導すると言われてしまうと「やっぱり帰ります」とも言えない。物言いたげな夫人には無言で頷いた。

「奥様、やはり奥様は馬車に残った方が……」

夫人はそう言ってくれたが、扉が開いた瞬間にその意志はなくなった。案内をしてくれた男性はともかく、建物前に立っていた男性らが唇の端をつり上げてこちらを見ていたからだ。夫人も無遠慮な視線に気付いたのか、男から私を隠すように立ちはだかると小声で注意したのである。

「二人とも、決して奥様を傷つけさせてはなりませんよ」

護衛にもきつく言い含めるのだが、私としては夫人自身も大事にしてもらいたい。

周囲は暗く、あちこちに焚かれている松明の炎だけが頼りなのだが、詰所というのは厄介だ。周辺は塀に囲まれており、中心部に立つ石造りの建物は薄汚れた無骨な造りだ。どこもかしこも兵士ばかりで、服装こそこの間出会ったライナルトの部下、ニーカさん達と似ているが、人が違えば印象もがらりと変わる。気高さを備えたあの女性とは違い大半が下卑た笑みを浮かべているし、無造作な服の着こなしも薄汚れた風に感じてしまう。

無精髭を生やした四十程の男が進み出ると用向きを確認されたが、声が低くて威圧的だ。笑みを浮かべているのに目は笑っておらず、夫人の声はすっかり上ずってしまった。それだけで？　と思うかもしれないが、体格に恵まれた男が腰の得物の柄を持ち上げては落とし、持ち上げては落とし……。音をならしながら話しかけてくる姿は充分恐怖に値する。

護衛は男性だから前に出ようとしてくれたが、片手で二人を制すると、男を見上げ目を合わせた。

「そちらからスウェンとニコという若者二人を拘留していると知らせをもらったのです。二人の保釈に必要なお金を持ってきたのですが、責任者はどなたでしょう」

「たしかにこちらでコンラートという貴族を名乗るご子息と侍女をお預かりしているが、身元引受人に指定したのは彼らの保護者だ。見たところその要件を満たす人物がいないようだが、お父上かお母上はどこにいるのかな」

「身元引受人が必要ということでしたら、私になります」

小娘が身元引受人では納得できないのだろうか。男が小馬鹿にしながら口角をつり上げる。

「私が二人の保護者だと申しております。親類であると言えばよろしい？」

「親類……。ああ、もしかして侍女さんの主人になるのかい。じゃあご子息の兄妹かなにかか」

スウェンの義母だが、ややこしくなってしまうので黙っておく。男は無精髭を一撫でし、思案するように視線を彷徨わせたが、それも一瞬だ。

「保釈金といったが、金はきちんと用意されているだろうか」

ここで護衛に持たせている革袋を指した。腕を振ってもらうと硬貨がぶつかり合う音が鳴り、男は口笛を鳴らしたのである。機嫌良さげに後ろに振り返ると、仲間に向かって声を弾ませた。

「手続き取るから中にお通ししろ。くれぐれも失礼のないようにな！」

そして私にはわざとらしい大仰な礼の形を取ったのである。

「聞こえたとおり、手続きしてもらわなきゃならないんで、ま、中へどうぞ」

断言するが礼を尽くしたのではない。余裕綽々《しゃくしゃく》の態度からして、相手を侮《あなど》るが故の態度である。

その証拠にこの男、夫人や護衛には一切目を合わさないどころか無視である。

正直、中には入りたくないけど、釈放手続きのためならば致し方ない。男に続いて木戸を潜ったのだが、入った瞬間後悔した。臭い。

なんというか、汚いわけではない。ないのだが数日風呂に入ってない人特有の体臭と汗の臭いが醸成され、とんでもないエッセンスを作り出している。なんとか我慢できるが、それにしたってもう少しなんとかなるはずだ。夫人も眉を顰《ひそ》めたのもあってか、男は鼻を鳴らした。

「高貴なお人にゃ厳しいかもしれませんがね、我慢してくださいよ。お宅の坊ちゃんがうちの同僚の骨折らなきゃこんなことにはならなかったんですし」

「それですが、スウェンがお相手に怪我を負わせたとはどういうことでしょう」

「はいはい。奥で話しますから」

振り返りもせず片手だけを振って相手をいなすのは、完全に人を舐めた態度である。この時点で私の中の不快指数が八割を突破だ。

「人数が収まりきらん関係で、二階と一階は兵士の宿舎になってるんですわ、とてもじゃないが人を迎える部屋なんて用意できなくてですね」

スウェンとニコを取り返す目的じゃなきゃいますぐ帰っているところである。

応接室に通されると思っていたのに、男の足は奥へ奥へと進んで行く。足下には赤黒く汚れた藁や布きれが散らばりだして、鉄格子を視界に収める頃には鉄錆の臭いが鼻腔を刺激しはじめる有様だ。

地下へ続くであろう一本道の暗い廊下を前にすると流石に足が止まってしまった。

「ご安心を、地下に降りろとはいいませんとも。この横の部屋ですよ」

質素な扉の奥は、形だけ整えられたといいたげな質素な執務室だった。中には屈強な男達が待機しており、男は私に座るよう顎を傾ける。

媚びを売って欲しいとは思わないが、かといってぞんざいに扱われて良い気はしない。

「我が国の武人はいつから婦人に無礼な態度で接するようになったのですか！　失礼にも程があるでしょう！」

これには夫人が怒ったのだが、男はまったく揺らがない。それどころか泰然と言い放ったのだ。

「気に入らなきゃお帰りくださって結構。……その代わりお宅のお坊ちゃんにはしばらく臭い飯食ってもらいます」

「夫人、落ち着いて」

挑発的な態度に夫人達の怒りがすさまじい。ヘンリック夫人もそうだが、護衛の二人もスウェンやニコとずっと付き合いがあるらしいから当然と言えば当然だ。私がいる手前、なんとか落ち着こうとする夫人に対し男はさらに余計な一言を付け足した。

「まったく、頭でっかちな田舎貴族はこれだから好かん。犯罪者なんぞに恩恵かけてやるだけありがたいと思ってほしいね」

私も怒っているが、皆の憤怒を前に冷静になるしかない状況である。

ソファの前に置かれたテーブルには書類と、薄汚れたカップが一つだけ置かれている。

とりあえず書類に目を通すが……いやなにこれ。

「……お尋ねしたいことは多々ありますが、まず確認したいことが」

「ああどうぞ？」

私が小娘で舐められやすいのは自覚しているのだけど、この扱いは逆に凄い。この人達は誰に対してもこんな態度なんだろうか。それとも私がいかにもお嬢さんって感じでお金を持っているから、まし な扱いなんだろうか。

……確信があるわけじゃないけど、後者のような気がする。

「……保釈金については承知の上で金貨を持ってきましたが。この国の保釈金というのは一般家庭が半年はゆうに遊べる程の金額が必要でしたか？　それにこの書類に書いてある治療費の負担と随従《ずいじゅう》二名分の保釈金の追加。届けられた文書には載ってなかったはずですが」

「ああそれ、それなんですよ」

男は演技がかった仕草で大仰にため息を吐いた。

「こちらもねえ、加害者とはいえ相手も少年だから、家族が心配すると思い急ぎお知らせしたんですよ。ですが骨を折られた仲間が重傷で、医者に診せたら結構な金がかかってしまいましてね。その額をわかりやすくするために載せたんですよ」

……へー。

「こちらは公正な金額を立てさせてもらっただけなんですが、問題ありますか？」

「ありますね、とても相場の金額とは思えません」

「ああ、ああ。お嬢さん、あなた世間に出たことがないんでしょう」

そうね、この国で働いたことはないけど、あなた方に馬鹿にされてるくらいはわかる。男の大仰な芝居がおかしいのか、他の連中が笑っているからだ。「やりすぎ」といった呟きも聞き逃さなかった。

「保釈金の支払いに、あなたの仰る内容は一切関係ございません」

「ありますよ。だってねえ、あなた方使用人の教育がなってないんですよ。無実だ何だの騒いでこちらに危害を加えようとするせいで、やむを得ず拘束するしかなかったんですから」

はいスウェンの無実決定。

信じる信じない以前に、ここまで来ればはっきりわかる。

「被害者に会わせてください、骨を折ったとのことですが、それはどの程度？　どこの医者にかかったのですか、名前くらいは覚えてらっしゃいますよね」

「申し訳ないが、あなた方が彼に危害を加えないとは限らないんでね、仲間についてお教えすることはできない」

「あなた方の言い分は一方的です。まず骨を折られた状況をご説明ください」

「馬車ですよ、馬車。前方不注意のお宅の御者が仲間とぶつかったんです。お坊ちゃんは誠心誠意謝ってくれましたが、使用人の罪は主人の罪だからね、ひき逃げなんぞ我々が許せるはずがない」

ふざけているのかと怒鳴りたいところだが、それもそのはず。

彼らは当たり屋だ。しかもしっかり身分を確立した新しいタイプの当たり屋である。

「侍女はどうしましたか。ここには男性しかいないようですが、なんら罪のない彼女だけ別室に？」

「いえいえいえ、お坊ちゃんを連れて行こうとしたら暴れてしまいまして、頬に傷ができましたが、我々は寛容なので許しましたとも。……ではどこにいるかと？　大丈夫ですよ、お坊ちゃんと一緒に地下牢で休んでます」

うっそでしょ隔離するでもなくニコまで牢に入れたの。

これが新手の当たり屋だとすると、さながらこの部屋は「お話」のための事務所で、彼らの役どころはやくざだろうか。新手の詐欺と思えば少しは冷静になれるが……。でも、こういう当たり屋って普通は自分の身元が割れないように振る舞わない？　身元がはっきりしている人ほどバレたくないものではないだろうか。

それを国所有の建物でやる？

疑問が湧いてくるからつい黙ってしまうが、それを相手は都合良く解釈しているようだ。

「署名する分には問題ありませんが」

「おく……お嬢様!?」

ヘンリック夫人もおかしいと感じているようだから、私の返事にはかなり驚かれた。大丈夫、ただ確認したいことがあるだけだ。男はほくほく顔で紙とペンを差し出してくるのだが……。

「ひとつ確認があります。あなた方、屋敷を訪ねてこられましたが、コンラートが貴族だというのはご存じですか」

「もちろんですとも」

「では当然噂も耳にしていますね。コンラートにはキルステンから入った娘がいます。ここに署名せよと仰るのなら、都合上、私はキルステンの名で署名しなければなりません」

そんな都合はない。

……が、わざとこういう物言いをした。キルステンの名を聞けば動揺なり誘えると思ったのだが、男は小馬鹿にした表情で頷いた。

「名前くらいは構いませんよ。肝心なのはお嬢さんが責任取って、しっかり保釈金を払ってくれるかですからね」

これには夫人や後ろの二人もだんまり。私は自分の読みが当たったので内心腕組みである。なるほどー、帝国出身が事実ならファルクラムの事情に疎いのも納得はできる。……理由にはなったが、今度は別の問題が浮上した。

つまりこの場じゃ私たちはただのカモで、相手にしたら駄目な相手だって事がみえていないのである。この前提が崩れてしまったのは危うい、非常に危うい。入り口でこちらをなめ回すように見ていた男達の視線の意味、その危険度が一気に増したのだ。

「提示されていない金額です。このような大金はすぐに用意できないのもおわかりですね？」

「もちろんですよ。ですからうちの者が同行させてもらいます。……もちろんきちんと本場で学んだ帳簿係ですから、嘘はつきませんよ。その旨も文書に載せてます」

目の前の書類は細かい文字でびっしりと様々な条項が記載されている。……読む気をなくしてしまうような作り、絶対こちらに不利な内容も載せてるのだろう。

サインしたくない気持ちの方が大きいが、ここでごねても喧嘩になるだけだ。

まったく、自分の迂闊さが恨めしい。指定された詰所を確認した時点でアヒムの忠告を思い出すのだった。或いは馬車を止めた時点で無理にでも引き返すべきだったのだ。

後悔ばかりが押し寄せるが、いまはせめてこの場にいる者が詰所を脱するか、後を追っているであろう兄さん達と合流するのが優先である。

「先に解放は難しく、護衛も含めた四人を解放できるのは保釈金を支払った後なのですね」

「そうですよ。うちじゃずっとその方法でやらせてもらっている。……犯罪者に逃げられちゃこちらも困るんでね」

夫人達も彼らの異常さに気付き始めたためか、怒りを引っ込め慎重になりはじめている。今後についていくらか案はあるのだが、ここで夫人が口を開いた。

「貴方、お名前はなんですか」

「はい？」

「お名前です。なんと仰いますか」

怪訝そうになりながら、男はラングと名乗った。夫人はぴんと背筋を伸ばしたのである。

「ではラングさん。確認しますが、お嬢様のご実家がローデンヴァルトと交流があるのはご存じですね。貴方はいま、どなたにそのような口を利いているのかわかっていらっしゃいますか」

彼らはライナルトの兵のはずである。彼らの背景を知っているとしか思えない発言には驚きを禁じ得ないが、それよりも先にあったのは焦りだ。

ここでローデンヴァルト……ライナルトの名を出すのは考えていたのだ。ただ、それをしなかったのには理由がある。

……と、ラングと名乗った男の顔色がまともに変化した。

「ローデンヴァルト？」

さあっと血の気が引いていったかと思えば、素早く頭を下げたのである。

「し、失礼しました！」

こちらが拍子抜けする勢いの謝罪である。ソファからお尻をどけ、机に頭をぶつける勢いだ。皆が男の変わり身に動揺を隠せず、頭を上げさせようと近寄っていた。効果覿面《てきめん》だったためか、ヘンリック夫人すら拍子抜けである。

「御大将のお知り合いに無礼を働いた身をどうぞご容赦いただきたい！　どうか、この通り!!」

机に額を打ち付けながらの謝罪、あまりの形相に全員ドン引きである。言葉を失った私たちだが、立ち直りが早かったのは後ろの護衛二人だった。

「しまっ……」

風切り音が鳴ったかと思えば、背後で大きな音がした。振り返ると二人が肩や顔を押さえているのだが、指の隙間から細長い金属が飛び出ている。

投げナイフと気付いたのはラングを除いた男達が二人に襲いかかってからだ。私が反応するより早く首元が引っ張られ、背中から机に押しつけられた。引っ張られたといっても力任せだったし、受け身なんてとれない。勢いを伴ったせいで一瞬呼吸がままならなくなった。

「っは……！」

痛みで頭は真っ白になり、ヘンリック夫人の悲鳴が遠い。

こちらを見下ろしながら、空いた片手で額を押さえるラングは深いため息を吐いていた。

「婆が賢《さか》しい知恵をつけやがる」

その呟きが男の本性だった。

……ライナルトの名前を出さなかったのは、口封じが怖かったのだ。

家名を使った脅し文句が通じるのは、相手とこちらが五分五分、気持ちせめて四対六くらいの時。護衛はいても人数的には不利、たかだか小娘と侍女だと舐められている現状、逆上して脅迫に移られるのが怖かった。

本当に、もしもの想像だったのだけどそれは正解だったみたいだ。

「あー……お嬢ちゃん、びっくりしてるだろうが騒ぐなよ。やかましくしたらそこの婆の首が飛んじまうからな」

「なんということを！」

「黙れ。てめえには話してねえし許可も与えてねえ」

男の一声で、護衛達の方角から鈍い音が響いた。夫人は悲鳴を上げかけたが、自身の口を押さえるとブルブルと肩をふるわせている。

断言するが夫人は悪くない。護衛達も悪くない。多少迂闊だったかもしれないが、まさか詰所で暴挙に出られるなんて思いもよらないだろうし、普通あの発言は有用なのである。

それより護衛達はどうなったのだろう。椅子の背に隠れて見えないけれど、抵抗の音が一切しないのだ。ラングの仲間が立ち上がり、困ったように語りかけていた。

「合図されたからやっちまったがどうするんだ。おれたちは知らねえぞ」

「ああ、構わん構わん」

「しかしだな、ローデンヴァルトの名前が出たのは……」

「やっちまってから言うんじゃねえよ。嘘でも本当でも黙らせりゃいいじゃねえか」

そういうと、こちらに向かってにんまりと笑いかける。

「そうだよなお嬢さん、あんたまだ年若いし、こんなところで犯されたなんて口外できんもんな？」

……あ、これまずい。

殺されはしないが、それ以上に致命的な傷を負う案件が迫ろうとしている。それは夫人も同じだったようで、咄嗟にラングに摑みかかろうとするが、腕を一振りするだけでいなされてしまった。

「その方をどなただと……！　お逃げください、おく」

奥様、と繋げたかったのだろうけど、男達に口を塞がれる方が早い。

「この婆はどうすんだ。一応残したけどやんのか？」

「ふざけんな婆だぞ、おれの息子だって嫌がらぁ。おらラング、とっととその娘よこせ」

「ちょっと待てよ。貴族の娘なんて滅多に楽しめねえんだから……」

絶賛最悪の会話を繰り広げられている。大人しくしていられないので、当然男を剝がそうと爪を立てるが、鍛えられた腕はびくともしない。

「暴れると痛いだけだぞ」

暴れなくても嫌な未来しか待っていないなら同じだ。抵抗をやめなかったためか、頭に衝撃が走ると視界がぐわんぐわんと揺れ、夫人の喉の奥から放たれる悲鳴が響く。

殴られた、と理解したのはしばらく経ってからだった。衣類に手をかけられたところで、腕を摑まれ引きずられるのである。男の歩幅は広く、よろけながらだから転ばないのが奇跡的だった。

連れて行かれたのは隣の地下通路だった。湿った空気と臭気が鼻をつき、陰鬱な雰囲気が視界に飛び込むのだが、仲間に鍵付き格子を開けさせたラングは冷たい格子に私を押しつけた。

「……カレン!?」

聞き覚えのある声はスウェンだった。少年は私を摑もうとするが、また一気に引き剝がされる。どれも突然だったせいで強く舌を嚙んでしまった。

「一応、坊ちゃん達がいるってことは見せなきゃならんからな」

鼻歌交じりの男はご機嫌で、だからこそ薄気味悪い。

「スウェン、ごめ……」

「おい、待て！　お前そいつになにしようとしてる！」

引きずられるしかない私は謝るくらいしかできなかった。薄暗くてわかりにくかったが、スウェンの片頰は痛々しく腫れている。鼻を啜る音がして真向かいの牢屋に目を向けると、涙をとめどなく溢れさせる侍女服の女の子が私を見ながら泣いていた。紫や赤のあざを作った顔をぱんぱんに腫らしていたから、一瞬誰か見分けがつかなかったけれど、その娘はニコだった。

スウェンが必死に叫ぶけれど、声はむなしく地下室に反響するばかり。鍵が閉じられると男達はせせら笑い、私の身体は力任せに壁に投げられた。

ここでやるのか、と誰かが嗤《わら》った。

衿を乱暴に摑まれるとボタンがいくつか弾け飛んだ。ぞわっと全身が総毛立ち、ざあっと血の気が引いていく。

「やめて……！」

冷静にならなくてはいけないのに、頭はパニック状態だ。股間を蹴ろうにもスカートに手をかけようとするから、反射的に押さえてしまう。ならばと近づいてくる顔が気色悪くて、両手を使って顔を押しのけた。

下がりたいのに、後ろに壁があるせいで逃げられない。

いたぶりたいのか、愉しむ余裕すら見せる輩のせいでジリジリと追い詰められていく。立っているのもままならず尻もちをつくと、とうとう絶望がすぐそこまで訪れてしまったのだ。

……ニコは暴力を受けたが着衣に乱れはなかった。だからせめて、彼女が被害に遭わなかっただけでも良しとするべきなのだろうか。

胸元の下着を掴まれた瞬間、がむしゃらに暴れて何度か叩かれた。それでも抵抗は止めなかったから、爪を立てようと指を突き出した際に、なにか柔らかいものを抉《えぐ》った感触が伝わった。

私の指が、男の眼孔を――。

汚い悲鳴が地下にこだました。男は顔を押さえながら絶叫しており、ぽたりと垂れた血液がスカートに染みを作る。指を汚す液体で、自分が何を抉ったのかを理性より早く感覚が理解した。

「あ」

男は離れたが、身体が言うことをきかなかった。逃げなくてはと思うのだけど、無意識とはいえ人の眼球を抉ったのだ。脳は警鐘を鳴らし続けても、ただただ心臓は脈打つばかり。逃げよう、逃げなきゃいけない。膝が曲がって足先が言うことをきき始めた瞬間だった。

お腹に衝撃が走って、今度こそ息苦しさで視界が閉じかけた。床に頬を擦り付けながら身体をくの字に折り曲げ咳き込むが、私にできたのはそればかり。頭上でおどろおどろしい男の声がしていたけれど、なにを言っていたのかは覚えていない。

浅い呼吸を繰り返していると、脚を触られた。今度こそ抵抗できない、血が混じったつばを飲み込んだときだった。

どれだけ経っても男からのアクションがなかった。なにかが落ちる音がして、ぼやけた視界を凝らしてみると、目の前に塊が落ちていた。

腕だ。

生々しい断面から鮮血が溢れ、地面を汚していく。

いったいなにがあったのかが理解できない。涙で視界がぼやけているが、そのときになってようやくその人が目に入った。

「ご無事ですか」

女性の声だった。傷だらけのほっそりした指が、頰にかかった髪を搔き上げてくれる。黒がかった赤毛を結わえたその人は、ニーカ・サガノフというライナルトの配下である。

「もう大丈夫です。無理に喋らず、呼吸をしてください」

彼女の手には抜き身の刃があった。助けを借り身を起こす頃には周囲はすっかり騒がしい。まだ立ち上がるには至らずうなだれていると、金糸と見まごうばかりの長髪が近くにあった。

顔を上げれば、端正に整った顔立ちの男性が膝をついていた。

「まだ意識が定まらぬ様子で……」

耳鳴りがしているが、ニーカさんが状況を説明してくれる。おかげで説明の手間が省けるのはありがたい。舌を動かすと口内が痛んだが、喋れないほどではなかった。

「……いちおう、起きて、ます」

深呼吸が苦しいのは肋骨を傷めたせいだ。

ああ、彼らがここにいるのなら助かったのだろうか。このまま気絶したい気分だが、妨げるように泣き叫ぶ男達の声が耳に障る。

「すみません。助けに、きてくれて……」

呂律はちゃんと回っているだろうか。ライナルトがニーカさんに指示を下すと、剣を戻した彼女は私の膝裏に腕を差し入れる。

「まって、スウェンとニコがいるの」

二人と、二人と一緒に拘留された御者と護衛を連れ帰らねばならないのだ。弱いながらも抵抗を示すと、ライナルトの手のひらが頬を包み、目線を合わせてきた。

「カレン嬢、私の声を聞きなさい。二人はそこにいる」

ライナルトの声ははっきりと届いた。彼の視線の先にはそれぞれ武官に抱きかかえられたスウェンとニコがいて、少年はこちらを指さしており、少女は泣きじゃくっていた。他にも解放された御者達がほっとした表情で武官達と話をしている。

「ニーカ、カレン嬢達を上へ連れて行け」

「は、閣下は如何なさいますか」

「私は彼らに話がある。……息はあるか」

「腕を落としただけですので、まだいくらかは保つかと」

……閣下？

ライナルトの指は擦れた額や切れた唇をなぞっているが、髪を一房持ち上げるとピリリとした痛みが走りたまらず顔をしかめた。傷口を確認しているようなのだが、感覚が鈍っているのか不思議と嫌悪感は感じない。ひとつ気にかかったのは、その眼差しに森で話していた時のような穏やかさは皆無だったということだろうか。

……このような状況でこんな感想を抱くのは場違いかも知れないが。なぜだか、学者めいた観察眼を向けるライナルトは自然体で「彼らしい」と捉えてしまった。

今度こそニーカさんに抱えられ運ばれるが、女性に運ばれているためか安心感が強く、一階に戻るための階段では労《いたわ》るように声をかけられた。

「我らが来たからには安全ですので、お休みになられても大丈夫ですよ」

腕や体幹がぶれる様子はなく、彼女を「隊長」と呼ぶ女性が毛布をかけてくれたのが嬉しかった。

建物の外は既に騒がしく、私を見るなり駆け寄ってきたヘンリック夫人は、悔し涙を見せながら顔の汚れを取ってくれる。ニーカさんは私を降ろすと建物に引き返したが、お礼を言い損ねてしまった。外の風は冷たいが、優しくそよぐ風が気持ちよかった。手ぬぐいを水で濡らした夫人の髪は乱れてしまっている。

「けがは、ない？」

「わたくしの心配より、ご自分の心配をなさいませ！」

叱られてしまった。

スウェンとニコの状態を確認すると、すぐ後ろの馬車にいると教えられた。中をのぞきこむと、幼馴染みに肩を貸したスウェンと目が合った。ニコはすっかり寝息を立てているから声を出せなかったのだろう。大丈夫か、と唇を動かすスウェンには、ぎこちないながらも笑顔を返せた。

遠くから夫人を呼んだのはライナルトの配下だった。闇に紛れて荷車が置いてあり、そこには二つの人型をした毛布が置かれている。痛々しい表情で佇むのはスウェン達と解放された御者だった。

「まもなく治療道具が届くそうです、奥様はそこでじっとしていてくださいませ」

……あのとき、ソファ裏でなにがあったかは見えなかったけれど、おそらくそういうことなのだろう。涙声になった夫人は私に顔を見られないよう遠ざかり、彼らの肩を抱いて泣いていた。

じわりと感じる痛みと共に、ようやく助かったと実感がわいてくる。

落ち着いてくるとようやく自分の置かれた状況を鑑みることができた。ブラウスが破られたのは知っていたが、靴が片方なくなっていたのは気付けなかった。ライナルトが触れたあたり、側頭部に触れるとぺっとり血がついているし、額は皮がむけていた。視界もやや塞がり気味で、蹴られたお腹もまだ痛いままだし……。

あれ、もしかして結構重傷なのかな。

でも自分の体格の倍ある男性に殴られたり蹴られたりしたらそうなるか。よく気絶しなかったなと、我がことながら感心してしまった。

がむしゃらだったせいか爪先もひどいことになっている。これはどう治療したら良いのだろうか、悩んでいると左手首が視界に飛び込んだ。

館を出る際に身につけたはずの、お気に入りの腕輪がなくなっていた。

「うそ、どこで……」

周囲を見渡せど、転がるのは石ころばかりでなにもない。あの男に散々振り回されたし、抵抗のために腕を振っていた。鎖は繊細すぎて、乱暴に扱えばすぐに千切れてしまうのは明白だったのだ。取りに行かなくては、と思った。

頭が浮ついて思考が定まらないが、あれをここに残してしまうのは嫌だという気持ちは強い。誰かに同行を頼みたかったが、手の空いている人はいないようで、それぞれに話し込んでしまっている。

「……ちょっとだけだし、しかたないか」

後々、この夜に記憶を馳せることがあるが、松明が十分に焚かれていて、それなりに人もいたのに、隠れもしない私が誰にも見つからず地下まで移動できたのは不思議である。

せっかく脱出したのにまた戻るなんておかしな話だけど、壁に手をつきながら階段を下るのだ。

誰か残っているはずだから、申し訳ないが手伝ってもらおう。そう思って扉に近寄ると、奥から男の声が響いていた。

「閣下、これはなにかの間違いなのです、わたくしは皇帝陛下を敬愛しております。いわば閣下と同じ志を持つ同士。陛下の忠実な僕《しもべ》でございます。何卒、寛大なお心で慈悲を分け与えください」

悲壮に溢れた声はあの暴漢、ラングのものだ。

たくさんの背中で中の様子はわからないが、これ以上近寄ると気付かれてしまうから動けなくなった。一体なにが行われているか不明だが、あの男にとって愉快でない事態なのは確かだろう。

「見苦しいぞ、屑共が」

吐き捨てるように呟いた後ろ姿は、赤毛の女性のものだったか。

ラングはつらつらと言い訳を述べている。その内容はほとんどが私を暴行した理由なのだが、しきりに皇帝陛下という言葉を繰り返すのだ。聞き苦しかったのか、誰かが嫌々ながら言っていた。

「卿《けい》の歪んだ敬愛心はともかく、他国の、しかも戦う力を持たぬ女性をいたぶる理由にはならない。卿は兵を束ねる身でありながら、閣下の力になるどころかそのご威光を穢《けが》したのだ」

「たかだか小国の小娘でございます！　我が祖国の臣民に比べれば汚らわしい、唾棄すべき悪鬼ではございませんか!!」

皇帝陛下がなんだ、閣下がどうだはもはや問うまい。酷い、というのが率直な感想だった。そこに玲瓏《れいろう》な声が響いた。

「貴公がファルクラムの民をどう思おうと私の関与するところではないが」

この人が喋りはじめると、場がしん、と静まりかえる。この声が一番私の知っている人のものだ。陰鬱とした牢屋において、場違いなまでに感情が乗っていない不思議な声色だった。

「貴公の訴えはなんら心に響かないな。私が貴公を助けなければならない理由がどこにある」

「同じ……同じ帝国の民でございます!!」

「同郷であるのは認めよう。だが蟲と比べられても困る」

それが決定だったのだろう。男がうなり声を上げ、それを皮切りに複数人の男性が悲鳴をあげている。怒り、悲壮、懇願、あらゆる感情が交ざった懇願だった。

「公平な裁きを！」

「必要ない、蟲にかける時間は不要だ」

無慈悲な判定が懇願をあっさり切り捨てる。

「役に立たない兵になんの価値があるのか。諸君は我らの足枷にしかならなかった。……であれば、裁きを下すまでもない」

悲鳴と、ほとり、と命を斬り落とす音がした。……確かにこの世界は日本に比べたら命の価値が軽いけれど、直に音として耳にしたのは初めてだった。

——こんな現実があるのかと驚くと同時に、合点がいった。

ライナルトだ。初めて会ったときに抱いた違和感、姉さんに話した彼に対する感情がやっと輪郭を伴って形になったのだ。

この人はきっと正道を歩むヒーローではない、むしろその対極にあるヴィラン（悪役）の存在なのだ。何故かはわからないが、奇妙な確信がすとんと胸に納まった。

身動きを忘れていたせいで、赤毛の女性がこちらに気付いたと気付くのに遅れ、退出しようとした金髪の男性と目が合う。

「わすれものを、してしまって」

身体は痛かったが、あれほど騒がしかった心は不思議と落ち着いていた。苦笑気味だがなんとか微笑む私に、彼が酷く驚いた顔をしていたのは、いつまでも記憶に残っている出来事だ。

6

一難去って

驚愕はほんの僅かな間だけ。瞬きを終える頃には動揺も消えていた。

「……忘れ物とは、具体的にはなにを忘れられたのだろうか」

この一言でライナルト以外の人たちも、いるはずのない侵入者に気がついた。ライナルトの後ろからモーリッツさんが顔を覗かせると目元が厳しく細まったようにも思う。

「うでかざりを、なくしたんです。そこに、落ちてると思って」

聞くつもりはなかった、なんて言い訳をするべきか迷ったが、ばればれの嘘を言う余裕はない。たどたどしい言葉になってしまうが、口内全体が痛いので仕方ない。

「あなたもご存じの、姉さんからもらった品物なのですが。さがしたい、だけなので……」

部屋の方へ進もうとすると、片手をかざし制止をかけられた。

「こちらは障りがある、それ以上近寄らないように。……誰か、女物の腕飾りは落ちているか」

ライナルトの一声で探します、と誰かが返事をして捜索が始まった。私は真っ先に地下へ降りてしまったが、この上の部屋に落ちてる可能性も……。

などと思っていたら、ライナルトへ繊細な輝きを放つ腕飾りが差し出された。暗がりだからわかりにくいけれど、ファルクラムじゃ滅多に見かけない意匠と薄青の宝石は間違いない。

「奥の牢前に落ちておりました」

「ご苦労。あとの片付けは任せる」

奥といえばスウェン達が捕まっていた牢屋のあたり。あのときにすでに無くしていたらしいが、まったく気付かなかった。

ライナルトはハンカチを取り出すと腕飾りを包み、私の前に持ってきてみせてくれる。

「こちらで間違いないですね」

「はい、これです。よかった……」

鎖が千切れていたから、何かの拍子で落ちてしまったのだろう。修理にいくら掛かるか不明だが、無くすよりはずっとよかった。

「貴方が暴行を受けたのはこの小部屋かと考えていたのだが、なぜ奥にこれが？」

「奥に連れて行かれて、スウェンを見せられたので……牢屋におしつけられた、ときかな？」

この質問、私は何時なくしたのかという意味と受け取ったのだが、後々考えてみるに、他に暴行を……女性の尊厳が傷つけられていないかを確認したのである。この時点じゃ聴取が終わっていないだろうし、この手の問題は深刻だから遠回しな言い回しにもなるだろう。

けれど私が平然とまではいかなくても自力で立っていたこと、まるきり違う回答をしていたから、懸念で済んだのだろう。

「では無事に見つかりましたし、上に戻りましょうか」

ハンカチに腕飾りを包んでしまうと懐に仕舞い込んでしまったのだ。てっきり返してもらえると思っていたので、素っ頓狂な声をあげてしまう。

「へ？　あの、それ……」

「行きましょう。ここは空気も悪い」

背中を押されて追い立てられるように上へと登っていく。いやいやいや、まって、それを返してもらわないとこんな牢屋に来た意味がない。

「その前に、返しては、もらえませんか。それ、直さないと……」

「仰るとおり、修復せねば使い物にならない。これを作らせたのは私ですので、職人に渡すとなると預かるほかないでしょう」

うん？　私が作らせた……？

「お詫びもかねて元通りにさせると約束しよう」

これは姉さんから結婚祝いとしてもらったんだけど、どうしてライナルトが作らせたとなるのだろう。意味を理解するのに時間をかけていると、ライナルトは「なるほど」と呟いた。

「失礼、靴がないのに気付かなかった。……ニーカ、カレン嬢を運べるか」

「服が血で汚れております。自分がお運びするにはいささか障りがあるかと。……エレナ！」

ハイ！　と元気な声がして一人の女性が駆け寄ってきた。確か彼女は毛布を持ってきてくれた女の人だ。くりっとした目が特徴的で、黒寄りの青がかった頭髪が綺麗な美人さんだ。

「はぁーい。ではでは失礼しますね」

また横抱きに抱えられた。ねえこの子、よく見ると私と年齢も変わらなさそうなんだけど、ほとんど同い年の女の子に抱えられてる。ここ数日は一生に二、三回経験すればいいくらいの横抱きを!!

華奢な見た目とは裏腹に、彼女もまったくぶれる様子もなく歩き出す。

「自分で、自分で歩けますから……!?」

「いえいえ、怪我してるんだから大人しくしてください。動いちゃだめですよー」

この場にそぐわない太陽の如き笑み。大変逆らいがたく、申し訳ないと恥ずかしいでいっぱいなのだが、彼女の笑みで安堵したのも確かだ。全身の気怠さと、真綿で締めるように襲いかかる痛みに、もう無理をしなくてもいいのだと観念した。

「……………ごめんなさい。やっぱり無理そうなのでお願いします」

もう恥ずかしくて顔を覆っちゃうよね。なんで私は自分で取りに行こうと思ったのだか、少し前の自分の言動がわからない。

けれど男性に運ばれるよりは気持ち楽でいられるから、ニーカさんを呼んだライナルトと、この人を指名したニーカさんの心遣いはありがたかった。

エレナさんは背中に羽でもついてるんじゃなかろうかって足さばきで館を脱すると、私を見つけたヘンリック夫人が駆け寄ってきたが、ライナルトのおかげでお叱りは回避された。

「現場はこちらで押さえるので、皆様方にはひとまず当家の館でお休みいただきたい」

休めるのならどこでも構わなかったが、難色を示したのはヘンリック夫人だ。

「ローデンヴァルトのお屋敷で、でございますか。しかし、お言葉ですが当家の奥様とは……」

「侍女殿。無論、当家とキルステンに浅からぬ縁があるのは承知している。貴女の懸念ももっともではあるが、ここは怪我人の治療を優先するべきだ」

ヘンリック夫人は迷ったようだが、スウェン達と私を交互に見やる。いくらか葛藤があったようだが、ライナルトの意見に同意した。

「お待ちください、奥様はこちらの馬車ではないのですか」

「手当させます。ああ、傷は女性に看てもらいますよ。私は少々話を伺いたいだけだ」

全員が一つの馬車に詰めるのは不可能だと、スウェンとニコと夫人でひとつ、私はライナルトと同じ馬車で組み分けするようだ。ヘンリック夫人が私の傷を看ると言ってくれたのだが、私を抱えている女の子は素早かった。

「じゃあお運びしてしまいますね〜」

組み分けを聞くなり移動して、夫人の意見はなかったことにされたのであった。

馬車中には救急箱や濡れた布巾が手配済みであり、彼女は手を取るなり指の汚れを拭いだした。

「私は目立つ汚れを取りますね。応急処置とはいえ本当なら服を脱いでもらって、その上で診断するところなんですが、ライナルト様も同席されますし、いまはこれだけで許してくださいね」

「……つらいのは、口の中くらいだから、だいじょうぶ、ですよ」

「うんうん、ならよかった。このくらいで済んだのなら幸運でしたね」

……さらっと言われてしまったが、この人も相当アレだね？

「痛かったら言ってくださいねー」

彼女の手つきは丁寧で、損傷した爪先には触れないよう注意を払っているから痛みはない。

そういえば爪先の痛みってすごく辛かった記憶があるんだけど、案外平気なものだなぁ……なんてぼんやり考えていたら、ライナルトが馬車へ乗り込み、合図と共に馬が走り出す。

「侍女殿は貴方をしきりに心配されていた。コンラート伯は良い侍女をお持ちですね」

「あの人は、とても、やさしいですから」

それは力強く同意する。ヘンリック夫人は単に口うるさいだけじゃない。あの時は間に合わなかったが、男に押さえつけられた私を助けようと、敵うはずのない相手に飛びかかろうとしていた。直前に護衛が殺されているのに、ああいう選択をできる人はなかなかいない。

伯の侍女だろうと、夫人が褒められるのは嬉しい。護衛の二人については考えると気が滅入ってしまうが、せめて夫人が無事で良かった。改めて安堵したところに、さらっと言葉が割り込んだ。

「さて、貴女はどこまで聞かれただろうか」

前置きもない、いきなりの本題だった。

組み分けの時点で予想していたから驚きはしないが、ライナルトが「なにを」とは付け足さないのはわざとだろうか。

……こういう裏側の事情とやらを知ってしまった場合、漫画や小説ではどうしていただろう。相手の雰囲気が変わって殺気も露わになるとか、人格が変わってしまうのがオーソドックスなのだけど、ライナルトはまるで変わらない。珈琲に砂糖はいるか、くらいの気安さだ。

隣の女性は口元の微笑を崩さぬまま、相変わらず丁寧な手つきで汚れを拭っている。張り付いた笑みではなく、ごく自然な穏やかさを保っているのが不思議だった。

「どのくらい話されていたかは、知りませんし、そちらが想定されている、範囲、というのがどこまでかはわかりませんが……」

私が口内を切っているのは知っていて止めないのは、彼らにとって大事な話なのだろう。

「……たぶん、うーん……だいたいは？」

「貴女の接近に気付けなかった我らに落ち度があるのは認めるが、聞いて良い内容でなかったのは理解されているだろうか」

「そうなんだろうなあ、くらいは」

自分でも頭の悪い回答なのは自覚しているが、正直どういう言い回しが正解なのかわからない。どうせきっちりした口上を述べても嚙むだろうし、痛いし、どうにもならない。

「申し上げておくと、いまのところ貴方に危害を加えるつもりはない」

「それは、よかったです。ほかには？」

「貴女が聞いた話をご夫君や実家に話すつもりはおありか」

やっぱりそこが気になるよね。でも、あの地下室でラング達を斬り捨てたのを知っていると、これまでとは見方が変わってくる。だってこの人「いまのところ」って付け足していた。

「いまは、ないですけど」

「ふむ。そう仰るからには、話す機会もあると」

「伯や、兄や姉達に帝国絡みで、あなたからなにかされた、とあれば、黙っているのは、無理があるでしょう」

「正直なことだ。その素直さは美徳でもあるが、時に良識の欠如を招く場合もあるでしょう。ご自身を大事にしたいのならもう少々警戒された方がいい」

そう言われても……。大体その言い方だと、注意しているようにしか聞こえない。

「あなたは、うそを、お求めですか？」

このときライナルトはちょっと目を見張って、やがて機嫌良さげに頬を緩めたと思う。

「いいや。時と場合によるが、貴方相手であればその愚直さは好ましく映る。下手な応酬を交わすよりはよほど気楽に喋れるのでね」

「元々、そういうのは得意じゃ、ありませんので……」

「では今後も良い関係を継続できると考えてよろしいか」

「断る理由はない、ですよね。ローデン…と、キルステンが、交流があっても……」

「……安心しました」

なんだろうこの会話は。胸のつっかえは取れたが、相手の性格が摑めないせいか手探り感が強く、なんとも言えない気持ちでいっぱいだ。

「いたっ」

「あ、すみません」

ライナルトとの会話に集中していたが、診察を任せていた指先に痛みを感じると、手がぱっと離された。先ほどまで余裕を浮かべていた面差しが、驚愕と混乱の入り交じった表情になっている。

……気を使って拭いてくれたし、ミスしたくらい怒ってないのにな。

「綺麗になってる、ありがとう」

「い、いえいえ……」

じくじくと痛む爪先は治療を待つしかなかった。指と爪の乖離、意外と平気なんだなって思っていたけど、うん、撤回する。

痛くないのではなくて、脳がバグって痛みに鈍感だったのだ。

身体もぽかぽかどころか熱いくらいで、汗を掻き出した。痛みのせいと思っていたけど、そういえばここに来る前、私は寝込んでいたはずで、あれってどう考えても風邪の症状だ。

熱に怪我とコンボを決めれば、こうなるのも当然だ。

寄りかかれそうな壁に身体を預けると、少しは呼吸も楽になる。

「すみません……なんか、疲れたみたいで……」

馬車の揺れは大きいし、そうそう寝入りはしないだろう。ほんの少し休むつもりで目を閉じたのだが、これが案外気持ちいい。

ええと、そういえば、もっと大事なことを言っていない。

「帝国の人であろうと、助けてもらったのは、事実ですので」

暴漢に襲われた所を救出してくれたのはニーカさんで、その彼女を従え駆けつけてくれたのはライナルトだ。どのような事情であれ、傷だらけの私を抱え大丈夫と言ってくれたあの人の言葉に嘘はなかった。

そもそも違う国、外国人というだけで毛嫌いする理由はないのだ。日本人だった頃は様々なメディアを通してお世話になっているし、知見を経た上で喧嘩を売る必要がないのを私は知っている。

大体、そのくらいで彼らに助けてもらった事実を覆すつもりはない。ただ、帝国とこの国の関係については、改めて勉強し直す必要がありそうだけれど。

「――カレン嬢？」

ライナルトに呼ばれるのは悪くない気分だ。返事をしたくとも、重い身体はずぶずぶと泥の中に沈んでいくようで、声も段々遠ざかっていく。

……疲れたと思考を最後に、ぷっつりと途切れるように意識がなくなった。

7

もう少し休ませてはくれないのか

ゆるやかとはほど遠い目覚めだった。

水の底から浮き上がるような覚醒、感じたのは激しい疲労感で、腕一本動かすことすら重い。目を閉じた所で聴覚が働き始めたらしく人の声を拾い始める。

「出発前から体調が悪いのはわかってたのね？　どうして行かせたりしたの、この子は身体が強い方じゃないのよ。お祖父さまだってそう伝えていたでしょう」

「申し訳ございません。すべて、わたくしの落ち度でございます」

「ゲルダ、少し落ち着きなさい。こればかりは誰が悪いというわけでもない」

「まあ、ライナルトにあれだけ怒ってた人のお言葉とは思えないわ」

「いまはそんなことを言ってる時ではないと言ってるんだ。お前の声は通り過ぎるのだから自重しなさい。カレンが起きたらどうする！」

はっきりとした怒りを押し殺そうとする兄さんも珍しい。謝っているのはヘンリック夫人だろうか。兄妹喧嘩なら放っておいてもよかったが、夫人が叱られるのは見過ごせない。

「それについては、謹んでお詫び申し上げる。……が、改まった謝罪は別室にて行わせてもらいたい。ここではカレン嬢も休めないでしょう」

ライナルトまでいるとは随分大所帯だ。夫人だけでも呼び止めようとしたのだけど、遠ざかっていく彼らを引き留めるのはかなわなかった。額や首筋を伝う汗が気持ち悪くて魘《うな》されそうだが、冷たいなにかが肌に押し当てられ、感覚は随分ましになってくる。

「……奥様、汗を拭きましょうね」

諦めて眠ってしまおうとしていたら、気に掛かっていた女の子の声が届いた。そうっと目を開くと深刻そうなニコがタオルを肌に押し当てている。

彼女の顔の腫れは大分引いたようだ。目が合うと驚いたようだが、服の裾を摑もうとして失敗した。なぜか指の先端がとても重たいのである。

「おくさ……」

「……だい、じょうぶ?」

無事なのはわかっていたけれど、ニコの方が殴られていたから、痕が残ってしまわないか気になっていた。ただでさえ心に疵《きず》を負っただろうに、このうえ取り返しのつかない痕なんて、彼女の親御さんに謝りようがない。

ニコはぼろぼろと涙を零しながら伸ばしかけた手を取って何度も頷いた。

「はい、はい……! ニコは無事です。スウェン様も、奥様のおかげで手遅れにならずに……!」

「そう……」

「ごめんなさい、ごめんなさい……! ニコが失敗しちゃったんです」

無事ならなんだっていいのだ。私はこの子が好きなのだし、いなくなられると困るのだから。それよりも人を泣かす趣味はないから泣き止んでもらいたい。

「……けんか、とめて、きてもらえる」

それと自分のことで喧嘩されるのも御免である。気性の激しさは姉さんが上だが、兄さんは穏やかな分、ひとたび怒らせると長引く拗《こじ》らせタイプである。

「あっ、スウェン様、アヒムさんっ。いま奥様がお目覚めに……」

閉じた視界の向こうで誰かが呼びかけてきたけれど、睡魔に負けて再び眠りに落ちていた。

次に目を覚ましたときは、姉さんが傍らに座っていた。あれから何度か覚醒しては眠るのを繰り返していたけれど、こめかみが傷むのと気怠いくらいですんだのはこのときが初めてだ。

「熱が下がってないのだから、大人しくしていなさい。それとも欲しいものでもある？」

喉が渇いたと告げると唇に柔らかい布が押し当てられ、果汁の混ざった砂糖水が喉を潤す。

「ゲルダ様、看病は侍女にお任せしてくださいまし。どうかそのような……」

「妹の看病は小さい頃からやってるの。邪魔をするなら下がりなさい」

声に聞き覚えはないから、姉さんの使用人だろうか。厳しい言い様と打って変わった眼差しで布巾を水に浸している。

「言いたいことはたくさんあるけど、いまはなにも言わないわ。……指はまだ我慢なさい、腕の良い魔法使いが治してくれるらしいの。こちらに向かっているらしいから、それまでの我慢よ」

なんのことかわからずにいたのだが、持ち上げた腕を見て納得した。両手共に包帯が巻かれていたから、動かしにくかったのはこれのせいに違いない。

「顔も身体も、痕は残らないよう配慮してくださるそうだから安心なさい。……具合はどう」

「なんとか。前よりは、頭もはっきりしてる」

姉さんがいるのにも驚いたが、それ以前に天蓋付きベッドに驚いていた。両脇から下がった白のレースはもちろん、寝衣は肌触りの良い絹。一目でわかるお金のかけられた調度品の数々は、目にうるさくない程度に雰囲気を統一していた。

「ここ、どこ？」

「その質問は二度目だけど、やっぱり覚えてないのね」

悩ましげなため息を一つ。起き上がろうとする私にしょうがない、といった様子で背中にクッションを入れてくれた。おかげで体勢も楽になったが、口の中に違和感が残っている。舌と口内を切っていたはずで、そっと舌を動かすと、奇妙に腫れているような感覚がある。

「口内は強いお薬を塗ってあると聞いてるわ。固いものを食べたら駄目らしいから、注意してね」

「違和感はあるけど、大丈夫。それよりも……」

「ローデンヴァルト、というよりライナルトの別荘ね。詰所から一番近いところにあったから運んだのだと聞いてるけど」

「……スウェン達は？」

「ご自宅に引き返したけれど、毎日こちらに通っていらっしゃいます。ニコとかいう侍女は、あなたの面倒を看るために残ってるわ」

「毎日……って、どのくらい経ったの？」

「あなたがここに運ばれて今日で五日目よ」

それは、予想を遥かに上回る日数だった。風邪とはいえ、流石に寝込みすぎではないだろうか。ところが姉さんは苦虫をかみつぶしたように目を閉じる。

「あなたが熱を出して寝込むときは三日は普通です。今回は怪我もあったし、もっと長引くと思ってた方だわ」

「ええ……流石にそれはない……でしょ？」

「あなたが私たちのなかで一番身体が弱いのよ、自覚なさい」

姉さんはそう言うが、反論させてもらいたい。私は運動も普通にできるし、走るのもまったく苦じゃない。十代らしく一晩くらいの徹夜じゃ楽々行動可能、少し睡眠時間を削っても数時間の昼寝で取り返せる。むしろ年相応すぎる。うん、ちょっと高熱が出やすいだけで断じて身体は弱くない。

「その部分は兄さんと半々にしてもらいたかったわ。あっちは頑丈すぎるのよ」

長兄アルノーは気の弱さに比べ反則級の健康体である。あの人はあんまり風邪を引いたことがない。愚痴をこぼす姉さんだが、私が喋り辛そうにしている原因に気付いて背後を振り返った。姉さんの使用人さん達が立っている。

「大事な話があるからしばらく下がってなさい」

使用人さんが去ったのを確認すると、姉さんは私の言葉を待つようにじっと口を閉じている。

「……聞きたいことがあるんだけど」

「なに？　今回の件なら心配しなくてもちゃんと片付くわよ」

「合意だったの、そうじゃなかったの」

しばしの沈黙。意味を摑みかねた姉さんが小首を傾げる。

「……カレン？　もう一度言ってもらえるかしら」

「だから同意だったのか、違うのか」

「なにが、かしら」

「殿下の件」

なんで天井を仰ぐのだろうか。行動の意味がよくわからない。

「人払いさせたらまずそれなの？」

「え？　重要でしょ？」

私が姉さんに聞きたい話と言ったらこれだ。当たり前の質問だったのだが、姉さんはそうではなかったらしい。気難しげに眉を寄せていたが、長い長い息を吐くと、脱力した様子で肩を落とした。

「妹に疑われるのは心外だけど、仕方ないわね。……合意だと思ってるの？」

「疑いたくなるようなこと、されたら普通はそう考えちゃうと、思うの」

本当はもっと慎重に話をするべきではある。ただあまりに怠いし、姉さんが平然としている様子に、ふと思ったのだ。「ま。いっか」と。

姉さんは呆れてはいるが、はぐらかす気はないようだ。

「兄さんにも言われたわ、それ。……妙なのを聞かせてごめんなさいね」

「……すごく心臓に悪かった」

「そうよね。……正直、さっきまで帰れと言われるかと思ってたもの」

「じゃあ、違うのね？」

「合意じゃないわ、少なくとも望んでそんな関係になったかと聞かれたら、違う」

あの日については思うところはあるが、掘り返して楽しい記憶ではない。なにより身内だからこそこれ以上突っ込んではならない不文律もある。兄妹仲を壊したくなければなおさらだ。

「ラ……ある人には、姉さんと殿下が近しい関係だったって」

「迫られたから躱《かわ》しにくかっただけよ。……ついこの間まで殿方と縁遠かった私が……あの手合いのお方から逃げるのが得意だと思う？」

「あ、そっか。なら……」

「まあね、そう見られてるのは知ってたわ。私だって無下にしてたわけじゃないし」

姉さん、別に夜遊びしてたわけでも、男好きだったわけでもない。ごくごく普通の令嬢だった。そういえばそうだ、新入社員の女の子が上司のおじさんに迫られて、上手くやり過ごそうと笑顔で避けてたつもりが、みたいな誤解だろうか。

「そもそも形だけとはいえ義理の息子よ、そんな気も起こりません。けれど向こうはそうじゃなかったのね。父親の愛妾もただの女なんでしょう。背徳を楽しむような趣味の悪い、ね」

そのとき姉さんは誤魔化そうとしていたが、自らの肘を抱くように両手に力を込めていた。瞳には一瞬だけど、憎悪か嫌悪か……それに似た類の感情の色。ただ、それもすぐに引っ込められた。

「これ以上はやめなさい。心配しなくてもザハールと兄さんが手を打つと言ったから大丈夫よ」

「ザハールって、ローデンヴァルトのご当主だったっけ」

「そう、ライナルトのお兄様よ。すぐに思い出せるよう覚えておきなさいな」

「……名前は覚えます。だけど殿下に目を付けられて、本当に大丈夫なの」

「権力闘争が絡むと言ってるの、その覚悟がないならやめなさい。あなたはもうコンラートの人間なのだから、中途半端に関わって来られると双方に迷惑だわ」

本人はさらっと言ってのけたが、だからこそこれ以上ない本気の忠告があった。覚悟とまで問われると、及び腰になってしまう。

「じゃあ……これだけは教えて。殿下のことが好きとかじゃ……」

「死ねばいいと思ってるわよ」

蝶よ花よと育てられた姉の口からはっきりと「死」という言葉を聞くのは、衝撃的である。

「……ないだろうけど、あの男と二人きりになるような事態は避けなさい」

そして侍女達が出て行った扉の方を睨みながら言った。

「最悪侍女がいても信用できる者にすること」

「……はい」

「あなたへの忠告はそれだけよ。私のことはもう心配しなくていいから。でも、兄さんに相談してくれたのはありがとうね。私からじゃ話しにくくて……おかげで面倒にならずに済みそう」

唇に果実水を掬ったスプーンを押し当てられた。飲め、ということらしい。

「ところで、あなたライナルトのこと許したの？」

「これ、砂糖入れてない？　……って、許すってなにが？」

「ライナルトよ。そんな目に遭わせたのは彼の配下だと聞いていますよ。けれどあなたは彼を責めるどころか、訴えもしないと約束したそうじゃない」

……そうなの？

甘すぎると姉さんは言うのだが、訴えないとは記憶にない話である。なにか変なうわごとでも言ってたのだろうか。

考え込んでいる最中、私が目覚めたと聞いたようで、早速見舞いが訪れた。

ライナルトの配下であるモーリッツさんと馬車で治療をしてくれたエレナさんだ。それに二十代半ばくらいの見知らぬ男性。痩せ気味の身体に纏うのは軍服だが、派手に装飾している。艶やかな白髪は一見お年寄りに間違えられそうで、どう見ても軍人らしくはない。

この人がライナルトが手配した治癒士と紹介されたが、もうちょっと年食った人を想像してたので、これはかなり予想外だった。

抜けるように綺麗な肌、深々と切れ上がったまなじりは涼やかな銀鼠色。……ここのところ遭遇する顔面はどれもこれも美しい人ばかりで感覚がおかしくなりそうだ。

うっすらと淡い微笑を湛《たた》えたその人は自身を魔法使いと称し、それはそれは見事な礼で自己紹介したのである。

「お初にお目に掛かる。我が同胞の小さき友人殿にお会いできて嬉しく思います」

シクストゥスという聞き慣れない響きの名を持つ男性である。優しげな風貌をした人であったが、個人的には胡散臭いというのが第一印象だ。

モーリッツさんが姉さんに話があるらしく、揃って退室すると、シクストゥスは寝台の脇に座り、こちらに断ってから左手首を持ち上げた。

「シス、ライナルト様は一刻も早い治療をお望みです」

「了解しているとも。心配せずともか弱い乙女を苦しめる趣味などないさ」

何故だろうか。シクストゥスがそういった瞬間、青年を見るエレナさんの視線が冷たいものになった。それをものともせず青年は機嫌良く、鼻歌交じりに脈を測ったりと医者の真似事に興じるのである。

「だがいまは駄目だ。少なくとも……そうだな、口内だけにさせてもらおうかな。食事を摂れないのは辛いだろうからね」

「シス、私の話は聞いてましたか」

「だめなものはだめさ。熱さえなかったなら要望に応えたけど、いまは体力が落ちている。全快などさせたらそれこそ昏倒するのではないかな。ライナルトもそれは望んでいないだろう」

「……それは本当ですね？」

「治癒に関してはきみも知識があるだろう。それに私は弄《いじ》る相手と時期は選んでいるよ、案じずともこの状況でふざけはしないさ」

くわ、とエレナさんの両目が見開かれる。この二人、仲はよくないらしい。

「では、あとは体力が戻ってからにしようか。どうぞお大事にね、カレンお嬢さん」

男はすっくと立ち上がり、振り返りもせず去って行く。その時間は五分にも満たないだろう。あっけない『治療』に拍子抜けしていたのだが、口の中で広がった苦みに我に返った。

土臭い草を嚙み潰したような、なんともいえない気持ち悪さだ。堪《たま》らず口元を押さえたのだが、同時に口内にあった腫れがすべて引いているのにも気がついた。

「あれ、治ってる。全然違和感がない」

「シスの治療はあんなものなんです。ちゃんと治ってるのならよかった」

「あれが治療って、私が聞いてるのとは大分違います」

「やたら早い、でしょ？」

一瞬視界がぶれて頭がぐらついた。エレナさんはただし、と付け加える。

「曰く、魔法の治療は患者の体力を使って治癒能力を異常に高めるものらしいです。ですから弱っている人に使っても効果が薄く、最悪死に至ったりするそうで……。無理はしないでくださいね。体力が戻れば、すぐに回復しますから」

あ、そうなの？　魔法ってこう、不思議パワーで一瞬で回復して全快！　ではないのね。

思ったより万能とは言い難いらしい。あの青年が去ってからのエレナさんの表情は柔らかくなっており、その微笑みに大事なことを思い出した。

「そうでした、大事なことを言ってなかった」

「まだなにかありましたか？」

「助けてくれて感謝しています。……それに、運んでくれたり、治療をありがとうございました」

彼女は意表を突かれたように動きを止めたが、やがてじんわりと心の底から湧いてくるような笑みを浮かべ、自身の胸に手を当て名乗った。

「仕事ですからお礼は不要です、と言いたいところですが。それはそれとして、お礼を言われるのはいいものですね。……エレナ・ココシュカと申します、どうぞ気軽にエレナと呼んでください」

できるものならこの人ともう少し話をしたいが、再び扉がノックされる。今度はモーリッツさんが入室すると、エレナさんは姿勢を正し一歩下がったのだ。

モーリッツさんは椅子に座ろうともせず、黙礼すると次のように述べた。

「女性の寝室に押しかけるような形になることをお詫びする。本日は貴女に大事な用があり、無礼は承知でお訪ねさせていただいた」

この人は態度や口調が固くなっている。どことなく居丈高な態度は、場合によっては慇懃《いんぎん》無礼に映るかもしれないけれど、自然な振る舞いからしてこちらが素ではないだろうか。こちらを見る瞳は感情らしい感情がなく、ただそこに居るから視界に収めているといった様子だ。

「その用事は、いまだに私の侍女を呼んでもらえないことと関係がありますか？」

「勧めはいたしませんが、望まれるのならお呼びしましょう。ただし、今後の生活に支障をきたす可能性があるのは考慮していただきたい」

その一言で大事な用とやらの内容の重大さを把握した。ニコの顔を見ておきたかったのだが仕方がない。身体は休息を求めているが、半分諦め気味で相手の用件を促した。

「今回の件においては我々の管理不足にて、多大なご迷惑をおかけした。主犯は既に処刑済みではあるが、そちらの溜飲《りゅういん》が下がらぬのもまた事実。如何なる謝罪も行う用意があるが、その上で貴女にお願いしたい。今回の件、詰所にいた者達の素性を含め外部には漏らさないでいただきたい」

朗々と喋るモーリッツさんの声は起伏が少なく、淡々としているから聞き取りづらい。まだ動きが鈍い頭だ。一気にまくし立てられたのもあって返答にはしばらくの沈黙が必要だった。ライナルトにも言ったけれど、私はこの手の会話が苦手なのだ。モーリッツさんのように言葉に裏を持たせる、或いは裏を読み解くのを前提で話をされるのは頭痛の誘発にしかならない。

「それは、外部に帝国の存在を漏らすなということでよろしい？」

「然様《さよう》、理解いただけてなによりだ」

「姉には、私があなた方を訴えないと言っていたと聞きましたが、それはどういうことでしょう。いま私がこうしたお願いをされているのは、順序が逆のように思えますけれど」

「キルステン卿とサブロヴァ夫人は酷くお怒りだったため、致し方なく」

嘘の供述をしたということか。道理で覚えがないわけだ。

「キルステンはともかく、コンラートはどうするおつもりですか。被害者は私だけではなく、コンラート伯のご子息までいらっしゃいます。まさか私に説得しろとは言いませんよね」

「そこまで苦労をかけるつもりはない。無論こちらで対応させてもらうが、私としては貴女が耳にされた内容の方が問題だ」

「ああ、たしかライナルト様を閣下と呼んでいましたね」

「それについては特に口外しないでいただきたい。たとえ相手が貴女の国の王であろうともです」

「そちらについてはライナルト様に話した通りです。あなた方が私や、私の身内に害を及ぼさない限りは口外しないと約束しても良いでしょう」

ライナルトは了解してくれたが、モーリッツさんは信用しきれないのだろう。部下としては当然だろうが、難儀な話だ。

「けど、納得されてないご様子ですね。いっそ公文書でも用意しますか」

「許されるならば是非とお願いするところだが、それは我が君の意を害するゆえ不可能だ。いま私がこの場にいるのは、個人的な意志となる」

「……なるほど、では、いまライナルト様は？」

「お呼び立てするほどではない」

無断で来たか。だからといってモーリッツさんの意志を無下にはしない。なぜならエレナさんがいて、彼女は会話を止める様子がないからだ。

「正直に申し上げるのなら、ライナルト様の命がなくば貴女を生かしておくのも私は反対だ」

「脅しは結構です。逆効果ですからやらないでください」

いくらなんでもと反射的に言い返してしまった。……喧嘩を売る気はないのだけどなあ。

モーリッツさんから視線を逸らさず、どうしたものかと内心ため息を吐く。多分だけど、泣いて「絶対に口外しません」くらいしないとこの場から逃れられなさそう。こちらから公文書にサインしてもいいよと言っても断られたのなら、そのくらいしないと安心してもらえない。いまさら事の重大さに慌てふためき、青ざめてみせるのも疲れる。

悩ましげにため息を吐く動作は、姉さんを真似してのものだ。さほど話したことはないけれど、モーリッツさんのような人相手なら効果はある。

「いっそ交換条件でも申しあげましょうか」

提案すると、目元が細められた。いまこの人の頭の中では様々な計算が働いているのだろう。断ってこないのはそういうことだ。

こんなこと言い出した理由だけれど、モーリッツさんのようにはなから相手を信頼せずに来た相手は、まず無条件の約束を信じない。情に訴えても逆効果だ。打算と利益を掛けて交渉した方が「裏切らないだろう」と考えてくれるのではと思ったのだけど、間違ってはいないようだ。

ただ、問題は一つ。

……その交渉に見合うような欲しい物がない。

今更ちょっと待ってとストップをかけるのも格好がつかない。内心もの凄く焦りながら、それっぽく考え込むような振りをしたところで、ふと思い出した。

「そういえば、今回の件は襲われただけというだけで、まだ詳細を伺っていませんでした。せっかくだし、いまお聞きしてもよろしい？」

「そういった内容でしたら、すでに皆様にご説明しておりますが……」

「そちらはあとで確認します。私が知りたいのは真実とあなた方の事情です」

モーリッツさんに値踏みされているような気がするが、気後れする理由はない。

「私共の事を知りたがっているようですが、そのように仰るからには理由がおありか」

「特にありません。ただの好奇心に、もっともらしい理由をつけねばなりませんか？」

あっ怖い怖い。半分くらい本気だったのだけどふざけるのはやめよう。

「あの詰所の方々、この国の事情には疎かったようですし、キルステンも知らない様子でした。あなた方が統括されるにしては随分お粗末だったのが気に掛かっています。……もちろん怖かったのもあります、ですから、被害者としては知る権利はあるのかしらと」

あれこれ邪推するくらいなら直接聞いた方が手っ取り早いではないか。

このとき、私とモーリッツさんが共有したのは沈黙だ。それ以外はなにもかも合わないが、どうやら話してくれる気になったらしい。

「貴女は我々の会話を聞いてしまわれたが、驚きはされませんでしたな。我々とてすべて隠し立てはしていない。閣下の素性について、いくらかは調べをつけられていたと考えるがよろしいか」

「はい。でもどこまで知っていたか、なんてことまでは話しませんよ」

「不要です。この国で調べられる内容などたかが知れている。……問題は貴女が彼《か》の裏切り者の言葉を聞いてしまった点だ」

情報統制に自信があるのか、モーリッツさんは強気である。彼の想像通り、ライナルトのお父さんが偉い人、というくらいしか摑んでいないのだけど……。この肌に刺さるようなピリッと張り詰めた空気、いますぐ回れ右をして帰りたい気分だけど、ここで私も取り返しのつかない事態を悟った。

裏切り者がラングを指しているのはすぐに理解した。ただ、彼の放った言葉というのがわからなかったのだ。モーリッツさん達が重要視しているのはそちらの方だ。

……うん、これは私が耳にしていない発言があるね。

しくじった。あの日の帰り道、ライナルトに「だいたいは」なんて適当に言うのではなかった。

「ご存知の通り、我々は帝国の者であり、閣下の私兵でもある。皇帝陛下の強い要望でこの国の者として身を置いている身だ」

ライナルトのお父さんがお偉いさんなのはわかってたけど、派兵は皇帝陛下も絡んでるの？

「誤解なきように。すべては閣下の御身を守るためだけの派兵。御国を攻める意図はない。これは当然そちらの国王陛下も了承済みだ」

モーリッツさんは語る。派兵された兵士だが、すべてが完璧ではないこと。中には他国民を良く思わない者、命令に従わない者も多数いる。そういった厄介者を一所に集めていたのだと。

「彼らは最近こちらに来た新参者です。折を見て帰還させるつもりでしたが、今回の者達は特に性根が曲がっていた」

同国の仲間のはずなのだが、しれっと言ってのける。モーリッツさんはライナルトではなく、自身の監督が行き届かなかったのを詫びた。その上で、他に被害者がいるようなら彼らに対しいくらかの補償を行うとも断言したのである。

「現在は残った者達を取り調べている最中です。じきに仔細も明らかになるでしょう」

「……それが、御国の事情？」

「嘘偽りは申しておりません」

他に喋ることはないと沈黙するのみ。話は終わったと言わんばかりの態度、あとはヘンリック夫人達から話を聞いて、内容をすり合わせるくらいか。もう一点、兄さん達にはなんと説明したかと問えば、帝国出身である点のみを伏せたと教えられた。

兄さんの方はアヒムがいるから勝手に調べをつけてくれるだろうか。

顔色を変えず佇む軍人に訊いた。

「本当にあなた方はライナルト様の守護を、そのためだけに派兵された兵なのですよね」

「勿論。ライナルト様の意に反する行為は我々の望むものではない」

「彼らの所業は手慣れていた。仰った通り他にも被害者がいたでしょう。知っていて、放置していたなどはありませんね？」

「誓ってないと断言しよう。責任は必ず取らせます」

この人は動揺すら見せず、嘘かどうかの見分けはつかなかった。彼ら程の人物なら、彼らの動向を摑めなかったなんて話はないと思うが、ここらが潮時か。国の取り決めに文句を言うには、小娘一人じゃ荷が重すぎる。

「わかりました。その言葉を、というより……あの場に駆けつけてくださった方々を信じます」

具体的にはニーカさんを。モーリッツさんはエレナさんを一瞥したが、特になにも言うことはない。

まったく気が滅入りそうだ。気持ちを一新して話題を変える。

「それで、交渉物ですね。ええ、私、ちょうど欲しい物があったのを思い出しました」

「どのような物でしょうか」

……その佇まいでわかる。この人、きっと相当ふっかけられる覚悟をしてるのだろう。

でも私が欲しいのは物じゃないのだ。人によっては何の価値もない代物である。

「帝国公庫取引権をください。それをもって、ライナルト様に申し上げたとおり、命を害された場合以外は決して口外しないという約束をあなたと行いましょう」

このときたとえ一瞬といえど、私ははじめてこの軍人から言葉を奪うのに成功した。

　気持ちはわかる。私はお金や色とりどりの宝石、あらゆる反物といった金品の類を望まなかった。帝国市民と一部商人しか利用できない『銀行利用権』をくれといったのだ。

「それを求められるからには、帝国で商業を営まれるおつもりか」

「そんな予定はありません。ですからコンラートやキルステンではなく、私個人に権利をくださいと
　お願いしていますと、理由は……交換条件なんですから、言う必要はありませんよね？」

　喉から手が出るほど欲しかったものが手に入るかもしれない。そんな喜びが自然と頬を緩めさせた。

　私が国を出るつもりだったというのは以前述べたとおりだ。新しい移住先候補として帝国は挙がっていて、いくらか調べをつけていたのだが、便利と思っていたのがこの帝国公庫取引権。名前は違うが、ぶっちゃけてしまうと異世界版銀行システムである。

　この世界、当然ながら銀行という便利な金融兼サービス業は存在しない。ファルクラムにおいても同様で、自分の資産は自分で管理。お金や資産は専用の金庫等を用意し厳重に保管している。盗まれたらおしまい！　などと諸行無常も少なくない。

　ところがこの形を覆したのが帝国。

　積み立てなんて便利なプランはないが、申請さえ通れば自身の資産を国が管理し、預け入れや引き出しが可能である。情報管理方法が不明だが、自国の魔法使いと高度な連携が取れているらしく、独自の方法によって厳正な管理ができているらしい。

　内容の難しさから帝国内だけの普及なのだが、実はこの権利を持っていれば他国でもお金を引き出せる場所があって、それがこの国に点在している帝国領事館である。いわゆる大使館ね。ファルクラムは帝国と仲良く？なって長いから領事館があるのだ。

　これ、帝国と契約を結んだ商人は証書を持って申請すれば、領事館でお金の預け入れと引き出しが可能だ。

ただし、勿論ながら誰も彼も使えるわけじゃない。権利を持てる条件は帝国市民であること、または一定の条件を満たした商人であることだ。

で、私はその権利が欲しい。

一人で暮らすにあたって、女の一人住まいはなにかと大変だ。それはキルステンを追い出されてから痛いくらいに実感した。

部屋のどこに財産を隠そうなんて四苦八苦するのは御免なのだ。資産を預かってくれる便利なシステムがあるのなら、そちらに任せた方が楽である。帝国も移住先として視野に入れているのなら、持っているに越したことはない。

「商業ではなく個人として我が国特有の権利を望まれるとおっしゃる」

「ファルクラムに派兵を行えるほどの権威ですもの、不可能ではないと思うのですが」

「用意自体は可能でしょう。では、そちらにいくらほど望まれるか」

「……いくら？」

「金貨です。ファルクラム貨幣換算で二千までなら融通致しましょう」

きんかにせん。

土地家具付き一軒家が余裕で買えてしばらく遊んで暮らせるレベル。

この人達がどれほど自分たちのことを知られたくないのか窺い知れる額だが、いくらなんでも高すぎる。金貨三十枚だったら即頷いたのに。

これでも相当ふっかけたのだ。断言するけど、この利用権だけでも人によっては机に金銀積んででも欲しがる代物だ。

「え、ええと、さ……いえ百枚もあれば……」

「この期に及んで冗談はお止めいただきたい。それともまだ交渉をお望みか」

違うし。交渉じゃないし！　頑張って高めに言ったし!!

あなたたちとは金銭感覚が違うのだ、簡単になんでもかんでも買い揃えられる人種と一緒にしないでほしいと叫びたい心を抑えて言った。

「私が決めることはできません」

「……それはどういうことだろう」

「額はあなた方がお決めになってください。その情報の重要さ、ファルクラム国民の私如きが推し量るなど到底不可能です」

これにモーリッツさんは無言になるも、すぐに一礼して踵を返す。

「ココシュカ副長、君も来たまえ」

「はっ」

エレナさんも戻るようで、彼女はこっそり振り返ると笑顔で手を振ってくれた。こちらも笑顔で彼女を見送ると、扉が閉まるなり全身の力を抜いたのである。

ああ、づがれだ。

もっともらしく言って相手になすりつける作戦、成功だろうか。

もうやだ。面倒なことはあとだあと、私は寝るんだ、寝てやるぞ！　実際いまもまだ疲れてるし、熱だってあるんだから！

……熱の時って、一人でいるのが何故か悲しくなるのだけど。

ふて寝のつもりで瞼を下ろせばすぐ夢の中だ。途中、誰かの話し声が聞こえていたけれど、それも無視して眠り続けるつもりで……。

呂律が回ってないが、兄さん待って、と呼び止めたつもりだった。

アルノー兄さんの声が聞こえた気がした。半分寝ぼけながら手を伸ばしたら、服を掴むことができたけど、それまでだ。視界すらままならず、睡魔にも勝てず、ずるずると倒れ込む身体を兄さんが支えてくれる。

ずっととは言わない。あと少しだけ、せめてこの弱気の虫がいなくなるまで傍にいてくれないだろうか。

忙しいのは知っている。毎日毎日ストレスで眠れない夜を送っているのも容易に想像がつく。二年前のように泣かせたくはない。迷惑はかけたくないのだけど、エルもいなくなってしまったいま、他に話せそうな人がいない。なにしろ私に「相談しろ」と言ってくれたのは兄さんなのだ、そんなことを言われたら甘えたくなってしまう。

カレン、と名前を呼ばれた。聞き間違えてはいなかった、ちゃんと兄さんの声だった。

――怖かったのだ。

二人を連れ戻さないといけなかった。彼らに何かあっては、私に良くしてくれた人に顔向けができないと踏ん張った。結局ほとんど役に立たなかったけれど……それでも、私なりに必死だったから虚勢を張ったが、本当は泣きたかった。

だってそうでしょう？　護衛の身体に刺さる刃、純然たる悪意で凶器を振るう人たち。私を襲おうとする男が拳を振りかぶる姿はいまでも目に焼き付いている。頭が揺らぐ衝撃に、痛みを嗤う嘲笑の声達はとても恐ろしかった。

あんなもの、いくら私だって慣れているわけない。

摑んだ服をぎゅっと握りしめる。意識は再びまどろみの中に落ちていったけれど、兄さんならきっと意図を理解してくれたはずで、そうして目覚めたときは朝だった。

目元が腫れぼったいが、不思議と気分が良い。眠っていると、鼻腔をくすぐる良い匂いが安心できるようで抱きしめるのだが、固く冷たい感触がおでこにあたって目を覚ます。

額にぶつかったのは階級章、或いは勲章と呼ばれるものだろうか。

覚えのない上着を抱きしめていた。寝台に持ち込まれた覚えはないし、持ち上げてみれば黒い上着だったけれど、服は皺だらけ、ぐちゃぐちゃになって腕の中にある。

……あれ、これ、誰の上着？

すごく見覚えのある服のような、気が、するのだが。

たとえば、ここ数日でよく遭遇してた金髪の人。

「夢かな」

私は寝る、二度寝をする。

どうしてだとか余計な思考は切り捨てる。考えると顔から火が出て死にそうだ、というか既に全身が熱い。きっと風邪のせいだろうが、そんなことはどうでもいい。

とにかく寝よう。寝て、その間に誰かに回収を任せてそしらぬ顔をするのだ。

「奥様〜……起きてらっしゃいますかー……？」

ニコ、あなたは逆の意味で空気を読む天才なのかもしれない。

8

それぞれがご機嫌で

ご機嫌だ。

気持ち悪いくらいご機嫌だ。

「カレン、頭痛はどうだ。体調が優れないなら医者を呼ぶからちゃんと言ってくれ」

「大丈夫。問題ない。ありがとう」

「まだ包帯が取れてないだろう。これから徐々に治していくのだから、完治するまで無理をしてはいけない。なんならアヒムを走らせるから用事があればなんでも言いつけてくれ」

「いらない。寄越さないで。本当にやめて」

「照れなくてもいいのにな。そう思わないか、アヒム」

「もうやめてあげましょうよ」

誰が気持ち悪いって、妹の前でみっともなく相好《そうごう》を崩す兄さんである。普段は調子に乗って私をからかうアヒムまで同情をはじめている有様だ、穴があったら入りたい。

どうしてこんなことになったか、それはあの絶望の朝。もっと詳しく述べるとその前夜が原因だ。

「弱ってるときに坊ちゃんを呼んだ。その事実だけを胸にしまってあげてください。年頃の娘さんにとっちゃ相手を間違えたのはかなり恥ずかしいんですよ。見てくださいこの憔悴ぶりを」

やめてアヒム、本当にそれ以上はやめて。フォローしてくれているつもりだろうけど、状況説明は傷に塩を塗っている。

「奥様も可愛いところがあるんですねえ」

ニコは和んでいるし、スウェンはこちらをからかう気満々の笑みだ。ヘンリック夫人は平然としているが、出してくれたお茶が甘めだったのを私は知っている。この人は甘やかしたり同情してくれるときはお砂糖を奮発してくれるのだ……！

「カレンが可愛いのは昔からだったよ。うん、ライナルト殿にしがみついたのは驚いたが、私と間違えたのなら仕方ない」

「ですから坊ちゃん、黙って」

そうだ。そうだとも。私は兄さんとライナルトを間違えた。兄さんの声が聞こえたから咄嗟にしがみついたらしいのだが、よりによって捕まえた相手があの男性だった。

寝ている人の前で会話なんかしないでくれという文句はともかく、私はライナルトを捕まえたまま意識を手放した。服を離さないので、彼は上着を脱いで退室したのである。……と聞いた時は恥ずかしさのあまり発狂しそうだった。

「大丈夫だカレン、ライナルト殿も理解していらっしゃったから、お前の気持ちを考慮して朝の見舞いを遠慮してくださったんだろう」

「ぐぁ……」

「ほんとやめましょう坊ちゃん。浮かれすぎですよ、お嬢さんが面白……んんっ、可哀想すぎます」

アヒムは覚えておきなさい。兄さんも余計な一言がなおさら刺さるのだと何故わからない。兄さんらしくない浮かれようは腑に落ちなかったのだが、これにはアヒムがこっそり教えてくれた。

「浮かれてるのは許してあげてください。坊ちゃん、婚約者殿に振られて以来落ち込み気味だったんですよ。だから頼ってもらえて嬉しいんです」

「……は？　振られた？　なんで、いつの話？」

「ゲルダ様が見初められる少し前ですね」

「え、だって、そんなの一言も……」

「理由が理由だけに言えなかったんですよ」

兄さんには十年以上前から婚約者がいる。兄さんも相手も一緒になるつもりで付き合っていたはずだと記憶しているのだが、アヒムは乾いた笑みを浮かべるのだ。

「いやー……大事にし過ぎたんでしょうか。浮気された挙げ句に文句を言う暇もなく結婚されちまいまして。あなたは頼りないわ、って言われたのを引きずってたんです」

「……先方のお家、よく許したわね。父さんの友人だったんじゃないの」

「双方のご両親お怒りでしたが……。何分、そのときはただの中流貴族でしたからねえ、浮気相手の男の方が身分が高かったんですよ。ただ、ゲルダ様の話が出てからは……ははははは」

意味深な笑い。アヒムは相手の本性が知れたからよかった、とほくほく顔だが……もしかして兄さんの婚約者のこと嫌いだった？

「坊ちゃんの婚約者ですよ！　嫌いなんてとんでもない。裏がありそうな女だと思ってただけです」

爽やかに言われても説得力が皆無である。

寝込んでいる間にスウェンや兄さん達は仲良くなっていたらしく、雑談に花を咲かせているのを尻目に、アヒムは声のトーンを落とした。

「ところでカレンお嬢さん、真面目な話、本当にいいんですか」

「いいって、なにが？」

「体調ですよ。包帯だって取れてないし万全じゃないんでしょう。ローデンヴァルト任せは癪ですが、戻るのは完治してからでもよくありませんか」

「そんなの待ってたらいつまで経っても帰れないじゃない」

「でもですよ、万が一傷が残ったら……」

「あの魔法使いさんなら信用できると思うけど。それに顔の痣《あざ》はとっくに消えてるし、頭や手足くらいなら別に痕が残っても平気よ？」

「いやいやいや一番駄目でしょそれは」

アヒムが止めようとしたのは、本日の帰省である。

あの日以来、ずっとライナルトの別荘に厄介になっていたけれど、最近は熱も下がり歩行も問題ない。すっかり元気……と言うと夫人から睨まれるが、そろそろ楽になれる家に帰りたいのだ。

「いつまでもお世話になるわけにはいかないじゃない。シクストゥスさんもあと二回くらいだから、コンラートに通ってくれると言ってくれたし、いい加減帰りたい」

コンラート邸は人が少なく使用人の目が回らないから自由に寝転がれる。

そういうわけで、あとはさあ家に帰ろうという段階なのだが、ひとまず全員でお茶の席を囲んでいた。姉さんの姿が見えないが、あれで忙しいらしく今日は姿を見せていない。

「兄さんやアヒムだって私を動かせないから通ってくれたんでしょう。いつまでも皆に来てもらうのも申し訳ないの。心置きなく休みたいじゃない」

「言いたいことはわかるんですが、もっと身体を大事にしましょうよ」

「してるってば。仮にも婚約話の出た相手の家に、いつまでも滞在するのはどうかと思うの」

「それならお嬢さんはコンラート邸にいることになっているし、スウェン達もうちの馬車を使ってもらってますから大丈夫ですよ」

「あ、それよそれ。ちょっと見ない間に、随分仲良くなったのね」

「素直な坊主ですからねー。下手に擦れてないし、ああいう子供は好きですよ。……ちと素直すぎるんで、こっちで住むことになったらいくらか教えなきゃならんことはありますが」

「アヒムが気に掛けてくれるなら心配いらないかしら」

アヒムはスウェンが気に入ったらしい。様付けで呼ばないのが証拠で、スウェンもアヒムに懐いている様子から、本当に打ち解けたのだろう。アヒムが心配したのはスウェンの真っ直ぐな気性だが、これは多少なりとも今回の拉致に絡んでいる。

しかしこれはスウェンが悪いのではない。全面的に問題があったのはラング含む詰所の兵達なのだが、口論のきっかけになってしまったのは事実だった。

発端なのだが、まず、ニコと詰所の兵の誰かがぶつかってしまったのが原因である。ニコは謝罪したが、相手は虫の居所が悪かったのか彼女を一喝。それをスウェンが咎めて口論となった。スウェンを褒めてあげたい気持ちでいっぱいである。

問題はここから。

こればかりは不運だったとしか言い様がない。スウェン少年は可愛い顔に見合わずとても口が回るのだが、観衆の前で相手を言い負かしてしまった為に逆恨みを買ってしまい、帰り道で仕掛けられた。さあ帰ろうと御者が馬車を動かしたところで、被害者の自発的な飛び込みによる事故発生。これはさあ大変だと続々出てきたのは相手のお仲間、ラング一行である。衛兵も出てきたらしいが連中は口八丁で彼らを言いくるめ、スウェン達を連れていってしまった。

なお、ニコの怪我が酷かった理由は、スウェンを庇ったのが原因である。連中の怒りを察していたのか、自ら挑発して矛先を逸らしていたらしい。

捕らわれた二人は危うく襲われる直前だったが、私たちが詰所を訪れたために一旦保留となったらしい。けだもの相手には性別すら関係ないと思い知らされた話である。

……私は役に立たなかったけど、二人に関してだけは間に合った、と思っていいだろうか。

スウェン達との談話が途切れた兄さんが振り返った。

「お前達、いつまでひそひそ話をしているつもりだい」

「なんでもありません。ところで、ウェイトリーさん遅いですね」

「うちとは話がついているが、コンラートはこれからだからね。長引くのは仕方ないさ」

少年少女に気を使って言わなかったようだが、キルステンと違いコンラートはローデンヴァルトと深い仲ではない。事件をひた隠しにしたいローデンヴァルトの提案は、跡継ぎと正妻である私を害されたコンラートにとって憤慨ものであり、易々と受け入れられる話ではなさそうなのだ。ライナルトに恩義を感じているスウェンの援護もあったけれど、話し合いは難航している。スウェンは非が犯人達にあると理解しているけれど、監督問題等が絡むとややこしい。兄さんやアヒムが殊更饒舌なのも、スウェンに気付かせないようにする優しさがあるのかもしれない。

そしてコンラートだが、伯の名代としてウェイトリーさんが都入りしている。怪我の報せ含め早馬を飛ばしたらしく、往復十日以上かかる道程を相当短縮してやってきたのだ。

ウェイトリーさんが名代とは驚いたが、ヘンリック夫人はさも当然だという顔をしていた。

「いまでこそ家の内部を取りしきっておりますが、ウェイトリーは旦那様の秘書官でもあります。親類に任せるよりは信頼がおけると判断されたのでしょう」

ついでに馬の扱いも上手らしい。

肝心のコンラート伯だが、体調が思わしくないようで、ウェイトリーさんに任せるほかなかったようである。エマ先生も息子達を心配したが、伯を看るために止むなく断念した背景だ。

時にヘンリック夫人、親類に任せるよりはってどういう意味だろうか。

夫人が席を外した一瞬を狙って声をかけた。

「奥様？　御用でしたらわたくしが代わりに行きますが……」

「あ、違うの。夫人に聞きたいことがあってね」

「わたくしに、ですか」

「ええ、もしかしたら答えにくいかもしれないのだけど」

聞きたかったのはずばり、あの詰所での彼女の発言だ。

「あのラングという男が本性を現す直前です。夫人はローデンヴァルトの名を出されましたよね」

「あれ、ですか……。あの名を出せば彼らが引くと思い……。わたくしの浅慮が奥様を傷つけてしまいました。本当に、なんとお詫びしたら良いか……」

見るからに肩を落とす夫人に、そうではないと両手を振った。夫人だって必死だったのだ。

「違うわ、責めてるのではないの。実はね、私はあの詰所にローデンヴァルトに関連する方々がいると偶然聞いていたの。だから馬車で焦っていたのだけど、夫人は何故知っていたのかしらと思って。……あそこって、あまり知られてるわけではないのですよね？」

「ああ、そのことですか……」

隠し立てしている様子はない。私の疑問もすぐに理解したようで、周囲に視線を巡らし、人気がないのを確認するとそっと声を潜めたのである。

「普通はあまり知りようのない話でございますね。奥様の疑問ですが、昔は都に住んでいましたし、最初の奥様と一緒に宮廷に上がっておりました。その折、偶然ですが耳にしたのですよ。郊外の詰所をローデンヴァルト家に融通しようという話をです」

「なら、その頃宮廷にいた方々には知れ渡っていたのでしょうか」

「いいえ、わたくしが聞いてしまったのも本当に偶然でございました。そのような噂もなかったですし、広まったということはないでしょう」

「では、コンラート伯やウェイトリーさんは？」

「知っているでしょうね。……ご安心ください。旦那様のご指示もあったはずですし、ウェイトリーは無闇に蜂の巣をつつくような真似はいたしません」

夫人はやや言いづらそうに視線を落とす。

「それに、わたくしの知る限り、この話を知っている方々はほとんどがお亡くなりになっているはずですので」

「……ライナルト様の身の上に関係がありますか？」

夫人は沈黙したが、それこそが答えのようなものだろう。思わぬ収穫だが、夫人はライナルトの父親について、なにか知っているような素振りをみせた。

私が興味を示したからか、夫人は首を横に振っていた。

「詰所にあのような……人を人とも思わぬような者がいたとは、わたくしの考えが足りなかったとお詫びいたします。けれど、いくら問われようとその質問にお答えすることはできません。なぜならわたくしも宮中の噂を耳にしただけ。真実ではないのです」

モーリッツさんも言っていたが、彼ら帝国から派遣された兵はローデンヴァルト家が帝国と繋がっているのを隠していない。けど、次男のライナルトの身の上については徹底的に隠したいのだ。

これが木を隠すには森の中っていう、所謂《いわゆる》カムフラージュなのかな？

……あ！　なるほどなるほど。ライナルトに送ってもらったとき、彼を見た夫人が固まっていた理由はこれか！

ひとつ謎が解けたが、これ以上を聞くのは止めだ。聞いた私も悪かったが、万が一でもモーリッツさんに知られてしまえばヘンリック夫人が危うい。

「奥様、差し出がましいようですが、もしあの御仁に心惹かれてるようでしたら……」

「へ？」

「早めに旦那様に言おうと思ったのですが……違いましたか？」

「え、えええ。違いますよ。目の前に謎があったから興味を持っただけで……私の目的は最初から変わってませんって」

「そう、ですか……随分親しいご様子でしたから、つい……失礼しました」

「い、いいえぇ」

おお……とんでもない誤解が生まれる前でよかった。

「長引いては兄さんに怪しまれますね。引き留めてすみません。私はお手洗いに行って来ます」

「でしたらニコを連れて行ってくださいませ」

「そのくらい一人でできますから、痛み止めも効いてますし」

トイレくらいは一人を死守している。

心配そうな夫人を撒いて廊下を曲がったが、実はトイレに行きたいのではない。

「えーと、みなさんどこにいるかしら」

窓から外を窺うと、黒い制服姿の人たちがたむろしているのが目に入った。探し人は目立つから見つけ出すのは容易い。一階に下り目的の人との話を済ませ、部屋に戻る頃にはウェイトリーさんも姿を見せていた。

「大変お待たせ致しました。旦那様からの御用もつつがなく完了いたしましたので、屋敷に戻るといたしましょう」

一定の年齢を超えた大人特有の笑みをたたえ、ライナルトの別荘を発つことになったのである。

見送りにはライナルトや、どこにいたのかモーリッツさんやニーカさんも姿を現した。ウェイトリーさんや兄さん達がいるためか、こちらから話しかけられる雰囲気ではない。

この頃には私も面の皮を厚くしていたので、ライナルトにも笑顔で対応できたのである。

「皆様には大変良くしていただきました、ありがとうございました」

「できれば完治まで我が家に滞在してもらいたかったが、カレン嬢の負担を考えれば仕方ないのでしょう。シクストゥスは暇人ですので好きに使ってください」

「そのシクストゥス様はどこに？」

「あれの行動は私にも読めません。ですが治療に問題ない人物であるのは保証しましょう」

「ライナルト様のご紹介ですもの、ええ、信用しております」

上着を駄目にしてごめんなさいと言えなかったのは許してください。ライナルトもなにも言ってこないのが救いである。

怪我があるので簡易的な礼だ、もう指先キスはないなーよかったと思っていたのだけど、うんうん私が甘かった。この人の発言は私の予想斜め上を行くのである。

「それではご機嫌よう、ライナルト様」

「カレン嬢はどうか無理をなさらぬよう。それと貴方の申し出はいくらか楽しませていただいた、希望の品は必ず届けさせると約束しよう」

……希望したのは帝国の公庫利用権くらいだが、モーリッツさんから話が伝わったんだろうか。秘密の取引だから尋ねようにも公の場で声にするわけにもいかず、お互いしばらく見つめ合ったのち、麗人は涼やかに、私は愛想を全開に笑い合った。

こういうのは狼狽《うろた》える方が逆効果なのである。他の人の目があるので内心は恥ずかしいけど、私も彼に負けないよう別れを告げた。

「それではお元気で、皆様が健やかであらせられるよう心から祈っていますよ」

ライナルトや屋敷に残る兄さん達が背を向けると、馬車の窓からニーカさんに向かって手を振った。

「ありがとう」とロパクで伝えると、彼女はとまどいながらも小さく手を振ってくれる。

「なーカレン……」

「スウェン様、だめです」

「でもニコ、さっきの……」

「いまのはニコでも突っ込んじゃだめってわかるんです。だめったらだめ」

……などとうるさい外野はともかく。

やっぱり、帝国の人ってだけで嫌うのは難しいよねえ。

9

覚えたいことがたくさんある

「帝国が良く思われていない理由は、はっきり言ってしまえば、彼らがいつ僕たちに襲いかかってくるかわからないから、だろうねえ」

カップに注がれたお茶に一掬いの砂糖を混ぜ、伯は言った。

「若い人たちは敵意を抱いてないようだけど、三十年前は帝国との領土争いが多発していてね。あの頃は我が国も強かったし、勇猛な将も健在だった。資源が豊富だったし、相手は侵攻するばかりだったから、たとえ戦が起こっても地理的にも有利だ。小国であろうと渡り合えていたんだよ」

帝国はいまでこそ大国だが、元々はとある国が小国群を侵略、滅ぼした後に新たに創られた国だ。

この大陸に残っているのは端から順に砂漠地帯の都市国家連合、中央に帝国、隣に小国ファルクラムを挟んで大国ラトリアという図式。海の向こう側には日本と中国を掛け合わせたような国があるが、こちらは貿易くらいしか交流がないので割愛する。

「五十年くらい前に中央地帯の国は統合されてしまったと教科書で読みましたが、なぜこの国は残っているのでしょう。三十年前の戦争はファルクラムを滅ぼすためのものだったのでしょう？」

「生き残っているというより、見逃してもらった。運が良かったと言うべきじゃないかな。我が国に恐れをなしたと誤解している者が多いけれどね、当時は本当にぎりぎりまで踏み込まれたんだよ」

「危なかったのですか？」

「帝国にとって我が国が手強かったのは事実だけれど、当時、僕たちの間では物量で来られたら負けるだろうとの見方が強かった。けれど帝国は方々を滅ぼしてできた国だ。当時は彼らに滅ぼされた国の民が反乱を起こしてくれたのが良かったのさ」

さらには、と付け加える。

「国王陛下は徹底抗戦ではなく恭順という道を考えられる方だったのも幸いしたかもしれないね。いたずらに民を失うより、王室の矜持《きょうじ》を捨ててでもこの国が残る道を選んだ」

「でも帝国はこの国を滅ぼしたかったのですよね」

「そう、豊富な資源が欲しかった。けれど内紛は予想以上に激しさを増していたらしくてねぇ。おまけに山脈を越えた向こう側にある大国ラトリアも戦争の準備をしているという報が入った。それじゃあ強引に我が国を奪っても仕方がない」

「仕方がない？　何故でしょう」

伯は当時を思い返しているらしい。若々しい笑みをたたえ、悪戯小僧のような顔をした。

「攻められるのであれば我が国は徹底抗戦すると宣言したのさ。当然滅ぼされる前提だがね、王が死んだからといって即座に国をまるごと統治できるわけがない」

「ああ……そうですね。貴族や市民の中にも反乱を起こす人はいるでしょうし」

「そう、カレン君はよく気がつくね」

満足げに頷く伯は、教鞭を執る教師のようでもあった。実際私も歴史の授業を受けている心地なので、間違ってはいないのかもしれない。

この異世界、戦争はゲームじゃないのだ。王を斃《たお》したから国は帝国の領土！　となるわけじゃない。戦の事後処理は大変だと伯は語る。兵士は疲弊しているだろうし、反抗する民の鎮圧に兵士は駆り出されるだろう。物資の心配もしなければならない。

「侵略直後は砦としてもまともに機能しないだろう。滅ぼされるくらいなら、彼らが欲しがっている鉱山もすべて爆破すると、当時の外交官が命がけで帝都グノーディアに乗り込み、声高に宣言した」

「鉱山の爆破は帝国にとって大損失だと？　でも鉱夫達がいれば……」

「宣言の中には鉱山の関係者全員の命を奪ってでも帝国に情報は渡さないといった内容もあったらしいよ。僕は現地にいなかったから伝え聞いただけなのだけど、戻ってこれた補佐官がいまにも死にそうな顔をしていたのは覚えてる」

ひぇ……。奪われるくらいなら壊す。入念な自殺予告をしなきゃいけない当時の外交官の度胸はいかばかりだろう。

平和な時代に生まれたからよかったけど、この国も結構苛烈である。

もちろん、この内容は秘密だけれどね、と伯は笑う。

「僕たちがこれまで培ってきた技能や知識が喪失するんだ、これは痛手に間違いない。それに当時のラトリア王は強欲で有名でね。間違いなく双方が疲労している最中を狙って侵攻してくるのは目に見えていたよ」

そこで国王陛下の柔軟な考えが生きた。ファルクラムという国を生かしてくれるのであれば、降伏に近い形で降《くだ》る。資源を融通し、帝国に有利な形で商談も応じようと持ちかけたのだ。

それからは色々揉めたらしいが、同盟という形は結べずともこの国は生き残った。それがいまでも続いているらしい。

「この国って、結構な綱渡りをしてたんですね。恥ずかしながら知らなかったです。……でも、これって結構凄い話ですよね。どうしてそれが教科書に載っていないのかしら」

純粋な疑問だったのだが、これは伯の笑いを誘った。

「元より降伏のための努力だったからさ。それに鉱山以外にも外交官殿の発言は中々苛烈だったし、事実をありのまま書いてしまえば王室の威厳を損なってしまうよ」

「でも、皆様とても頑張ってくれたのに……」

「ありがとう。若い子がそう言ってくれるのなら、僕たちも頑張った甲斐があったのだろうね。ともあれそういう理由だから、一般観光客ならともかく帝国軍人となると印象が悪いのさ」

以上が帝国が良く思われていない理由であった。

帝国とこの国の関係について教えてもらいたいと教えを乞うただけなのだが、伯には色々見抜かれてしまっている。

都から戻ってからこちら、あれこれ本を読んでいたのもばれていたんだろうなあ。

「さて、帝国の話はこれくらいでいいのかな」

「あ、もう一つ。伯って前線に出ていたのですよね。じゃあ戦も体験されてるんでしょうか。良ければ、その頃の話も聞いてみたいのですけど」

「体験はしているけど、ただの使い走りだよ。面白い話はないと思うけれど」

「ええと、こっちは個人的な興味です。よかったら色々と教えてもらえませんか？」

私のような娘が戦の話に興味を持つのは不思議だったのだろうか。しばらく悩んだ様子だが、別日で良ければと約束してくれた。

今日の所はこれまで、ということで退出。すれ違ったウェイトリーさんが声をかけてくれる。

「奥様、ご実家からお手紙が届いていましたので机に置いてあります」

「ありがとうございます。ところでニコはどこにいるか知りませんか？」

「スウェン様の手伝いに行っております。よろしければ後ほど顔をお出しくださいませ」

「はーい」

この時間、使用人さん達は洗濯や掃除に勤しんでいる頃だ。誰も居ない階段を上がって自室の寝台へ転がり込むと、両手を持ち上げて、すっかり綺麗になった手を見つめた。

「ほんとに綺麗に治っちゃった」

あれからなにがあったかをざっくり述べてしまうと、まず都で襲われた事件から一月ほど経っている。ライナルトの別荘から屋敷に引き上げてからは休んでいたが、シクストゥスの治療を受け終わると共にコンラート領へ引き返した。

理由は数点あるが、重要な方から述べてしまうと、姉さんやエルの件が簡単に片付きそうになかったこと。次に輿入れしたてで都に長居したとあっては、余計な噂を招くといった理由からだ。

それとお茶会の誘いが多かった。こちらはコンラート辺境伯夫人としてより、キルステンの娘狙いでの声かけだ。お誘いを断るのも大変で、早々に引き上げた方が良いとの判断になったのである。

伯やエマ先生は私たちが不在の間にお祖父さまを説得してくれたようだ。それに何を思ったのか、姉さんもお祖父さまに一言言ってくれたようで、のびのびと田舎暮らしを満喫させてもらっている。

「うあー……このまま寝たい……」

コンラート家は基本的に早寝早起きの健康的な生活が信条だ。陽が昇ってしばらくすると笑顔のニコが起こしに来るため、昼まで寝るなんて暴挙は許されない。素晴らしく健康的な生活、いいことなのかもしれないけど参っちゃうよね！

夫人にだらしないと言われそうな動きで手紙を回収すると、差出人を確認した。キルステンの家名が入っていたが、中身は兄さんとアヒムからのものである。

アヒムには友達のエルを探してもらっているが、彼女は相変わらず行方が知れない。引き続き探してみるといった旨だ。兄さんからは姉さんから殿下を離すことに成功したといった内容で、あとはローデンヴァルトと上手く連携をとっていること、加えて私の健康を心配している。内容的に、兄さんは本格的にローデンヴァルトの手を取ったようだ。

「あのダンスト家が没落なんてねえ」

こちらは夫人に頼んでいた件だ。本家を調査をしてもらった結果、キルステンの本家であるダンスト家が多額の借金を抱えているのが判明した。

次期当主である長男が不慣れな貿易に手を出したらしく、私が都に滞在してた時点で相当お金に困っていたらしかった。兄さんはなにも言わなかったが、あれからキルステンに借金の申し出があり、そして驚くべきことに、その話を断ったようだと伯に教えてもらった。曰く、ダンスト家の崩壊も時間の問題らしい。

「我が家にも借金の申し出があったが、金額が桁違いすぎて断らざるを得なかったよ」

これを聞いたときはびっくりしてしまった。どう考えても私が嫁いでしまったから、その関係で話があったのだろう。わけもなく縮こまってしまったが、伯は気にしなくていいと言ってくれた。

「投資した相手が帝国の貿易商でなければ、いくらかは融通してもよかったのだけれどね。おそらくだが、キルステンがお金を出せなかったのもそこに理由があるのではないかな」

「そう、ですか。あそこには可愛がってもらった従姉妹がいたのですが……」

「冷たいようだが、もし連絡があっても関わらない方がいいだろう。その時は必ず僕かウェイトリーに相談しなさい」

詳細まで調べ上げていたのは流石である。伯の見解では、いまのダンスト家は海に泥船を浮かべているようなものらしく、手を差し伸べれば最後、道連れに海に引き込まれるだけだという。

本家は好きになれないが、従姉妹のマリーの行く末は多少気がかりだ。

重苦しくなっていく思考に引きずられないよう、気合いを入れ直して部屋を出た。すれ違う使用人に挨拶をして向かうのは町の方面である。

ここは都ほど派手さはなかったけれど、自然に恵まれ活気に溢れている。領民は伯を慕っているし、衛兵の管理も行き届いているから人気は上々だ。

雑草の生えた古い石畳の端に布を敷いて野菜が売られ、屋台では捌《さば》いたばかりの肉が並んでいる。町中はコンラートの屋敷にも通じる一本の水路が走っているのだが、その下方、洗濯場では主婦達がおしゃべりに興じながら手を動かしていた。

家の前で藁を編んでいた老婆が顔を上げると、ちょうど目が合う。皺くちゃの頬をにっと持ち上げていた。

「奥方様、こんにちは。今日はお散歩ですか」

「こんにちは、スウェン達を探しているのですけど、どこにいるのか知りません？」

「それでしたら猟師のダニーの所ですよ。ニコ嬢ちゃんもいっしょにいるはずです」

「ありがとう、行ってみます」

「今日は日差しが強いですからね、ちゃんと帽子を被るんですよ」

住み慣れてくると、挨拶をしてくれる領民も増えた。初めはおそるおそるといった様子だったが、エマ先生やスウェンが積極的に私を連れ回してくれたおかげだろう。エマ先生を押しのけて正妻の座についた若造なのに受け入れが早すぎると思われるだろうが、これにはれっきとした裏がある。

ずばり問題を解決してくれたのはニコだ。

都で詰所に連れ去られた事件、彼女は家族に話さないわけにはいかなかったが、その折に私が身を張って助けに来たのだと涙ながらに話したのだ。私は彼女の両親や曾祖父に至るまで、けっこうな人々に感謝され、田舎ネットワークゆえか噂が大勢に広まった。

どういうわけか私が誘拐犯を成敗したと尾ひれまでついて回っていたが、一人歩きをはじめた噂は止められない。大変むず痒く、居たたまれない気持ちだったが、これもコンラート領に溶け込むためであると伯に言われ、いまに至る。

ついでに国王陛下の側室の妹だっていうのも広まった。

「猟場は鹿の解体してるなら間に合うかな。せっかくだからやらしてもらいたいなー」

予定より先延ばしになってしまったが、スウェンはもうじき都の学校に入学する。兄さんが私用で一軒家を購入したらしく、そこに住まわせてもらうのが決定したようだ。現在は出発前の思い出作りに励んでいるため、多少遊び回っても怒られることはないようだ。

スウェンとニコは特に遊び足りないだろうから邪魔したくはないのだけど、エマ先生達も私が領民とふれ合うのを推奨しているし、なにより鹿の解体に興味がある。

コンラート領の町は緩やかな山脈の上部にあり、周りを無骨な壁が取り囲んでいる。向かった出入り口はシンプルかつ無骨な鉄門だ。

「お帰りはスウェン様と戻られるでしょうからお通ししますが……。あまり遅くならないようにしてくださいとお伝えください」

「わかりましたー」

衛兵さんに挨拶をして門を抜け、広大な草原を見渡しながらほう、と息を吐いた。以前、壁の外は賊が出るから治安が悪いと述べたが、コンラート領の周辺については問題ない。なぜなら反対側の広大な森はともかく、草原側は背の低い草しか生えていないからだ。賊が出たら一発でわかるし衛兵が駆けつける。

とはいえ、向かったのは草原じゃなくて壁をぐるりと回った森の方面だ。

視界いっぱいに広がる一面の木々。その向こう側に大国ラトリアがあり、この森林を監視するのもコンラート伯の役目である。

一歩間違えば遭難必至の恐ろしい樹海だが、領民にとっては食料の宝庫。

目的の場所ではすでに数頭の鹿や雉《きじ》といった獲物が吊されており、見知った顔が興味津々で猟師の手元を覗き込んでいる。

はじめに私の侍女が、次にスウェンがこちらに気がつくと大手を振って「おーい」と叫ぶ。

ざあっと一陣の風が通り抜け、激しく髪をたなびかせた。陽射しを受ける眩いばかりの二人の笑顔、コンラートの日常を象徴する光景には、思わず笑みがこぼれてしまう。

皮なめしのやり方を教えてもらおうと走ったまではよかったが、その数時間後には極度の疲労が待っていた。

「解体って結構な体力使うのねー。もう腕がぱんっぱん」

「そりゃあそうですよ。おじさん達だっていつも腰がー腰がーって言いながら捌いてるんですから」

浅めの桶に汲まれたお湯の中で、ぐっと背伸びをする。汚れを落とすならお風呂が一番だが、当然蛇口を捻るだけでお湯が出る仕組みは存在しない。お湯を沸かしてもらうしかないわけで、桶の中にお湯がなみなみと注がれている。わざわざお風呂に入っているのは、もちろん全身汗まみれになったためだ。傍にはもっと深くて広いバスタブもあるけれど、桶とバスタブでは湯量が全然違うから、せめて桶にさせてもらったのだ。

「血の臭いがするお貴族様がいますかー！　お風呂入りますよお風呂！」

このようにニコに叱られ、彼女はエマ先生から枯れた草花の束をもらってきた。お湯に浮かべるとふわりと甘い香りが鼻腔をくすぐり、徐々に気分が安らいでくる。

「できればこれからも解体していきたいのだけど、お手伝いさせてもらえるかしら」

「え、えぇぇ……失敗してお洋服汚しちゃったのに……」

「次はもっとうまくできるような気がするの」

ドン引きのニコ。

狩るのは大好きだが解体を好むお貴族様は少ないだろう。

「解体は猟師に任せてくださいよぅ。そんなことしなくたって生活していけるんですから……」

「世の中なにがあるかわからないの、覚えておくのに越したことはないわ」

ニコには以前寝込んだ際、世話を手伝ってもらったからか、髪を洗ってもらうのも抵抗はない。ばしゃりとお湯をかけられ、猫を洗うような手つきで髪をかき混ぜられた。

「スウェン様がいらっしゃるし、奥様がそういうならニコもお付き合いしますけどぉ」

「じゃあ決まりね。……大丈夫よ、あなたにはできるだけスウェンの方にいってもらうから」

スウェンの出発するまでの間、彼らには甘酸っぱい青春を送ってもらおうじゃないか。

「でも奥様は大変じゃありませんか。ただでさえエマ先生のお手伝いに学校のお勉強があるんですよね。旦那様やウェイトリーさんにも何か教わると聞きましたよ。そのうえ猟師の真似事なんて……」

「もっと驚いてちょうだい。さらに乗馬の練習も始めます」

「なんで!?」

もちろん多種多様なスキルを身につけるためだ。メインは最初の二つだが、これらは伯やウェイトリーさん達と相談した結果、覚えていこうということになった。

私の最終的な望みは独り立ちだ。エマ先生は今後を考慮した上で自分の手伝いをさせると言った。

「医者の真似事ができれば、女の子は安心よ。薬草を覚えていれば田舎でも貴重な存在だし、都会なら男の医師には相談できない案件でお声がかかるの」

まるで見てきたかの言い様なのだが、それもそのはず。エマ先生、見習いの時は師に付いてあちこち旅していた頃があるらしい。さらに伯がこう付け加えた。

「卒業を控えていたのに学校を中退したのだったね。なんとかしてみるから、勉強を続けておきなさい。卒業したと辞めてしまった、では相手の反応に天と地ほどの差がでるよ」

後日、本当に話をつけてくれたらしく、監視員付きの試験に合格すれば卒業を認めるとの手紙をいただいた。学長の署名付きなのでドッキリではないはずである。

ここまでくると伯の顔の広さが気になりだすが、老人は涼しい顔で「古い家だからコネがあるんだよ」などと、のんびりと語るばかりだ。

そして残りは私から言い出した。コンラートに世話になる以上、いつまでも客人の身分に甘んじるわけにはいかない。表の顔がコンラート辺境伯夫人なのは変わりないし、有事に備えて帳簿の見方を覚えたいとお願いした。

もちろん悪用はしないし監督付で構わないと一言添えた上でだ。

大事な帳簿だ。伯は悩んだようだが、最終的に折れてくれた。これは以前、伯が体調を崩した関係もあったのだろう。有事の際、あくまでも内縁の妻であるエマ先生では親類縁者に強く出れないためである。

「残念だが僕の親類は信用できないからね。ウェイトリーと二人で覚えていっておくれ」

帳簿というだけに苦労は覚悟で臨んだのだが、意外にもこれはすんなり覚えられた。なぜなら日本人だった頃、この手の分野に関する知識と技量があったためである。ウェイトリーさんには覚えが早いと驚かれた。

「旦那様には戦の話をお聞きしているとか。ではいっそのこと治水工事や派兵にかかる金額、籠城に必要な物資に、それらにかかる代金を覚えてみましょう。……籠城は帳簿に関係ないのでは、と？

いいえ奥様、コンラート領はいざとなれば籠城も行える砦です。備蓄は常にしていますし、倉庫を管理するのは我々の仕事。それに金の流れを知るのは他国を行き来する商人達を知る良い機会ですよ。リズにも手伝ってもらい、覚えていきましょう」

なぜ会計だけでなく戦に関連する事項が含まれたかはともかく、必要以上の知識をたたき込まれる事態となった。なおリズとはヘンリック夫人の名前である。

乗馬は完全に私の趣味だった。

生前はそもそも馬に縁がなかった。単に乗馬できるって格好良いなと、実にふわふわな動機なのだけれど、伯は何故か「馬に乗れるなら、いざというときの逃げ足の確保ができるね」と了承した。ウェイトリーさんでうっすら気づきはじめていたが、この人達、あらゆる観点に生き死にが関わっている人生ハードモードである。

こういったスケジュールの調整がいくらか交わされ、都にいる時には機会すら得られなかった、あらゆることをコンラート領の人々に教わることができたのである。

そんなある日の出来事だ。

エマ先生の仕事場で薬草の分類に四苦八苦していると、エマ先生のもう一人の息子であるヴェンデルが飛び込んできた。

「カレン、ヘンリック夫人が呼んでる。小包が届いていますだって」

この子はスウェンに似た容姿をしていたので、当初は年の離れた兄弟と勘違いしたのだが、実はどちらの実子でもない。エマ先生の身内が不幸に見舞われたため、乳飲み子の頃に引き取ったそうである。ヴェンデルは私の手元をのぞきこむと、持っていた花を奪い取った。

「それ薬に混ぜたらだめだからね、あわを吹いてたおれちゃうよ」

「……ハイ」

だめだ全然わからない。

もうじき十一歳になるであろう少年がいまの私の先輩である。

この頃にはスウェンはコンラートを出ていたから、ヴェンデルと話す機会も増えていた。この子も人懐っこい性格なのか、仲良くなるのに時間はかからなかった。

屋敷に戻ると、何故か居間の方に通されようとしていた。ヘンリック夫人はいつも通りだが、ニコのみならず若い使用人はキラキラと目を輝かせている。

「都の方から奥様にと贈り物が届いたのです」

「贈り物？」

そんなの贈ってくる人なんていたっけ？　……と、思っていたのだが、いた。

上の兄姉である。

扉を開いた瞬間「うっ」と声が漏れた。テーブルの上に所狭しと並んだ色とりどりの生地の山にたじろいだのである。

「え、は、なんですかこれ」

「兄上様と姉上様からです。本日、荷馬車と一緒に到着しました。装飾品の類は奥の小箱にございます。一覧はここにまとめてありますので、ご確認ください」

渡されたのはリスト化された品目一覧だ。添えられていたのはアルノー兄さんの手紙で、要約すると輿入れしてキルステンから離れちゃったけど、私の個人資産が足りないような気がするから贈るね。足りないならまだ送るよ！　という内容である。

夫人は近くに置かれていた生地を手に取ると、しみじみと眺めながら説明した。

「普段使いの綿だけでも量がございます。他は……絹だけではありませんね。こちらの天鵞絨《びろうど》は間違いなく本物ですし、繻子《しゅす》織もいくらかあるようです。刺繡用の金糸と銀糸もたっぷりございますし、どのような仕立ても可能ですよ」

装飾品は頭から足先まですべてカバーできる種類と数が用意されている。姉さんの趣味であるごってごてのごつい宝石が嵌《は》まった金細工があれば、控えめなデザインと意匠が施された品もあった。なんにせよ一斉に並び立てられた品々、それはもう壮観である。眩しすぎて目がチカチカしていると、夫人がさらに付け加えた。

「別の方からも荷が届いておりますが、旦那様の指示でお部屋に直接置いてあります。そちらはご自身でご確認ください」

別の方って誰。

尋ねたが回答してくれず、それよりもこの大量の生地と装飾品をどうするかを問われた。

「旦那様はすぐにしまってしまうのも、奥様のご兄姉のお心を損ねるからと……」

「でもしまわないと、こんなの置いておけないですよね。片付けましょうよ」

「飾るだけでしたら、隣の部屋に置けます」

「眺める趣味もありませんし、飾られても埃が積もるだけです。お掃除大変でしょう？」

「かしこまりました。ではこちらの方で管理させていただきますが。その前に奥様」

夫人は真顔で私を見下ろし、言った。

「服をお脱ぎください」

「なんて？」

素で聞き返した。え？　いま本当になんて言ったの？

いつの間にか背後にニコが立っている。肩を摑む手の力は強く、決して逃さないという意思を感じた。夫人はニコを咎めようともせず、生真面目に頷きながら実は、と切り出した。

「贈られたのは生地や装飾品だけではございません。贈っただけでは決して衣装を仕立てないだろうとの言伝と共に、服飾職人も来訪されました」

「は!?」

「わたくしどもは奥様の兄上様やサブロヴァ夫人に納得していただく義務がございます。そのためにも、しばらく人形になってくださいませ」

夫人の目が据わっている。

扉の向こうから登場したのはいかにも派手な格好をした服飾職人にお針子達。この人達、私で遊ぶつもりかと身構える。営業スマイルの女性はそれはもう満面の笑みで宣言した。

「サブロヴァ夫人より、可愛い妹君のために最新の衣装を仕立てよと仰せつかっております。他にも普段着をお作りさせていただきますので、どうぞ私どもに身を任せてくださいませ」

「い、いえいえ、あの、お気持ちだけで！」

オーダーメイドにあまり興味ないし、服は既製品で事足りている。人形と言われたのが、ひたすら嫌な予感しかしないが、逃げようにもこの場の全員が私の敵だった。

「奥様、ニコはもうちょっとこの綺麗な品々や、着飾った奥様を見てみたいです」

スウェンが発ってから元気がなかったがいまは違う。これは明らかに楽しんでいる！

背後で扉が閉まる音がして、終わった、とすぐさま諦めた。

ゴチャゴチャした飾りはやめてほしい。できるだけシンプルにと伝えたが、ああでもないこうでもないと議論が交わされ、寸法を測り、生地を合わせていたら数時間だ。ぐったりしながら部屋に戻ったのは夕方である。

夕飼まで寝転ぼうとしたら、机に置かれた小包の存在で夫人の言葉を思い出した。

なぜこれだけ自室だったか、同封の封蠟で納得した。仰々しい動物の封蠟が許されているのは名家だけだ。鷲と植物が象《かたど》られた蠟はローデンヴァルト家が使用するものである。

小包の中身は小箱。蓋を開くと、ライナルトに回収されてしまった腕飾りがちょこんと鎮座している。手紙は多くは綴られておらず、わかりやすい一文だ。

『修復が完了したのでお返しする』

やや右肩上がりの流暢な文字であった。

だが机に置かれていたのは小箱の包みだけではない。もう一つ、小箱よりも小さな箱が置かれており、そちらに添えられていた差出人に驚いた。

「ニーカさんだ」

中身は万年筆とインクの入った容器だった。万年筆は無駄な装飾は省かれたシンプルな品だが、持ち手はなめらかで摑みやすく、ペン先には文様が彫られている。私も何度かペンを探した覚えがあるが、そうそう見かけないデザインだ。

こちらも手紙が添えられており、お礼と書かれているのだが……。

「助けてくれたお礼だから気にしなくてよかったのに」

上着を返した際、助けてくれたお礼も兼ねていくらか品物を添えたのだ。ライナルトの別荘を去る前、エレナさんに彼女の好みを聞いていたから外れはなかったと思う。

なんでもニーカさんには女性の部下が多いそうで、皆さんで使えばいいとの判断で安めの消耗品と、彼女が好んで飲むという葡萄酒を贈っていたが、逆に気を遣わせたかもしれない。複雑な心境だが、あの凜々しい女傑から新しいペンをもらえた喜びが勝っていた。

この万年筆は大事に使わせてもらおう。それにお礼の手紙だけでも出さなくてはならない。

ペンの書き心地を試そうとインクを摑んだのだが、そこで思い出した。

帝国公庫の利用権はどうなったのだろう。

どのような形で送られてくるかは不明だが、モーリッツさんやライナルトの言い様では必ず用意されるだろうと信じていたのである。簡単に用意できるものではないし、準備中だろうと納得しかけたところで小箱に視線が移った。

下敷きになっている天鵞絨が気になったのだ。姉さんにもらった箱と違い、敷布が外れるようになっていて、そっと持ち上げると隠された封筒に気がついた。

慎重に中身を取り出すと、見知らぬ家紋の封蠟だ。紙に金箔が練り込まれており、いかにも重要文書が入っているのだと視覚に訴えている。

入っていた文書は二枚。

一枚は私が帝国名誉市民に相当する身分である保証と、私財管理を帝国が担う旨が記されている。

もう一枚は私の所有する財産目録だ。

現在帝国に預けている資産が存在するようだ。モーリッツさんが用意した額はいかほどかと目を走らせるが、どうもおかしい。一度目を閉じ、もう一度確認する。縦から読んでも横から読んでも数字に変化がないので目録を閉じた。

「……金貨五千枚」

想定外すぎて呟くくらいしかできない。

一日にして大金持ちになってしまった心境は、これはこれで面倒などと、相手にとって実に贈り甲斐のない感想だった。

10

騒動は向こうからやってくる

コンラートの季節の移ろいは感嘆に値する素晴らしさだった。

紅葉が終わりかけても、あちこちに植えられた草花は目を楽しませるように計算されている。冬の気配が訪れだすと、皆は一様に今年は寒くなると口にし始めていた。

私はせっせと鹿の臓物を外しながら、切り株に腰掛け手元を見守るおじさんの話を聞いていた。

「保存食を作らにゃならんからなあ、そろそろ動物も減りはじめる。大丈夫だとは思うが、熊にあったら逃げるんだよ」

「熊は怖いっていいますからね」

「そうそう、いまはまだ食いだめしてるから問題ないが、冬眠し損ねた熊は怖い。前の冬は猟師が二人も食われちまった」

「お、恐ろしいですね。見ているしかできないのは心苦しいですが……」

「素人が来るもんじゃないし解体だけでも助かってるさ。奥さんのおかげで年寄り連中が休める」

結構な頻度でお手伝いをしていると、解体もそこそこ上手くなった自覚がある。はじめこそ下手くそ過ぎて迷惑をかけていたが、いまはお荷物にならないくらいには腕も上がったはずだ。

「正直ねえ、奥さんがここまで上手になるなんて思ってなかったよ。あんたしっかりしてるねぇ」

「大変ですものね。重いし、血のにおいもきついし」

「そう言いながらきっちり仕事をなさる。解体だけじゃなくて後片付けまでちゃんとしてくれるんなら、わしらとしちゃ文句もないわ」

猟師のおじさんはがははと笑い、乾葡萄を口に放り込んだ。

「干すまでやるなら付き合うが、どうするかね」

「お願いします。エマ先生が出かけてしまったので予定がなくなってしまいましたから、時間ならあまってます」

「そうかそうか、じゃあ帰りに塩漬けを持って行くといい」

「冬の備蓄用じゃないんですか」

「この間軟膏を分けてくれただろう、そのお礼だよ」

「見習いの作ったものですが……」

「わしらには効けば同じさ、効けばね！」

エマ先生の手伝いをするようになってから、簡単な軟膏作りくらいは頼まれるようになっていた。エマ先生、にこにこおばちゃんの装いとは打って変わってスパルタで、私は薬学面では厳しく仕事を叩き込まれている。薬草の分類はいまだ不得手なので、雑草や毒草を摘んではヴェンデルに叱られるのが常であった。

吊された鹿と目が合って、心の中で手を合わせて深呼吸。解体といってももの凄く力を使う作業だ。うっすら汗をかきながら切り込みを入れ、脂に滑りそうになりながら皮を剝ぐ。臓物はあとでソーセージになるため、こちらも大事に分けないといけない。

肉を部位ごとに切りわけようというときに、遠くから女の子の声が聞こえてきた。

「おーくーさーまー！」

両手を振ってこちらにアピールするのはニコである。私を呼びに来るのは珍しくないが、その後ろを歩く人は、本来コンラート領にいるはずのない人だ。

「なんでアヒムがここにいるの？」

「なんでって、ひどいなぁ」

仕立ての良い服に身を包む男性は、兄さんの乳母兄弟兼護衛のアヒムである。さらにもう一人、見覚えのある男性がいるのだけど……。

よいしょ、と立ち上がったおじさんが刃物を抜き出しながら言った。

「後のことはやっておくから、今日はもう屋敷に戻りなよ」

「と、途中なんですが……」

「あの派手な格好、ありゃ都の人だろ？　ってなりゃあ、旦那様のお客さんだ。ここで話なんてさせるわけにはいかんよ」

派手だろうか。アヒムは見た目凜々しさが増したくらいで普通だと思うのだが、おじさんの目には派手に映るらしい。

「そう……ですね。すみません、今度は最後までお手伝いします」

「気にしなさんな、十分助かってるからね」

分厚い手袋を外し、刃に付いてしまった鹿の血と脂を拭う頃に、ちょうどニコ達と合流だ。

「奥様ー。都の方からお客様ですよぅ」

「ええ、それはアヒムの顔を見ればわかったのだけど……」

アヒムは驚いた様子でこちらを見ているから、その前にもう一人の男性に向かって軽く頭を下げる。

「シクストゥスさんもお久しぶりです。お元気そうでなによりです」

「こんにちは、我が同胞の小さき友人殿。きみも元気そうでなによりだ」

なんとライナルトの配下である魔法使いシクストゥスだ。毛皮でできた上着を羽織っているが、全身から醸し出される胡散臭さは相変わらずである。

「どうしてシクストゥスさんがアヒムと一緒なのでしょう。何かお仕事でお立ち寄りを？」

「旅の途中できみのお兄様とお会いしてね、せっかくなので同行させてもらっている。ただの娯楽、というか趣味の一環さ。仕事ではないので安心してくれ」

彼の仕事を知らないが、青年には浮かれたような雰囲気があった。

「それと私の名前は言いにくいだろう。皆にはシスと呼ばせているから、きみもそう呼んでおくれ」

「は、あ……。ではシスさんと……」

「違う違う、シスだ。さん付けはむず痒いから嫌いなんだよ」

即名前で呼ばせようとする人だ。逆らう理由もないのでシスと呼ばせてもらうと、満足げに頷くのがまた奇妙である。

「ところでアヒム、先ほどから大人しいけどどうかしたの」

「お嬢さんが珍しい格好してたでしょう。それで最初は誰かと思ったので……」

ですよねーとニコが頷いている。軽装しているだけだが、そんなに見慣れないだろうか。

猟師達の手伝いをさせてもらうようになって、スカートでは邪魔になると感じたのだ。最初は乗馬服といった装いで挑んでいたが、それも違うと思って汚れてもいい作業着を用意したのだ。服の質は落ちるが、これが丈夫で一番動きやすく、なによりかつて日本人だった私には一番馴染みやすい軽装である。ズボンスタイルは楽でいい。

アヒムは鹿の解体現場をちらりと見ると、なんともいえない表情をしていた。

「お嬢さんが解体してたんですよね。大分慣れてたようですが……」

「奥様は大分前からお手伝いをしていらっしゃいますよう」

「坊ちゃんに会うまでには、血を落としてくださいね」

「ちゃんと着替えるから。血が苦手な人に嫌がらせなんてしません」

苦手っていうかちょっと流血しただけで真っ青になり気分を悪くする。

いつまでもこの場に留まるわけにはいかないから、残りは屋敷に戻りがてら話そうとなった。最初はシスの話題を中心に据えようとしていたのだけど、領内のあちこちに興味を移しており、会話をしようという雰囲気がない。遠慮なくというわけでアヒムに話しかけていた。

「それでアヒム、どうしてコンラート領に来たの？　そんな知らせきてなかったと思うのだけど」

「急になったのは謝ります。用事があって都を離れてたんですけど、その用事が先方の都合でなくなっちまいましてね。ちょっと足を伸ばせばコンラート領が近いってんで寄らせてもらいました」

「都を離れる用事って、珍しいわねえ」

「新しい領地を預かることになったんですよ、その視察を兼ねてたんですがね」

収入が増えるのはいいことだが、その分管理も大変だろう。特にキルステンは本拠地が都だし、果たして人の手は足りるのだろうか。

「どんどん忙しくなるのね。休まる日がないんじゃない？」

「ないですね。行こう行こうと言っていたコンラート領の視察も後になってましたし」

たしかにこちらに挨拶に伺いたいと言っていた。手紙のやりとりは定期的に行っているが、最近はそろそろ休みたいと弱音を吐いていた記憶もあった。

「せっかくゆっくりできる田舎に来たわけだし、ついでだから休んでくれるといいな」

「じつはおれもそう思ってこっちに誘導しました。カレンお嬢さんも協力してください」

こちらに来たのはアヒムの企みか。けれど兄さんに休んでもらうのは賛成、彼がここまでして兄さんを連れてきたのであれば、よほど見かねたのだろう。

その考えが間違っていなかったことは、兄さんに再会するとすぐに理解できた。

支度を調えて向かった先、ソファに腰掛ける兄さんは、以前と比べて明らかに痩せていた。

「なんでそんなに痩せちゃったの!?」

放った一声がこれだったのだから察してもらいたい。まだ瞳に生気が宿っているからましだが、それにしたってひょろひょろだ。何キロ痩せたのだろう。

「カレンは元気そうだね、安心したよ」

「暢気《のんき》に言ってる場合じゃないでしょう、どうして頬が痩せこけてるの！」

「こらこら、お前ももうコンラート伯の妻なのだから、もう少し落ち着きを持ちなさい」

口では注意しつつも、べたべた触る手を拒絶しないのは兄馬鹿ゆえか。肌に潤いが足りない、唇はかさついている、何より顔色が悪い！

「いくらなんでもこれは酷いわ、なんで倒れなかったの。倒れた方がまだ休めたのではない⁉」

「それは少し酷くないかな？」

「カレン君、彼も義務を果たしているのだから……」

「義務だろうがなんだろうが健康を損なわれては意味ありません。……前はこんなに痩せ細ってなかったんですよ」

伯は私が来るまで兄さんの対応をしていた。最近は領地や戦の経験談を聞いているためか、いっそう教師と教え子の関係が強まっている。私がむくれるためか、伯は困ったように微笑んでいた。

「アルノー殿、すぐに発つとのお話だがカレン君もこう言っているし、身体を休めていかれては如何かね。お忙しい身であるのは理解するが、体を壊しては元も子もない」

「いえ、しかし……」

「なにより、戻れば当主交代が待っているのだろう。僭越ながら、そのような顔色で臨まれても皆、不安に感じるのではないだろうか」

こういうとき、年長者の言葉は有効だ。無駄に皺を増やしただけではない重みが言葉に乗っている。

「なにより我が領地にお越しいただいたのに、若者をそのような状態でお帰ししたとあっては沽券に関わる。食べ物と酒しかない田舎だが、静かなだけ御身を休めるにはちょうど良かろう」

伯がウェイトリーさんに視線を送ると、主人の意を汲んだ家令が頭を垂れた。

「お客人におかれましては二階に部屋を用意してございます。足りないものがあれば遠慮なく申し付けください」

「いやはや助かるねえ。固い床でばかり寝ていたから、そろそろ柔らかな毛布にくるまって昼まで寝たいと思ってたんだよ」

ほくほく顔で頷いたのはシス。この人は多分遠慮の二文字が脳にない。

……いいな、私もたまにでいいから昼まで寝かしてもらいたい。

「コンラート伯、突然押しかけたというのに申し訳ない」

「気に召されるな。どのような理由があれ、両家はすでに近しい間柄なのですから」

ここで仮にも親族と言わずに言葉を選んだのは、伯なりの気遣いだろう。表向き伯は兄さんの義弟だし、実の夫婦でないことを知っているのは一部の人だけだ。ニコには良くしてもらっているし、真実を話してもいいのではと思っているが、なんとなく話しそびれている。

兄さんもそれが理解できたのか苦笑を零すと、伯の申し出を受け入れた。

「カレン君、せっかく兄君がいらしたのだから兄妹水入らずで楽しみなさい。予定はすべて変更して構わないよ」

「それでは御言葉に甘えまして……。ええ、兄達のお世話は私が引き受けます」

「助かるよ。こちらはいくらか仕事がたまっていてね。後でゆっくり話そうじゃないか」

外せない仕事がある伯は退室、私は兄さんを寝台に放り込まねばならない。

「兄さんはこっちに来て。アヒム、先ほどからなにか言いたげだけど、どうしたの」

「そんなわけないですよ、気にしないでください」

そうかなあ。なーんか物言いたげな目をしていたから気になっていたら、これはアヒムがいなくなった隙に兄さんが教えてくれた。ちょうど部屋に到着したタイミングである。

「アヒムはね、伯とお前の仲が良かったから複雑だったのだろう」

「心配してくれるのは嬉しいけど、仲が悪くていいことなんてないのに」

「実を言えば私もいささか複雑なのだけど、お前が不幸になってないのなら良しとするよ。それより、手入れが行き届いていていい部屋だね」

「コンラートの人達は働き者なのよ。でもね、そこまで心配してくれなくてもいいのよ」

「まだ十七だよ、心配もするさ。……それと誕生日おめでとう。お祝いもできず、すまなかったね」

「お手紙と宝石をくれたでしょう。充分です」

兄さんは外見が変わったわけではないけれど、バイタリティーは上がったのではないかと思う。

「……都にいたときよりずっと元気そうだ」

安堵の笑みを浮かべて瞳を閉じる。妹だけしかいないのをいいことに、そのまま休むつもりらしい。兄さんの書記官も付いてきていたが、仕事は持ってこないように言い含めておこう。

「ところで兄さん、戻ったら次期当主ってことは、とうとう本決まりですか？」

「それも話そうと思っていたんだ。聞いての通りだが、父さんから正式に当主譲渡の話が出たよ」

「父さんは現場から身を引くって事？」

「いや、私の補佐に回ってくださるそうだ」

ローデンヴァルトと付き合うようになってから、兄さんの方が国内の著名人と会う機会が増えたそうだ。当主しかできない仕事も増えてきて、負担を減らすために裏方に回るとなったらしい。

「いまは準備が進められている。お披露目を行うから、できればお前にも一度帰ってきてほしい」

「もちろん喜んで参加するけど……伯も一緒よね？」

「当然招待するよ。それにこの数日後には陛下主催の夜会がある、ついでだから顔を出してもらいたいと思ってね」

「夜会は遠慮しようかし……」

「色々あったから夜会に出る機会を逃していたし、結局嫁いでしまっただろう、大きな夜会ではないから一度くらいは場の雰囲気を掴んでおきなさい」

……昼会だけ出席できたらいいのだけど。

ごねてみようとしたが、疲れ果てた姿を見ていると、とても断りづらい。ともあれ夜会の方は置いといても、兄さんの当主就任は顔を出すべきだ。

「本当ならおめでとうって祝福したいのに、どうしてそんな状態で来ちゃうのかしらね」

愚痴は届かない。病人と見紛うばかりの体でやってきた客人は、数秒の間に眠りに落ちていた。

できれば寝台で寝てほしいけれど、せっかく眠った人を起こすのは忍びない。せめて風邪を引かないよう毛布をそうっと被せ、慎重な足取りで離れた。廊下にはアヒムが待機していたのだが、少しくらい休んだらどうだろうか。

「兄さんは寝てるから起こさないでね。で、アヒムはちゃんと休んだの？」

「おれは坊ちゃんほど詰めてないんですよ。休めるときにはしっかり休んでます」

「本当かしら。シスはどうしてる？」

「あれは放っておいていいと思いますよ。なんつーか偶然一緒に行動することにはなりましたが、とんでもなく自由なお方なんで……」

部屋の前で話し込むわけにもいかない。せっかくなので私の部屋でお茶でもしようと誘ったのだが、アヒムは渋るそぶりを見せた。

「このお屋敷なら兄さんに危害を加える人はいないわよ」

「わかっちゃいるんですが、職業病みたいなもんなんで」

兄さんから目を離したくないのだろう。これはもう彼の性分だ、無理に誘っても気が気でないだろうし、少し離れる程度に留めた。

「彼とは偶然会ったって聞いたけど、どこで会ったの？」

「道中ですよ。馬車で移動してたら外が騒がしいもんで、何事かと顔を出したら奴さんが手を振ってましてね。……はじめは誰だかわからなかったなあ」

「それだけでよく乗せたわね」

「そりゃローデンヴァルトにゃ良くしてもらってますし、関係者ならなおさらですよ。おまけに向こうは足にするつもりで声をかけたっぽいですから」

あっという間に馬車へ乗り込み、断る間もなく決まってしまったようだ。おまけになぜか行き先を知っていたようで、アヒムは腹の底が冷える思いだったと語る。

「あれって魔法使いなんでしょ。見たところ馬も持っていなかったし、護衛もいなかった。あんなのでよく歩き回ってたもんですよ」

「……一人だったの!?」

「ですね。どうも東から西まで国境をぐるっと回ってたみたいです」

「東ってコンラート領と真逆よね。たしか帝国領方面？」

「治安は良くないはずなんですがね。命知らずというか、魔法使いってのは得体が知れません」

彼の性格を摑みかねているらしく、憂鬱そうに腕を組んでいる。

「それよりお嬢さん、坊ちゃんの就任式は帰ってくるんですよね」

「ええ、伯もそのつもりだと思う。流石にこれを無視するのはだめでしょ」

「そりゃお帰りが楽しみです。ただ、余計なお世話かもしれませんが、あんまりローデンヴァルトの次男と接触しない方がいいですよ」

言い辛そうに頭を掻く。理由を聞いても教えてくれず、こんな風に迷うアヒムは珍しい。

「意味がわからないのだけど。変に忠告するより、はっきり言ってもらえない？」

「それこそ嫌です。不愉快なんでこれ以上は言いたくありません」

彼にしては意地悪というか、珍しいくらいはっきりした拒絶だった。こういう態度は珍しいからとまどってしまうのだが、アヒムも思うところがあったらしい。嘆息を零すと、すぐに話題を切り替えた。

「それよりも、お嬢さんのお友達の件ですが」

「あ、ちょっと誤魔化そうとしないで」

「なに言われようと喋りませんよ。それより、エル嬢についての情報はいらないんですか」

「……いる」

相変わらずエルどころか一家の行方が摑めない。無闇に飛び出すわけにもいかず、エルのことを考えると憂鬱になるばかりだ。

「その言い方だと、なにか摑めたのよね」

「摑めたといえるまでの情報じゃありません。ただエル嬢の両親を見かけたという話は聞きました」

ただし、と付け加える。

「未確定情報です。うちに出入りしてる商人が、ファルクラムで店を経営してた馴染みの夫妻を見かけたって話を小耳に挟んだ程度なんで」

「エルの情報じゃないってこと?」

「そう、エル嬢の親御さんですね。うちと帝国の国境門で見かけたようだ」

帝国。また帝国か。

ライナルトを知ってから特に気にするようになった国。なぜ国境門にいたのだろう。

「ただかなり前の話ですし、その商人も夫妻と話をしたわけじゃありません。そこからどこに行ったかはわかりませんし、もし門を越えてしまったのなら追いつくのは不可能ですね」

「エルの両親って、帝国には縁がなかったはずよ」

「当たってるはずですよ。それどころか親類縁者すらいない。そんな話聞いたことない」

情報はそれだけだ。それだけなのだが、いまの私にとってはなんともむず痒い話である。

エルは、彼女は私と同じ転生者だ。過去の境遇故にいまの両親を大事にしていたし、なにがあっても親を捨てるとは考えられない。アヒムは引き続き情報を集めてくれると約束してくれたが、国内にいないなら情報の鮮度は落ちるばかりだろう。

「本当に仲が良かったんですね」

「ええ、一番の友達だと思ってる」

ここは違う世界、常識の違う国。生まれ変わりだなんて正気を疑われる話をできたのはエルだけだ。彼女にとってもまた、私だけがすべてを話せる相手だった……はず、なのだが。

「……ごめん、ちょっと考え込んでしまったみたい。できればの範囲でいいからお願いね」

「おれにできることなら力になりましょう。ただお嬢さん、謝り癖が戻ってるんじゃないですか、変だから直した方がいいです」

「そうね、気をつける」

ここは異世界だ。当然日本ではないから、謝罪の乱用は妙に思われる。日本人特有の癖はなるべく気をつけているのだけれど、どうにも難しい。……頻度はかなり減ったのだけどな。

もう少し話をしていたかったが、ヘンリック夫人に呼ばれてしまい断念である。私と入れ替わりになったニコはスウェンの近況が気になるようで、顔を真っ赤にしながらあれこれ質問をはじめていた。

「ああ奥様、キルステン卿についてお尋ねしたいことがあるのですが」

夫人は兄さんの好みを確認したかったらしい。本日の献立を渡され中身を確認していた。

「好き嫌いはないから大丈夫だと思いますけど、あの様子だからたくさんは入らないでしょうね。あまり油を使った料理は控えてもらいたいかも」

「ウェイトリーにも同じ事を言われました。味が濃いめだから塩を控えるようにと……」

コンラートに来てからだけど、基本的にみなさん動き回るから塩分が不足しがちなのだ。そのためか必然的に味付けが濃くなる。

「ところで夫人、兄さんのお祝いに都へ行くって話なんですが」

「旦那様から伺っております、もちろん旦那様と奥様で出席していただきますよ」

「そうじゃなくて、大丈夫でしょうか」

ヘンリック夫人は私の言いたいことがわからないらしい。不思議そうな夫人に、意を決して訊ねた。

「エマ先生です。確かに私が妻となっていますが、いくらなんでも公式の場や、夜会に出るとなれば良い気がしないのでは」

誰も気にしていないようなのだけど、だからこそ不思議でならないのだが、夫人の返事はあっさりしたものだった。こちらが拍子抜けするくらい気負わぬ様子で、迷いもせず断言したのである。

「エマなら問題ございませんよ。話しても笑顔で送り出すと思います」

エマ先生には大変良くしてもらっているが、これが、この辺りは本当に、どうしてもわからない。この世界、私が思うほど夫婦という関係に拘りはないのだろうか。奇っ怪な顔をしていたからだろうか、夫人は口元に手を運び、しばらく悩むとこう言った。

「むしろ奥様お一人で行かせてしまったら、エマは旦那様を叱るでしょう。奥様を預かると言った以上、責任を果たす気はないのかと怒鳴るに違いありません」

「気にかけてもらうのは嬉しいです。先生の優しさに甘えさせてもらえるから、いまもこうして居られるのですけど……」

エマ先生の親切心につけ込んで正妻の座にいる。そんな身でこんなことを聞いてしまうのは恐縮なのだが気になってしまうのだ。

「私の常識が違うのでしょうか。そういう夫婦の形ってこちらでは普通にありえるのですか」

私の常識だと、たとえ偽りだとわかっていても、愛する人の横に違う女性がいるのは嬉しくない状況だ。第二夫人の存在が容認されるのは夫側の経済力が認められる場合のみだが、女性が必ずしも同意しているとは思えない。エマ先生にとっての私も似たような立場なのか尋ねたが、夫人ははっとした様子でまくし立てた。

「いいえ、いいえ奥様。普通のご夫婦であれば間違いなくこのような形は成り立ちません。わたくしとしたことが、若いお嬢さんになんという誤解を与えてしまったのでしょう」

「あ、やっぱり普通じゃないのよね？」

「旦那様とエマには普通という形は当てはまりません」

断言する夫人である。夫人なりに思うところがあるのだろうか、なんとも難しい表情で語る。

「あまり詳しい話はしてあげられないのですが、以前、エマは旦那様を愛していますが、本妻になる気がないとお伝えしましたね」

「ええ、覚えてます。心がご自身に向いているなら良いとも。……身分を気にされたわけではなさそうに思ったのですが」

「その通りです。旦那様はエマを正妻に迎えたいと話をされたことがありました。彼女自身が断っておりますが、身分を気にしての拒否ではありません」

……プロポーズはされてたようだ。

「旦那様は昔、奥方とご子息を亡くされています。エマが気にしたのは、彼女が前の奥様と知り合いだった関係もあるのでしょう。とにかく、何を言われようと正妻になる気がないのです」

「でも伯はスウェンを嫡子として認めるのですよね？」

「本当はそれも嫌がられたのですが、旦那様の説得で最終的には納得しました」

なにやら想像を絶するドラマがあったらしい。

「ただ、彼女の立場では旦那様のお務めを手助けできないと悩んでいたのは事実です。ですから正直、奥様の申し出は……こう言ってしまうのも変ですが、エマにとっては助かったのだと思いますよ」

「嫉妬心はないんでしょうか」

「……エマにとっては孫の遊宴についていく祖父くらいの感覚かと」

「………大丈夫って事ですね？」

「それはもう、間違いなく」

力強く断言されてしまった。

二人に存在するドラマはともかく、ここまで断言されたなら今後も心配いらないのだろうか。この夫婦だから私が割って入っても受け入れてくれたのだろうけれど、これはこれで心配である。

その後は夫人と打ち合わせを済ませ、アヒムに差し入れをして、夕餉の支度だの動き回っていたら陽は傾いていた。一眠りした兄さんは随分すっきりした表情で腿肉の煮込みを絶賛している。シスも同席したのだが、彼は魔法使いという立場もあってか、普通では知り得ない話もいくつかしてくれた。

兄さんがいる手前、エマ先生がこの場に座る権利がない、というのが気になったが、顔に出すほど愚かではない。

「世間で魔法というのは得体の知れないものとしてひどく恐ろしがられていますが、実のところそんなものではないのです。我々にしてみれば遠くの者と話したりすることができるとか、そのくらいですよ。生活を便利にする手段、くらいの認識です」

「シスはそう言うが、私たちには縁遠い話だからなぁ。カレンもそう思うだろう」

「そーですねえ」

ついおざなりな返事になってしまう。シス曰く、魔法がもっと広まり、人々の理解を得ることができれば隣国にもひとっ飛びで行けるという。摩訶不思議な話を兄さんや伯はいたく面白がっていた。

「でも声だけでも違う領地にいる相手に届けられるというのは便利だな。夢のような話だよ」

スマホですね、わかります。

知識だけあるっていうのも妙な気分。知ったかぶりしたいわけではないが、大仰に驚くのも違う気がして、愛想笑いをお供に肉を口に運ぶ。

……なんか、うん。なんかなぁ。

下手に科学が発達した世界の知識があるだけっていうのも、複雑になるのだなあ。

味覚がぼやけてしまったのは私だけのようだ。兄さん達は団欒を楽しめたようで、食事の後は葡萄酒を愉しむようである。伯と兄さんの仲が不安だったが、この様子をみるに打ち解けた様子だ。

私は一人の時間を満喫するとしよう。パソコンがない生活もすっかり慣れてしまっているので、やることといったら伯から借りた本を読むくらいだ。

寝転がりながら読みふけっていたせいか、いつの間にか寝入っていた。目を覚ますと蠟燭の火が消えていて、カーテンも閉め忘れていたせいか、窓から月明かりが差し込んでいる。

今日は満月だ。

窓を開くと、藍色の天蓋に眩しいくらいの星々が瞬いている。夜の明かりを見上げると、苦笑を漏らしてしまうのは仕方ないのかもしれない。

空には月が二つ浮かんでいる。

一つは優しい乳白色の月、もう一つは赤い光を放つ、禍々《まがまが》しくも煌びやかな月だ。

ほんとこういう所が異世界だよね。

時期によっては二つの衛星が重なり合っているようにもみえるのが、この世界の夜の特徴だ。いかにも見慣れた光景だが、重力はどうなっているのだろうと不思議に感じる。

テラスに出てみたのだが、視線を落とすとある人物の後ろ姿が目に入った。

夜も遅いし放っておけば良かったが、なんとなくその姿が気になって部屋を出る。いるはずの見回りには一度も出くわさず、その人が向かった方向に足を運んでいた。

敷地外には出ていないはずだが、裏庭に向かうと、井戸の傍でその人物は楽しそうに喋っていた。

「ああ、そう。コンラート領に厄介になっているよ。……それは誤解だ、私は一刻も早くきみの元に戻ろうと努力したとも。私の勤勉さをきみは誰よりも知っているだろう？」

ただ、そこに話し相手はいない。彼こと魔法使いのシスはだれもいない宙に向かって親しげに話しかけている。

端からみれば頭のネジがゆるんだ変人なのだろうが。

青年と目が合った。驚く様子もない、こちらににっこり笑うと、再び会話を続ける。

「報告してあげたいのはやまやまなんだが、きみの小さいお友達に見つかってしまった。……大丈夫大丈夫。弱い者いじめは嫌いだからさ、そんなことはしないとも。ああ、それじゃ」

その異様さ、あけすけな陽気はある意味狂人にしか映らないと自覚しているのだろうか。夜中にこんなのを見たら逃げること請け合いだ。

なんで逃げなかったって言われてもね？

どう考えても、誰かと通話していたようにしか見えなかったからなんだよねー……。

「おいで。心配せずとも意地悪なんてしないさ」

まるきり不審者の台詞である。

シスは井戸に腰掛け、左手をこちらに向かって差し出した。月光を浴びながらの仕草はどこか演技がかっているけれど、自信に満ちあふれた瞳がいやに挑戦的だ。

ただまあ、少々気に掛かることがあったので近寄るのに異論はない。なにがあってもすぐ下がれるように警戒しつつ、話しやすい距離まで近づいた。

「お嬢さん、こんな夜中に部屋を抜け出してどうしたのかな」

「お客様がどこかに行こうとしてたので、気になりまして。シスはなにをしていたのですか」

「私はただの散歩だよ。不審者に見えてしまったのは謝るけれど、だからってこんな時間についてくるのは褒められたものではないよ」

「見えてしまった、ではなく不審者に見えておりました」

「正直なのはいいことだけれど、はっきり言われると傷つくなあ。きみの言葉は合ってるけどね？」

合ってるんだ。認めたぞこの男。

傷つくといいながらも薄ら笑いを崩さないのは余裕の表れなのだろう。実際、こちらはただの小娘だし、相手は『魔法使い』なのだからその通りなのだが。

「ご自分で不審者とお認めになるのですか」

「そりゃあいくら客人といえど、こんな時間に抜け出して独り言を喋っているようじゃ疑われても仕方がないさ。私は隠し事が苦手な男だからね」

「はあ……そのわりに随分余裕で。では、一体ここで何をされていたのですか。夜風にあたりたかったという風には見えませんでしたが」

「ははは。そんなのはわかりきってるじゃないか、お話だよ」

「誰とです」

ここでシスはおや、と片眉を持ち上げた。表情が豊かというより、顔面が道化がかった人である。

「ふむ？　きみはそこで誰と、と聞くのか」

「お話をしていた、と言ったのはあなたご自身です」

「それはそうだ。だがね、少し言いかえよう。この状況ですぐに誰と、と聞ける人は少ないよ」

知らない知らない。意味深に言われても期待する反応なんか返してあげないし。

私はシスに対し不信感を抱いているのだ。探るような物言いは無視して、睨むように問い詰めた。

「話し相手はライナルト様ですか」

「おや正解」

おや、じゃない。ライナルトの関係者なのだからそのくらいは察しが付く。シス自身が「きみの小さいお友達」と口にしていたのだ。こんな不思議な言い回し、ライナルトの別荘以来である。

「もしかして私は疑われているのかな。よからぬ企みをしているとでも思われた？」

「相手についてはいましがた知ったので、あまり関係ありませんしね。それよりも部屋で話せば良いものを、わざわざ外に出向かれ、不審者と認められては、何をされていたのか問いたくもなります」

「小さいお嬢さん、怪しいと思ったのなら一人で来ては駄目だよ」

「ご忠告は感謝いたしますが、夜歩きの元凶となった方に言われましても説得力がございません」

「ごもっともだけど、好奇心が旺盛な人だ。えーと、こういうのはなんというのだっけ。好奇心は……ええと、そう、こういうのは好奇心は猫を殺すと言うのだよ。意味はわかるかな」

シスは純粋な問いかけのつもりだったらしいが、どう返したらいいのかわからず動きを止めてしまった。それはそうだ、彼が口にしたのはことわざ。この世界にはない言葉である。

意味を摑みかねると思われたのか、シスは覚えたての知識を披露する子供のようにはしゃいでいた。

「そうか、こういうときに使うのだな。私の新しい友人が言っていたのだけれど、好奇心が強すぎると身を滅ぼすことになりかねないという意味だそうだよ。いまのきみにぴったりじゃないか」

「あ……」

新しい友人？

それはどういう意味だ。記憶を遡り、探し求めている人物とことわざについて話をしたことがあったかを探り続けている。すぐに思い出すことはできなかったけれど、いますぐにシスの襟首摑んで問いただしたい気持ちでいっぱいだった。

「不思議な言葉です。猫が出てくる理由はわかりませんが、物事を的確に言い当てています」

「動物は人より本能が優れているからね。警戒心が強い身近な動物で表現したらしいよ。猫でさえ好奇心が過ぎると身を滅ぼすとね」

「……面白いご友人をお持ちですね」

「ありがとう。本当に愉快な友人だよ。……なんでか私は嫌われてるのだけどね」

悲しい、と泣き真似をするが、私は先ほどの調子で喋るわけにはいかなくなっていた。本当はその友人、エルネスタではないかと問いただしたい。自制したのは、アヒムから帝国の話を聞いてしまったためだ。明らかに普通ではない失踪に警戒心が募るばかりである。

「シスは、たしかコンラート領とは正反対の方から来られたのでしたっけ」

「そうだね、兄君の護衛殿から聞いたかい」

触れられたい話題ではなかったのだろう、あからさまにため息を吐かれた。

「固定のお仕事に就かれているのに、一人で旅をされているなんて不思議だなと思ったのですけれど、国内を一周してきた、ような感じでしょうか」

「ような、ではなく巡ってきたのだよ。時間を掛けてじっくりとね」

「ゆっくりされてたんですね。私はそういった旅をしたことがないのですけど、時間的にはどのくらいかかるんです」

「ゆっくりしてたからね。大体一月とちょっとだ」

「……帝国領側から、コンラート領に向けてゆっくりと？」

やや踏み込んだ質問をした次の瞬間、少しだけだがシスの雰囲気が変化した。ふざけた様子が消え、こちらの思考を探るような視線を向けられる。どこか異質で人間味を感じない姿は同一人物なのか。咄嗟の勢いに飲まれかけたものの、口は止められない。

「わざわざコンラート領とは反対の、帝国領側にいた理由はなんでしょうか」

「その質問はやめておきなさい。きみはライナルトの友人みたいだし、エレナのお気に入りだ。その若さで余計な事を聞いてしまうと後々苦悩するよ」

「素直に頷けるわけないでしょう。コンラート領の話をライナルト様にしていたのですか」

「してたよ、それが何か？」

開き直られた。もとから悪びれた様子がないから、こうなると厄介だ。

「ファルクラムの市民として国内情勢を知っておこうという活動の一環だからね、それだけの話だ。まさかと思うけれど、きみはライナルトが悪事を働くのではないかと疑ってるのかな」

「それだけなわけ――ライナルト様はともかく、コンラート領の者として他家……ああもう、帝国ご出身の方が国内を巡っているとあれば警戒するのは仕方ないのでは！」

「お気持ちはわかるとも、だからこそ私一人で活動していたのだけれどね」

「でしたらお察しください。私はあなた方の素性を知っている、勘ぐらずにいるのは難しいのです」

「怪我までしたからね」

「わかってて誤魔化そうとしましたね！」

ことわざの件がなかったら、下手に考え込んだ挙げ句こんな回りくどい話をしなくてよかったのに！　考え込んじゃったのは自分のせいだけど！

いま帝国領側からどのくらいの時間をかけてきたのかを聞くことができた。帝国領側からこちらに来たのならば、アヒムの話とも少しぐらいは整合性があう。

シスはエルの両親を知っているかもしれない。

「シス、聞きたい事があります」

「はいはい」

「はいは一回にしてください。……なんだかですね、このようなことを申し上げるのはとても……なのですが！　そのにやけた顔で返事をされると腹が立ちます！」

「ニーカやエレナと同じ事を言う。私はいつだって至極真面目なのだけどねぇ」

ああ、エレナさんがこの人相手に冷たい視線を向けていた理由がわかった気がする。話し方はそうでもないのだが、顔が、なんかすべてを見越したような笑みがいらっとさせられるのだ。

「あなた、エルネスタという女性を知りませんか。私と同じ年代の子です」

「誰それ、知らないな」

せめて言い淀むなりすればいいのに、さらりと言いやがるものだから何も摑めない。ことわざを言っていなかったら、私が間違っていたとすぐに引き下がっていただろう。

「……本当に？　本当に何も知りませんか。お下げ髪の、ちょっと勝ち気な印象の子です」

「そもそも、きみがどういった根拠で私にそんな質問をしているのか聞きたいな。なぜその女の子を私が知っていると思ったんだい？」

……ことわざについて言ってしまう？

突っ込まれても誤魔化せばいいし、エルの手がかりを逃してしまうのは惜しい。

強く吹いた風にいまさらになって寒さを覚えつつ、意を決して口を開こうとしたときだ。背後から誰かの話し声が聞こえてきた。

「歩くのがはやい、もう少しゆっくり歩いてくれよ」

「馬鹿野郎、おれは寒いんだよ。かえってとっとと寝たいんだ」

衛兵である。二人組が片手に松明をもって歩いてくるのだが、その視線が井戸の方に向く。

目が合ってしまった。

敵ではないと声をかけようとしたところで、後ろから抱え込まれるように口を塞がれる。冷え切った手の主はシスだった。

咄嗟に抵抗しようとすると喋るなと合図をするのだが、その理由を囁かれた。

「彼らに私たちは見えないようにしたから、声を出さないでおくれ」

嘘じゃないと判明したのは、確かに目が合ったはずの衛兵がこちらを素通りしたからだ。松明の炎が揺らめきながら遠ざかるとシスも離れる。

「一人ならともかく、二人でいるところなんて見つかると面倒だからね」

「あ、そうですね。ありがとう」

「どういたしまして。……今日のところは戻りなさい。外周は彼らだけのようだし、内部の人はまだ目を覚まさないはずだから、見つかりはしないはずだ」

「……まだ？　まって、あなた屋敷の人になにかしたの？」

「安心しておくれ。悪さはしていないし、少し心地よい夢を提供しただけさ」

もしや、シスも私も何故か誰にも見つからず移動できたのって。

「そ、そういうのやめていただけますか⁉」

「きみにはかけなかったからいいじゃないか。ライナルトの友だから遠慮したんだよ」

そういう遠慮はなにか違う。

帰れと言われてもエルについて何も聞けていなかった。当然聞き込みを続けるつもりだったが、次の瞬間、シスの姿が消えていた。同時にどこからか「じゃあね」と面白がる声が聞こえ遠ざかっていく。

逃げられた、と気付いたのはしばらく経ってからだ。

魔法って某青タヌキの道具みたいに便利だけど、使われる側だと腹が立つのがよくわかった。

しばらくはもどかしさでいっぱいだったが、あたりを探しても魔法使いの姿は見当たらない。

結局部屋に戻るしかなかったのだが、帰りも誰とも出くわさなかった。

翌日の朝一で部屋を襲撃する覚悟で寝たから、寝坊なんてしなかった。意気込みが強かったためか、陽が昇ると同時に目を覚ましたのである。猛ダッシュで客室のドアを叩いたのだが、返事はない。

普段だったら絶対にしないのだが、勝手にドアノブを捻ると……。

「あっ」

鍵がかかっていなかった。

部屋はもぬけの殻。机に置かれた書き置きには伯に向けたお礼が綴られている。

目を通したが、急用ができたので都に戻るという内容だ。手紙を握りつぶしそうな衝動を、驚嘆に値すべき理性で堪えたのだから、私は自分を褒めていいはずだ。

朝食会場では伯に手紙を渡しつつ、兄さんにはこう告げた。

「都へお戻りの際は私も同行しますので、そのつもりでお願いしますね」

エルのこと、絶対にあの魔法使いはなにか知っている。

シスを、場合によってはライナルトを問い詰めてやる気で宣言したのだが、この里帰りが今度は別方面で襲撃を食らうことになるとは、このときは予想すらしていなかった。

……だって、彼女とは従姉妹として仲良くしていたつもりだったのだ。かなり前の記憶だったけれど、心優しい女の子として記憶していただけに、出会うなり頬を叩かれるなんて思いもしない。

従姉妹のマリーは怒りのあまり唇をわななかせ、まるで汚物を見るかのような視線で、涙をいっぱいにためながら叫んだのである。

「あなた……あなた、この、この……売女《ばいた》!!」

都には厄介事しかないのだろうか。

11

就任祝いパーティーと謂《いわ》れなき罵倒

里帰りを決めてからは早かった。

急ぎ都入りしなくてはならないのだ。かといって不健康体の兄さんをそのまま帰すわけにもいかず、シスの帰った当日から猛攻は始まった。

「お、お前が包丁を握るだと……！　待ちなさい、菓子作りが上手だったのは覚えているが、腕を疑ってるわけではないが!!」

「これでもしばらく一人暮らしをしていたのだから腕に覚えくらいあります」

ご飯は作ってもらう側なのでケチをつけたことはなかったが、やはり食に関しては日本が一歩上を行く。いわゆる病人食、体に優しいご飯となると気を遣うわけで、料理長にそこまで頼むのは気が引けた。なにより人のテリトリーに踏み込むのに遠慮していたが、目的ができてしまった以上四の五の言ってはいられない。兄が心配だと、それらしい理由をつけて厨房の一角を占拠すると、兄さんを再び肥えさせるため、夕餉以外の食事を私が用意したのである。

「……美味しい」

信じられないといった顔が納得いかないが、結果は台詞の通りである。あとはだらだらしているところを散歩に行かせ、エマ先生の薬膳茶を飲ませて日々を過ごしてもらうと、十日くらい経った頃にはなんとか見られる顔色になっていた。回復が早いのは若い証拠である。

「よし、あとは道中で気をつけさせればなんとかいけるわ」

「まさか戻りまで料理を作るつもりか」

「もちろん！　万が一倒れられても困るし、私が包丁を握る以上は元気になってもらうんだから」

「そんなことしなくても指示を出せばいいだけだろう、手も荒れるのだから程ほどにしなさい」

「あら、美味しいと食べてもらえる喜びって悪いものじゃないんですよ」

　調理は野菜屑をつかってスープを取り、肉の臭みを消しつつ消化が良くなるよう煮込み、油や塩を使いすぎないように味を調整したくらいだが、意外と好評だった。王都やコンラート領はましな方だが、山奥の村になるとスパイスが効いただけの豆スープなんてざらで、これが恐ろしいくらいにシンプルな味付けだ。学校時代に食べたことがあったけど、なにこれとしか形容できない味だった。

　料理をするとお米への欲求が高まるので辛いのだけど、相伴にあずかった伯の胃も回復したらしく、エマ先生に喜んでもらえたので良しとしよう。

　突然厨房の一角を占拠された料理長と、おにぎりと味噌汁を求める私以外は平和だったのではないだろうか。こうなるから料理を作りたくない。

　嗚呼、いま目の前に和定食を出してくれる人がいたのなら喜んで傅《かしず》くし、なんなら貯めた貯金を放出しても良い。

　米と味噌への愛着と欲求を封印しつつ、着々と出発の準備も整えた。

「ひとまず私とニコが先に都入り、伯やヘンリック夫人にウェイトリーさんが後発ですね」

「ヘンリック夫人を付けてあげられないのが申し訳ないのだが……」

　今回はスウェンに会いに行く目的があるのでエマ先生やヴェンデルも一緒に来るようだ。ただ、やはりエマ先生は公式的な場に顔を出せない。寂しくないだろうかと思いもしたが、ヴェンデル共々馴染みの店に行く来満々らしかった。

「色々仕入れをしなくちゃならないし、無理せずに行ってらっしゃい。でもあなたは無理をなさってはだめよ。最近は調子も思わしくないのですからね」

「くれぐれも気をつけるよ」

「カレン、スウェンにもこの人のことは伝えてあるけれど、どうか気をつけてあげてね」

「もちろん、出かけている間はお任せください」

スウェンはコンラート領の正式な跡継ぎ、かつ兄さんと仲も良いのでお祝いパーティーに出席する。周囲としては私と伯の間に子ができたらその子が……と考えるようだが、そんな事はあり得ない。従って、コンラート一同でスウェンの社交場デビューをサポートするのだ。

実際、スウェンのデビュー場として兄さんの当主就任祝いは丁度良い。

「妹はすっかりスウェンくんを支える気でいますが、社交界のお目見えといえば同じ立場のはずなのですがね……」

こんなことをぼやいていた兄さんである。

コンラート領で過ごすうちに、エマ先生と私の仲が悪くないのだと知った兄さんは複雑そうにしていたが、流石に伯達の前でそんな顔は見せない。

「独身の頃ならともかく、注目を浴びる理由がないわ。どちらかと言えばエミールの方がお嬢さんを子供に持つ親御さんからお声掛けされるんじゃない？」

なお、今回の衣装は姉さんにお任せする。本来なら十四、五くらいに華々しくデビュー予定だった妹のお目見えに力を入れているとのことだ。

大変疲れそうであるが、これには拙《つたな》いながら対策も講じているので、負担は減るはずだ。

兄さんの就任お祝いの翌日に国王陛下主催の夜会がある。これの出席は個人的に微妙なところ。それというのも、伯が夜会への出席に良い顔をしなかったのだ。誤解がないよう述べておくと、私が夜会に出るのは構わないと言っている。

こちらは里帰りが決まった日の夜にこっそり呼び出され、謝罪されていた。

「本来なら夫である僕も同席しなければならないが……城にあまり良い思い出がなくてね。どうしても参加できないんだ。私は不調で参加できないと言って通してほしい」

隠そうとしていたが、老人の手には元は白かったであろう布きれが握られていた。まだら模様に染まった赤茶は血液だろうと推測される。

理由を問いはしない、無言で了解の意を示した。

「私に連なる噂が良いものばかりではないとご存知でしょうに、兄さんの就任祝いに同席してくださるだけでも充分です。その後は家族水入らずでゆっくり休んでください」

「……すまないね」

そういうわけだから、もしパートナーが必要なら兄さんに頼む気でいる。ただ前日の就任祝い、キルステンと懇意にしているローデンヴァルトが顔を出さないはずがないので、ライナルトからエルの情報を聞き出せたのならサボっても良さそうだ。

着飾るのは嫌いじゃないが、それは就任祝いで欲を満たせる。誤解されがちだけれど、私は基本お家大好き引きこもり万歳のインドアである。コンラート領に来てからこちら、お手伝い等で外に出っぱなしだが、それらすべて仕事だと割り切っているだけだ。

それに兄さんも姉さんも絶対に誰かに声をかけられるだろうから、一人にされるのは目に見えている。さらに……兄さんは失念しているが、私は夜会に関わる大事な話をしていない。

「伯がいてくれるのならまだ誤魔化しようがあるけど、いないのではね……」

こうして兄さんは健康を取り戻し、妹を連れ無事帰還を果たしたわけである。

都入りの後だが、私は前回と同じくコンラート邸へ泊まる。到着を待っていたスウェンと合流し、小休止を挟んだところでサブロヴァの屋敷へ足を向けたのである。

その際だが、今度は怖じ気づくニコを連れて行った。本人、てっきり留守番だと思っていたらしくたいそう慌てふためいたが、私の計画にはこの子が必要なのだ。

屋敷に到着後、熱烈な抱擁で歓迎されると、早速色とりどりの生地と宝飾類が並んだ部屋に放り込まれた。覚悟を決めて相談タイムに入るのだが、ここでニコの肩を摑むのである。

「姉さん姉さん、相談があるんですけど」

「相談？　いまじゃなきゃ駄目なの？」

「そうじゃないの。あのね、私からのお願いなのですけど、昼会の分はこの子の分も見繕ってもらえませんか。頭からつま先まで全部です」

えっ、とニコが振り向いたのがわかる。当然、そちらの方には目を合わせない。

要は一人でも多く道づれにして注目を分散すればいいのである。

「その子……って、使用人よね。昼会って兄さんのお祝いでしょう、なにを考えているの？」

姉さんはもちろん職人まで疑問顔だ。そこで姉さんを連れ出してこう語る。

「あの子ね、私の使用人だけどとてもいい子なのよ」

「あなたが気に入っているのはわかるわ。だけど私が用意してあげるなんて……」

「そしてね、伯の息子であるスウェンの幼馴染みで、二人はとっても仲がいいの」

お、ちょっと興味ありげな反応を示した。やっぱりこの手の話題が好きだと思ったのだ。

姉さんの趣味と私の苦労を減らしたい一心と、それぞれの思惑は絡むが、これはニコやスウェンにとって悪くない話だと思うのだ。

本人達、周囲にはそうと気付かれないように振る舞っているが、前回の都訪問以来、どことなく互いを気にかけている節がある。スウェンは家族を差し置いて彼女にだけはまめに手紙を送っているし、その返事のため、ニコも綺麗な文字を書きたいと教わりに来た。二人が恋に発展している様子はないし、私からも強く言うつもりはない。

だけど以前の衣装合わせの際、輝かしい装飾品と衣装を前にニコは羨望の眼差しを隠せなかった。

指先のあかぎれを気にしてエマ先生から軟膏を買っているのも知っている。衣装棚に飾られたレース編みを綺麗と呟き、慣れない化粧を覚えようと頑張っている。

「私の服を着てみる？　って聞いても辞退しちゃうの。私の勝手になってしまうけど、気になる男の子のお披露目だもの。こういう時くらい一緒に着飾って、思い出を作ってもいいと思わない」

立場を考えればニコの遠慮は当たり前で、だから騙し討ちという形で連れてきた。

これはニコという女の子の人柄が成せる技だ。偶然拾った小さな指輪でも、丁寧に返却しに来た姿を知っているからこその提案である。

その指輪、兄姉から贈られた品の中で一番安く、なくなっても絶対気付かない代物だったが、彼女にとっては美しい宝石だ。おそらく自分のものにするか誘惑があった。散々葛藤した末に、ほんの少しの罪悪感を抱きながら持ってきたのが顔にありありと描かれていた。

私は、そういう彼女が好ましいと感じたのである。

「それにね、私も甘酸っぱい気持ちを味わってみたくなったの。ちょっとでもお手伝いができるのなら、それって素敵なことじゃない？」

お互い恋もせず嫁いだ身だからだろうか。この言葉が効いたらしく、職人を呼び出しに離れていった。ニコとは二人きりになると、彼女の意志を確認した上で了解を取った。言葉では遠慮していたが、やはりドレスの誘惑には抗いがたいらしい。

「……お金はいりません、か？　お給金から引かれたりとかしないでしょうか」

「ねえニコ。私はそこまで度量の狭い主人じゃないわよ。そんなことするわけないじゃない」

なにせお金なら有り余るほど持っているし、ドレス代は姉さん持ちだ。

「でも、そうね。もし気が引けるのなら、コンラートに戻ってからでいいの。おやつの時間、林檎の砂糖煮を多めに融通してくれない？　夫人はほら、普段はけちってたくさん用意してくれないから」

私がヘンリック夫人のジャムを気に入っているのがばれているせいか、ジャムは大事に保管されている。ちょろまかすことができるのはニコだけだ。

ジャム泥棒の片棒を担がされたわけだが、こちらの申し出が嘘ではないとわかると、少女は目元を真っ赤にしながら頷いた。

「……そういうことなら、いいですよぉ」

無事、取引成立である。

再度述べておくが、私への注意を逸らす目的もあるので決して善意だけではない。乗り気になって出てきた姉さんと服飾職人の注目は無事ニコにも行き、私も人の衣装に口だしできるポジションを獲得である。企みは無事成功したと言えるのではないだろうか。

化粧品を揃え、ついでに学校の試験を完了させて無事卒業証明を獲得。時間はあっという間にすぎて、兄さんの当主就任祝い当日である。

着替えを済ませ、無事対面を終えたスウェンとニコの反応は皆の笑顔を誘うものだった。

「きゃー。お顔が真っ赤だわー」

「うるさいな！」

すっかり見違えたニコを前に狼狽《うろた》えるスウェンをからかうのは忘れない。エマ先生も笑っていて、ヴェンデルは私と似たような顔をしていたのではないだろうか。

正装の伯とキルステン家に入った際は注目を浴びてしまったが、そこは鉄壁の笑顔だ。鋼の営業スマイルである。この点なにより助かったのは、並び歩く敬愛する気持ちが本物だったことだろう。礼節をもって相手をすることができるパートナーは大事である。

「カレン君は今日も綺麗だねえ」

「お姉様達の力添えもありますけれど、それでしたら普段の生活が幸せだからでしょう。良い毎日を過ごさせてもらっていますもの」

「やあ、それは嬉しい言葉だね、おだてても何も出ないよ」

伯は孫を可愛がる祖父くらいの感覚だが、スウェンが苦虫をかみつぶしたような表情をしていたのは見逃さなかった。どうか諦めてほしい。そしてギスギスを期待していたらしい赤の他人の方々、なぜそんなに面白くなさそうなのか。エミール、弟であるあなたもである。

「カレン君、僕はきみのご両親に会ってくるけれど、どうするかね」

「待つ間はあたりを散策しております。実家ですし、迷うことはありませんからご安心ください」

「そこで迷われてしまったら困るなあ」

父母と対峙するつもりはないので逃げの一手だ。玄関を潜った際は父と目が合ったが、顔色も変えなかったのでその気もなくなった。

キルステンの屋敷は一階の全室と庭を開放している。給仕に見なれた顔もあったが、皆忙しそうで声をかけにくい。

スウェンとニコは邪魔したら悪い雰囲気だ。近くには兄さんもいて、主役がちらちらとスウェンの様子を気にかけている。よく見たら近くに正装したアヒムもいるし、心配しなくても大丈夫だろう。

姉さんは……黒々とした頭髪の男性と楽しそうに会話している。

「……それじゃあちょっと隠れてようかしら」

グラスに注がれた果実酒を流し込み、誰にも聞かれぬようこっそりと呟いた。どうも予想に反して視線を浴びているのだ。

……あの目立つ金髪はいないのだろうか。

会場を見回したらすぐにわかりそうなのに、まるで見つからないのである。ローデンヴァルトは出席すると聞いていたから、何処かにいるはずなのだけれど。

誰かに捕まる前に逃げてしまおう。背の高い草壁に入り込み、人々の目線から隠れるように裏庭側へ移動する。この一角は休息できるように長椅子が設置されていて、会場からは見えにくい位置になっているのを知っているのだ。

客人ならまず足を運びにくい道は、元家人ならではのルートである。

このまま伯が戻るまで人気の少ない場所で待機するのだ。レース編みのドレスの裾を摑んで移動していると、女性のすすり泣きが聞こえてきた。

一度は放置させてもらおうと思ったのだけど、それがどうも聞き覚えのある声なのだ。記憶を辿ると、昔よく遊んでくれた従姉妹の声だと気がついた。

「……マリーなの？」

ある一角をのぞき込むと、芝生に直接座り、がっくりと肩を落としていた女性と目が合った。頬を伝うのは滂沱《ぼうだ》の涙。栗色の髪を結わえ、薄い橙色のドレスを着こなしていたが、すっかり化粧は落ちてしまい、目は赤く腫れぼったい。記憶に残る彼女は明るく笑う人だったから、どうしたのと駆け寄った時だった。

「この……よくもぬけぬけとっ」

泣きっ面が般若と転じた。その変化に圧倒され、状況もわからず呆気にとられているとマリーに詰め寄られ、右手を振りかぶり、こちらを殴ろうとしたところで……。

「あ、ごめん」

一歩下がってしまい盛大に空ぶった。右手がスウィングし、勢い余って倒れかけたマリーだが、キッとこちらを睨み付けると反対の手でパチンと頬を叩かれた。

……利き手ではなかったらしく、さほど痛くはなかったがこれには驚かされた。

普段は垂れ目がちの目元をきつくつり上げ、駄々っ子のように拳で肩や胸を何度も叩かれる。

「え、あ、は？　ちょ、ちょっとマリー？」

泣きじゃくっているし、力の方向が定まっていないから弱い拳だが、痛いものは痛い。

「この、この、この……！」

憎しみいっぱいに睨まれる。彼女に会ったのは久しぶりで、何かした覚えはない。なだめてみようと試みるが、声を出せば出すほど激情を募らせているようだった。

「あなた……あなた、この……よくも私の前に姿を見せられたわね！　売女!!」

そしてこの台詞である。

生まれてこの方、ついぞ投げられたことのない言葉だ。あまりのことに固まっていると数人の女性がやってきて、彼女の肩を抱くと連れて行ってしまったのである。

「マリー、どうか気を落とされないで」

「貴女の責任ではないわ」

「あのような方に関わってはなりませんよ」

なぜか私が睨まれて、である。

わけもわからず立ち尽くしていたのだが、正気に返るには時間を必要とした。彼女達、私を誰かとお間違いではなかろうか。

まったく意味がわからない。もしや私の偽者でも発生したか、ドッペルゲンガーの存在を懸念せねばならないか悩んでいると、今度は男の人達の話し声が聞こえてきた。身を隠す先を探すと、建物沿いの細道が目に飛び込む。あの道とも呼べないような裏道、庭師くらいしか利用しない。

慌てながら飛び込み、隠れた後も聞き耳を立てる。

話し込んでいる人達は声量を抑える気はないらしく、はっきりと声も届いていた。その内容はキルステンに対する悪意に満ちており、まるで聞くに堪えない。「成り上がりがうまくやったものだ」「運が良かっただけの若造」「すぐに失敗して没落する」「姉妹共々老人に取り入った好き者」等、間違っても好意的ではない。

聞かなきゃ良かったとうんざりしていると、何故か後ろから声をかけられた。

「お互い気苦労が絶えないようですね」

覚えのある声だった。

しかも探していた人物の声に似ている。振り返ると、見覚えのある金髪が視界に飛び込んだ。

「……ライナルト様？」

壁に背を預け、腕を組んだ男性は髪を一つに束ねていて、初めて見る姿だった。

「え、ええっと……どうしてこんなところにいらっしゃるのかしら」

「人気のない場所で休んでいましたら、なにやら慌てた様子のカレン嬢が駆け込んできましたので。黙っているのも悪いかと思い声をかけさせてもらった」

状況説明どうもありがとう。つまりライナルトは私がここに駆け込んでからの一部始終をずっと見ていたのである。

涼やかな表情は、相変わらず何を考えているのかわかりにくい。取り繕うにも予想外の再会が多すぎて心が追いつかなかった。

……この人と会う時っていっつもこんな感じなんだけど、どうなってるの？

「建物をお借りしたのは申し訳なかったが、まさか誰か来るとは思わなかったので」

「あ、ああ……まあ、そうですね。庭師くらいしか使わないですし、今日はその庭も開放してますから、わざわざ通り抜ける人はいないでしょう」

ライナルトの視線が正面の垣根に逸れたので、私も彼に並ぶように建物に背を預ける。出ていこうにも男性達は悪口に盛り上がっているようで、出て行くのは難しい。

あー……っと、マリーのことで動揺して忘れそうだったけど、この人には用事が……。

「彼らはキルステンの栄誉が羨ましいのでしょう、このような場所で他人を貶めることしかできないのだから、貴方の時間を割いてまで考えてやる必要はない」

興奮している向こうと違い平坦な声だった。このくらいの声量なら聞かれる心配もないだろう。一瞬、この人はなにを言っているのかしらと思ったのだけれど、すぐに思い至った。そして意外だった。

「もしかして心配してくださってるのですか？」

「聞くに堪えない醜い声ですからね」

ああ、なんか向こう側、熱が入ったのかヒートアップしてきてるものな。

「……ありがとうございます。けど、あの人達は気になりません。実家に戻る以上、ああいう方が紛れるのは承知していましたし、キルステンが気に入らない人がいるのもわかってましたから」

「貴方が強い人で安心したが、口さがない者はどこにでもいる。今後もあのような輩は出てくるだろうし、過信は禁物だ」

それに、とライナルトは続ける。

「悪し様に言われ傷つかないわけではないでしょう」

「そう、ですね。気分がいいものではありません」

「失敬、説教をしたいわけではなかったのですが、無理に強がる必要はないと伝えたかった」

「いいえ、そう言ってもらえるのなら、わずかなりとも救われます」

「ならばよかったのですが。我が家も敵が多いので、多少ならば気持ちもわかりますよ」

「どこも似たようなものなのでしょうか。……難しいものですね」

異世界転生の始まりだー！　なんて喜んでいたのは最初だけで、人なんて結局どこでも変わらないと嘆いた頃を思い出す。

「聞こえてしまったのですが、ダンスト家の令嬢になにを言われましたか」

「マリーのこと、ご存知だったのです？」

「先ほど婚約を迫られたばかりでしたので」

「そうなんですか、婚約、を……？」

おかしなこと言わなかった？　固まってしまったのだが、ライナルトはこちらを見ない。

「泣かれたのは知っていたのですが、何を喋っているのかは聞き取れなかった。貴方はなにかされましたか」

「……あの、それより、マリーに交際を迫られたと仰いました？」

「その通りです。求婚を迫られたが、理由がないのでお断りさせてもらった」

そのとき、髪からするりと髪留めが外れて落ちた。綺麗に髪を作ってもらったのだが、締め付けがきついのが嫌で緩くまとめたせいだろう。マリーからの幾度とない衝撃による揺れのせいで取れてしまったらしい。

「私が拾おう」

髪留めに欠けは見当たらなかったが、元通りにならないのは髪型だ。今日のような場で髪飾りもなしに歩けば、目敏い人には失笑されるだろう。こうなると誰にも見つからぬよう屋敷に入るか、それか人を呼んできてもらう他ない。

自分で直せないのかって？

……ボロっとした仕上がりで良いのなら、なんとかなるというレベルである。ドレスに合わせた髪型など一本結びで対処できるようなものではないし、人に直してもらった方が早い。

「あの、ライナルト様。本当に申し訳ないのですけれど、会場に戻られましたら兄か姉か、それかコンラート伯に私のことを伝えてもらえないでしょうか。休息が終わってからで結構ですので……」

「侍女を呼んでくればいいのですね。たしかにその髪では戻れないだろうが」

ライナルトは頭髪を見つめると、顎をなでつけながら言った。

「私で良ければ結い直しましょうか」

「なお……はい？」

直す、ってライナルトが、私の髪を？

「本職ではないが、私も髪結いの経験がある。先ほどと似た髪型なら再現できます」

「え、ええ？　ライナルト様が髪を結われる……？」

「貴方の髪は癖もない、すぐ終わるでしょう」

背を向けろという指示に従ったが、予期せぬ特技に困惑を隠せない。

だって髪結いって、専門職人がいるくらいの技術ではあるけれど、貴族の子息が覚える特技ではない。女性の髪を触るのが大好きで……そんな理由ならわかるけれど。

ふわりと髪が持ち上げられると、頭部や耳の後ろを指が触れる。その手つきは迷いがなく、慣れている風でもあった。

「あの、髪結いの経験があると仰いましたが、なぜでしょう」

「大した理由ではありませんよ。幼い頃は職人の真似事をして小金を得ていた。子供の頃に身につけた技術は存外覚えているものです」

……小金を得ていた？

それは彼ほどの身分の人が明かすには大した理由ではないだろうか。

「それは、また。……失礼ですが、小金を得たいくらい髪がお好きだった？」

「いいえ。子供の頃に預けられていた家が貴族とは名ばかりの商家でしたので、必然的に食い扶持を稼ぐ必要があった。ローデンヴァルトに迎えられるまではそこで……カレン嬢、動かずに」

思わず振り返りそうになった。

「……大人になったら髪結いにでもなって生計を立てれば良いと思っていたので、子供なりに真剣に取り組んだ。ゆえに心得があるのです」

淡々と語る声に嘘をついている様子はない。おそらく真実なのだろうが、だとするとローデンヴァルトの次男である彼の過去がわからなくなった。

「ところで、これはダンスト家のご令嬢が原因でしょうか」

「あ、はい……。そうです、ね」

はっきり聞かれてしまうと否定しにくい。なんとなしにマリーと遭遇するなり、何度か叩かれてしまったと説明する。

「彼女は泣いていました。誰かと勘違いしていたのではないかと思うのですけれど……」

語尾が小さくなってしまったのは、自信がなかったためだ。なぜなら彼女の友人達ははっきりとこちらを見据えていた。勘違いにするにはあまりにも難しい。

そんな会話の間、あっという間に髪が作られてしまった。軽く触ってみたが綺麗にまとまっているし、少なくとも私の下手な腕前よりよほど上手だ。髪留めもきっちり固定されている。

「すごいですね、こんな短時間でここまで再現できるものですか」

「傍目にはそうおかしく映らないはずだ。早めに直してもらうのがよろしいでしょう」

「必要ないです。子供の頃とおっしゃいましたけど、本職に負けてないのではありませんか」

「褒めすぎですよ、いまの流行には疎いのです」

そうとはわかりにくいけれど、微笑みを浮かべているように見えなくもない。

「だがカレン嬢、迷惑をかけるとお伝えしたが、まさか彼女が貴方に手を上げるとは思わなかった。私の思慮不足だったとお詫びする」

その言い様は、まるで今回の原因が彼にあるような口ぶりである。

しかし迷惑をかけるとは……記憶を辿ると、姉さんの館で散歩した日の会話を思い出した。

「もしかして、以前おっしゃっていたのは」

「その通りだ。……私から特に何か行動を起こしたわけではないのだが結果的にはこうなった」

「お待ちください。ライナルト様がマリーの求婚を断ったというのはわかりました。けれど、それがどうして私に繋がるのです」

詰め寄る勢いで尋ねると、今度こそライナルトはあの日の言葉の意味を教えてくれた。

「まずは貴方との婚約の件だ。あれは理由があって承諾した。もし貴方と婚姻していたとしても、いずれ離縁する予定だった」

などと暴露したのである。

それは彼なりの謝罪なのか、思った以上に話してくれるようである。

ふと周囲が気になって耳を澄ませてみたのだが、周りの話し声はとっくに聞こえなくなっていた。

「私と結婚を維持する意思はなかったと聞こえたのですが、合っておりますか？」

「合っています。私は妻を持つつもりはありませんでした」

「……不躾ながら、理由をお伺いしてもよろしいですか」

「身が軽い方が好みなのです。妻などで枷を付けられるのは困る」

彼ほどの人が妻子を持っていない理由がやっとわかった。なんのことはない、結婚したくないだけとはわかりやすいが、心底うんざりしている様子である。

「事情は多々ありますが、貴方がローデンヴァルトを断ったのはこちらにとっても都合が良かったということです。ただ、それで納得してくれないのが我が兄ザハールだ」

「ローデンヴァルト家のご当主ですね、ライナルト様の意見は通らないのですか」

「言って聞いてくれるなら苦労はしない。とにかく、兄には気をつけた方がいい。……婚約を了承した相手がキルステンだけだったせいか、諦めていないようだ」

怖い話を聞いてしまった。

でも待って。ライナルトの語る話が真実だとしたら、もしかしてあのまま婚約していたら円満に別れられたのだろうか。

「貴方のおかげで婚約は流れてくれたのですが、それまで縁組を断っていた私が妻を持つ気になったというのは、他家にとって願ってもない話だった。今度は別方面からの話が舞い込むようになってしまいましてね」

嫌な記憶でも蘇ったのだろうか。言葉の中に僅かな煩わしさがあった。

彼が何をしでかしたかわかってきた気がする。正確に述べてしまえば、彼は何もしていないが……。

行儀は悪いけれどしゃがみ込み、語る言葉に耳を傾けた。……姉さんが見立ててくれたドレスの色、派手すぎない濃赤が素敵だなぁ。色で重く感じすぎないよう袖は透ける素材で作られていて、とてもバランスがいい。

ライナルトが作ってくれた髪型と合わせ、純粋に楽しい気持ちで鏡を見られたらよかったなぁ……。

「受けなかったのですね？」

「その通り。そのせいで噂が流れた。私が貴方を好いている故に、いまだ他家の縁組を受け付けないのだと」

「……いかにも話題に飢えた方々が好まれそうな噂ですね」

……はい。

そういうことか。わかった、やっとわかった。マリーが私を敵視し、なおかつキルステンに到着してから注目された理由。

皆さまローデンヴァルト家の次男がいまだ恋い焦がれている意中の娘はどんな相手なのか、噂を耳にした方々が好奇心で目を光らせていたのだろう。

「ライナルト様は噂を否定してくれなかったのですね」

「その方が誘いが減って助かる。都合がよかったので噂の撤回はしませんでした」

「おまけに私は滅多に社交界に出ませんから、他家との交流はないといっても等しいですものね」

前回都にいた際はそんな噂、まったく耳にしなかった。徐々に噂は広まっていって、今回に繋がってしまったのだろう。

「そのうえ住まいは遠方ですから噂は耳に入りにくい。住んでいる場所も違うのだから片思いで片付けられて……。それ以上の噂は立ちにくいですね」

「おや、随分と想像力が豊かだ」

ライナルトが笑ったような気がしたが、顔は見ない。視線は地面に落としたままだ。

「噂といえど、よろしかったのですか。たとえば兄やコンラート伯の耳に入ってしまうのは、ライナルト様にとって都合が悪いのではないのですか」

「それで周囲が大人しくなってくれるのであれば歓迎です。それに噂は噂。私はなにもしていませんし、たとえ陛下や兄といえども追及はできませんよ」

「それは……ええ、ライナルト様の秘密を知っている身としては容易に否定できませんが、それにしたって強気でいらっしゃいますね」

「キルステンと縁を結ぶという一点においてのみ了承しましたからね」

けろっと言ってのけてしまうあたり、いい性格をしている。

ただ、そんな彼でもわからないことがある。ライナルトは本当にマリーの行動が不可解だったようで、私が叩かれたことについては自分の責任だと認識しているが、その理由がわからないらしい。

なぜこんな簡単なことがわからないのか不思議でならないが、こちらにしてみれば彼女の行動は一つにしか絞れない。

「噂も広まってくれたようですし、こちらに婚姻の意思がないのはわかっていたはず。ダンスト家には資金の援助もできないと兄から通達済みだ。だというのにご令嬢がなぜこうも拘られるのか……」

疑問を口にするライナルトは、不可解だと言わんばかりだ。

その姿は大変絵になる。絵になるのだが……。

「つかぬ事をお伺いしますが、もしかしてマリーとは以前から交流があったのではありませんか?」

「ご存知でしたか。実は今回以外にも何度かお会いしている。馬や剣術に興味があるのか、よく質問をされていた」

それは剣や馬に興味があったというより、あなたと共通の話題を探していたのだ。

「記憶にある限り、マリーはあまり積極的な人ではありませんでした。でもライナルト様のお話を聞くと……。もしかしてお茶会に誘われませんでしたか」

「ああ、そういえばありましたね。ダンスト家と交流を持つ必要はないのでお断りしています」

質問してようやく思い出したといった口ぶりだった。

もしかしてこの人、周囲が考えている以上に自分自身について興味がないのではないだろうか。

「ライナルト様、きっと、ダンスト家のマリーは……」

言いかけたものの、私から彼女の気持ちを代弁するのは憚《はばか》られた。

「……いいえ、私から申し上げる話ではないのでしょうね。どうぞ戯《ざ》れ言と聞き流してください」

ダンスト家の令嬢から個人的なお誘いを受けて、好意に気付かないのも不思議な話だし……。いまはこれくらいでいいのだろう。

それにしてもなんだか意外だった。この人程の容姿なら人々からあらゆる賞賛を受け、羨望の眼差しを浴びただろうに、本人の自覚が足りないとはおかしな話である。独身でいたがる理由もわかるが、この国の貴族社会では変人扱いもやむを得ないだろう。

「ライナルト様はおかしな方ですね」

「それを申し上げるならカレン嬢も相当だと思われる」

「あなたほどではないと思いますが、褒め言葉として受け取らせていただきます」

ああ、でもそうだな、確かにそうかもしれない。先ほどもだけど、この人は私がどれだけ令嬢らしくない姿を晒しても動揺すらしないのだ。軽口に怒りもしないのだから、どうでもいいのか、さては興味がないのか、拘りがないのか。一緒にいても重くないし過ごしやすい。さほど話したことがなくても、沈黙を共有できる人がいるなんて思ってもいなかった。

この人といると妙に安心してしまう。それにいまの話、もしかしたら、縁組なんて形じゃなければ良い関係を築けたのかもしれないなとすら思ったほどだ。

……縁組がなければ知り合うことすらなかっただろうけど。

「公庫利用権をありがとうございました。それにあれほどの大金、本当によろしかったのですか」

「モーリッツの失礼を詫びる意味もある、好きに使われると良いだろう」

「そんなこと言っていいんですか。返却を求められるのであれば、お返しする用意があるんですよ」

「必要ないでしょう。モーリッツにとってははした金です」

モーリッツさんって何者という疑問はさておき、いまの言い方だとライナルトの懐から出たお金ではないとも受け取れる言い方だ。

……もう少し彼と話をしていたい気持ちがあったが、呆けている場合ではなかった。エルの姿が脳裏に浮かぶと本来の目的を思い出したのだが、残念ながら間に合わなかったのである。

「ライナルト様、どこにいらっしゃるか」

この淡々とした、冷たさすら覚える声はモーリッツさんだ。彼の主は私と一緒に隠れているので、見つかると面倒だなと思った直後である。ライナルトが人差し指を立て「出るな」と制して出て行ったのである。

「モーリッツ、ここにいる」

「そこにおいででしたか。休息中に申し訳ありませんが、ザハール殿が探しておいでです。なんでも明日の警備についてご相談があるとか」

「私は夜会に出ないと申し上げたはずだが、諦めてはくれないものかな。まあいい、聞き分けの悪い兄を説得するのも仕事のうちだ」

「……閣下」

「ここでは名で呼べ。……誰の耳があるとも知れないからな」

私とは遭遇しなかった。そういう話の方がお互い都合がいいのだろう。

……しかし、なあ。

なんとも言えない気持ちでため息を吐いた。

彼、変人で話しやすい相手だが、やっかいな御仁であるのも確かだ。なにせ噂の件、謝りこそすれ「撤回する」とは言ってくれなかった。

噂を信じてしまったマリーの私に対する偏見は悲しいが……。噂は噂、広まってしまったものはどうしようもない。いまさら慌てたところでどうにもならないだろう。下手に立った噂など、火消しに躍起になるほど燃え広がる恐れがあるし、問題が出ても苦労するのはライナルトだ。私は何も知らない振りでも貫かせてもらうほかない。常に都に住んでいるわけでもないし、皆が噂に飽きるのを待たせてもらうとしよう。いまは真相が判明しただけで充分である。

この前提条件で私が気にかけなくてはならないのは、噂に尾ひれを付けるような行為をせず、なおかつ伯達の名を傷つけないよう、どこでエルについて尋ねる機会を得るかである。

やはりもう一度捕まえるべきだろうか。ライナルトは夜会に出ないと言っているし、まともに話せる気がしない。

「シスが見つかれば一番の早道なのだけど……」

誰かに助力を請うにも、シスを探すとなれば理由を尋ねられるから話せない。

本音を言えばもう洗いざらい喋ってしまいたい。「夜、シスがコンラート領をうろついていたから理由を聞きたいのだ」と言えればどれだけ楽だろう。

ライナルトが去ってから、時間をおいて私も移動した。彼と同じ方向から出てこないよう気をつけつつ、素知らぬ顔で人の流れに紛れるのである。あとは屋敷の使用人控え室で待機している夫人を呼び出せば髪も見てもらえるだろう。

ところで伯はまだ戻っていないのだろうか。会場内を見渡したが姿は見当たらない。

「売女か」

こちらに届くか届かないかくらいの小さな呟き。つい先ほど聞いたような言葉を、男の声で聞いた。

声の方向には、こちらにむかってにこやかに微笑む二十代程の男性が佇んでいる。だがにこやかといっても、それは形だけ。目は薄気味悪いくらいに濁っている。

「やあカレン、久しぶりじゃないか。元気にしてたかい」

「……ドミニク」

何食わぬ顔で話しかけてくるのはマリーの兄であり、ダンスト家の当主である従兄弟だ。数年ぶりに再会した友人に接するかのごとく寄ってくる姿、大人しいマリーとは正反対である。

相手にするかは一瞬迷った。だが、いまの発言は少し気にかかる。

「まあ、お久しぶりね。あなたもお元気そうでなによりだわ。しばらくお顔を見ていなかったから、ずっと心配していたのよ?」

「仕事が立て込んでいたせいさ、君のことはずっと気になっていたのに、会いに行けなくてすまなかった。家畜くさい田舎の空気は私には合わなくてね」

「ふふ、わたくしのことなんて忘れていたくせに、ひどい従兄弟ですこと」

「そうつれなくしないでくれよ。忘れてなかったのは本当なんだからさ」

周囲は……そこそこ距離は取れた。これなら頑張って聞き耳を立てない限り、会話を聞かれることもないだろう。ただ、周囲との距離を測っていたのは私だけではない。

「たとえ汚らわしい平民の血だろうと、半分でも一族の血が流れていたら気にかけてやるのが僕の仕事さ、そうだろう?」

茶目っ気たっぷりに片目をつぶってくる姿。本当にドミニクは相変わらずだなあ、と懐かしい気持ちで微笑んだ。相変わらず、彼の考え方は好きになれない。

「そうね、あなたの慈悲深さには頭が下がる思いだわ。いつもキルステンを気にかけてくれてありがとう。素晴らしい従兄弟がいると、わたくしも誇り高い気持ちでいっぱいです」

ちょっとおだてれば鼻の穴を膨らませるのも相変わらずだ。

キルステンといったやんごとなき家々を複数束ねる宗主のダンスト家。その当主であるドミニクは物語に出てくる典型的な貴族の代表例ともいえる。

「は、それほどでもないさ。アルノーはいつまで経っても気の弱い腑抜けだからね、私がこうして参じてやらねば何もできやしない」

「さすがはダンスト家の当主、とても頼もしいのね」

姉さんがするような鈴を転がすような笑いを真似てみせる。大口を叩くのならこんな所で腐ってないで、中央で話してみてはどうだろう。

ドミニクは、要するに貴族至上主義なのだ。半分であろうと平民の血が混じる私はとことん下に見ているし、自分を高潔と信じて疑わない人格であり、褒め称えられるのを当然だと信じている。

本当にこんな人物がいるのかと疑う気持ちもわかる。私も思った。だが実際いるのだから仕方がない。彼は貴族社会の悪い教育を施され、いまやその見本となった大人なのである。

それにしてもドミニクは何を話したいのだろう。最初は悪口を言ってくるだけかと思ったのだが、それだけではなさそうだ。ドミニクは細い眉を顰《ひそ》め、こちらを咎めるように囁いた。

「それにしても、アルノーが頼りないのはお前も知っているだろう。叔父上が引退されるのは早すぎるとは思わないか」

「そう言われても、困ってしまうわ。わたくしはコンラートに嫁いだ身ですし、キルステンにしてもお兄様の判断に従うだけです」

「まあお前のような女ならばキルステンには関われまい。それも仕方がないが……なにか聞いているんじゃないか」

「なにか、とはなんでしょう?」

「それは、だな……そう、今後の方針とか、事業についてを……」

ごにょごにょと口ごもる姿に納得した。ドミニクは今後のキルステンの動向が心配なのだろう。彼には再度、コンラートに嫁いだ自分が知る由もないと伝える。

「なにぶんこちらのお話もほとんど耳に入ってきませんから、わたくしではなんとも。ああ、でもお父様は引退ではなくお兄様を支える身となって働かれるのだと話していましたから……」

「……そういう話じゃない！」

小声でいるだけ自制は働いているのだろう。その態度で、こちらも見当が付いた。

つまり彼、とっくに兄さん達の事業からつまはじきにされているのだ。

「そういう話じゃないと言われても、私は本当になにも知らないのよ、ドミニク」

見当もついたので猫かぶりもおしまいだ。こちらも彼と話をしたかったわけじゃない。気になったのは私の足を止めた例の発言だ。

にっこりと笑顔を形作り……周囲にはあくまでも、いとこ同士がにこやかに挨拶しているように見せかける。ドミニクも先ほどの失態に我に返ったのか、ぎこちないながらも口元をつり上げていた。

「夫を持ってすこしはましになったかと思っていたら、相変わらず行儀が悪いのだな。男を立てることくらい覚えたらどうだ」

「なんとでも言って。そんなことよりもドミニク、あなた、私の夫に借金を申し入れしたのですってね。ダンスト家についてはそれだけじゃないとも、色々耳に入ってきているのだけれど」

「……それがどうした、お前には何も関係ない話だ」

「関係ない話？　あなた、夫を説得できるのは私だけだというのを忘れていない？」

ひくり、とドミニクの頬が引きつった。

こういう手は好きじゃないが、ドミニクは強制的にでも主導権を握らないと話ができない。

「あなたと長話をしたいわけではないから聞くわね。あなた、マリーになにを吹き込んだの」

断言するが、彼女はドミニクと違い誰かに毒を吐くような人間ではなかった。数年で人柄が変わってしまった可能性も否めないから、内心首を傾げていたのだが、先ほどのドミニクの発言で得心した。

「あなたの妹のマリーとそのお友達よ、彼女達に何を言ったのか教えてくださらない」

「はぁ？　マリーがお前になにを言おうが、私の知ったことじゃない」

「……私、彼女に頬を叩かれてしまったの。名誉を傷つけられたと訴えてもいいのよ」

「あの馬鹿がお前に何をしようと私には関係ない。謝罪を求めたいなら本人に言え」

「ここは意地を張るところ？　素直に話した方が身のためだとわかっているでしょう」

ドミニクはどうしようもない差別主義だが馬鹿ではない。現在のダンスト家が置かれている状況で私、もといコンラートに悪感情を持たれて良いわけがないのは知っているのだ。マリーを訴える気など毛頭ないが、ドミニクは到底私を信じられない。だからこんなこけおどしすら通る。

「社交場で耳にした噂を教えてやっただけだ。あいつがお前を殴ったなんて知ったことではない」

その噂の内容まで聞くつもりはない。きっと良い気分はしないだろう。

「そう。では、このことは夫や兄さんには黙っておいてあげる、それでこの話はお終いよ」

「いや待て、コンラート伯に取り次ぎをしてもらわねば困る」

「そうね困るわね。でもあなたが私を売女呼ばわりした件は別。夫への面通りなら自分でなさってくださいな。……それで本当になかったことにするわ」

「あんなの冗談に決まってるだろう」

「そんな冗談、私の常識には存在しないわ。それとお仲間を集めての悪口大会は、もう少し場所を選んでなさった方がよろしいのではないかしら。……私以外にも人がいたことに気付かないくらい熱中されていたようだしね？」

マリー達の後にやってきた男性達。あの中には間違いなくドミニクの声があった。とびきりの笑顔で教えてあげると、ドミニクの顔から血の気が失せていく。すぐさま言い訳を口にしようとしたドミニクだが、ここで間に入ってきたのはアヒムだった。

「ドミニク様、カレン様。ご歓談中申し訳ありません」

たったこれだけだったのだが、ドミニクはアヒムを見るなり目元を痙攣させ、踵を返した。ドミニクは昔から彼を苦手としていたが、ここまで極端だっただろうか。一方のアヒムは本家当主の行方など気にする様子もなく、心配げな顔を向ける。

「笑顔で対応されてたようでしたけど、大丈夫でしたかね？」

「大したことも言われてないから平気よ。割り込みありがとう」

「いい笑顔でしたよ。にこやかすぎて、何かあったんだとすぐにわかりましたけど。……ドミニク様もねぇ、坊ちゃんは相手しないと言ってるんですから、帰っていただきたいんですけどねぇ」

「キルステンの隆盛は、ドミニクには耐えられないのでしょうね」

「それもありますが、最近特に悪い話しか聞かないし、うろついて欲しくないんですよ」

「噂ってどんなの？　……大丈夫、誰も聞いていないから教えて」

「ここで話すようなことじゃないですよ。あとじゃ駄目なんですか」

「ちょっとでいいから」

アヒムは周囲に目を配り、私にしか聞こえない声音で囁いた。

「たとえば妹のマリー嬢ですよ。ドミニク様が大量の借金を作っちまったんで、借金のカタに遠方に嫁がされるとか。その相手がとんでもない好き者の年寄りだそうで、コンラート伯とは真逆の人物なんだそうですよ」

……ああ、そっか。

「そういうことね。全部合点がいったわ」

「はい？　お嬢さん、そういうことって、もしかしてマリー嬢のこと知ってたんですか」

「さっき久しぶりに会ったの。それより、一度屋敷に入りたいのだけど……」

「そりゃ運がなかったですね。向こうでゲルダ様がお客様とお待ちですよ」

姉さんからの召喚となれば待たせることはできない。

「お嬢さん、どこにも姿がみあたらないと思ってたら髪型を変えてたんですね」

「あ、うん、ちょっとね。この髪はどう？　おかしくない？」

「似合ってますよ。最初のより似合ってるんじゃないですか」

「……ありがと」

……なんだろう?

何故だか少し照れくさいのだけれど、自分の心に耳を傾けている暇はない。向かった先で姉さんに引き合わされたのは、礼服をすらりと着こなした三十頃の男性である。

たしか姉さんと歓談していた人である。その人はこう名乗った。

「お初にお目にかかる、コンラート辺境伯夫人。私はローデンヴァルト家が当主、ザハールと申します。以後お見知りおきを」

ローデンヴァルト家の当主はほっそりとした目元が特徴的で、理知的な雰囲気を持った人である。男性にしてはやや細すぎる印象だが、佇まいは凛としており、独自の威圧感があった。とうとうこの人を紹介されてしまった。Uターンしたい気持ちを抑え、ドレスの裾をつまみ膝を折ったのである。

「お目にかかれて光栄に存じます、ザハール様。コンラート辺境伯の妻カレンでございます」

「サブロヴァ夫人ご自慢の妹御にお会いすることができて嬉しく思いますよ」

片親が違うとはいえ、ライナルトとは似ても似つかぬ兄弟だった。私にも好意的な眼差しを向ける姿は、この人もまた高貴な血筋を思わせるけれど、ドミニクとは別の意味で貴族らしい人である。

「あなたの話は夫人や弟から伺っている。ご苦労があっただろうに、弟にもよくしてくれると聞いている。夫人の妹御に相応しいご婦人だ」

「とんでもございません。わたくしの方こそライナルト様には親切にしてもらっています」

脳裏に過ぎるのは先ほど聞いたばかりのライナルトの台詞だ。ただ暢気《のんき》に笑っていればいい話でもなさそうで、自然と身構えてしまっていた。

「サブロヴァ夫人、キルステンのご兄弟は皆様が目を引くような方々ばかりですな。このように聡明なお嬢さんが姉妹であれば可愛くて仕方ないでしょう」

「妹ですから可愛いのは当然ですけれど。ザハール、わたくしの前でそうも褒められると拗ねたくなってしまうわ」

「これは失敬。ですが、我らが陛下の薔薇が美しいのはいつものこと。ただでさえその眩さに心身を潰されそうなのです。うっかり口に出してしまえば、その尊さに耐えきれなくなってしまう」

こうすらすらと口が回るのも凄いといえば凄い。ローデンヴァルト侯は姉さんの好みの世辞を把握しているようで、言われた側もまんざらではなさそうだった。弁が立たなければ当主なんてやってはいられないのだろう。

にこにこと笑ってお声がかかるのを行儀良く待っているが、視界の端にライナルトがいるのは見逃さなかった。彼が相手をしているのは弟エミールである。

「先ほどコンラート伯にも挨拶させていただいた。いまは前当主殿と話し込まれているようで、カレン殿も暇を持て余しているかと思い、お呼びしたのですよ。迷惑だったかな」

「とんでもない！　ザハール様に気にかけてもらえるなんて夢のようです」

「本日はアルノー殿の当主就任とあって、大変めでたい日です。この喜びは家族で分かち合おうと弟を連れてきたのですが、夫人はまだお会いになっていないはずですな。……ライナルト！」

だよね呼ぶよね！　知ってた！

彼を呼びつけておいたのはこのためか。ローデンヴァルト侯に呼ばれてやってきたライナルトとも、まるで今日初めて会ったような顔で挨拶を交わす。

「ライナルト様とはお姉様のお屋敷以来でしょうか、またお会いできて嬉しく存じます」

「カレン殿もお変わりなくなによりだ。この度はご結婚おめでとうございます」

「ありがとうございます」

あの事件は非公式にするのだし、これでいいのよね。

「一度面通りはされているようだが、このような晴れの日となればやはり別だろう。ライナルト、我が家はキルステンと懇意にさせてもらっている仲だ。その親族になられたコンラート辺境伯とも交流を深めるべきだと思わないかね」

「兄上の言う事はわかりますが、突然私のような者を押しつけられてはカレン殿も困るでしょう」

「困る？　そう恥ずかしがるな。お前は私の自慢の弟なのだぞ」

ははははは、と明るく笑うローデンヴァルト侯。意図はわかりやすいが、ライナルトが避けようとしてくれるので助かる。現在夫がいる身としては言葉控えめにしているのが正解だ。

「あなたたち、並んでいたらとてもお似合いなのにね」

追い打ちの姉さん。陛下の側室と侯爵相手に困ったように微笑むしかない私、小さく肩をすくめるライナルト。

なぁにこの地獄絵図。

兄さんは賓客《ひんきゃく》対応に追われているし、一応アヒムが待機していたけれど口を挟めるわけがない。エミールはライナルトにきらきらした眼差しを向けている。

「そういえばコンラート夫人は、明日の夜会には出席のご予定だとか」

「はい。せっかくこちらに戻ってきたのだからと、お兄様やお姉様にもお声がけいただきました。夫も良い機会だから是非にと……とても楽しみにしております」

「なんと喜ばしい。しかしコンラート伯は長らく登城されていない様子。それでも明日は登城されると言うのだろうか」

「夫にはそのつもりだと聞いております」

「それはそれは……。陛下主催の宴は、あの御方には常にお声がかかりますからな。本当に登城されるとなれば、さぞ陛下もお喜びになるでしょう」

……陛下主催の宴には常に声がかかっている？

聞いたことのない話だった。てっきり兄さんや姉さんのおこぼれに預かっての招待かと思っていたのに、実際は違うのだろうか。コンラート領を発つ前夜、夜会は出席しないと手を震わせていた老人の姿が浮かんだが、いま顔に出すわけにはいかない。

ローデンヴァルト侯の話も続いていた。

「しかしながら、辺境伯は近年体調が思わしくないとも伺っている。コンラート夫人、もし急用の際はライナルトを呼びつけてやってほしい。貴方のお役に立てるのならば、弟も喜んで参じるだろう」

「ありがとうございます。ですが、もし夫が体調を崩したのであればわたくしも……」

「夫人が名代で出席されるのであれば問題ない。キルステンと交流のある我が家です、有事の際は是非頼ってもらいたい。どうぞ我が弟ライナルトを付添人として指名してもらえないだろうか」

伯の話題が出たから安心していたら、思わぬ軌道修正である。ローデンヴァルト侯の瞳に確信めいた光すらあったのは気のせいではないはずだ。

「兄上、私は仕事がありますから出席の予定はありませんよ。それにそのような話、辺境伯やカレン殿に失礼でしょう」

「もしもの話だ。コンラート夫人の付き添いくらい問題なかろう。お前の部下も優秀で、自分がいなくとも問題ないと言っているではないか」

ライナルトはいなしてくれるが、ローデンヴァルト侯に公の場でここまで言われてしまうと「お断りします」とは言えない。

「コンラート夫人、如何だろうか」

「ローデンヴァルト侯の心遣い痛み入ります。有事の際は、是非ライナルト様を頼りにさせていただきましょう」

なんだろうこの嵌《は》められた感。

大満足な姉さんの笑顔、諦めていなかったのね。黄昏れたい気分になっていると姿を現したのはコンラート辺境伯こと私の夫（仮）である。渡りに船とはこのこと、夫を迎えに行く体で、早くもお疲れ気味のご老体にそうっと話しかける。

「顔色がよろしくないようですが、もしや父母となにかありましたか」

「想定していたよりは順調だったよ。……ああ、僕は大丈夫だから、君は気にしなくてよろしい。向こうにいるのはご家族とローデンヴァルトの若君かな？」

「若君というのがご当主のことでしたら、はい」

「では挨拶をしていかないとね」

伯にはローデンヴァルト侯自ら椅子を用意して歓迎の意を示した。

「コンラート辺境伯、お久しぶりでございます。父の代では大変お世話になりました。……顔色が優れませんね、医師をお呼びしましょうか」

「いいや、それには及ばないよ」

などと、恭しく礼の形をとる始末である。年齢を考えれば妥当な対応だが、位的にはローデンヴァルトがずっと上である。目上の者に対する礼として敬意を払っている様子が垣間見えるが、これはローデンヴァルト侯ほどの貴人としては珍しい光景であった。

「こうしてお会いするのは何年ぶりか。昨今のローデンヴァルトの活躍は聞き及んでいるとも。ザハール君も随分立派になられたし、天上にて亡きご両親も胸を張っておられるだろう」

「ありがとうございます。父には遠く及びませんが、日々邁進してございます。もちろん、陛下の右腕としてその人ありと謳われたコンラート伯の栄光にもあやかりたいと……」

「ローデンヴァルト侯、その話はよそうじゃないか。いまは君のような若人が輝く時代だ。年寄りの昔話など若者にはつまらない話だろう」

そして姉さんに対しては、柔らかく微笑んだ。

「年寄り故、座ったままのご無礼をお許しいただきたい。西方の国境を預かります、コンラートのカミルと申します。こうしてお会いするのは初めてでございますな」

公の場に出てきたコンラート辺境伯は貫禄を備えつつも、場を包み込むような優しさがある。同じ圧でもローデンヴァルト侯とは違い、ふんわりと柔らかな出来たてパンみたいなぬくもりだ。伯の調子に拍子抜けしたのか、力が抜けたらしい姉さんも深々と挨拶の形を取っていた。伯は順繰りに声をかけるようで、次いで目を合わせたのはライナルトである。ただ、このときの伯の様子は少し変わっていた。

「貴方がライナルト殿か。こうして会うのは……」

「お初にお目にかかります。コンラート辺境伯のお噂はかねがね耳にしております」

ライナルトが言葉を遮るように挨拶したときだ。ほんのわずかな瞬間、伯の様子がおかしかった。

「ははは、ろくでもない噂だろう。それよりも、貴方は覚えていらっしゃらないだろうが、私は貴方がお母上の腕に抱かれていた頃の姿を覚えていてね。……ああ、本当に立派になられた」

他愛ない会話だが、伯の様子が普段と違っていたのに気付いたのは、この場では私だけだった。苦々しい記憶を思い出すような、悲しそうな瞳である。だが口を挟める者はおらず、そうしている間に来客の対応を終えたアルノー兄さんとエミールも駆けつけたので場は一気に騒々しくなる。今日の主役は兄さんなのだ、皆でお祝いの言葉をかけている間に先ほどの陰はなりを潜めたのだが……。

結局、コンラート辺境伯の体調が思わしくないという理由で私たちはすぐに引き上げた。最低限挨拶しなくてはならない人たちには顔見せもしたので問題はないだろう。

ただ、去り際のローデンヴァルト侯の言葉は気にせざるを得なかった。

「弟はこれでやんちゃなのでね、どうかよろしく頼む」

伯が引き上げるとなるとスウェンやニコも退散となる。挨拶回りに励んでいたスウェンは役目を終え、ほっと胸をなで下ろしたものだ。

「まだるっこい挨拶ばかりで舌を噛むかと思った」

「でもでも、長ったらしい口上でも噛まずにちゃんと言えてたんですよ。ニコは半分もわからなかったのに、スウェン様はご立派に役目を果たされました」

「お前は、気楽でいいよ、なぁ……」

「いいじゃないか。その様子だとニコの分もしっかり対応したのだろう」

「僕が代わりに立たないとこいつが大変だろ」

どうやらきっちりニコの盾にもなってきたらしい。ニコはスウェンが庇ってくれたのがよほど嬉しかったのだろう、興奮気味にしている様子を、伯は微笑ましげに見守っている。

はっきりと確認してはいないけど、二人の仲を応援しているのだろう。そもそも問題に感じるようなら、彼女を着飾らせてスウェンの傍にと申し出た時点で反対されているだろうしね。

このときもせっかくめかし込んだ彼女のために、こんな提案をした。

「せっかくだからお茶もそのままで楽しみなさい。こういう機会は滅多にないからね。カレン君は作法でも教えてあげておくれ」

「承りました。ええ、ええ、ニコにもお茶の作法の大変さを学んでもらいましょう」

夕方までとなったのは、私が明日を控えているからだろう。

「キルステンのご飯は美味しいのに、全然食べれなかったのよね。ヘンリック夫人のお菓子でも食べてないとやってられない」

「お前は本当に食事にうるさいよな。どうしてそう食い意地が張ってるんだ」

「でも本当に美味しそうな料理が並んでいましたね。あんなにたくさんのお菓子と料理、絶対余るでしょうに……。皆で何日かけて食べるんでしょうね」

「ニコ、あれね、残念ながら廃棄なのよ……」

「なぁ!?」

わかるー。勿体ないのすごくわかるー。

「うちだったら客に見られないように持ち帰らせるだろうからなぁ」

「スウェン。わかっているだろうが、余所に他言しないようにね」

「わかってるよ。けちくさいって言われるんだろ」

威信って意味では言えないだろうしなぁ。

「そういえば奥様、髪型が違うようですけどどなたに直してもらったんですか。ヘンリック夫人が不思議がってましたよ」

「あ、ああ、それはね、偶然だけど親切な方がいらっしゃって……」

「手先が器用な方がいらっしゃるんですねえ。似合っておいでですよ」

「あ、り、がと……う」

「どうした、なんか顔が赤いぞ。変なもん食べたか？」

スウェンはニコ以外の女の子の機微には疎いのかもしれない。ヘンリック夫人は今頃、明日の準備についてあれこれ考えているのだろう。

さしあたって、大事なのは明日の夜会である。ローデンヴァルト侯に返事をしてしまった手前、付添人にライナルトを指名しなくてはならない。

この件を伯に相談したところ、彼にエスコートを頼むしかないという結論になった。

ローデンヴァルト侯のしつこさには伯も驚いたが、念押しされたのならライナルトを呼ぶしかない、というのが答えである。

「そうまで君と彼を一緒にさせたいのはどうしてだろう。サブロヴァ夫人はカレン君の幸福を祈る気持ち半分といったところだけど、彼の場合はそれだけではなさそうだ」

「ローデンヴァルト侯とは初めてお会いしたので、どういった方なのか摑めません」

「謝る必要はないよ。元々僕が出席できないのが原因だからね。……私は長い間顔を出していないし、彼のことだからそのあたりもわかっていたんだろう」

「親切心……という理由ではないですよね？」

「弟の縁談をなんとかまとめたい兄心じゃないかな……と言ってあげたいところだけど、定かではないな。いまのローデンヴァルトの内状は如何ともし難い」

エマ先生の用意した薬茶で喉を潤し、伯は続ける。

「彼のご両親の代に仕事上の付き合いがあったくらいで詳しくはないんだ。カレン君の件も、特に縁続きになっておきたい理由があるんだろう」

「キルステンを抱えて有利な点といったら、姉さんのことだけです」

「いいや、それが一番重要だ。もしもに備えて駒を配置しておくのが賢いやり方だからね。特にこのご時世、いつなにがあってもおかしくない」

「不謹慎なのは承知でお聞きしますが、それはたとえば、お二人の殿下に何かあった場合ですか」

話が飛躍しすぎているが、もし姉さんが懐妊したとあれば、王家の血筋が増えるわけである。この質問は普通の貴族相手であれば咎められただろうが、私の教師たる老人は違った。

「悲しいことに、王子であるダヴィット殿下とジェミヤン殿下の仲がよろしくない。ダヴィット殿下がもう少し素行を改めてくれるのなら違ったかもしれないが、だがジェミヤン殿下も神経質すぎるところがあるからね」

「つまりお互い目の敵にしているのですね」

「あなた、カレンの前でそんな話は……」

「お互い矜持が高く譲り合えないのさ。それでも寛容さでいえばダヴィット殿下の方が……」

「あなた！」

エマ先生の叱責が飛ぶ。彼女は私に血生臭い話をするのはまだ早いと考えているようだ。つまり心配性である。

「先生、私なら平気ですよ。伯にはいつも色々な話をしてもらってますけど、いつもためになっています。色々考えることができて楽しいんです」

「……いつも？」

「商売や帳簿の見方だけが勉強じゃありませんから。この間も戦時中にあった怖い話とか、攻城戦中に内部から瓦解させるためのお話を……」

「カレン」

ここでエマ先生の声音が変化したことに気付いた。やぶ蛇をついたと悟ったのである。

「少し、この人と話し合いをしなくてはならないから、席を外してもらえるかしら。明日の準備もしなくてはならないでしょうし、ヘンリック夫人を待たせてはいけないわ」

「あ、はい。それじゃ私はここで……」

こういうときのエマ先生に逆らってはいけない。そそくさと立ち去る刹那、遠くを見つめる伯の瞳は悟りを開いていた。

「エマ、よく聞いておくれ。僕も随分歳を取ってしまってね。若い人に自分の経験を継いでもらいたいと思うようになったんだ。こんな年寄りの話を聞いてくれる若人は……」

「言い訳は結構です」

扉を閉めたため、残った二人が何を話したかは不明である。ただ、伯には大変申し訳ないことをしてしまった。心の中で合掌である。

12

支度という名の女の戦場

明日の準備が迫っているのだけど、これが大変だった。夫人をはじめ、使用人服に着替え終わったニコ達使用人を引き連れ参じたのである。

三人がせいぜいだと思っていたのに、予想していたよりもずっと多い人数だ。

「サブロヴァ夫人は身一つで来れば良いとおっしゃってくださいましたが、そのままの状態でお任せするほど、わたくしたち腑抜けておりません。さ、肌着になってうつぶせになってくださいませ」

「ひぇ……」

まず前夜から念入りな時間をかけたマッサージとして香料の強めのオイルで全身を揉まれた。リンパ節なんて概念はないだろうに、内容はほぼリンパマッサージである。歳を取っていたら気持ち良かっただろうが、くすぐったいが勝ってしまい笑いを堪えるのが大変だった。

マッサージの間に全身の産毛を徹底的に剃られ、終わったら薔薇の花びらを散らした湯船にどぼん。頭を念入りに洗われ髪になにかを塗りたくり、垢など許すものかという勢いで念入りに肌を擦られる。

「体ぐらい自分で洗えますからぁぁぁ」

「お黙りください、見苦しい」

「見苦しいもなにもありませんって！　夫人、最近私に容赦がなくなってませんか。ねえ夫人」

「お黙りくださいませと申し上げました」

耳の裏まで念入りに洗われながら、これはもう諦めるしかないぞとされるがままである。

お風呂を終えれば全身に化粧水を塗りたくられ、髪は少量のオイルを馴染ませる。……いやもうね、これが長いのなんの。休めるならまだしも、この間にヘンリック夫人はコンラート領とお付き合いのある方々や陛下に対する口上のおさらいをさせるのだ。

「旦那様が長らく出席していらっしゃらない分、まず奥様に陛下からお声がかかるのは必然でございましょう。決して間違えてはなりませんよ、よろしいですね」

「はぁい……」

「はいは伸ばさず綺麗に一回！」

昼から慣れないことをしたので眠気に襲われている。手入れを終えた途端布団でぐっすりなのだけど、これでは終わらない。朝でも戦場は待っていたのである。

「えっ、私のだけ量がおかしいのですけど、ご飯はこれだけですか」

「夜会に挑むためにはお腹を満たしすぎてはなりません。空腹くらいが丁度良いのです」

テーブルには小麦が香る焼きたてのふかふかパン、バターをたっぷり使ったオムレツ、ハムの切り落とし、豊富なチーズに林檎やオレンジといった果物類。トウモロコシや玉葱にジャガイモをたっぷり炒めて作ったスープと理想の朝食が並んでいるのに、私が許された食事はたった一皿。わずかなドライフルーツと木の実類、林檎の砂糖煮にチーズを少々と、あとは絞りたてのオレンジジュースくらいである。

一人暮らしや、キルステンにいた頃はこれくらいでもよかったけど、コンラートに移ってからはすっかり健康的な生活と食事になっている。健全な胃を持つ身にとってこれは拷問だ。

カロリー概念とかない割に内容はよく考えられていて、木の実等でカロリーや栄養はきちんと摂取できるけど!!

「そんな顔をされても駄目です。サブロヴァ夫人の所で軽食が用意してもらえるのですから、いまはこれ以上はいけません」

少な、と呟いたヴェンデルの声は意図的になかったことにされ、わびしい食事を終えると再びマッサージ。昼前にはニコを連れて出発だ。

コンラート辺境伯は今朝体調を崩した……そういう流れになるので、ライナルトにはこの時点で使いが行ったようだ。ローデンヴァルト侯のしたり顔が目に浮かぶようである。

ようやく一息つける頃には別の意味で疲れ切っていた。

「皆のおかげで足のむくみもないけど、あんなのが続いたら耐えられない」

「ヘンリック夫人は張り切ってるんですよぉ。奥様が夜会に出るのが決まった日から、最新の美容法についてずうっと調べていらっしゃいましたもの」

「ありがたいわ。ありがたいけど……」

「ニコもできる限りお手伝いしますからねぇ」

「……あなたもついてこない？」

「昨日たくさんおしゃれできましたし、心臓が持たないから結構です！」

ニコとヘンリック夫人は宮中まで付いてくるが、使用人専用の待機室でお留守番である。

「なんで姉さんは昼に来いって言ったのかしら。準備は夕方からで間に合うはずなのに、嫌な予感がする」

予感は的中していた。サブロヴァ夫人の館の門を潜ると早速姉さんが出迎えてくれたが、まず振る舞われたのはお茶と少量の肉と果物だ。炭水化物の摂取は許されなかった。

「満腹にさせるわけにはいかないわ。夜会にお腹をぽっこりさせるなんて許されないのだから」

確固たる信念があるらしく、物足りない食事の後に唇には油を塗られた。荒れた唇防止だそうだ。この頃、すでに半分諦めの境地でされるがままである。

三人はゆったりとくつろげそうなお風呂に放り込まれ、もう一度香油をすり込まれる。汗をかかぬよう大きな団扇で煽《あお》がれながら、頭から爪先までお手入れ、下着、化粧、髪のセットである。休息を挟みながらかなり時間を掛けて準備したため、ここまでで結構な時間がかかっていた。

「姉さん、普段からこんな手間をかけて支度してるの……？」

「そんなわけないじゃない」

いっそ尊敬の念さえ抱いて尋ねたのだが、幻想をぶち壊すように否定された。

「いつもなら夕方くらいから準備をしてれば間に合うけど、今日はカレンがいるし、せっかくだからと思って全部お任せしたの」

姉さんの好意なのだから、もはやなにも言うまい。滅多にできない貴重な体験なのは確かだし、綺麗になるのが嫌なわけではないのだ。……全身丸洗いは勘弁してほしいけど。

支度も八割がた終えて、とうとうやってきた夕方頃は仕上げの丸薬である。なんとこれを飲んでおけば息がほんのり花の香りになるらしい。要はブレスケア。呑み込む前から香りがきつくて、本来鼻で楽しむはずの匂いが口の中いっぱいに広がる感覚はなんとも言い難い。この夜会に対する徹底的な姿勢は尊敬するが、体に悪い成分が含まれていないか心配である。

へとへとだけど、前日から全身くまなく手入れされた甲斐はあった。鏡の前に立つ頃には、三六〇度どこから見ても正真正銘、れっきとした美少女である。

少なくとも外見だけは完璧だ。街中でこんな子が素通りしたら私は確実に二度見する。

こころなしか姉さんの使用人達や、夫人やニコ達も鼻が高そうだ。

「私ほどではないけれど、ちゃんと年相応に可愛らしく、清楚な雰囲気で仕立て上げられたわね。これなら殿方も放っておかないでしょう、素敵よカレン」

「ありがとう。姉さんもとても綺麗」

夜会用の衣装は昼会と違って生地がまるで変わっていた。女性の魅力を引き出す強みがあるというか、肌の露出も高めである。まあ、そういった目的もあるのだろう。

「あなたはライナルトが迎えに来るから、彼と一緒に向かいなさいね」

「姉さんはどうするの？」

「私は陛下に挨拶しなくてはならないから一足先に出るわ。……今夜のあなたを見た彼の反応を見たかったけれど、とても残念」

「そういうことなら早く行っちゃってください」

「別にからかっているだけではないのよ。彼ったらいつも澄ましてまるで動じないから、ちょっとくらい動揺した顔を見たいじゃないの。カレンはそう思わない？」

「……それはちょっと気になるような」

姉さんを見送り待機させてもらうことしばらく。迎えの知らせを受けて表に出ると、それはもう目も眩むほど容姿が整った男性が立っていた。磨かれた黒く艶やかな馬車、毛並みの美しい栗毛の馬に、それを守るのは背筋を伸ばした複数の護衛官。

もう何もかもが完璧。おそらく夢のようなシチュエーションといっても差し支えない。

自分のことじゃなかったら感嘆と共に眺めていたと思うけど、残念ながら当事者である。故にどう対応して良いのかわからず、困惑を晒してしまった。

けれど私の動揺など些細なもののようだ。男性は私に気付くと目を見張り、やがて微笑むと手を差し出したのである。

「どうぞお手を、カレン嬢。今宵、ほんの一時ではあるが貴方の付添としてこの身をお使いいただきたい。よろしくお願い申し上げる」

「……よろしく、お願いします」

手のひらを重ねると、優しく指が包み込まれる。恒例となった指先への口付けは耐えきったが、この日のライナルトはさらに爆弾を投下してくるようだった。

「普段も可愛らしいが、本日は特に驚かされた。どこかの姫君が現れたのかと思いましたよ、よく似合っておいでだ」

耳に心地良い声と言葉は破壊力が凄まじい。お世辞とわかっているからさほどダメージはないけれど、問題はそれ以外だ。美形が物理（顔）で殺しに来る。こんな滅多刺しの方法があるだなんて知らなかった。

「ライナルト様もいつも素敵でいらっしゃいますけれど、一段と輝いていらっしゃいますね」

「私は装いを変えただけです。美しくあろうとする女性の勤勉さにはかないませんよ」

着替えただけでこれなら色々な意味で女性泣かせにも程がある。

しかしいつまでもお喋りしているわけにはいかない。彼の誘導で馬車に乗り込むと、互いに並んで席に着く。ゆっくりと振動が伝わりだしたところで、浮かべていた微笑を取り下げた。顔は見ないけれど、おそらくライナルトも同様のはずだ。

「この度は本当にご迷惑をおかけします」

「こちらこそ兄が失礼した。そちらの立場としては受けざるを得なかったでしょう」

「そちらはもう諦めたとしか。それよりも、ライナルト様にもお仕事があったのではありませんか。支障をきたしていないか心配です」

「部下に任せているので、彼らなら私などいなくてもうまくやってくれますよ。兄の前で渋ったのは、夜会といった場が好きにはなれないので、その口実です」

「お好きではない？　騒がしいのが苦手ですか」

「どうにもあのような場は合わないと感じてしまう。贅沢を厭《いと》うわけではありませんが、それらも度が過ぎれば目に余る」

何を思い返しているのか、ライナルトは呆れた様子である。私は城に上がるのが初めてだからなんとも言えないが、そんなに派手なのだろうか。

「ライナルト様の登場を待つ女性も多いでしょうに、いまの話を聞いたら残念がるでしょうね。でもそんな話を私に聞かせてしまってよかったのですか」

「おや、迷惑でしたか」

「いいえ。ライナルト様が気を許してくださっていると思えば楽しくもあります。ただ、思ったよりもお話ししてくださるのだなと」

もっと気の利いた、悪く言えば中身のない会話になるかとも予想したのだ。

「取り繕うのも今更でしょう。なにせ我々は昨日の昼会をサボった仲間です」

「それを聞いて思い出しました。ライナルト様が夜会を苦手というのも納得です」

ライナルトの口からさぼったなんて聞くとおかしくて、つい笑ってしまった。

「私は姉に夜会に出たくない、なんて言ったら叱られるのが目に見えてるのですけど、ライナルト様はどうなのでしょう。御友人には叱られたりしませんか？」

「兄は文句を言うでしょうが、友人は私と似た感性の持ち主だ、逃げの姿勢は歓迎されます」

「ひどいお友達。でも羨ましい」

小さな笑い声が中に響きわたると、ふいにこんなことを言われた。

「貴方は私との婚姻を望まれなかった。感謝していますよ、カレン嬢」

感謝されるようなことだろうか。ライナルトは窓の縁に肘をついて続けた。

「帝国に臆さない方は久しぶりだ。兄には余計なことをされたと思ったが、この出会いだけは感謝しよう。我々は良い関係を築けそうだ」

「……私はライナルト様より年下ですが、そこまで過分な評価をもらってよかったのでしょうか」

「年齢は関係ない。それに貴方は年下とは思えないほど落ち着いていますよ」

「それに関しては断固抗議いたします」

「褒めているのだから構えないでもらいたいな。それに貴方は可愛らしいお嬢さんだ、サブロヴァ夫人だけでなく私も保証しよう」

こういうことを真顔で言ってのけるあたり、手慣れていると感じてしまうのは何故なのか。照れてしまいそうなところだが、態度や仕草は砕けたものになっていて、そのおかげか楽にしていられた。

「姉は少々ひいき目が過ぎるのですけれどね。……私の姉は度が過ぎた過保護でこんなことになったと思うのですけど、ローデンヴァルト侯はどうしてライナルト様に家庭を持たせようとしているのでしょう」

「気になりますか？」

「正直なところ、かなり気になっています」

いまのライナルトなら答えてくれるだろうかと、かなり大胆な質問に踏み切っていた。

「ライナルト様は既に独立していますもの。ローデンヴァルト侯がお身内を使い、家の繋がりを強化したい魂胆はわかりますけれど……」

言ってよかったかなと思ったけれど、ライナルトは止める様子がない。

「お望みになればはね除けることもできた話だったのではないですか。現にいまも独り身でいらっしゃいますし、私との縁談話も事情があったと伺いました」

「……随分率直にお聞きになる」

「時間は有限です。それに、ええ、私何度かライナルト様とお話をして気付きました」

「うん？」

「変わり者同士なのです、こちらの方がお互い気楽なのではないでしょうか」

長い足を組むと唇をつり上げ、低く喉を鳴らす姿は悔しいくらいに様になっている。

「確かに、ええ、気楽でいられます」

「私もそうです。……こうして仲良くしてもらえるのなら、苦労しなくて良さそうですし」

興味を持ったようなので、重々しい表情で、もっともらしく頷いてみせる。

「私は貴族社会から長く離れていたので、皆様のように口が回る人間ではないのです。いつもいつも、公の場ではなんと返事をしたものかと悩んでいるんです。本当に大変なんですよ」

「これは異なことを。立ち居振る舞いはとても十代には見えません」

「どうしましょう、先ほどからとても褒められてる気がしません」

結局理由を話してはくれなかったが、語りたくないのが答えみたいなものだろう。ライナルトとローデンヴァルト侯との間には相容れない思惑が存在しているのだ。

「……お互い苦労しますね」

奇妙な共感がわいてしまった。もしライナルトと……なんて浮かんでしまったけれど、忘れてはいけない。私は発泡酒をがぶ飲みし、下着で一日過ごしても問題ない環境を欲しているのだ。駄目な人間といってはいけない。これとてある意味立派な大人の過ごし方だ。

たとえコンラートで過ごす毎日が気に入っているとしても、それはいずれあの場所から旅立つ前提だから成り立っている。貴族と婚姻する道は元からありえないのである。

「カレン嬢の考えが見えないが、

「あら、そこまで深い意味でお話はしてませんよ。それに手を組む必要もありません。私がライナルト様と組んだところでなにもありませんから」

一体何の共同戦線を張るのって話だ。ライナルトはいまいち判断しかねるようで、こちらの様子を窺っている。

「誤解しないでください。良い関係が築けそうとライナルト様がおっしゃったばかりではありませんか。単にお互いがいがみ合う理由を作りたくないだけです」

せっかく仲良くなれそうなのに、兄姉が理由で仲違いするのは残念だ。

「難しい話をしたいわけではないんです。私はニーカさんやエレナさんが好ましいと感じましたから、あの方々が忠誠を誓うライナルト様のことも嫌いたくありません。あ、ライナルト様のこともちゃんと好きですよ」

あれ、なんで意外そうな顔をするのこの人。

「なにせ遠方に住んでいるので情報には疎いのです。多少なりとも事情を聞けるなら、私もローデンヴァルト侯のお考えを知ることができますし、躱《かわ》しやすくなるのかなと考えたのです」

あとは純粋な興味本位もちょっと。

「小娘の浅はかな考えと笑うなら笑ってください。……駄目ですか？」

「駄目というわけでは……」

べらべら喋りすぎた自覚はあったが、ライナルト相手に下手に立ち回るのも悪手な気がした。それに仲良くしておきたい気持ちは本心だし、自分の心情を明かさねば、彼は何も明かしてくれないと感じたのである。

「失礼。そこまで私の部下を慕ってくださっているとは思わなかった」

彼も部下が好かれるのは嬉しいのだろうか。こころなしか笑みが優しい。

「損得を持って挑む相手にはそれなりに挑ませてもらうが、そうもあけすけに言われると困るな。……なんとも面映ゆい心地だが、そうまで言われてしまっては断るなどできないか」

おかしな事を言ったつもりはないのだけど、なんだか意外の連続だ。この人ならたくさんの好意をぶつけられてきただろうに、こんな他愛のない会話で笑ってもらえるとは思わなかったのである。

「先ほどの質問だが、なんのことはない。彼らは私をファルクラムに縛り付けておきたいのですよ」

ライナルトの視線につられて窓の外を見た。ゆっくり走っているせいか、到着まではまだ時間がありそうだ。

「……彼ら？」

「私はいずれ在るべき場所に行くが、彼らはその時が来ることを恐れている。もしも、と考えられずにはいられないのでしょう」

「……在るべき場所……帝国ですか？」

ライナルトは微笑を湛えるだけで何も言わない。

「ローデンヴァルトの権威は彼の国の威光を借りて成り立っている部分も大きい。それを失うときは……だからこそ兄はそれが耐えられないのでしょう。故に、この国に妻を、家族を残しておきたがる。人質さえいれば、いくら私とて情を捨てられないと考えるのでしょう」

ローデンヴァルトについて深く考えたことはなかったが、言われてみれば確かにそうだ。ライナルトのために寄越された戦力が有用であれば利用したいと考える人が多数だろう。ため息を吐いたライナルトは、物憂げであり同情的でもあった。

「難儀な人だ。自身を信ずるがまま進めば良いだろうに、己のものでもない権威にしがみつかれて何になるのか」

ご婦人方がうっとりと見惚れそうな面差しだが、彼の言葉には引っかかるものがある。

「多少なりとも事情はわかりました。あの、けれども……そのもしも、の時ですか？　ローデンヴァルト侯の元にはなにも残されない？」

「残しませんね。兄の懸念は、私がこの国に未練がないから尚更なのでしょう」

これまた新たな驚きだった。目を丸くする私に、ライナルトは唐突な質問を投げる。

「カレン嬢はこの国がお好きか」

「は……え、ええ、そうですね。生まれ育った国です。多少住みにくさを感じるときはありますが、好きか嫌いかと言われたら好きです」

「好きと答えられるのは良いことです。素直に答えられるのは多少羨ましくもある」

「羨ましい、ですか。ライナルト様は、ファルクラムがお嫌いで？」

「好いてはいませんね」

ただし、とライナルトは補足する。

「誤解しないでもらいたいが、普通の人々を嫌っているわけではない。貴方のような話し相手を得られた事は喜ばしい」

ローデンヴァルト侯を語っていたときのような憂鬱はすでにどこにもなかった。咄嗟の話になんと返せばいいのかわからなかったが、彼は言葉を望んでいるわけではなかったらしい。

「少々話しすぎたようだ。どうも貴方の前だと口が軽くなる」

そう言って苦笑を零すライナルトは、これまで見たことのない表情をしていた。

「あ――」

の、と声をかけるより、馬車が止まる方が早かった。

身を乗り出しかけたせいか、前のめりで壁にぶつかる寸前でライナルトに支えられる。

「何事か」

外に向かって問いかけるとノックが鳴った。

「ライナルト様、申し訳ありません。外においでいただけますか」

「わかった。……すぐに戻ります」

モーリッツさんの声だった。ライナルトは私を席に戻し出て行こうとするのだが、扉が閉まる刹那に膝をついた男性が目に入った。色んな人がいたにも拘わらず、なぜその人だけが目に留まったかといえば、風体が異様だったからである。古く汚れたフードを被っていたが、隙間から覗く衣類は上物だった。伸ばし放題の無精髭が特徴的な、四十頃の中年男性だ。

すぐに閉じられて見えなくなったが、外を覗くのは……やめておこう。

それに、先ほど聞かされた話は多少なりとも思うところがある。

ローデンヴァルト侯とライナルトの関係だ。先日見た限りでは仲の良い兄弟に映っていたけれど、どの家庭も複雑な事情があるようだ。彼の場合は「家庭」の一言で済ませていいのかわからないけど。

「信ずるがままに進めば、かぁ」

迷わず己を信じて進める人は、きっとそうそう見つからない。だからこんなことを断言するのはよほどの大馬鹿か、或いは自身に確固たる理念があり、それを自ら体現している人だ。ライナルトの場合は後者のように思える。理由は単純で、例の地下牢の際の応答に加え、モーリッツさんやニーカさんのような人が彼に従っているから。それだけなのだけど、案外間違っていないのではないだろうか。私的な印象だが、特にモーリッツさんなんて人に言われた程度で主君に忠誠を誓うような人には思えない。あれはもっと利己的な目的があって、はじめて頭を垂れるタイプだ。偏見なのであてにはならない考えだが、私の中ではそんな風にまとまりそうだった。

狭い人間関係で生きてきたせいか、或いは私が他人に興味がなさすぎたせいか、こうも他人について憶測を働かせるなんて滅多にない事態だ。悩む間に時間が経っていたようで、ライナルトが戻ってくるのはあっという間だった。

「お待たせした。ただの人違いだったようだ、少し急がせましょう」

おそらくこれは私が関わってはいけないことなのだろうから深くは問うまい。たとえあの男性の目が、何かに追い詰められ、切羽詰まっていたのだとしてもだ。

馬車は動き出すが、先ほどまでの軽快な雰囲気はなくなっており、ライナルトは考え事にふけっているようだった。

「少々お尋ねしたいのですが、エルネスタという私と同い年の女の子をご存知ありませんか」

「エルネスタ……。いえ、聞き覚えのない名ですね」

「おそらくシクストゥス様に関連していると思います」

「なるほど。あれは方々で好き勝手していますから、私が把握できていない可能性はある。その方はカレン嬢の知人だろうか」

「友人です。長くなってしまうので、いまは詳しく話せないのですが……」

ここでエルの特徴について話をしてみるのだが、ライナルトの反応はいまいちである。ただ、魔法の素養が高い人物だと話したところでピンときたようだ。

「最近シスの元に新しい部下が入ったと聞いた覚えがあります。エルネスタという名ではなかったが、年は貴方と同じくらいのはずだ」

「あの、その人に会わせてもらうことはできませんか」

「後でシスに確認してみましょう。今日であれば後ほど会う手筈になっている」

「ありがとうございますっ」

後手になってしまったが、やはりライナルトに話して正解だったようである。これで用事は終えたと言いたいところだが、実はここでもう一つ、彼に話しておかなければならない秘密がある。

というか、いい加減明かさなくては。外はもう城に上がるための馬車で列をなしており、そろそろ私たちの番となろうとしている。

こちらが改まって背筋を伸ばしたためか、ライナルトも何かあると気付いたようだ。

「カレン嬢、ほかにもなにか？」

「これは誰にも言ってなかった秘密なのですが、ライナルト様には話しておかなければならないでしょう。本日の夜会に関わるとびきりの重要事項です」

ライナルトの瞳が興味深げなものに変じた。私も息を吸って、とうとうこの告白をせねばならないと覚悟する。

相手が兄さんならばうまく便宜を図ってもらうなり逃げ切るつもりだったが、この人相手にはどうあがいても無理である。なので私ももう腹を括るしかない。

これは兄さんはおろか姉さんすら失念し、コンラートの人々はまさかあり得ないだろうと除外していた事態。私もあえて彼らにはなにも言わなかった。

ライナルトの目を見据え、はっきりと言ったのである。

「私、踊れません」

流石のライナルトもこの告白は予想外だったらしい。迫り来る下車の時間、思いもよらぬ方面から意表を突かれた男性は組んだ足を戻して考え込んだ。

「それは、どの程度踊れないということでしょうか」

「まるっきりです」

……だからあまり乗り気じゃなかったのだ。

「詳しく言いましょう。初めの出だしくらいは知っていますが、三十数える程度がせいぜい。あとはさっぱり踊れないとお思いください」

「冗談を言っているわけではありませんね？」

「ふふふ。冗談だったらどれだけよかったでしょうね？」

これに関してはいくらか言い訳させてもらいたい。

私が踊れない理由だが、当然ながら練習をしてこなかったという理由が挙げられる。では何故練習できなかったかといえば、それは当然十四の頃のお家騒動だ。他家ではまちまちだが、キルステンでは社交界での正式なお披露目は大体十五から十六歳。異性の相手と共に踊る練習は十四くらいからとなっている。ところが例の騒動で私は余所へ放逐、まず踊りを覚える必要も、教えてくれる相手もいなくなった。

次はコンラートだが、こちらではパーティーが開かれるわけでもなく、誰かしらのお祝いとなっても皆で集まって騒ぐぐらい。もちろんドレスで着飾ってしゃれた踊りを披露するなんてことはないのである。そもそもコンラート領で私が教わっていたのは生活に必要な知識や技術がメインだから、社交界に出る前提で過ごしていない。

夜会の話が出た際誰も聞いてこなかったのは、兄さんや姉さんはコンラート領で習っていると考えたか、それとも失念していたかのどちらか。

コンラート領の人々は私が踊れないとは知らなかった故に、あえて聞いてこなかった等の理由が挙げられる。もう一度述べるが練習の時期は家々によってタイミングが変わる。十を過ぎれば習う子もいるし、お披露目の時期もそれぞれだから知らなかった可能性が高い。

故に、本当は自己申告するべきだったのだが……。

「真似するくらいも難しいだろうか。私が貴方を極力手助けしたら？」

ライナルトの体幹の強さは相当だ。だから彼が支えてくれるというのであれば、ある程度の基礎さえ備わっていれば、ドレスで足下も隠れているしできないこともないと思うが……。それでも男性側の支えだけで踊れるようになるなんて、女性側もよほど音楽センスや運動神経が優れていないと厳しいだろう。体力には多少の自信があっても、運動はほぼからっきしの人間には夢物語であることを知ってもらいたい。

姿勢、足運び、リズム感。これらすべてを一年程かけて体に覚え込ませる練習。たった数週間程度で覚えられるなら、はなから勝負を捨てたりしないのだ。大体「たった」数週間だって、移動日数を含んでいるからさらに少ない。

「お言葉は大変心強いのですが。私、音楽に乗って踊るという感覚がさっぱりわかりません」

もっと言ってしまうとクラシック音楽がさっぱりわからない。

正直、まだヒップホップを流してくれた方がリズムが取れる。邦楽と洋楽に慣れきった身には、この国の人々が好む音楽はあまりに上品すぎた。

「もしかしたら、もしかしたらライナルト様の力添えがあれば、痛い思いをさせながらでも踊れるくらいにはなるかもしれません。ええ、けれど、わかる人には丸わかりでしょうし、相当見苦しい踊りを披露するでしょう」

絶対足を滑らせながら姿勢を崩すのがわかりきっている。敗戦濃厚な賭けに挑むほど無謀ではないつもりだ。

「……三十数える程度なら踊れるというのは？」

「姉の練習を見学していた時期がありました。ですから出だしだけなら少しは覚えていますけど、記憶もおぼろげです」

「それ以上は厳しい、とおっしゃるか」

「厳しいどころか正しい姿勢を取れるかも怪しいでしょうね」

話をしているうちに、とうとう私たちが降りねばならない時がやってきた。長く留まるのも難しい。

扉が開かれると、ライナルトは立ち上がり手を差し出すのだ。

「ひとまず移動しながら対策を考えましょう。まだ時間はあります」

馬車を降りると、まず目に飛び込んだのは眩いほどの豪華絢爛さだ。まだ入り口だというのに、両脇に佇む像がこれから入城する人々に威圧感を与えている。

一人二人では到底開けられないような扉の向こうはランプとは違う明るさで、初めて見る人なら驚きで声を失ったかもしれない。妙な懐かしさを感じたのは、壁にかけられた明かりが蛍光灯に似ていたからだろう。

「あれは魔法の明かりですよね。一つでも相当な価格でしょうに、なんて贅沢な使い方を……」

「これほど用いるのは夜会くらいですが、それでも使いすぎではあるでしょうね」

呟きはライナルトにだけ聞こえたようで、小さく笑みをもって共感してくれた。

馬車一つ降りるのも男性の手を借り、しずしずと行儀良く降りるのがこの夜会のマナーだ。履き慣れない靴なので、彼の助けはありがたい。

この入り口は招待客のみが通れる道だ。使用人の乗った馬車は、大分前に別口から入城している。

予測はしていたけれど、ライナルトが隣にいる時点でいくらかの視線を感じていた。

「このやたらと長い廊下に意味はあるのでしょうか」

「不審者を見極める意味では必要です。わかりにくいだろうが監視がついている」

会場まではいくらか距離があり、他の招待客と、長い廊下に飾られた肖像画や芸術品を眺めながら歩くのだ。壁には歴代国王や王室の肖像画がかかっていて、皆はそれを称え、美術品の意匠に驚きなから進んでいる。適度に距離を空けている私とライナルトの会話が注目されることはない。

「踊れない理由は適当にお察しください。そういう理由ですので、回避できる方法を一緒に考えていただけると嬉しいです」

「カレン嬢、私はいま珍しく焦っています。これは本当に予想外の事態だ」

「困りました。余裕に溢れていらっしゃるから、とっくに解決策でも見出されたかと安心しかけたところでしたのに」

「ご冗談を。私は貴方の夜会をなんとしても成功させねばならないのですよ」

ゆとりのある態度だが、この言い様だと彼なりに考えてくれている最中なのだろう。

「ただ、私もご協力していただくばかりでは気が引けてしまうので……」

……本番前にこれも突っ込んでおくべきだよねぇ。

「ライナルト様、そちらの御髪の織物と、首元の飾り。私の瞳の色に合わせたのですよね」

「そうなりますすね、いつ指摘されるかと思っていましたよ」

「姉が見繕ってくれた色と一緒ですもの。こうしてお揃いになると目に飛び込んできてしまいます」

ライナルトは髪を一つにまとめており、装飾用のスカーフは浅葱色に似た宝石で留められている。

それだけならなんら問題ないのだが、肝心なのは私の衣装の色とほぼ同じという点だ。今回の衣装、姉さんは私の瞳の色に合わせ生地を選んで職人にドレスを作らせたのである。

つまり、何が言いたいかって、二人して同じ色を纏っているのだ。

「ライナルト様のことですから、公の場でこうした姿を見せて噂を事実だと思わせてしまえばと企んだのでしょうか」

「色が揃ってしまったのは偶然ですよ」

「そのお言葉を信じます。いまさら外してくださいなどと野暮も申しません」

お迎えの姿を見た瞬間に「あ、この人、夜会を利用する気だ」ってわかってしまった。なので、私も遠慮なくこの状況を利用させてもらおうと思えたのだ。

「こうなったらご婦人方の風よけになってさしあげますから、私とこの場を乗り切ってください」

ちらりと横を見ると、愉快そうに瞳が揺れていた。

「あらぬ誤解を受けますよ」

「初めから撤回するとはおっしゃってくださらなかったじゃないですか。そんな飾りまで付けられて、いまさらどうしろと言うのです」

「短い付き合いながら、貴方なら大丈夫だと信じたのですよ」

「信じてあげます。ですので……」

「力を尽くしましょう。そういうことでしたら私も俄然やる気が出てきました」

やはり人間、目的を持った方が強くなる。色々と駄目な方に転んでいるような気がするのだが、生涯覆らないミスをしでかすよりは何倍もましである。

「問題の時間は陛下の御言葉や参列者の挨拶が終わってからになります。いくらか時間がありますから、それまでに案が浮かばなければ適当に隠れるとしましょう」

「隠れられるでしょうか」

「カレン嬢は私の職務をお忘れのようだ。本日の警護は私の部下も参加している。隠れるくらいなら問題なくやり過ごせるでしょう」

「それが一番簡単な気がするのですが、駄目なのですか？」

「貴方にとって、もっとも望ましくない噂が立ちますよ。元婚約者候補と夜会中に消えたとあっては、なんと声にされるか、わからない人ではないでしょう」

「……最終手段にしておきましょう。伯に迷惑はかけられません」

私もうまい案を出したいのだが、夜会、もとい舞踏会に参加したことがないから、聞いた話でしか全容が摑めない。そのため仮病や隠れるといった手段しか浮かばなかったのだが……。

そろそろ大広間へ到達する。こういった場は不慣れなためか、それとも幼い頃に童話で読み聞かせしてもらった世界が目前に迫っているためか、胸の高鳴りが抑えきれない。このときばかりはドレスの重みも不思議と感じなかった。

入り口を潜ると、そこに待っていたのは夢物語の世界だ。高い天井に敷き詰められるように描かれた絵画、柱一本一本に刻まれ統一性のとれた幾何学模様、外に通じる楕円形の窓硝子は通常の何倍もの大きさで、そのどれもに透明度の高い硝子が嵌《は》められている。天井から下がるシャンデリアには数十本もの蠟燭が立てられているが、よくよく観察すれば炎とは違った光源が灯っていた。

映画や観光地でしか見たことのない世界が広がっていた。場の雰囲気に飲まれかけたとき、すっと手を引っ張ったのはライナルトである。

「行きましょう。ここからはある意味戦場だ、気をしっかり持つことを勧めます」

場慣れしている人がいてくれて助かったと心底思った。きっと一人だったらしばらく立ち止まって広間を観察していた。手元にスマホがあれば撮影していたに違いない。

「余裕があるなら会場を歩いて回りましょう。すべては無理でしょうが、全体像を把握しておけばなにかと便利ですよ」

「是非お願いします」

「折を見て前方へ行きます。今宵の貴方は間違いなく陛下から声がかかる、それが終わってからは状況に応じた行動を取りましょうか」

コンラート伯の代理となるし、そのあたりは覚悟している。状況に応じた行動というのは身内やローデンヴァルト侯といった人々との挨拶だろう。

「ところでカレン嬢、私も貴方の髪飾りについて聞かせてもらいたいのだが、それはサブロヴァ夫人が選ばれた品なのだろうか。夫人の趣味とはかけ離れているようだが」

「わかりますか？　用意してくれたのは姉ですが、身につけるものを選んだのは私です。姉に任せると趣味が少々……いえ、正反対ですから……」

「なるほど、だからお似合いなのでしょうね。貴方にはこちらのご婦人方が好む飾りよりも、向こうの職人が仕立てる細工品の方が似合う」

向こう、の意味を少し考えた。ライナルトははっきりと言葉にしなかったが、こちらと向こう、となれば帝国だろう。いま身につけているのは五枚花弁の花を模した髪飾りと、銀細工に細かな宝石が点々と繋がった首飾りに揃いの耳飾りだ。周囲は太めの腕輪に大ぶりの宝石を嵌めた装飾品を身につけたご婦人の方が多い。

「……向こうはこういった意匠の装飾品が多いのですか？」

「国柄の違い、流行りというのですかね。ファルクラム様式の細工品は人気ですが、貴方が身につけているような品を好む人が多い。……私もその一人ですが」

「だとしたら、装飾品店はさぞ見応えがあるのでしょうね。羨ましい限りです」

お国柄なんて考えたことなかったけれど、装飾品で差があるのなら服飾にも違いがあるのだろうか。派手さ、豪華さが女性の格の見せ所といった視点が入るファルクラムの夜会はシンプルが最も遠い言葉である。これはおそらくファルクラムの資源が豊かであり、宝石の原石すらも産出される関係もあるのだろう。ごろっとした宝石を見せつけるのが豊穣の証拠なのだ。

「向こうでは大粒の原石は滅多に出ない。編み細工や金銀に施す彫金の腕で芸術を競うのです」

大粒の宝石も小さくカットして散らすようだ。

歩いていると、ちらほらと熱っぽい視線を感じた。そのいずれもがライナルトを見つめる女性だけれど、彼女らに近寄ってくる勇気はなさそうだ。

「私は教科書や聞いた話でしか彼の国を知りませんが、個人の自主性や才覚が認められやすい国だと聞きました」

「自主性と才覚、ですか」

「素晴らしい話ではありません？　家柄を必須とせず、行動と実力で機を得られるのは一種の才能です。夢のある話だと私は感じました」

「仰るとおり夢はあるでしょう。だが、実際は弱者が蹴落とされるとも言い換えられますよ」

「甘いことを言っているのはわかります。けれど誰かにとって夢を見る可能性を持てるか、持てないか。その違いだけでも大きくはないでしょうか」

もちろんファルクラムも良い国だ。女性が働きやすいといった点もポイントが高い。けれど伯から話を聞くうちに、帝国の良さも教えてもらった。彼の国の欠点は内紛や戦争が多い点だが、同時に苛烈な上位争いも発生しており、ファルクラムのように必ず有力貴族が市場を握っているわけではない。

簡単に述べてしまえば、建物や土地は基本国のものだが購入は可能だし、男女問わず個人でも会社が設立しやすくて、チャンスさえあればいくらでものし上がれると書けばわかりやすいだろうか。

帝国貴族も存在するが、ファルクラムにはない可能性を持つのが彼の国だと伯は語っていた。

これらは実際に見た光景ではないし、なんらかの相違点はあるだろう。どの国とて問題を抱えているだろうから一長一短だろうが、やはり新しい国には夢を見てしまう。

「カレン嬢にとって彼の国は悪ではないと？」

「悪だなんて、単純な言葉で表すのですね」

確かに戦時中、この国にとって帝国は悪そのものだったのだろう。私が知らないだけで、年を重ねている者たちの中ではそう信じている人も多いのかもしれない。けれど私にその国について語った人はこう言ったのだ。

「受け売りなのですが、善し悪しで語るのであれば、本当に悪い国というものはあるのだろうかと。あるとしたら、それは指導者……いえ、あの、ごめんなさい。黙ります」

いくらなんでも指導者によるのでは、なんて口にはできない。ファルクラムとて王制なのだ。下手をいって聞き咎められでもしたら、それこそ不敬罪で白い目で見られるだろう。声は抑えていたから会話を聞かれてはいないだろうが、自身の不覚を悟って口を噤《つぐ》む。

気分を悪くしただろうか。顔を見れば、ライナルトがとても優しい表情をしているのがわかった。特別な事を言ったつもりはなかったから、こちらが驚いてしまったくらいだ。

「あの……私は、なにか失礼を……？」

「なんでもありません。そろそろ奥へ向かいましょう」

機嫌がいいならそれ以上なにも言うまいが、無理に微笑を作られるより、自然に笑ってくれた方が嬉しいのは確かである。

……遠巻きに彼を見つめる熱視線がなければ、もっと穏やかでいられただろうに。

「それと今宵の貴方は姉君同様に注目を集めるようだ。私から離れないよう注意してください」

あなたの方がよほど注目を集めていますよ、とは言いそびれてしまった。

陛下がおいでになった、とは誰の言葉だったか。

前方から発された報せは静かなさざ波となって人々を伝い私たちへやってくると、古風な楽器の調べが一同の背を正させた。

端に控えていた男性が声高に叫ぶ。

「我らが父にして偉大なる賢王、公平なる秩序の守護者、ファルクラム国王陛下、御入場！」

皆が首根っこを押さえられたかのように頭を垂れた。最前列に立つ私の視界の端では従者が目の前を通り過ぎて行き、足音がしなくなったところで数秒数えて顔を上げた。

目の前には円状の空間が設けられ、段差の上段には一組の老年の男女と、それに追随するように女性が佇んでいる。

前者が国王夫妻、後者は血を分けた私の姉である。

普段は声高らかに主張を崩さない姉さんも、この時ばかりは貝のように口を噤み、嫋《たお》やかな微笑を携《たずさ》えていた。すると気の強さはなりを潜め、優雅な貴婦人として映るから不思議である。

国王夫妻は皆の視線を一身に浴びながらもまるで揺るぐ様子がなかった。国王は五十半ばの中肉中背で、以前出会ったダヴィット殿下と目元が似ているだろうか。これといって特徴が見当たらない人だったが、蓄えた髭が印象的だ。近くには自信ありげに胸を張ったダヴィット殿下と、柳のように細い男性が立っていた。こちらが弟のジェミヤン殿下である。

陛下は満足げに招待客を見渡すと、皆に告げた。

「わが愛しき臣民よ。今宵はよく集まってくれた」

よく響く声だった。観衆の前で話し慣れている、威風堂々とした姿である。全員が陛下の言葉を拝聴していると、どこからか「ファルクラム万歳」と声援が響き、拍手を鳴らす。一人また一人とその動作に倣うのだが、こわばりそうな笑顔を隠すので精一杯だった。

陛下の挨拶が終わると各自思い思いにパーティーを楽しむ。ある者は交流を、ある者は出会いを探して会話を楽しむが、前列にいる人々は立ち去ろうとしない。陛下から声がけの可能性がある人、目に留まりたい人はその場に留まる必要があるからだった。

挨拶後の陛下に付き添ったのは正妃ではなく第二夫人であるサブロヴァ夫人だった。国王夫妻は一切目を合わさず二手に分かれ、それぞれ賓客をもてなすようである。

陛下から私たちに声がかかったのは、配られたお酒を傾けていたときであった。慣れない葡萄酒の味にたまらずしかめっ面を作り、ライナルトに笑われていたときだ。

「そなたがゲルダの妹か」

「陛下、お初にお目にかかります。お会いできるのを楽しみにしておりました」

夫人に習ったとおりの口上を述べようとしたところで、陛下は笑って片手を振った。私とライナルトにそれぞれ目を合わせると、悠々とした態度で頷いたのである。

「よい、そなたのことはゲルダからきいておる。若き身で苦労の多い生を歩んでいるとな」

「……陛下、妹に挨拶くらいさせてあげてくださいまし」

姉さんが恨みったらしく陛下を睨むも、相手は口角をつり上げるだけだ。

「皆から長ったらしい世辞を聞かされねばならぬわしのことも考えろ。それにそなたの妹はそなたに似て愛らしい。緊張に強ばった顔よりも笑っている方が、わしも気分が安らぐ」

第一印象は上手い具合に気に入られたようだ。

「そなたコンラート辺境伯に嫁いだのだったな。あれは良い男だろう」

「はい、夫を含め皆様大変良くしてくださいます」

「ゲルダの妹がわが敬愛する兄の妻になるとは奇妙な繋がりだ。どうだ、あやつは元気にしているだろうか。そろそろ歳ゆえに身体が気になっているが、倒れてなどはおらぬか？」

兄？

いや陛下に兄弟はいなかったはずだ。

「お元気でございます。陛下のご威光を持ちまして、本年もコンラート領は豊かな実りを得ることがかないました。辺境伯を含め、一同心安らかに過ごしております」

「ふむ？　その割に、わしの前には相変わらず顔を見せてはくれなんだが」

「陛下のご尊顔を拝すべく張り切っておいででしたが、なにぶんお年のためか……。今朝方熱を出されておしまいになり……まことに残念がっておりました」

「……そうか、それならば仕方があるまいよ」

さほど感情のこもってない声は、伯が長年出席を拒んでいる事情を察しているためだろう。そして、それを国王が問い返さないというのなら、彼らにしかわかり得ない事情があるのだ。

ここで姉さんが尋ねた。

「陛下、先ほど辺境伯のことを兄と仰いましたが、どういった理由でお兄様と仰っているのです？」

「話したことがなかったか。わしには血を分けた兄弟はおらぬが、それに代わる者がいてくれたという話よ。カミルには幼き頃より剣の指導を受け、戦の術を習った。時には身を挺《てい》して我が身を救ってくれたこともある友だったのよ」

伯からは色々教わっていたが、聞いたことのないエピソードだ。きっと意図的に黙っていたのだろうが、初耳です、なんて顔はできない。訳知り顔で笑顔に留めた。

伯との関係を語ってくれた陛下だが、すぐにこちらへ向き直る。

「ゲルダの妹でありカミルの妻ともなればわしの身内も同然だ。困ったことがあればなんでも言うといい。できる限り力になろう」

「なんと勿体ない御言葉、感謝にたえません」

「カミルにはなにか土産でも寄越そうか。……そなたからも、せめて手紙くらいは寄越すよう伝えてくれるか」

「かしこまりました。陛下のお心遣いに夫も感謝することでしょう」

うむ、と鷹揚に頷いた陛下は機嫌が良さそうだ。ライナルトとは見知った間柄なのか、仰々しい口上はなく、気軽に話しかけている。

「ライナルト。ザハールから聞いたが、そなたもなかなか苦労しているな」

「痛み入ります。どのようなお聞き苦しい話がお耳に入ったかはわかりかねますが、すべて杞憂でございます」

「だろうな。今回の件は残念だったが、そなたは賢い男だ。ゲルダの妹は確かに可憐で将来も美しい女になるだろうが、我が兄といっても差し支えない男の妻だ。……間違えてくれるなよ？」

「ご冗談を。私はただ兄に請われた立場、コンラート辺境伯に代わり夫人を守るのみでございます。……それよりも、陛下が私を褒めるものですから、兄が向こうで恨めしそうにしておりますよ」

「うん？ ……ああ、ザハールめ、相変わらずとんでもない耳を持っておる。……カレン、ライナルト、本日は楽しんで行くがよい。今宵はそなた達のような若者を労《いたわ》るための宴でもある」

聞きようによっては危ない内容なのだが、当人達、茶目っ気たっぷりに笑い合っているのでただの笑い話くらいのつもりなのだろう。

向こうにいるのはザハールと兄さん達か。そちらの対応もせねばならない陛下は姉さんと連れ立ってこの場を離れる。

「またね」と姉さんとのアイコンタクトを終えると、挨拶を終えられた安堵に胸がいっぱいだった。

衆人の注目が逸れたところでそっと隣の人に話しかける。長話にならずにすんだのはライナルトのおかげだった。

「切り上げてくれてありがとう、ライナルト様。それと……」

「陛下のああいった物言いは、いまにはじまったことではない。意地の悪い言葉を投げ、相手が慌てふためくのを見るのが好きなのです」

「初めてお会いする方は、心臓が持たないのでしょうね」

「その点で言えば、おそらく貴方は陛下のお気に入りにはなれなかったのでしょうね」

「残念に思った方がいいのでしょうか」

「いいえ、個人的には嬉しく思いますよ」

私には初対面の陛下の機嫌の良し悪しはわからないが、ライナルトからすれば一目瞭然だったのだろう。どちらにせよお近づきになりたいお人ではないので、気に入られなかったのはなによりだ。

肩の力を抜こうとしたときだ。目の前に現れた貴婦人の姿に口を噤む。

「これは王妃殿下。気付くのが遅れ失礼いたしました」

「……良い。そこにいるのはサブロヴァ夫人の妹か」

突然の声かけ。ライナルトはにこやかに挨拶をかわし、私も同様に頭を垂れた。

国王陛下と同年代だろうか。白髪がちらほら見受けられるが、肉付きがよく、肌にはつやがあり、背筋もまっすぐにしている。気力も充分に満ちていそうである。

口を開きかけたが、王妃は顔の前で、畳んだ扇子を一振りした。

「いらぬ。卑しき娘の言葉など聞く必要はない」

とのことだったので、黙って口を閉じた。殊《こと》の外冷たい言葉と、この場において堂々とした強気な発言。そういった意味で驚きはしたが、ショックと言うよりは納得したという方が正しい。彼女の心情を汲めば当然である。

陛下は王妃を連れて堂々と入場したものの、いまは若き第二夫人と連れ立っているのだ。正妃の面目は丸つぶれ、長年連れ添った妻の立場からすればたまったものではない。その妹であるという立場だけで私がこの場にいるのも許せないのかもしれない。

彼女の言葉に周囲は凍り付いたが、すぐにざわめきは戻ってきた。陛下と姉さんを中心に盛り上がっているようで、この場を除けば場の雰囲気は悪くない。

……つまり、この人だけが蚊帳の外なのだ。

「辺境伯とはよしみがあるゆえ声をかけましたが……。あのようなご立派な方さえこんな……。気分が悪い。わたくしは下がります」

侍従が王妃を咎めようとしたが、聞く耳持たないようだった。踵を返す彼女を気遣う視線はあれども、呼び止める者は誰一人としていない。陛下に至っては王妃の姿を探そうともしない。その後ろ姿は怒りと寂しさに満ちているようで、少しもの悲しい気持ちにさせられる。

国王の関心はとっくに姉さんに移ってしまったのだ。怒りなど湧くはずもなく、かといってキルステンの娘としては同情するのも違うような気がして、結局溜息だけが出る。

「幸い、いまの会話を聞いている者は少なかったが……」

「大丈夫ですよ。傷ついたわけではございません。ただ……」

「ただ?」

「……やめておきます。不謹慎と叱られてしまいますから」

側室を娶るのは自由だが、正妃へのフォローくらいちゃんとしてほしいと願うのは、いくらオブラートに包んで発言しても不敬にあたる。

「失礼いたしました。……ええと、わたくしは挨拶しなければならない方がいるのですが……。ライナルト様もですよね？」

「お互い似たような状況ですので、早めに対処しようと提案するところでした」

「では参りましょう。……あの件はそれからということで」

出席した以上は最低限の任務をこなさねば逃げようにも逃げられない。ここからはお互いの知人縁者への挨拶回りである。私はコンラート伯縁者の顔を知らないが、うろついていれば相手の方から声をかけてくれる。その点は大変楽だった。

またライナルトがいて助かったのは、男性からの声がけを免れたことだ。

若い女性だと出会いを求めて出席する人も珍しくない。むしろそれ目当てで参加している人の方が大多数だから、どうしても声をかけられやすいのだ。こういった夜会は出席自体がステータスの証であり、出会いの場として機能するのである。

不意を突かれてもライナルトがカバーしてくれるし、風よけになると言った手前、私も同様だ。彼に目を光らせている女性は多かったらしく、はっきりとした敵意に晒された回数は片手では足りない。

「そろそろ引き上げ時ですね。思った以上に足を止められてしまった」

「どこに下がりましょうか」

「ひとまず庭園に行きましょう。人が来づらい場所を知っています」

唯一開け放たれた窓から地続きの庭園である。中の喧噪とは裏腹にひっそり静まりかえっていて、夜会の空気にあてられた人たちが頼りない灯りの下をちらほらと散歩している。

案内された先は彼らとは反対のコースだった。出入り口から完全に隠れてしまうような一角。石彫りのベンチに腰掛けて、慣れない靴のせいで疲れた足を休ませる。

「ここは会場が見えにくいせいか滅多に人が来ない。隠れるならうってつけだ」

「意外ですね、過ごしやすそうな場所なのに」

「灯りが届きにくいせいでしょう。間違えば向こうの状況がわからなくなる、慣れていない方は立ち寄らないのです」

今夜は月が煌々《こうこう》と輝いているから十分すぎるほどだが、道中は足下も暗く視界も悪かった。ライナルトはどこかに顔を向け、こんなことを尋ねてきた。

「少々席を外しても構わないだろうか。部下に確認したいことがある」

「どうぞいってきてください、私はここで休ませてもらいます」

「近くにニーカがいるはずなので、すぐに戻ります」

ライナルトが姿を消すと、ぐっと背伸びをして肩と腕を伸ばした。最初にお酒に口を付けて以来ずっと喋りっぱなしだったので、喉はからっからだ。国王陛下が相手でもない限りは余裕だと思っていたが、予想以上に緊張していたらしい。

遠くから聞こえる音楽を聴きながら、ぼうっと空を見上げていた。夜会はまだまだ続く。これから盛り上がりも最高潮を迎え、招待客はパートナーの手を取って踊り出すのだろう。

……ほんの少しだけだが、踊りの練習も受けてみればよかったなと思った瞬間だ。

ガサ、と音がした。

何事かと耳を澄ませば、茂みの方から男女の争い声が迫ってきたのである。

「お止めください、どうか、そのような真似は……」

「抵抗する気か。どこの家の者か言ってみろ、わが寵愛を拒む蛮勇を思い知らされたいか」

蚊の鳴くような、焦ったような女性の声。どうやら男性が女性に言い寄っているらしかった。こんな近くでお盛んな……と呆れたいところだが、状況から鑑みるに、男性が一方的に言い寄っているようだ。すぐさま助けに出たいが、生憎と男性の声に聞き覚えがある。

ダヴィット殿下、姉さんに手を出しただけでは飽き足らず見知らぬ余所のお嬢さんにまで手を出しているらしい。

とはいえ単身飛び込むのも、互いに顔を知っているだけに追い返されるだけ。はたして暴漢に立ち向かえるのか、ライナルトの到着を待って止めに入るべきか。脳裏に以前ラングに殴られた際の記憶が蘇る。一瞬とはいえ迷ってしまい、彼の姿を求めて視線を彷徨わせた。

「やめ……誰か、誰か助けてください……！」

こうなったら時間稼ぎだけでもと覚悟を決めるほかなかったが、このとき、囁くようだった女性の声が大きくなり、あれ、と思考が止まった。

……女性も聞き覚えのある声じゃなかった？

こんなところにいるはずがないという思い込みが、気付くのを遅くさせたのだろうか。

「エル！」

もはや飛び込むのに躊躇《ちゅうちょ》はなかった。

目の前に飛び込んできたのは服を脱がされかけた女の子に覆い被さる男の背中だった。

「なにをしておいでですか！」

怖い。

怖いし相手が誰だかわかっているだけに逆らうのは恐ろしかったから、できるだけ声を張り上げた。突然の乱入者に振り返る男の顔は、薄暗闇のなかでもしっかり判別できる。

先手を取るならいましかない。男とは目を合わさぬように肩を掴んで思いっきり引っ張ると、不意打ちをくらったせいか体が離れる。そこに有無を言わさず割り込んで、女の子の肩を抱き込んだ。

二つのおさげ髪を乱した女の子は確かにエルだった。呆然とこちらを見上げる瞳は涙に濡れている。

「カレ……」

話は後だった。引っ張られたせいで尻餅をついた男を睨み付ける。

「まさかとは思いますが、本当に殿下でいらっしゃいましたか」

「……サブロヴァ夫人の妹か？」

ダヴィット殿下はようやく事態を把握したらしい。名を確かめた後はゆっくりと、しかし確実に不快そうに眉を寄せて立ち上がった。

「なにをもって貴様如きが俺の身を汚して良いと判じたか」

「わたくしこそ殿下にお尋ねします。どういった理由でこの子に不埒《ふらち》な誘いをかけておいでですか」

「貴様には関係のない話だろうが、ただその娘と戯れていただけというのに……」

「戯れていたとおっしゃいますが、この子はわたくしの親しい友、とてもではありませんが殿下と釣り合うような身分の娘ではございません」

「その娘から誘いを受けた」

「では何故、彼女が助けを求める声が私に届いたのですか」

エルを連れて行こうとする手から遠ざけるように、前面に出た。大丈夫、エルと私ならまず間違いなくサブロヴァ夫人の妹の方が手出ししにくい。ダヴィット殿下は目元をひくつかせながら、舌打ちを鳴らす。

「所詮は平民の出か」

大きく一歩を踏み出し、伸ばされた手に手首を摑まれた。握力が強いのか痛いくらいに力を込められる。思い出されるのはあの時の、背筋がぞわりと粟立ったときの感覚だ。

「殿下」

ダヴィット殿下の背中に声が掛けられる。いつの間にか立っていたのは先ほど別れたはずの男性とその随従だ。ライナルトはうっすらと気味の悪い微笑を浮かべている。

「騒ぎと思い駆けつけてみれば、そこでなにをしておいでですか」

「お前もか。なにをしにきた」

「私の相手を迎えに来ただけにございます。それよりお付きの者が探しておいででしたよ。このようなところで騒ぎを起こしては障りがあると存じます」

二人に集中していたためか、新たな人物の接近に気付くのが遅れた。肩を叩かれ振り返ると、そこにいたのはエレナさんである。

「しかし、この娘には……」

「コンラート辺境伯夫人の手を離して頂きたい。その方についてはローデンヴァルト侯やコンラート伯のみならず、陛下にも大事ないよう仰せつかっております」

国王の名を使ったのが効いたのだろうか。ようやく手首が解放され、二人してエレナさんの背に庇われるような形になる。ライナルトはすれ違いで去ろうとするダヴィット殿下に、軽く黙礼した。

「コンラート辺境伯夫人、並びに私の配下の件は見なかったことにさせていただきます。ですので殿下、殿下もどうぞ今宵についてはお忘れください」

「ふん。薄汚い野良猫を庇うか、不義の象徴である貴様にはお似合いな玩具だな」

「野良猫も可愛いものですよ」

お互い振り返りもしなかった。殿下の姿が消えると、ようやく緊張の糸が解けたのである。エレナさんの明るい笑顔が飛び込んだ。

「はいはーい。二人とも、もう大丈夫ですからね。……先輩も、もう出てきて大丈夫ですよ～」

エレナさんが振り返った奥から姿を現したのはニーカさんだ。腰の得物にかけていた手を離しながら近寄った彼女は、殿下の去った方角を冷たく一瞥した。

「ここでは隊長だ、馬鹿者」

「どっちでもいいじゃないですか」

「良くない。……気を抜きおって、この阿呆が」

ここで彼女と目が合ったのだが、ごほんと咳払いをこぼすと、恭しく頭を垂れる。

「お見苦しいところをお見せしました。ご無事でなによりです」

「え。……あ、はい」

「カレン嬢、手首は大丈夫ですか」

「あ、ライナルト様もありがとうございます。手首は……はい、掴まれただけなので」

エレナさんがエルを抱いた手を優しく剥がしていく。そのまま彼女はエルを連れていこうとしたのだが……。

「え、ちょ、ちょっと待って！」

エルの服をしっかり掴む。危ない、場に流されかけたけれど、このままだとまたエルの行方がわからなくなるではないか！

連れて行かれるなんてたまったものじゃない。

「……カレン」

「カレンじゃないし！　なんでエルがこんなところにいるの。あんな風にいなくなってどれだけ心配したと……探してたと思ってるの⁉」

「えっ、ちょ、馬鹿、あんたこんなところで騒がないでよ。手を離しなさいって、皺に……」

「馬鹿？　馬鹿って言った⁉　なんで私よりも馬鹿をしてる馬鹿に馬鹿って言われなきゃならないのよ信じられない！」

「落ち着け馬鹿、周りを考えなさい」

「落ち着いてるし！」

「嘘つけ！」

服は離さない。絶対に離してやるものか。貴重な愚痴吐き要員をここで逃すと思っているのか、エルがいなくなったら私は今度こそ本当になにもかも抱え込んだままだ。

……放逐《ほうちく》されて失った交友関係、学校生活では憐れみと好奇心ばかりでろくに友人もできなかった。元々友達作りが得意ではなかっただけに、ようやくできた親友への執念は伊達じゃない。

折れたのはエルの方だった。どう足掻いても私が諦めないと悟ったらしい。

「わかった。わかったからやめて、わたしが悪かった。泣くのは反則」

「泣いてないし」

エルはため息を吐くと、申し訳なさそうにライナルトに頭を下げた。

「使いの途中で殿下に声をかけられてしまいました。注意していたつもりでしたがこのような事態を招き申し訳ありませんでした」

「殿下については仕方がない。元より女に目のない方だったからな、犬に噛まれたと思って放っておけ。こちらから釘を刺しておけば問題ないだろう」

「お手を煩わせます」

ライナルトの視線がこちらに移るが、抗議の意味を込めて首を振る。無理無理無理、ここでエルと離れるわけには行かない、子供だと言われても一向に構わない。挨拶回りはやるだけやったし、もう噂とかそういうのよりエルの方が大事である。

そこでライナルトの傍に控えていた男性が笑った。

「閣下、ここはダヴィット殿下に多少なりとも責任を取っていただきましょう。モーリッツからうまく国王に話が伝わるよう処理いたしますよ」

「それが無難か。頼む、ヘリング」

「畏まりました。……そういうわけだ、ココシュカは僕と来るように」

「えー」

「えー、ではないよ。君よりサガノフがここに残るのが最適だからね」

エレナさんは唇を尖らせながらも、ヘリングと呼ばれた男性に従うようである。優男風の彼は形式的な礼をとると、エレナさんを連れて行ってしまった。

ライナルトには何か案があるようである。

「カレン嬢、帰りは別口からでも問題ないだろうか。無論、お送りする」

「うちの家人に先に帰るよう伝えて頂ければ問題ありません。帰りもお任せします」

「結構、ではひとまず場を移しましょうか」

「夜会はどうしましょう、もう抜けても問題ないでしょうか」

「先ほどのヘリングとモーリッツに任せてもらえればうまくいくでしょう。元より抜けるつもりだったのだし、差し支えないのではありませんか」

「そういうことでしたら異論ありません。この子も連れて行って構いませんよね？」

「構いません。見たところ、その娘が探し人だったようだ。その様子では納得できる回答を得るまで離すつもりがないのでしょう」

「はいっ」

それはもう絶対に。

状況はめちゃくちゃだが、結果的に見ればエルが見つかったしダヴィット殿下は追い払えたしで万々歳である。

「どこにも行かないから手を離しなさい」

エルは気まずそうだったが、大人しくついてくるようであった。遠くから響いてくる音楽と喧噪に見送られながら、通ったことのない道に入る。表と違って装飾は少なく、松明がむき出しなのは内部の人間しか使わない通路だからなのだろう。

「歩きにくいでしょう。摑まってください」

「ありがとうございます」

見た目より重いドレスと履き慣れない靴のためか、この中で一番足が遅いのは私だった。ライナルトの手を借りるのは躊躇したが、彼は自分の腕をつかませるとこう言った。

「まだ夜会は続いている。カレン嬢を無事にお返しするまでが本日の私の役目だ」

……ああ、いま後ろを振り向きたくない。エルの視線が怖い。

しばらく歩いた後、案内されたのは小部屋であった。低いテーブルに赤い布張りのソファと最低限の設備だけが整っている。ライナルトとニーカさんはしばらく席を外すようだ。

「積もる話があるでしょう、しばらくしてから来ます」

パタンと扉が閉じられて、残された私とエルだが、彼女は私に視線を合わせようとしない。色々言ってやりたいことがあるのだが、第一にすべきことは、全力で彼女に抱きつくことだった。

ハグなんて文化がない日本人だった私が抱きついたのだ。どのくらい心配したのか、しっかり思い知ってもらいたい。

「カレン、あんたそんなにしたらせっかくの髪が……」

「髪なんてどうでもいいし」

エルはしばらくとまどっていたようだが、やがて観念したのか、ため息を吐くとおそるおそる背中を抱き返す。

「知らなかった。わたし、意外とあんたに愛されてたのか。ジャパニーズはわかりにくい人が多いって本当なんだね。顔に出ないから見誤ってた」

「いまは日本人じゃないし関係ないけど？　それに愛されていたってあんまりよ。私の大事な愚痴吐き要員が……」

「ちょっと？」

「大事な友達がいなくなって、どれだけ心配したと思ってるの。そりゃあ、私だって突然遠くに行って悪かったと思ってるけど、手紙にだってちゃんと会いに行くって書いてたのに、家を訪ねたら突然いなくなってて、私の頭がおかしくなったのかと思った」

「手紙はちゃんと読んでたけど……」

困り顔のエルは私を引き剝がすと、上から下まで観察して言った。

「結婚って言うから、今生の別れかなと思って」

「ねえ薄情すぎない？」

「会えてうれしいのは本当だから。あと、言いそびれていたけど、さっきは助けてくれてありがとう。正直、もう駄目だと思ってたから本当に助かった」

「そう、そうだった。ごめん、聞くのが遅れた。怪我はなかった？」

「ちょっと小突かれただけだから平気。あいつの拳に比べたら全然マシよ」

あいつの拳、とはエルの転生前の話である。彼女はケロリとしているが、それでも無理矢理迫られる恐怖は知っているつもりだ。

「そんなことよりもカレン、わたしに聞くべき事があるんじゃない？」

庭園での涙はどこへやら。ふてぶてしく笑ったエルはソファにどっかりと座り、胸を張るように鼻を鳴らした。

確かにエルの言うとおり、ずっと気になっていることはあるのだが……。

「それじゃあ尋ねるけど、エル、あなたどうして軍服を着ているの」

本当は大分前から、それこそエルがエレナさんと同じような服装で、ライナルトが「私の配下」発言していたときから突っ込みたかった台詞だ。

これに対しエルはふっと気取った笑みを浮かべた。ごめん、ちょっと腹立つ。

「聞いて驚け。わたしは直々の引き抜きを受けて、ライナルト様の隊の文官になった」

……薄々そんな予感はしてたのだけど、いえ、でもアヒムから聞いた話を総合すると。

「それって帝国所属って事？」

「……なんで帝国って知ってるの？」

気取った態度が数秒も持たなかった。

そのタイミングで扉がノックされたのだが、こちらの返事を待つ前に勝手に扉が開かれた。

「やあこんばんは、我が友の小さなお友達がいると聞いて……」

シスだった。一体何をしに来たのか。問うより早く、エルが立ち上がり懐に手を差し込む。

「死ね」

驚くくらいに低い声。なにより冷徹な瞳だった。表情から感情が一切抜け落ちている。

彼女から放たれたペンは見事シスの顔面に命中したのだ。

「エ、エルさん⁉」

勘違いのないよう述べておくが、エルは断じて人様に暴力を振るうような人ではない。本人も暴力は嫌いと宣言していたし、少なくとも物を投げるなんて暴挙に及んだのを見たのは初めてだ。

しかしいまの彼女は虫けらでも見るような眼差しでシスを睨み付けている。彼に駆け寄ったかと思えばその股間を蹴ろうとしたところで、間一髪避けられたのだ。

「あ……っぶないなぁ⁉　エル、きみ、そういう子じゃないだろう！」

「気安くエルなんて呼ばないでもらえますか、屑」

「だって彼女にはきみがここにいる説明が必要だろう、きみを発見し、推薦した者として……」

「いりません。お引き取りください」

「私はきみの上司のはずなのだけれど？」

「覚えがありませんね。わたしの前に姿を見せるな」

エルが、あのエルが大の大人を足蹴にしている。彼女は言葉通りシスを追い出すと扉を閉め、席に着き直したのである。

「エル、え、あんなに蹴って大丈夫なの。相手は魔法使いでしょ⁉」

「大丈夫、いつものことだから」

いつもなの？

「ココシュカさんは本気で斬ったことがあるみたい。それでもあいつはいつの間にか復活して戻ってくるし、わたしが蹴るくらい大したことないでしょ」

突っ込みがおいつかない。斬ったってなに、エレナさんがシスを斬った？

「あの人はいったいあなたになにをしたの？」

「それを説明するにはね、なんで私がカレンの前から姿を消したのかを話さなきゃいけない」

「聞かせてよ、どんな話でも平気だから」

エルはなにか諦めたような眼差しで天井を仰ぐ。

「……そうしたいところだけどさ、本当は適当に誤魔化そうと思ったのに。さっきも聞いたけど、なんで、こちらのことをしってるの？」

「それは色々あって全部話すのは難しいのだけど……。でもさっきのヘリングさんだって、私の前でライナルト様を閣下と呼んでたでしょう」

「じゃあカレンがこちらのことを知ってるのは、上の人たちは織り込み済みなのね」

この様子では詰所の事件をエルは知らないのだろう。ライナルトの管轄下といっても、すべての情報が伝わるわけではない。

「簡潔に言ってしまうと、我が家はあの糞野郎に借金を背負わされたの」

借金？　借金って、あの借金？

エルが糞野郎とはっきり断言してしまう相手と言えばいまのところ一人だけだ。

「アヒム……私の身内で、その人にあなたの行方を調べてもらっている間に、おじさんとおばさんの行方も知れなくなったと聞いていたのだけど、それも関係しているの？」

「そうそう、それ全部、さっきのやつのせい」

さっきからぜんぜん理解が追いつかない。

混乱しきりの私にエルはシクストゥスの悪行を暴露する。

「わたしが魔法院に進路が決まったっていうのは知ってたよね」

もちろん覚えている。エルのことだから将来性確実な魔法院でしっかり勤めていると思っていたら、あの有様である。

「なーんーだーけーど、わたしは優秀だったから、正式にお勤めに入るまでは、他のところからもお誘いが来てたのよ。アレもその一人。その時は帝国だなんだのは知らされてなかったんだけど」

シスは自分を著名な魔法使いと自己紹介し、さる場所で魔法院よりも良い待遇でエルを迎え入れたいと述べた。場所は述べなかったが、かなり高い給金だったらしい。実力さえ伴えば自身の研究室と資金さえ用意されると約束してきた。

ところが、エルはそれを断った。

「そりゃあ、わたしは他の人よりも主の贈り物を多くもらってる。こう言ってはなんだけど、いまならちゃんとした手順さえ踏めばそこらの山賊よりも強いでしょうよ。才能だって十分あるし、優秀な人材を欲しがる気持ちはわかるけど、知りもしないやつにうまい話を持ちかけられて、はいそうですかと信じられるほど人間できちゃいない」

前世で信心深かった彼女なりの言い回しだ。この世界で授かった力をエルは神からのギフトとして捉えている。

エルはシスのみならず外部の誘いを断った。魔法院で堅実な出世街道を歩むと決めていたのに、突然実家の経営が傾いたのである。

なんでも信頼していた商人に裏切られたらしい。資金繰りに困り、気付くと借金で手の付けられない状況に陥っていた。いくらか金の都合を頼んだ相手にもすぐに断られるようになった。

「キルステンかコンラートに言ってもらえたら……」

「それ、本気で言ってるのかな?」

「……ごめん。考えが足りなかった」

たとえ親しい間柄だろうと、金の貸し借りが発生した時点で人間関係は揺らぐ。エルはお金の苦労を知っているから尚更だったのだろう。

　エルが私に借金を申し込まなかったのは、彼女なりの友情の気持ちだったのだろうか。

借金についてエルの家族間で話し合いが持たれた。店を畳んで多少なりとも返済し、エルが生計を支える。到底返しきれる金額ではないが、返し続けられるうちはなんとかなるだろう。そういう方向でまとまりかけたとき、悪魔がやってきた。

『私の元で働いてくれるのであれば、借金を帳消しにしてあげよう』

　シスは大金を携え、笑顔でそう言った。

『裏はないよ。私はただきみの手を必要としているだけ。まあ、それには少々手間があり、住居を変えてもらわなければならないが。なに、いまのどん底、これからの地獄よりはずっとずっとマシだ』

　このような申し出だったらしいが、シスは両親の保護も約束した。借金を帳消しにする代わりに魔法の誓約書にサインしたのだ。

　彼女はそこで彼が帝国の者だと知った。両親はファルクラムにおいて帝国側に付く意味を理解していたらしく、周囲にばれた際や、さらには万が一に備えて住居を移したらしい。

「保護っていうけど、それって体のいい人質よね？」

「ぶっちゃけそうなるわね。でもあいつを除けばいい人も多いし、働く環境としては申し分ないといまでは思ってる。……あの野郎はいつか潰したいと思ってるけど」

「よ、容赦ないね」

「わたしの家族を害したやつよ」

　借金の肩代わりの代償としてシスの管轄下になった。実際は魔法使いとして望まれているのだが、しっかりとした設備は本国にあるらしく、いまのところは文官待遇で、細々《こまごま》と働いている。

　アヒムに散々探してもらったのに、まさか国内にいたとは驚きが隠せない。

「元々貴族に知り合いはいなかったし、閉じこもって生活してたからね。たまに城にはお使いで来てたけど、それだって内部の方。顔見知りなんていやしないし、わかるわけないよ」

本人は緊張しっぱなしだったらしいが、皆エルに良くしてくれたらしい。とりわけ別部署であるはずのエレナさんが気遣ってくれたそうだ。彼女は生粋の武官、接点はまるでないはずだが、ある日理由が判明した。

書類を届けるべくモーリッツ・アーベラインを訪ねた。その際、彼はエルに同情的だったのだ。

「彼に目を付けられたのは不運だったが、貴女の才は高く買っているつもりだ。どうか我が国のために力を尽くしてほしい」

エルはモーリッツさんのような、遥か身分が上の人に声をかけられたのが意外だった。その上で彼の言葉を吟味し、そういえば周囲もやたら自分に同情的だと至った。

調べてみればなんのことはなかった。

借金の件、シスが商人に手を回してエルの両親を陥れていた。本人に詰め寄ったところ、悪びれなく言われたらしい。

「ああ、うん。借金ね。やったけれど、それがなにか？」と。

そこまで聞いて頭が痛くなった。

「エルを引き込むためにそこまでやったの？　冗談でしょ？」

「ところが冗談じゃなかったんだ。全部あいつの仕業だったんだよね」

激怒してシスを追いかけ回した。具体的に記すと初めて拳を振るった。

彼女の両親は膨れ上がった借金に怯え、首を吊ろうかという手前まで追い詰められたのだ。そこを必死に説得したのが娘である彼女。おじさんとおばさんは移住する直前まで苦労を負わせてしまった娘に謝罪し、シスに感謝しながら別れていた。

大暴れの末、ひととおり落ち着いたところでエレナといった人々に確認したらしいのだが、シスは時折こういうことをやらかすらしい。

「あいつは独自の人脈があるみたいで、いつも何か企んでフラフラしてる。帝国にいるはずがファルクラムに立ち寄ってたり、いつのまにか砂漠の向こうの国に行ってたり……。なのに必要な時には大抵ちゃんと顔を出す。……もうわけがわからない」

シクストゥスは自由すぎて制限がかけられないとはエレナさんの言である。しかしライナルトに大きな迷惑をかけるわけでもない。国付きの魔法使いというのは伊達ではないらしく、何をしようが大抵お目こぼしをもらえる。もっとあくどい計画を立てているとの噂もあるが、全容の把握は難しい。

「私、ライナルト様にあなたのことを知らないかと尋ねたのだけど……」

「知らないでしょ。あいつが勝手にやったことだし、私だってただの下位文官だしね」

「思ったより、あの人って自由なのね？」

「あいつに限っては自由も自由。というかあれの被害者って結構いるみたいだし、いちいち把握もしきれないんじゃないの」

「あれ、じゃあなんでエルのことが自分の部下だってわかったんだろ」

ライナルトって一目でエルを自分の部下だって見抜いたよね、と話せばこんなことを教えられた。

「ああ、もしかして制服の色分け知らないの？　うちは黒や黒っぽい装いが基本。他もどの方の所属かわかるように、なにかしら特徴付けしてる」

そういえば、ダヴィット殿下の配下はごてごてした飾りを身につけていたような気がする。

ともあれ、エルはシスへの怒りを再発させたらしい。私の肩を摑み、力強く忠告した。

「アレの様子だと面識があるんだろうし、利用するのはいいけど、間違っても信用しないようにね」

「わかった。……けど、エル、どうしても確認したいことがあるのだけど……元気なのよね？」

本人は環境に満足しているし、嵌められたとはいえ本当に嫌だと感じたらしっかり逃げおおせる人間だ。シス以外については不満はないみたいだから、細かいことは置いておくが……。

「大丈夫。カレンにも会えたし、ちゃんと元気だよ」

仲直り……というわけではないが、ここで再度抱擁を交わした。エルには私の状況もある程度は説明したのだが、場所が場所なので、すべて話すのははばかられた。

「いつかコンラート領を出ていくって本気？　そんなのが断った理由って、あんたそれは……ううん。その頃には私は向こうに行ってるだろうから、なにかあったら帝国にきなさいよ。働く場所くらいは融通できるわ」

事情を察してくれた上に理解してくれるのは嬉しかった。今後の連絡の取り方を確認していると、今度はライナルトやニーカさんだ。

「話が落ち着いたようだ、終わりましたか」

「おかげさまでエルを見つけることができました。ありがとうございます」

「貴方は友人を助けただけなのだろうが、私にしてみれば部下を助けてもらった形になる。感謝するのはこちらの方ですよ」

「……結局助けてもらう形になってしまいましたが」

「その行動こそが大事だ。無謀ではあったが勇気ある行動だった」

ライナルトはいちいち私を褒めてくれるが、無力だったのは自分が一番よくわかっている。ありがたいけれど、むず痒いような心地だ。

「先ほど夜会の方は解散したようです。暇な者達はあちこち集うだろうが、私たちには関係ないでしょう。コンラート家の方々には先にお戻りいただいた」

「助かりました。皆には私の方から説明させて頂きますね」

「それと貴方が途中から姿を消した件だが、表向きは不調にしているが、一部の人間には殿下が貴方に非礼な態度を取ったと伝わっているだろう。いまの貴方は心労で休まれていることになっているので、このことを覚えておいてもらいたい」

ただし、とライナルトは付け加える。

「いくらか話が漏れる可能性は高い。その点においては留意してもらえますか」

「踊れない、なんてばれてしまうのに比べれば充分すぎるくらいです。ライナルト様の配慮に感謝いたします。……けれど、殿下の事を伝えてしまってよろしかったのでしょうか？」

「私はなにもしていません。ただ、偶然にも、ダヴィット殿下がコンラート辺境伯夫人に暴言を吐いていたのを聞いてしまった者がいた。不幸にも、その者の会話をサブロヴァ夫人の侍女に聞かれてしまったのです」

それって……いいや、なにも言うまい。

「侍女から夫人に話が伝わるだろう。……私は忠実な臣下ですから、尋ねられては事実を伝えるしかない。貴方は体調を悪くして下がってしまったと、これをどう夫人が受け取るかは別ですが」

「姉でしたら、それは……」

「元々殿下は女性関係にだらしのない方で、陛下も頭を痛めておいでだった。このくらいは構わないでしょう」

案外、いい薬になったくらいに考えているのかもしれない。

「とても、とても不幸な事故ですね」

「まったく悲しい事故です。もしかしたらファルクラム王家の先祖の霊が、殿下の無体に嘆き下した罰なのかもしれませんよ」

「意外、ライナルト様は霊といった存在を信じていらっしゃる？」

「どちらでも良いのですが、もしいたとしても害はないでしょう。祟りがあるとしたら、私はとっくに死んでいるはずだ」

冗談だったのだろうが、地味に怖いことを言うものである。

帰り際になると、再確認を兼ねてエルと話をしていた。

「手紙を送るときはクワイック宛でいいのね？」

「ええ、ちゃんと届くようになってるから、今度は連絡が取れないなんてことにはならないわ」

「必ず送るから、返事をちょうだいね」

エルは来たる移住に向けて名字を変え、クワイックと改めた。聞き慣れない響きだったのは、エルの前世にあたる姓が由来だったためだ。

彼女とはいったんここでお別れだ。帰りはライナルトをはじめとしてニーカさん達がついてきてくれる。ひっそりと静まりかえった裏口から馬車に乗るのは滅多にできない体験だから胸を弾ませていると、足音も立てずに近寄ったヘリングさんに驚かされた。

「夫人、よろしければサガノフやココシュカと一緒の馬車はどうでしょう」

「是非、と申し上げたいところなのですがよろしいのですか？」

「既に夜会は終わっております。人もおりませんので、形に拘る必要もないかと。……閣下、二人が夫人に礼を言いたがっていたのです、よろしいでしょうか」

「そうも決められてしまっては断るなどできるはずなかろう」

「では、こちらの馬車は女性でお乗りください」

そういうわけで、帰りはニーカさんの手を借りて馬車に乗ることになった。

「ありがとうございます。慣れないせいか、よく倒れそうになってしまって」

「お召し物が見た目より重いことは承知しています。どうぞご遠慮なく」

二人こそ私と一緒で良いのかと思っていたけれど、意外にも反対意見はないようだ。エルの見送りを受けて馬車が動き出すと、大きく息を吐いたエレナさんが姿勢を崩す。

「はあ、ヘリングがいると息が詰まっちゃいますね。仕事中は口うるさいったらありゃしない」

「エレナ、まだ仕事は終わっていない。だらしのない格好をするな」

「大丈夫ですよ、カレンちゃんなら許してくれますって。ねえ？」

「カレンちゃ……！」

ニーカさんは絶句。私は新鮮な気持ちである。

「お好きにしてください。私は気にしません」

「ほらほら、彼女、絶対話がわかるって思ってたんですよ。大丈夫だったでしょ？」

「ばっ――」

馬鹿、と怒鳴りかけたのだろうか。私の手前声を荒げるわけにもいかず、拳を握りしめる。

「規律というものを少しは守れ。せめて背は伸ばせ」

「はーい」

「……貴様」

「はい」

初めこそエレナさんはしっかり者だと思っていたのだけど、こうしてニーカさんと並ぶとまったく違う印象を受ける。

「あの、私は本当に気にしていませんから」

「寛大なお心感謝します。しかしこれは武人として以前に人に仕える者としての心得が足りません」

「そ、それよりも、ですね。今日はお二人ともずっとお仕事だったんですか。ライナルト様には近くにいるとお伺いしたのですが……」

「警護に当たっていました。参列者のみならず、ライナルト様の護衛もありましたので」

「それじゃあ始まってからずっとですよね。警護って気を使うでしょうに、お仕事熱心ですね！」

「恐縮です」

……質問するばっかりで会話が弾まないパターンだこれ！

私だって友達少ない人間だからコミュ力が低いのだけど、どうしよう！

「あの男性はヘリングさんでしたか。あの方がお礼とおっしゃっていたのですけど、お二人は私になにかありましたか？」

「ああ、そう、そうなんですよ。先輩は口下手だから代わりに言っちゃいますね」

ぱあっと顔を輝かせたエレナさん。身を乗り出し笑顔で私の手を取った。

「たくさん雑貨とお菓子をありがとうございました。お礼と言って送ってくれたあれ、先輩だけじゃなくて皆の分もあったでしょう。……本当に役立ったんです。お酒も先輩なんてベロベロに酔って、日頃の鬱憤を晴らせたようで……」

「エレナ、少し黙れ」

「消耗品がないわけじゃないですけど、どうしたって支給品になっちゃうし、私物になると渋っちゃいます。だから気兼ねなく大量に使えるのは嬉しいですし、休日にちょっとお洒落したい子達も喜んでて！　それにたくさんの小さなお菓子！　あれは最高でした」

「気に入ってもらえて、嬉しいです」

「ファルクラムのお菓子は甘すぎてこちらじゃ評判が悪いんです。歯が溶けそうなくらいに甘ったるくて、犬も食えないって！」

しゃべり出したら弾丸だ。勢いに任せて喋るエレナさんに、ニーカさんのこめかみに青筋が浮かんでいく。これはお別れしてから噴火しそうだ。

「かといって甘くないのは日持ちしませんからなかなか売ってないし、あったとしても高くて手が届きません。たかが甘味と言っても大事な娯楽ですから。……先輩は甘いのよりお酒の人ですけど」

「……嗜んでいないわけではない。コ……いえ、カレン様。エレナはともかく、我らにまでお心遣いありがとうございました」

「お礼を言うのはこちらの方です。ライナルト様の命かもしれませんが、その剣を振るってくれたのはニーカさんと、それにエレナさんでした。あのとき、お二人がいてくださって本当に良かったと思ったんです」

特にニーカさんには手紙でしかお礼を言えなかった。また会えて本当に良かったと伝えると、なぜかお礼を言われた当人ではなく、隣のエレナさんが目に涙を浮かべている。ニーカさんはそんな彼女を嫌そうに眺めていた。

「エレナ、おい、余計な……」

「先輩、よかったですね」

エレナさんはしみじみと頷いて、袖で涙を拭った。

「カレンちゃんもありがとうございます。先輩って本当は優しいのに、仕事柄怖がられたり、暴言吐かれてばっかりで……。市民に感謝されるなんて久しぶりじゃないですか。よかったですね先輩」

存外自由人なエレナさん。気にしなくていいと言ったからって、ここまで振る舞える人はいないかもしれない。私としては大歓迎だけれど、ニーカさんの苦労もわかる気がする。それはさておき、彼女の言葉は聞き捨てならない。

「……なんて勿体ないのかしら。ニーカさん、とても格好良くていらっしゃるのに」

「ですよね！　カレンちゃんが先輩を見る眼差しでなんとなく気付いてましたよ。そして同志とわかりました、先輩は格好いいですよね」

「わかります。とてもお綺麗で、見とれてしまうくらい」

呼び方はカレンちゃんで固定されたようだ。幼い少女のようにはしゃぐエレナさんだが、先ほどから気になっていたことがあって口を開いた。

「ニーカさんのことを先輩とおっしゃっていましたよね。お二人は同じ部隊と思っていましたが、もしかして同じ学校の出身でしょうか？」

「あたりです。同じ学校の先輩後輩ですね。私が先輩に憧れて同じ剣の道を選んだんですよ」

何気なく答えているが、憧れの人を追いかけて職業まで合わせるとは、地味に難易度が高いことをやってのけていないだろうか。

「普段は隊長とお呼びしてますけど、気が緩むとつい先輩って言っちゃうんですよね」

「ニーカさんをお慕いしてるんですね」

「もちろんです。大好きです、いまだって私の憧れの人です」

人好きしそうな眩しい笑顔といい、エレナさんはコミュ力の塊に違いない。道中も色々と話をしてくれるおかげか、退屈とは縁遠い帰路である。コンラートの屋敷が見えてくると流石に口数も少なくなってきたのだが、そこで気付いた。

「失礼しました。無視しているつもりはなかったのですけれど、お話が楽しくて、つい」

「え？　あ、その」

「大丈夫ですよ。先輩、なんて言おうか迷ってただけできっちり楽しんでましたから」

わかる。わかるぞ。エレナさんはフォローのつもりだが、ニーカさん的には余計なお世話だということを！　私にできるのはそっと視線を逸らし、彼女の酷薄な笑みを見なかったことにするだけだ。

ひっ、とエレナさんが喉を詰まらせたようだが、これも何も聞こえなかったことにさせてもらおう。

コンラートで迎えに出てくれたのは、ニコを始めとした皆だった。スウェンにヴェンデルもいたし、ヘンリック夫人は心配そうな面持ちを隠さない。驚いたのは兄さんやアヒムまでもいたことだ。

「カレン、途中から姿を消したから何事かと思っていたが……！」

「まさか来てくれたの？　他の方々とお付き合いがあったんじゃ……」

「ゲルダから任されたんだ。陛下のお相手があるから来れなかったが、酷く心配していたよ」

真っ先に駆け寄ってきたのは兄さんだった。夜会ではお互い挨拶巡りで顔を合わせる時間がなかったが、こうしてみると頼りないものの貴公子然とした雰囲気がある。

ここでライナルトが一歩前へ進み出た。

「キルステン卿、その件についてだが、私がついていていながら大変申し訳ないことをした」

「とんでもない。ライナルト殿は殿下の心ないお言葉から妹を守ってくださったと聞いております。

サブロヴァ夫人も大変感謝していました」

「役目を果たしたとは言い難いのが事実です。……ところで、このような時間だが辺境伯とお会いすることは可能だろうか。事の顚末について、直接ご報告を差し上げたく参じたのですが」

伯とエマ先生がいなかった。疑問だったのだが、これにはウェイトリーさんが答えてくれる。

「ただいま当主は足を痛めておりまして、現在上階にて待機いただいております。もしローデンヴァルト様がよろしければお上がりいただきたいとの言伝を預かっておりますが……」

「なるほど。ではお邪魔させていただこう」

ライナルトと伯、それに兄さんは話があるようで、ここでお別れだ。私は着替えもあるから、もしかしたら見送りができないかもしれない。

「色々なお気遣い、本当にありがとうございました。今日はライナルト様がお相手を務めてくださったことが一番の幸運だったかもしれません」

「私の方こそ面白い体験をさせてもらいました。まだ夜は冷えるようだ、見送りなど気にされなくてもよろしいので、貴方は風邪を引かれぬよう気をつけてください」

こんな豪奢なドレス姿は最初で最後かもしれない。この姿に相応しいお辞儀をすると、ライナルトも愉快そうに笑っていた。

「今宵の装いも似合っておいででしたよ。本当に、心からそう思います」

この人にここまで言ってもらえるなら最高の賛辞なのではなかろうか。お世辞とはいえ、今夜は額面通りに受け取らせてもらおう。

ライナルトは伯の待機する部屋に向かい、ニーカさん達とも別れ、見知った顔だけになったところで髪飾りを外した。

背伸び。とにかく背伸びである。肩肘張り続けたせいか、全身が凝り固まっている。

「夫人、おおよその話は聞いていると思いますが、細かい話は明日にさせてください。アヒムは行かなくていいの？」

「当主だけの集いに俺は邪魔者ですよ」

アヒムは残るようだ。平然としていて、こちらを探るような瞳には気遣いが含まれている。兄さんも慌てていたし、ダヴィット殿下から、となれば気が気でなかったのかもしれない。

「そんな顔しなくても大丈夫。別件で話があるから、できれば明日話をしたいのだけど、いい？」

「もちろんです。ゲルダ様にもくれぐれもと言われていましたので、今夜は坊ちゃん共々お世話になる予定です」

「よかった。実は足が痛くて痛くて、明日は動きたくなかったの。スウェン、ヴェンデルも出迎えありがとうね」

「思ったより平気そうだな……ぐっ」

ここでスウェンがヴェンデルに肘鉄を食らっている。兄よりも賢く利発な少年は、歩み寄ってくると手を伸ばした。状況がわからず目を丸くしていると、少年は不満そうに鼻を膨らまし、ぶっきらぼうに言ったのである。

「兄さんは気が利かないみたいだから、手を貸してあげるよ。歩きにくいんでしょ」

「わぁ、ありがとう」

小さな紳士の手を借りつつ、ようやく憩いの自室に向かって歩を進める。

さぁ、着替えを済ませたら諸々説明をしなければならない。それに加え、伯に聞かねばならない話もできてしまった。

……一眠りしてからじゃだめかなと思ったけど、いまの私では明日の朝まで起きないだろう。

今日は化粧ばっちり、見えない箇所では汗もかいている。この日ばかりは湯船を使ってゆったりお風呂である。

「お疲れ様でしたー。奥様、とっても似合ってましたよぅ」

「ありがとー。……ねえ、綺麗にするのは悪くないけど、毎晩のようにああいう夜会に出席してる人って、肩が凝らないのかしら」

「そういう方を知らないのでなんとも言えませんけど……楽しいからやってるんじゃないですか？」

「楽しいのかなぁ。贅沢って慣れすぎると怖くない？」

「変なこと気にされるんですね。お貴族様が贅沢な暮らしをするのは当然のことですよぉ」

優しい手つきで髪を洗い、お湯を流してもらえるのが気持ち良かった。最近はニコの手を借りてお風呂に入ることに抵抗がなくなってきている。これが慣れだ。

「ライナルト様は早く帰ってしまうかもしれませんよ、ゆっくりしてていいんですか？」

「いいのいいのー。お風呂ですっきりする方が先です」

「もう。そんなのだといい人を逃しちゃいますよ」

「あの人をお相手として考えるのが無謀なの。こんな小娘なんてお相手にすらされませんよー」

「そんなことないです。奥様を見る眼差し、とっても優しいんですから。……先に髪を拭きますね」

ニコは憤慨しているが、その言葉のおかしさに気付いたのは一拍おいてからだ。顔を上げると、呆れ顔でタオルを広げていたのである。

「スウェン様にぜーんぶ聞きました。……できれば奥様からちゃんとお聞きしたかったなー」

「なんとなく話す機会を逃してしま……あっ、強い、力が強いっ」

「まあね、ニコはおしゃべりですから、前だったら誰かに話してたでしょうけど」

喋ってたんだ。

「……いまはそういう気はありません。だから心配しなくても大丈夫ですよーだ」

言いつつも面白くはないらしい。強い力で頭部を拭かれるのは拗ねている証拠か、無言の抗議は大人しく甘受するしかない。風呂が終わる頃には機嫌も回復し、ドレスを抱える彼女に休むよう伝えた。

「あとは自分でやるから、ニコも早く寝てちょうだい」

「でも、まだお着替えが……」

「子供じゃないのだからそのくらいできますって。それに私に付き合って遅くまで仕事してたのだし、疲れてるでしょう」

「む。……夫人もお疲れみたいだからもうお部屋に戻ってるんです。いざ手伝ってって言われてもなにもできませんよ？」

「大丈夫ですって。それより、ヘンリック夫人はもう休んでるの？」

咎めているのではなく、珍しいと尋ねたのだ。こういったイベントがあった日に、夫人が皆より先に休むのは珍しい。これはニコも同感だったようで、ええ、と心配そうに頷いていた。

「今日は登城した時からずっと具合が悪そうでした。……奥様が帰ってきたときも口数が少なかったでしょ？」

「そういえばお小言がなかったような……」

いつもならお風呂の前に様子見くらいにはやってくるはずだ。明日は夫人の様子を確認しないと。

「奥様、ニコは本当に下がりますよ。いいんですね？」

「平気よ、だからあなたもちゃんと休んでね。今日はありがとう」

本当はドレスの片付けだって明日でいいくらいだ。でもこれが彼女の仕事だから、そこまで止めるような野暮はしない。ライナルトもとっくに帰っただろうし、たとえ帰ってなかったとしてもお言葉に甘えて見送りは遠慮させてもらうつもりだった。

ニコが去ったのを確認すると、寝室のベッドに転がる。調えられたシーツを皺くちゃにしながら、ごろごろするのは気持ち良かった。

「あー……当分きつめの服はいいや」

寝巻に着替えるのがすでに面倒くさい。ランジェリーとはいえ裾は長めだし、このまま寝ても構わないのではないだろうか。

転がって五分も経っていないだろう。ベッドにいたのが運の尽きか、半乾きの髪もそのままにうとうと眠ってしまったのだが、扉をノックする音に覚醒した。

眠たかったはずなのに、急激に眠気が覚めたのだ。もう一つの部屋に繋がる扉からは、トン、トンと相変わらず控えめなノックが続いている。

「ニコ?」

忘れ物でもしたのだろうか。隣の部屋を見るも誰も居なかった。机の上には外しっぱなしの装飾品が置かれたままだ。灯りを消すべく燭台に近寄ったが、部屋を暗くするのは躊躇《ためら》われた。

部屋に誰もいないのだ。寝室に繋がる扉はこの部屋にしか存在しない。薄気味悪くなって室内を見渡していると、ソファの上に奇妙なものを見つけてしまった。

「やぁ」

驚きで声を失った。扉や窓が開いた様子はなかったし、さっき通りかかった際には誰も居なかった。

「こうしてお会いするのは二度目だね」

シスだった。

悠々とソファに腰掛け、足を組む男はこちらの驚愕などものともせず、にこやかに話しかけてくる。

「本当は城にいるうちに話をしておきたかったのだけど、彼女が怖くてさ。おまけに……悪戯されないためなのかな、きみに妙な保護まで仕掛けてる。ほんと賢しい子だよ」

保護? 悪戯?

シスがなにを言っているのか理解するには無理があった。その間にも独り言のように唸っている。

「けれどそのくらい図太くないと帝国ではやっていけないだろうし、いいことなのだけれどね。まったく、なんであの子といいエレナといい私を嫌うのかな。カレンお嬢さんならわかる?」

「え、そんなの……」

「まあ、所詮は人間だ。そんなことはどうでもいいか。私はきみと話をしに来たのだし」

えっ、どうしよう。すごく勝手なんだけどこの人。

なぜだろう。シスはやたらとこちらに好意的で、人好きしそうな笑顔だけど、いまはその存在が不気味だった。エルの忠告があったからだろうか、とてつもなく嫌な予感がして、だからこそなにか、この状況を逃れられるものがないかと本能が警鐘を鳴らす。

「今日はね、いくらかきみを観察させてもらったのだけど」

「き」

「……き？」

「きゃあああああああああああ‼」

我ながら見事な甲高い悲鳴だった。突然の絶叫にシスはぽかんと口を開いているが、そんなの知ったことではない。

「え？　こらこら、カレンお嬢さん、人をからかっちゃいけない。きみはこんな程度で……」

「いやあああああああ！　近寄らないでぇー‼　きゃー、いやー‼」

手に届く範囲のものを手当たり次第に投げつけていく。気をつけていたつもりだけれど、投げたインク瓶が額縁に当たって絵画が落下、壺が割れたのはなんのコントか。

……が、いまは壺の価格に青ざめている場合ではない。

シクストゥスになにか言う暇は与えない。近寄ろうとすれば逃げたし、きゃあきゃあ騒ぎながら扉の方へ走った。

「誰か助けてー‼」

私は彼の被害者ではないけれど、いまこのとき、彼と顔を合わせた状況で『なにか』が拙《まず》いのは理解している。彼が困惑している間が一番隙がある、このまま逃げ切ってしまおうとしたとき、丁度扉の向こうで誰かが叫んだ。

「お嬢さん、お嬢さんどうしたんですか⁉」

アヒムの声だった。心の中で全力のコロンビアポーズ、いま世界は私に味方した……っ！

扉を開けた勢いそのままにアヒムに抱き留められるが、彼の判断は速かった。剣を抜くには邪魔だったのだろう。タイミング良くやってきた兄さんに私を押しつけ、部屋の中に飛び込んでいく。

「そうくるかぁ」

背後から聞こえてきた、やたらぼやけた声が耳に残っている。アヒムの振るったであろう剣は何者も捕らえることはなく、風切り音だけがむなしく響く。

「くそ、逃げられた。どんな奇術を使ったんだ、あの男」

悔しそうなその声でシスは去ったのだと理解できた。この頃になると他の人たちも姿を見せ始め、その中にはまだ帰っていなかったらしいライナルトの姿もあった。

「カレン、大丈夫か!?」

「大丈夫……けど……」

「坊ちゃん上着、お嬢さんに上着貸してあげて！」

妹があられもない姿を晒していると焦った兄さんが上着を羽織らせてくれる。……膝丈まで長さのあるキャミソールだから気にならなかったが、男性陣は気が気じゃないようだ。

駆け寄ってきたウェイトリーさんの手には毛布があり、すぐさま全身隠してもらえた。

「これは一体なにがあったのですか」

「侵入者です。妹の部屋に……」

ウェイトリーさんは驚くも切り替えは早かった。主人たる辺境伯達の身辺を守るべくすぐに指示を走らせようとしたが、すかさず兄さんが止めたのである。

「いや、もう大丈夫だと……思います。それより妹を頼めませんか。私はライナルト殿に話が……」

「は、しかしわたくし共は主人を守らねばなりませんので」

「事情はすぐにお話しします。ただ、私としては大事にしない方がよろしいと思うのです」

ウェイトリーさんはなにかを察したようだ。叫んでしまった側としては、被害者に徹するべきなので沈黙を貫いているが……。アヒムがくまなく私の部屋を探し回り、侵入者がどこにもいないとわかると剣を収めて戻ってきた。

「アヒム、私はいま見た者について先方に話がある。伯へ報告もせねばならないし、護衛を頼む」

「了解です。……次は斬りますが、構いませんね」

「お前は構うといってもやるんだろう」

段々と人が増えてきた。私はアヒムに押しつけられ、遅れてやってきたヘンリック夫人やニコと一緒に別室に預けられたのである。

兄さん達の間でどういった話があったのかはわからないが、どこかのタイミングでライナルト達は帰ったようである。翌日になるとアヒムを残して兄さんは帰り、入れ替わるようにやってきたヘリングさんとニーカさんが冷や汗を掻きながら平身低頭謝罪しっぱなしだった。

「ご婦人の部屋に侵入するなど、男として、いえ人としてあるまじき行為を……！」

特にヘリングさん。こちらが恐縮するくらいの勢いである。

「あの、私も騒ぎすぎたのがいけませんでしたから……」

「我らの目が行き届いておりませんでした。主も誠に申し訳ないことをしたと深く反省しております。この件については必ず責任を取らせると約束いたしますので、何卒、今回の件については目を瞑っていただけないかと……！」

伯にはモーリッツさんが謝罪済みらしい。ただ伯は体調が優れなかったらしく、挨拶もそこそこに切り上げてしまったようだ。

「貴公らの気持ちは充分に受け取った。だから謝罪なら妻に伝えてくれたまえ。お互いの今後のためにもそうするべきだと私は思うね」

こう言い残して籠もってしまったため、こうして必死に懇願されているわけである。

「二度とあんな真似をしないのであれば、もういいですから……」

「勿論です、絶対にさせません」

「シスの人格の問題なのでしょう。皆さんは悪くありませんから、どうか頭を上げてください」

「いいえ。あのような痴《し》れ者とはいえ、同じ軍に所属する以上、我らにも責任があります」

「言いたいことはわかります。けれど本当に何事もなかったのですし……」

「あってからでは遅いのです」

ニーカさんは断言してくれるが。彼女に謝らせたいわけではないのだ。それに二人のこの顔！　謝罪の仕方からして、一度や二度では無いといった様子だ。エルも言っていたし、シスは絶対、他にもやらかしている。

とにかくライナルトを訴えるつもりはない。キルステンにも口出しさせるつもりはない旨を伝えると、ほっとした面持ちで帰ったのである。エレナさんも付いてきていたのだが、こっそりとこう耳打ちされた。

「今度こそ殺っておきます。本当にすみませんでした。追い返したのはいい判断でしたよ」

表面上落ち着いてはいたものの、声はぶち切れ状態である。主犯は現在も見つかっていないらしく、捜索中とのことだった。

午前は慌ただしく、ようやくお昼にありつけようかという頃、物言いたげなアヒムにようやく言い返せた。

「で、アヒムはなにが言いたいの」

「お嬢さんは連中に甘すぎます」

兄さんが最も信頼できる腹心を置いていったのだ。気持ちは嬉しかったが、当の本人は不満たらたらである。

「なによう。だって相手は魔法使いよ、あの人達が悪くないのは本当じゃない」

「悪い悪くないの問題じゃありません。あの男が軍の管轄下にある以上、ローデンヴァルトが責任を負うのは当然の話なんです」

「わかってるけど」

「わかってませんね」

「私は軍人ではないし、政治に関わっているわけではないの。ローデンヴァルトに貸しを作ったくらいに考えてよ」

「それ、いま思いつきで言いましたよね」

「聞こえなーい」

私がローデンヴァルトに近しいのを危惧しているのだろう。珍しく遠慮のない物言いにニコやヴェンデルが目を丸くして驚いている。

「ほら、ここは私たちだけじゃないのよ。二人が驚いてるじゃない」

「二人を言い訳に誤魔化さんでください。あんたは昔っからこの手の認識が甘すぎるんですよ。それでどんだけ痛い目見てきたか忘れましたか」

「……鞄なくしたくらいだし」

「使用人に誕生祝いを盗まれたんでしょうが。しかもそれを黙って見逃した」

「穏便に返してもらおうと思っただけです」

「話し合いでしたっけ？　そんなことしようとしたから逃げられたんでしょうが」

お嬢さんからあんた呼びになった。いよいよ本格的に怒りだしている。

……昔の件については、ここで蒸し返されなくたって反省している。私の出方が遅れたせいで事が発覚してしまったのだ。

聞かせなくても良かった話を聞かれてしまった。苦々しい思いを抱えてお茶を啜っていると、そこに飛び込んできたのはスウェンである。

「大変だ、ヘンリック夫人が倒れた」

これには一同びっくりである。

コンラート邸において、女主人であるエマ先生や私よりある意味実権を握る夫人の不調は、全員の腰を浮き上がらせたのである。

エマ先生が診ているらしいが、容体は気になるところである。話を聞くべく立ち上がったところで、スウェンに肩をつかまれた。

「夫人はこっちで見ておく。お前は父さんがお呼びだから、そっちに行ってくれ」

夫人は気になるし、アヒムにはエルのことを話しておきたかったがそうもいかないようだ。伯のお呼びとあらば参じるのみである。

昨日ぶりの伯は、広めのソファにゆったりと腰をかけていたが、たった一日の間にやつれてしまっている。心配をかけすぎてしまったか、挨拶もそこそこに頭を下げた。

「ごめんなさい、お騒がせするつもりはなかったのですが……いえ、言い訳にはなりませんでした。申し訳ありませんでした」

「うん？」

どうも反応が鈍い。殿下や昨晩の件ではなかったのだろうか。察しが良かったのはウェイトリーさんである。

「旦那様、奥様は旦那様の顔色が悪いのを心配しておいでなのです」

「ああ……。すまない、もしかして勘違いをさせてしまったのかな」

「そのようです。奥様、どうぞおかけになってください。旦那様は昨晩の件を怒っているのではございません」

「でも顔色が悪いです。今日はやめたほうが……」

「僕が話そうと思っているうちに済ませたいんだ。それと昨日は顔を見せなくてすまなかったね」

「お疲れだったのでしょうから……それに、足を痛められたとかで」

「昔の古傷さ。完治しているはずなのだけれど、時々痛んでしまう」

ふう、と背もたれに背中を預ける姿は、コンラート領を発つ前の雰囲気そっくりだ。

「夫人も倒れたようだし、これ以上彼女に負担をかけるのもよくないだろう」

「御言葉ですが、旦那様もでございます」

「なんだい、今日はよく喋るじゃないか」

「喋らねば、旦那様が無理をなさるでしょう」

珍しくもウェイトリーさんが会話に参加している。言葉遣いこそ違うが、こうしていると二人は旧知の仲のようだ。伯は改めて話題を切り出した。

「昨晩の件だが、ローデンヴァルトから正式な謝罪をもらったよ。僕としては彼らと騒ぎは起こしたくない。直接の被害者であるカレン君がいいというならこのまま流してしまおうと思う。どうかな」

「なんらかの注意喚起をしていただけるのであれば、そこで手打ちにしてください。なんであれコンラートの警護の質も問われるでしょうし、蜂の巣をつつくような真似はしたくありません」

「承知した。……ただ許すよりは貸しを作っておく、くらいに考えておきなさい。それもかなり大きな貸しをだ。いつか何かの役に立つかもしれないからね」

「はい。……やはり甘すぎましたか？」

「そうだねえ、甘いと言えば甘い。けれど君の判断に委ねたのは僕の指示だ」

ですよね。ええ、アヒムに言われてからちょっと気にしてました。わかってはいるのだけれど、彼らを前に突っぱねることなどできなかった。

「けれど相手がローデンヴァルトだからね。たとえば相手がこちらに敵意を持っているなら僕も黙ってはおけなかったけれど、ザハール君は知らない仲じゃない。……あの子は少し野心が強いようだし、使える手札になるなら構わないさ」

「以前も似たようなことをおっしゃっていましたけど……」

「僕もそうだが、上を目指す貴族なんてのは大抵ろくでもないことをしているのさ。君も歳を重ねれば、そういう人物はなんとなくわかるようになる」

「……少なくとも私にとっては、伯はろくでもない貴族ではありません」

「ありがとう。いまはそういう風になりたいと思っている。結果として実っているならなによりだ」

まるで自分もろくでもない部類であるような物言いだった。さらりと手札と言ってるあたり、やはりこの人も伯の称号を冠するだけの人物なのだ。

「殿下から心ない言葉を投げられたそうだね。ライナルト殿の話では、一言二言くらいだったと聞いているが……」

「その通りです。大した被害はありませんでしたが、事実はいくらか違いまして、説明をしなくてはなりません」

伯にはウェイトリーさんを通してエルの捜索に協力してもらっていた。事実は彼女が襲われており、その間に入ったことでと伝えると、納得してくれたようである。

「カレン君が心ない言葉に倒れ込んでしまったと聞いたけれど、君は同年代のお嬢さんと比べても心が頑丈だ。悪口といった類は受け流し慣れているだろう。……なんてことを言ったらエマには怒られてしまったけれど、実は不思議でならなかったんだ」

どうにも過大な評価をいただいていたらしい。しかし、と老人はため息を吐く。

「……殿下の女癖は悪化するばかりだな。王妃様の御言葉すら耳に届かなかったと見える」

ただ殿下の将来を憂いているにしては、あまりにも感情の籠もりすぎた一言である。ウェイトリーさんの咳払いと私の視線に気を取り直したようだ。

「いままでの確認だから、改めて問いただすことはしないよ。あまり時間を取ってもなんだし、本題に移ろうか」

本題は確かに昨晩に関する出来事であったが、私の予想とは違っていた。

「陛下から僕とどういった関係だったのかを聞いたのだね？」

「はい、陛下にとって兄のような存在だったと」

「……だろうね。あの御方ならそう言うだろう」

「ご存知ではなかったのですか？」

「どんな話をしたのかまでは知らないよ。ただ、陛下が君と話をしたのであれば、僕のことを兄のような存在だと伝えると思っていただけに過ぎない」

折を見て確認しようと考えていたが、伯から教えてくれるのであれば願ってもない。

「本当は先に伝えておくべきだった。君はうまくやってくれたのだろうけど、すまなかったね」

「驚きはしましたけど、謝られるようなことはなにもありませんでした」

「いいや、それでもだ。陛下のことだから、私が年下のお嬢さんを娶ったと聞いて、自分と似たようなものだからと喜んだのだろう。上機嫌だったに違いない」

「そう……ですね。過分な御言葉もいただきましたし……」

「彼は僕に許されたがっているからね、きっと理解が得られたと思ったんだろう」

伯は俯き加減に両手を握りしめている。眼差しは真剣そのものだが、指先は微かに震えていた。

「……旦那様、ここはわたくしが代わりに」

「いや、表向きとは言え、本来知っておいて然るべき話をしておかなかったのは僕の弱さだよ。下手をすると陛下に疑われるところだった」

「無理はいけません。リズですら倒れてしまったのです、お二人の辛さをわたくしがわからないとお思いですか」

しばし見つめ合う伯とウェイトリーさん。根負けしたのは伯の方だった。

「呼び出しておきながらすまない、僕は休ませてもらうよ」

「お大事にしてください」

隣室への扉が開かれた際、そこにいたのはエマ先生である。夫の肩を抱くエマ先生の瞳には悲しみが宿っていた。

主の代わりに座ったウェイトリーさんは、深いため息を吐く。

「旦那様の代わりは務まりませんが、どうかお許しください。旦那様は昔の古傷がいまだ癒えておらず。……いいえ、正確に言えば治ったはずの傷がいまだ痛みを持ち続けているのです」

「それは、ヘンリック夫人も？」

ウェイトリーさんは沈鬱な表情で肯定した。

「昔、旦那様とリズは共通の疵《きず》を負いました。……リズには、昨日の登城は止めるべきだと説得したのですが、奥様が心配だったのでしょうね。それにもう一度城を見ておきたいと言って……」

「……具合を悪くしていたとニコに聞きました」

「やはり我慢ならなかったのでしょう。リズの娘は城で亡くなったわけではないが、死に追いやってしまったという意味では関係がありました」

「娘？　娘さんがいたんですか？　ヘンリック夫人に？」

彼女の立ち居振る舞いからして、当然それなりに高い身分の既婚女性だろうが、娘がいたという話は聞いたことがない。そもそも夫は結婚後まもなく亡くなっていると聞いていた。

「いたのです。ただ、その娘はリズの姉夫婦が亡くなってしまったことで引き取った娘でした」

昔に思いを馳せるように、ウェイトリーさんの眼差しは遠くを見つめている。

「明るく朗らかな子でしたよ。リズも夫を早くに亡くしたからでしょう、実の娘のように可愛がっていたし、本当の親子と言っても差し支えないほど仲が良く、たくさん喧嘩もしていた。当時あの二人には振り回されたものです」

「……でも、亡くなられたのですね？」

「ええ、自殺でした」

ウェイトリーさんは淀みなく答えるが、自殺、というのはいささか意外だった。

「伯との共通点というのはなんでしょう」

「あの娘が自死する少し前に、当時旦那様の一人息子であらせられるクリスティアン様が亡くなられました。クリスティアン様とリズの娘は恋仲であったと伝えれば、おわかりいただけるでしょうか」

目眩がした。つまり、伯の息子が亡くなったので夫人の娘は後追いしたのだ。けれどウェイトリーさんは先ほど言った。リズの娘『は』城で亡くなったわけではないと。

「伯の、いえスウェンのお兄様にあたる人は、まさか」

「クリスティアン様は武勇に優れ、若くして人の道を知っている御方でした」

ウェイトリーさんは、その男性をいまでも思い出すことができるのだろう。

「お父上を敬い、そして跡継ぎとして立派に役目を果たすべく戦場に赴かれた。その功績を称えられ、宮仕えを認められましたが、その最中、不届き者より陛下を庇った代わりに傷を負い……」

沈鬱な表情だった。

曰く、亡くなった長子クリスティアンは、年若い辺境伯がこれぞと見込み愛した妻の忘れ形見だったらしい。領民に優しく、勤勉であり続けようと勤しみ、しかし決して驕りはせぬと鍛錬に励み続けた。将来はコンラート辺境伯を継ぐため、戦場以外の知見を広げるべく宮仕えを決意。当時陛下の片腕とまで誉れ高かった父の後押しを受けた。その人柄の心地よさもあり高名な騎士として名が広まろうとしていた時だった。

「当時は旦那様も陛下のお傍にいたのです。ただ、あの時は、戦の傷が癒えておらず……代わりにクリスティアン様が陛下の警護にあたりました」

カミルの息子であればどのような刺客が現れようと撃退するだろう。その勇猛果敢さに恐れをなして逃げるに違いないと人々は笑い、そして実際、赴いた戦地にてクリスティアンは陛下を狙った悪党を撃退した。

代わりに、自らが命を落として。

「旦那様は酷く後悔なされた。怪我を押してでも自分が警護に立つべきだったと……。あの頃はクリスティアン様の後を追ってしまわれないか、我々が危惧していたのは旦那様の方です」

「でも、亡くなったのは夫人のご息女だったのですね？」

「そうです。そして我々はリズの娘とクリスティアン様が恋仲であったことを知りませんでした」

知っていたのは父親である伯だけであった。夫人の娘は母親にすら黙っていたのだ。

ただ、当時のコンラート辺境伯は夫人の娘との恋を認めていなかった。

夫人はかつてさる貴族の妻だったが、夫が亡くなってから家は落ちぶれた。わけあって身一つになってしまった所、亡き辺境伯夫人と知り合いだった縁でコンラート領で働けることになったらしい。

夫人、と呼ばれているのもそこから来ているようだ。

「いまにして思えば、クリスティアン様が武功を欲しがったのは、リズの娘との仲を認めて欲しいという一心もあったのでしょう」

息子亡き後、伯は落ち込んだ。武勇で鳴らした覇気はどこへやら、すっかり気力が抜けてしまったらしい。それでもしばらくするとなんとか立ち上がった。父親としては心を痛めてならないが、辺境伯としては、主を守った誉れ高き子として息子を称えねばならなかった。陛下もクリスティアンの活躍に胸を痛め、彼を誉れ高き騎士として称えた。異例の報奨すら与えたらしい。

そこまでは良かった。父親の中には誇りある息子の存在がある、それだけが支えだった。

コンラート辺境伯は変わらず城に勤め、娘を失ったショックのあまり伏してしまったヘンリック夫人の面倒もみた。二人の間では、ウェイトリーさんすら知り得ない話もあったらしい。

クリスティアンが亡くなって一年後だった。命日を控えたある日、伯はこんなことを陛下に尋ねた。

「息子の命日が近づいております。陛下、どうか我が息子に一言くれてやってはいただけないでしょうか。私から息子に伝えたいと存じます」と。

これに対し、陛下は驚いたように目を丸めた。

「そうだったか」とだけ言い残して、その日の業務に移った。

それだけ。

たったそれだけだ。

他の人にとってはなんのことはない、変哲のない会話。けれど息子を亡くした父親にとって、この一言は心を打ち砕くのに充分な破壊力があった。

陛下がコンラート辺境伯を兄のようだと伝えたように、辺境伯にとっても陛下は弟のような存在だった。敬愛した相手のため息子まで喪《うしな》ったのに、その存在は容易く過去の存在とされてしまった。

「きっと、それが旦那様の限界だったのでしょう」

コンラート辺境伯カミルは剣を捨て、代わりにペンを手に取り城を去った。故郷へ戻った後はわずかながら人柄も変じていた。多少なりとも荒かった気性はすっかり消え失せ、穏やかな立ち居振る舞いをつとめたから、親しかった人たちは多少ながら困惑したという。それまでも多方面への援助を行っていたが、いっそう人との繋がりも大事にするようになった。すべては亡きクリスティアンが父へ行っていた助言であった。

「以後、登城は極々最低限に。お年を召してからはすっかりと……」

「……それで陛下とは、仲違いを？」

「そのようです。喧嘩をしたとは聞いておりませんので、旦那様が去られてからはそれっきりかと。しかし陛下も思うところがあったのでしょうね。幾度か文をいただいていたようですが、一度拗《こじ》れた糸は如何様にも……」

大事に育てた息子の命だったのだ。そう易々と解ける糸ではないだろう。伯は陛下からの話し合いを、実質放棄という形で断り続けている。

「……伯がスウェンとニコの仲を反対しないのは、過去の経験からですか？」

「おそらくは。それにお年もお年ですから、後を継いでくれるだけでも十分だと口にしています」

「……事情はわかりました。お話ししてくださったこと、ありがたく思います。けれどそれを聞いてなお尋ねしたいのですが、夫人は大丈夫なのでしょうか」

「数日内には回復するでしょう、リズは昔からそうです」

ウェイトリーさんはこの点に関しては自信があるようだ。

「奥様のお世話がありますからね。参っているわけにはいかないと立ち上がるでしょう」

「気持ちは嬉しいのですけど、私の世話程度では……」

「いえ、そうではなく、貴女様を放っておけないのです。なぜならあの娘が、リズの娘が命を絶ったのは、ちょうど奥様と同じくらいの年齢でしたから」

ウェイトリーさんはゆるゆると首を振り、少し寂しそうに笑った。

「リズは奥様に段々と遠慮がなくなってきていたでしょう。不快でしたら詫びねばなりませんが……。ですがきっと、そういうことなのです」

深い、深いため息。ウェイトリーさんはおそらく、本来私に話すべきではないことまで話をした。少なくともヘンリック夫人の話は不要だったはずだ。コンラートの人々だけでなく領民までもが夫人の娘の存在を秘匿し、沈黙を貫き通していたというのはそういうことだ。

「どうしてそこまで教えてくれたのですか」

「わかりません。ただ、旦那様やリズは貴女様を家族と受け止めはじめている。わたくしは現場から離れて遠い身ですが、こういうときの勘は当たるのです」

「勘？」

「貴女には話しておくべきだと。……リズに知られてしまえば平手打ちでは済まないでしょう。彼女は自らの責務と私情を混同するのを嫌いますから」

「コンラート家からすれば、私はただの客人です。なにもできませんよ？」

「いまは、でしょう。それで構いません。ただ、どうか我が領に纏《まつ》わる因縁を知っておいていただきたかった。本来表に立つべきであるエマ様が裏方に徹するこの状況、心苦しくありますが、当主になにかあった時、矢面に立たねばならないのは貴女様です」

やはり、といおうか。ウェイトリーさんも伯になにかあった時のことは考えていたのだろう。

「エマ先生には無理なのですね？」

「本人が望まないこともありますが、そもそも彼女は向いておりません。家庭では良き母、薬師としては優れていますが、領地を統治し、人を率いる才は別物なのです」

「お世話になっている以上、なにかあれば力になるのは当然です。ですから尽力しますが、そのようにおっしゃるからには、伯の体調は思わしくないのですか」

「良い、とは言えません。ここのところは特に体調を崩される頻度が増えました。ご本人は隠しておりますが、エマ様から無理をさせてはならないと忠告をうけています」

どうやら心労だけではなかったらしい。最近は油断ならないからとエマ先生がつきっきりで様子を見ているようだ。スウェンもずっと屋敷に滞在していると思ったが、どうやらエマ先生の一声で学校を一時的に休んでいるらしかった。

「とりとめのない話をしてしまいました。ともあれ、当家と王家の関係は複雑でございます。都であれば昔の事を覚えている者は多いでしょう、どうかご留意くださいませ」

「わかりました。ただ……スウェンやヴェンデルはこのことを知っていますか？」

「兄君の存在は知っていらっしゃいますが、リズの娘については知らないはずです」

「では私もそのように振る舞います。夫人についても、いつも通りに」

私は転生前、親を置いて逝ってしまった側だ。子を亡くした親の気持ちはわからないけれど、二人の心がいつか報われてくれればとは願う。

そろそろ夫人の見舞いに行こう。席を立ったところで、もう一つ気になったことを思い出した。

「ウェイトリーさん、現場から離れたとおっしゃいましたけれど、コンラート領の秘書官はそんなに大変なお仕事だったのですか？」

不思議な言い方だったから妙に頭に残っていたのだ。この質問に、コンラート領の家令は見たこともないような微笑を浮かべた。

「家令兼秘書官となる以前は外交官の補佐として勤めておりました」

「外交官補佐!?」

思わず叫んでいた。外交官補佐なんてエリート街道まっしぐらの職業だ。

「無茶な人物と共にいた縁でしょうか、いらぬ所にばかり目が届くようになってしまい、恥ずかしいばかりです」

「……待ってください。それほどの方がどうして家令なんかに……あ、いえ、駄目というわけではないのですが、だってそれなら家を構えていたっておかしくないですよね」

「都会暮らしは性に合わなかったのです」

「合わなかった、って……」

「本当は他の外交官達と話していると蕁麻疹《じんましん》が……」

「ええ!?」

「冗談にございます」

この人、意外とお茶目さんである。

「大した理由ではございませんよ。外交官含め、わたくしどもがいささか無茶をし過ぎたためか、盛大なお叱りを受けてしまいまして」

お叱り？　他の人はともかく、ウェイトリーさんが？

「降格という名の左遷。よくある話でございましょう。わたくしも無一文になってしまいましたので、かねてから交流のあった旦那様に拾って頂いたのです」

左遷はともかく無一文？　お金が残らなかったってなに？

ウェイトリーさんの経歴がわからなくなってきた。クリスティアンの件といい、見知ってきたかのように話をするのだけれど、この人はいったい何者なんだろう。

疑問はまだあれど、これ以上を語ってくれることはない。

「わたくしも仕事に戻るとしましょう。リズの抜けた穴を埋めねばなりません」

そう言って立ち上がると、茶器を下げてしまったのである。

ちょっと前に、なんかそんな話を聞いたような気が……。

「あれ？　外交官……補佐？」

いや、まさかね？

話を聞いてしまったからではないが、翌日から伯の仕事をいくらか奪ったのは事実である。

コンラート領に帰るまでやることは多かった。

夫人の見舞いを済ませ、先日の夜会で挨拶を交わした親類縁者等に礼状を作成。伯に面会予約を取っていた客人と顔を合わせたし、裏でこれだけ仕事をしていたのかと驚いたくらいだ。

陛下から本当に贈られてきてしまった大量の果物、生地、金品の類。ウェイトリーさん指示のもと、財産になりそうなほとんどの品を返却。贈与品の返却は為政者の機嫌を損ねることになりはしないか心配になったが、伯が受け取れないと言ってしまったため、本人の意を汲むことにした。

コンラート領に戻る日どりを決めるとスウェンの背中を蹴って学業を再開させ、ヴェンデルにせがまれた勉強を教えつつ、ひとまず日常というものを取り戻した。

エルの件は、アヒムには素直に事情を説明した。帝国、という名に彼は盛大に顔をしかめたが、結局なにも言わず終いである。最終的に「馬鹿」と言われたのだけが不本意だ。

都を発つ前日、最後の客人となったのは私服姿のエレナさんとエルである。

エルはフードを目深に被り、周りの目から隠れるような様子だったが、血色は良く健康そうだった。ライナルトの名代として訪れた彼女は伯への挨拶を済ませた後、茶の席に着いた。念のためニコや夫人には下がってもらっているから、なにを話しても自由だ。

「本当は先輩やヘリングあたりが来るべきだったんでしょうが、いま手が離せない状態でして。えー、改めまして、シスの無礼をお詫び致します」

「いえいえ、何事もなかったですから……」

「……って言うけどさ、何かあってからじゃ遅いんだよ。こっちとしては助かったけど、寝室に入られて穏便に済ませてくれるとは思ってなかった」

エルはいまだに信じられないといった様子で焼き菓子を摘まむ。

「だってエレナさんが頭を下げる必要はないし……」

「あぁ……ほんと、あんたは甘すぎる。優しいんじゃないの、甘いと言ってるのは理解できてる？」

「一応。なので代わりに殴っておいてください。私じゃ平手打ちがせいぜいだから」

シスだが、いまだ行方不明だそうだ。彼に任せていた仕事があるそうだが、きっちり報告書だけ上がってきたらしい。エレナさんは目を見張るペースでクッキーを口に放り込んでいる。ほとんど噛まずに呑み込む姿はもはや別次元、これは追加が必要かもしれない。

「見つかってないって報告をしなきゃいけないのは心苦しいですが、お知らせはしなきゃいけないですからね。私服なのも許してもらえてよかったです」

「二人なりに配慮してくださったんでしょう、感謝しています」

「カレンちゃんみたいな素直さが男共にもあったらよかったのに。エルもそう思いません？」

「気持ち悪いだけだと思います」

「やっぱり？」

エレナさんとエルは仲も良いらしい。名前が似ているからだろうか。似てると言っても頭文字だけだけど。

「お茶に誘っておいてなんですが、二人とも忙しくはないのですか」

「わたしは入ったばかりの下っ端だし」

「先輩に邪魔と追い出されてしまいましたので、ぶらぶらしてたらヘリングに見つかっちゃいました。エルもこちらに連れてきたかったし、丁度いいかなと」

エレナさんが追い出された理由がいまいち不明である。しかしエルを連れてきたかったとはどういう意味だろう。疑問が顔に出ていたのか、エルが「実は」と切り出す。

「半年以内に帝国に異動になると思う。カレンはコンラートに引っ込むだろうし、もしかしたら長い間会えなくなるかもしれないから」

「……いつ辞令が来たの？」

「話自体は結構前からあったけど、シスから指令書だけが届いた。多分、次の異動に合わせてだと思うけど」

「異動ってことは配置換えでもあるの？」

困ったエルがエレナさんに目配せすると、代わりに彼女が説明してくれる。

「私たち、時々帝国に戻ってるんですよ。ライナルト様麾下《きか》の部隊はどこぞとも知れぬ場所で訓練を行ってる……って話はご存知じゃありません？」

「そういった話は疎くて……」

「なるほどなるほど、じゃあ知らなくて当然ですね」

数年に一度くらい、不自然な外泊だか空白期間があるとは聞いたことがあるけれど、それのことだろうか。

「カレンちゃんだからお話ししますが、色々ありまして、ちょっと向こうに顔を出さなきゃいけなくなったんです。で、エルを遊ばせておくのは勿体ないので今回で異動してもらおうかと」

「……こう聞いてしまってはなんですが、エルのご両親と一緒に連れて行かなかったのですね」

「あ、それはわたしが希望したの。一回くらい城に上がってみたかったから」

興味本位だったらしい。

私が気がかりだったから、なんて答えを期待した私が馬鹿だった。エルのお茶のお代わりはうんと渋くしてやろう。

「複雑なご事情がおありなのですね。……口外はしません、ご安心ください」

「はい、私もお友達をなくすのは遠慮したいですからね。お願いします」

「お茶とお菓子のお代わりはいかがです。まだ用意できますけれど……」

「是非お願いします。しばらく甘い物が食べられないですから、いまのうちに食べておかないと！」

見てて気持ちのいい食べっぷりは、こちらの胸がすくくらいだ。ニコにお代わりをお願いすると、さて、待っている間はなにをお話ししよう？

「エレナさん。よかったら帝国の町並みや流行について教えていただけませんか」

「帝国のですか？」

「以前から興味があったのですけど、お話を聞ける人は限られてて。実際にお住まいだった方からお伺いできたらいいなあって」

「うーん。私もこちらにきて長いですから、流行には疎いのですが……。でも知ってることでしたらお話しできますよ。帝都の芸術を代表する劇場、地下温泉を使った大衆浴場、闘牛も有名ですね」

「……浴場？」

「お、食いつきましたね。そう、帝都は市民であれば誰でも利用できる大衆浴場があります。それ以外にも小さな湯治場があちこちにありますよ。夕刻になればお風呂に入りに来る人で賑わいます」

「お風呂が楽そうですね」

「そうそう！　……だからこちらではお風呂が大変なんですよね。ファルクラムにきた同僚の九割、最初の文句は風呂がないんだが！　ですから。濡れ布巾で終わらせるお風呂なんて演習中くらいでいいんですよ」

帝国人、かなり綺麗好きらしい。

エレナさんは他にも興味深い話をいくつもしてくれた。コンラート領へ発つ前日は、実に有意義な一日だったといえるだろう。

二人を見送る際は、エルと抱擁を交わし合った。彼女の表情はこころなし固く、背中に込められた力は強かった。

「また会おうね」

「ん。……また、ね」

寂しいと思ってくれるのかな。

もちろん私だって寂しいが、今生の別れではないのだ。エレナさんを経由すれば手紙だって届けてもらえるし、私まで不安がってはエルを心配させる。

「エルならどこに行っても大丈夫。あなたの幸せを心から願ってるから」

未来においても彼女と友人であろうとする努力は怠りたくない。そのためにできるのは、信じること、そしてできる限りの笑顔の見送りだった。

13

思わぬ報せ

十八歳が近づこうとしていた。

畑に薄霜が降りはじめた季節、コンラート領内では高齢者を中心に風邪が流行の兆しをみせはじめている。

「ヴェンデル先生、お願いします……！」

エマ先生の所有する小さな工房。天井からぶら下がるのは乾燥させた木の枝や草花といった植物の束。ほんの少し成長した少年に恭しく差し出したのは、竹網に乗った数種の薬草だった。

眼鏡をかけるようになったヴェンデル少年は「うむ」と仰々しく網を受け取ると、薬草一つ一つの検品を行うのである。

「ふぅむ。これは鍛冶屋のおばあさんに頼まれた分だったね。熱冷ましだけでいいと僕は伝えたはずだけど、違ったかな」

「あとから息子さんが来られて、奥さんがお腹を下してしまったので、その分の薬ももらえないかと相談を受けました。ですのでこちらはエマ先生に伺いを立て、私なりに下痢止めを処方し、あとは弱った体に滋養を与えてくれる木の実を加えてみました」

「いい選択だね。……でもお腹の方は粉だと味がきついはずだから丸薬にしてあげよう。鍛冶屋の奥さんは妊娠中だからね、大《おお》先生なら飲みやすさを考慮して作るはずだ」

「ああ、そこまで考えが至りませんでした。先生、流石です」

「いやいや、予備が少なくなってきたからそろそろ作り足さないといけないと思っていたんだ。君には苦労をかけるが助かっているよ、カレン君」

「とんでもない、偉大な先生の元で働けて私は幸せです」

大真面目に話す助手こと私とヴェンデル先生。

傍らではニコとエマ先生がこそこそ話をしている。

「あれ、いったいなんですかぁ」

「医者と助手ごっこですって。最近二人の間で流行ってるのよ。暇をみては遊んでてね」

「で、ヴェンデル様の方が医者役ですか。止めないんですか？」

「飽きてくれないのよ……。皆に害はないからいいのだけど、最近は演技にも熱が入って大変」

「二人とも変なところで凝り性ですからねぇ。ところで大先生って、そんな人いましたっけ」

「それが私のことみたいなのよ。……なんでこんな遊びをはじめたのかしら」

外野、内緒話はもうちょっと小声でお願いします。

「ところで助手君。夕方からの予定だが……」

「はい、お勉強の時間です。今日のお相手は私がつとめます」

「あーうん、それなんだけど、ベンのお孫さんと重要な約束が入っていて……だね」

「今日は虫取りですか、それとも秘密基地の改築？」

本音が出たなヴェンデル先生。遊びに行きたい気持ちはわかるが、ヴェンデルのお勉強は伯やエマ先生に頼まれた大事な役目だ。助手改め家庭教師として生徒の脱走を容認はできない。

「明日でしたら空いておいででしょう。いまからではあっというまに夕方ですし、相手のご家庭にも迷惑がかかります、御自重ください」

「明日は僕も鹿の解体やってみたい」

「大人になってもうちょっと力がついたらねー」

最近、ヴェンデルは友達と猟師のおじさんの元に足繁《あししげ》く通っているようだ。どうして興味を持ったかは……ニコの「奥様のせいです」という視線が痛いが、断じて私の責任ではない。

私たちの話を聞いていたエマ先生が口を開いた。

「そうだわカレン。鹿といえば、今年の貯蔵はどんな感じなのかしら」

この季節、鹿ときて連想するのは冬支度である。コンラート領は放牧も行っているが、広大な森が近場にあるので猟も盛んだ。各家庭冬に備えているが、それとは別に領主として倉に食料を保管している。

「猟師さん曰く、面白いほど罠にかかっているそうです。この分だと予定よりは早めに備蓄できそうですけど、気に掛かることも多くて」

「いいことじゃないの。それがどうしたの？」

「近年にしては希にみるほど鹿が多いそうです。数が増えすぎても困りますし、倉をもう一つ増やすべきじゃないかって、ウェイトリーさんに相談しにいったそうですよ」

「あら……。でもそうね。あまり森を食べられすぎても困るものね。でもいまから蔵を作って間に合うのかしら」

「春先に穀物倉を一つ増やしていました。使い道もないから今年は物置にしようって話してたのですけど、そちらを使ったらどうかと」

「あらまぁ、そういえば、そんなことを言っていたような気も……」

「気も、じゃないって母さん。ちゃんとカレンとウェイトリーが母さんにも言ってたでしょ。僕は覚えてたし、母さんだってその場にいたじゃないか」

「忙しくて忘れてしまってたのよ」

ヴェンデルは唇を尖らせたが、彼女が覚えていなくても驚きはしなかった。蔵の増設時は伯や領内のご老人方が体調を崩して看病や診察に走り回っていたし、余裕がなかったはずである。伯のお世話を任せる分、政務はウェイトリーさんや秘書官達が行い、私がお手伝いとして割り込んでいた。元よりエマ先生は領内の仕事には「ノータッチ、というか相談しても彼女自身がよくわかっておらず、必要であると説明すれば「じゃあお願いね」となる。良い悪いではなく、彼女は優れた薬師であって領主ではないのだ。これにけ多数意見があるが、コンラート領はこの体制で納得している。

「ヴェンデルこそよく覚えてたわね、お母さんびっくりよ」

「そりゃあ兄さんが戻ってきたら、僕がお手伝いしないといけないいんだもの。いまはカレンがいるからいいかもしれないけど、領内でなにがあったかも教えてあげなきゃいけないいんだから」

救いなのは、ウェイトリーさんという優秀な側仕えがいること、それにスウェンが跡を継ぐ意志があり、ヴェンデルも兄を支える立場として意欲的である、という点だろう。

「偉いわ、お兄ちゃんを支えてあげてね」

ヴェンデルはスウェンが不在になってから、薬学以外にも目を向けるようになっていた。スウェンから手紙が届けば密かにはしゃいでいるし、勉強をサボって友達と遊びに行くことも増えたが、そのあたりは年頃の男の子といった感じである。

「頑張ってくれるのは嬉しいけど、私、スウェンが戻ってくるまでは残ってるわよー」

「じゃあ戻ってきたらいなくなるの？　早くない？」

「そうかなぁ、妥当だと思うけど」

ヴェンデルもいずれ私が出て行くのは知っている。現状コンラート一家と使用人三名にはばれてしまっている、という所だろうか。

「でも乗馬が上達しないし、まだ先のような気はするけどね、やることはたくさん残ってるし……」

「この間は油断して落馬しかけましたもんねー」

「体を動かすのが得意じゃないのかしらねぇ……」

「剣技も才能ないって匙投げられたんでしょ。一種の才能だよね」

ニコ、エマ先生、ヴェンデルと畳みかけてくる。酷くない？

乗馬は、大分乗れるようになったと自負しているのだけど、ウェイトリーさんに言わせると一人で操馬させるにはまだまだ不安らしい。

「そういえばニコ、あなたが調合場にいるなんて珍しいけど、どうしたの？」

「いまさら聞くんですかぁ」

「足をバタバタさせない。子供ですか」

「だって、奥様全然聞いてくれないからぁ」

お茶まで飲みながらいう台詞じゃない。ここぞとばかりにサボり癖を発揮している私の使用人は、背伸びしながら答えていた。

「奥様にお手紙が届きましたよってお知らせに来たんですよぅ」

「差出人はどなた？」

「キルステンのご当主様ですね。あとは、随分しなびた手紙が一通。奥様のお名前があったから一応置いてきましたが……クワイックってお名前をご存知ですか？」

その名には目を丸めていた。あれ以来、エレナさん宛にエルへの手紙を送っているのだが、まともな返事が返ってきたためしがなかった。エレナさん曰く「届けている」のは間違いないそうだし、本人も元気にしているらしいのだが、クワイックの名前で手紙が届いたのは初めてだ。

「お兄様からのお手紙となれば大事ね。ここはいいから、読んでいらっしゃい」

「エマ先生、でも……」

「貴女が抜けるのは痛いけど、ずっとというわけじゃないでしょう。いいから行ってらっしゃいな。薬の配達にはニコを借りますよ」

突然矛先が向いたニコ。ここでサボりが許されると思ったら大間違いなのである。

「あ、それでしたらよろしくお願いします」

ニコに任せれば問題ないだろう。工房から屋敷へ戻ると、机には二通の手紙が乗っていたのだが、ニコが言っていた通り、エルからの手紙はしなびてボロボロだ。紙質も悪かったようだし、色もいくらか変質している。裏書きには名前だけで、それ以外を示すものは載っていない。

「おかしいな、たったこれだけ？」

開封しようとしたところで扉が叩かれた。

「奥様、旦那様がお呼びです」

「……わかりました。いま行きます！」

ウェイトリーさんだ。伯のお呼びとあらば手紙は後回しにするしかない。

執務室へ向かうと、そこには手紙に目を通す伯がいた。

「カレン君はそこに座っておくれ」

ソファに腰掛けると、すかさずウェイトリーさんがお茶を用意してくれる。

「突然すまないね。キルステンからの手紙は読んだかな」

「いえ、先ほどちょうど戻ったばかりで……」

「だとしたら悪いことをしたかな。……うむ、僕から知らせて良いものか……」

「伯にもお知らせが来たのですね？　構いません、なにがあったか教えてください」

「……そうだな。では、これを読んでくれたまえ」

いつになくらしくない態度に手紙を受け取ると、その内容に目を通す。差出人は当然、キルステンの当主である兄さんだけど、これまでも何度もやりとりしているし、忙しい以外は元気にしているはずである。

「私を帰省させろって、なんでまたそんな……」

私を都へ戻して欲しいという要求だった。この後に、コンラート伯への他意はないことなどを記した上で理由が述べられている。その理由と兄さんの字がブレている訳に思わず息を止めていた。

「あの、これは確かでしょうか？」

「噂に上がる前に、君には報せたかったんだろう」

確かにこれは兄さんの手紙から教えたがったはずだ。

「姉さんが懐妊ですか……」

呟きながら、とうとうこの日が来た、と感じていた。姉さんが側室になってからこれまで、陛下から側室への寵愛はますます深まり、その威光も増すばかりだと噂に聞いている。夜会以降、王都に行ったときがあったのだけれど、辟易するほどの招待状とお世辞をもらって早々に退散したのだ。

「手紙によれば、サブロヴァ夫人はいささか疲れ気味らしい。信頼できる人を探しているみたいだから、君の手を借りたいのだろうね」

「姉さんの助けになりたい気持ちはあります。けれど、それってどのくらいの期間なのでしょうか。こちらでのお手伝いもあるし、なるべく離れたくないのですが」

「そこまでは載ってないね。なんにせよ一度、顔を合わせてみる必要があるんじゃないかな」

「でしたら伯はどうされますか。懐妊となればお祝いが必要になりますけれど……」

ここで伯がウェイトリーさんに確認したが、賢明な家令は無言で首を横に振っていた。

「……微熱が続いていたようですし、代わりにスウェンを連れていきます。もっと大きな社交界に出ても良い年齢ですし、兄さんに相談して、どこかに出してもらいましょう」

「ううむ、苦労をかけるけれど、お願いしてもいいかな？」

「兄さんはスウェンを気に入っているようですから、大丈夫だと思いますよ。むしろ私達より心配していそうです。……絶対に張り切ります、断言してもいいかと」

「本来なら親である僕がお膳立てした方がいいのだけど、都ではキルステンにお任せした方がスウェンのためかな」

「キルステンなら悪いようにはしないでしょう」

それに、私が嫁いだことによってコンラートとキルステンの結びつきは以前より強くなっている。

「ヴェンデルやニコも連れて行きたいのですが、よろしいでしょうか」

「ああ……そうだね。あの子も背伸びをしているが、スウェンには会いたがっていたからね」

「大人びていますけど、お兄ちゃん子ですよね」

しかしヴェンデルを連れていくとなると、エマ先生のお手伝いが減ってしまう。領内で風邪が流行りだしているし、冬支度はいくらか整えてから出立したい。その旨を伝えると、伯やウェイトリーさんも同じ考えだったようで同意された。

「カレン君がいてくれると助かるよ。……それにこちらの件は君がいてくれた方が助かる」

「まだなにかあったんですか？」

どうやら他にも用件があったようだ。

キルステンからの手紙に埋もれていたが、もう一通の封筒を取り出すと、こちらに見えるよう掲げてくれる。

「ローデンヴァルトから届いていてね。差出人はライナルト殿だ」

「ローデンヴァルト侯ではなくライナルト様。……お手紙をもらったのは初めてではないですか？」

「そうだね、侯からは幾度か商売の話を持ちかけられたけれど……」

ライナルトの名を呼ぶ際、伯はどことなく落ち着かない様子だった。手紙の内容は、一度コンラート伯に挨拶に伺いたいといったものである。これまで聞いたことのない用件だった。

「大規模な演習を行うにあたり、コンラートの領土にも軍が入り込む恐れがあるから先に挨拶しておきたいと……。念入りですね、国王陛下からも許可は得ているようですし、証書も見せてくださるとあります。問題ないのではありませんか？」

演習なら軍を動かすのだろう。しかし何故わざわざ王都から離れた地で行う必要があるのだろうか。

顔を上げた先では、伯がなんとも言えない表情で口を噤《つぐ》んでいたのだった。

「伯、どうかされました？」

「あ、ああ。……その、だね。すまない。彼と二人で会うのは避けたいんだ」

歯切れの悪い物言い。老人は言葉を選ぶようにゆっくりとしゃべりだしたのだ。

「そう、なのです？　以前は普通に接していたじゃありませんか」

「あれはだね、ほとんど虚勢だよ。大勢いたから、彼も下手を打てないだろうと思って」

「虚勢って……。そんな、伯ほどのお方が？」

要領を得ない回答だ。伯ほどの人物がライナルトの来訪で狼狽《うろた》える必要があるのか不思議でならない。疑いが顔に出ていたのだろう、やがて観念したように息を吐いた。

「カレン君は、ライナルト殿のお父上についてどこまで知っているのかな」

なんだかとんでもない爆弾を投げられてしまった。

「な、なんのことでしょうか」

「誤魔化さなくてもいいよ。カレン君が個人的に資産を持っていることはしっている。モーリッツ・アーベライン。いや、モーリッツ・ラルフ・バッヘムから権利書を受け取っただろう」

驚く私に、伯こそ意外そうな顔をする。

「バッヘム一族からお金を受け取っていたね。僕は口止め料だと思っていたが、違ったかな」

「モーリッツさんから大金を……受け取ったのは事実です。ですが、その、バッヘムとは……」

よく考えたら私、モーリッツさんのフルネームを知らない。大金の出所が気になって調べようとしたことはあったのだけれど、私の力では調べきれなかったのだ。そして伯は私が彼の姓を知らなかったことに驚いたようだ。

「バッヘム一族を知らない？」

「知りませんでした」

「バッヘム一族が公庫取引権を担っている……わかりやすくいえば帝国の金庫番ともいえる権限を皇帝から任されているといえば伝わりやすいかな。彼はその一族の後継の一人だよ」

……そんな凄い人だったの、あの人？

「後継の一人、ですか……」

「規模が大きすぎて一人が統括するようではないみたいだからね。けれどいまはそんな話はいいんだ。……本当に知らなかったのかね」

「知りませんでした」

「君はしっかりしているようで、意外なところが抜けているねぇ」

これには伯も首を傾げてしまったようだ。

「ううむ？　そうなると……ライナルト殿についてはどれほど知っているのかな」

「すみません。それについては……非常事態というわけでもないので、とても話せません」

口を割ってしまった方が早いけれど、約束は約束だ。決まりの悪さに黙ってしまうと、思案をめぐらした老体は顎に手を当て、難しそうに眉を寄せた。

「そういうことなら、僕も直接的な表現を避けて話そう。カレン君なら伝わるだろうと信じるよ」

「り、理解につとめたいと思います」

伯は椅子に深く座り込む。ただ座り直しただけだというのに、まるで告解に訪れた信者のように、その瞳は昏く沈んでいた。

「なんと伝えたらいいのかな。エマ以外に喋るのは慣れていないのだけど……そう、そうだな。僕はね、僕は、彼が怖いんだよ」

それは、老人からは聞いたことのない弱音だった。信じられなかった。あの、優しく温和な、しかし偉大なコンラート辺境伯が、怖いと吐露した瞬間、まるで小さな塊になって萎縮したのだ。

「こわ、い？」

思わず口をついていた。ライナルトの何倍も年を重ねた老練家が、たった一人の若造に怯える理由がわからなかった。

老人にはそんな疑問はお見通しだったのだろう。

「不思議そうだね。まあ、それもそうか。カレン君とライナルト殿は親しかったからね」

「親しいとまではいきませんが……。いえ、いまはそんなことはどうでもいいです。怖いとおっしゃるからには伯とライナルト様の間になにか因縁でも?」

だとしたら辺境伯夫人である私に良くしてくれる意味が不明なのだが……。

「僕も警戒したけれど、彼が君に接する姿を見て、一族郎党を恨む人物ではないのかもしれないと少しだけ安心したよ」

おかしそうに喉を鳴らすが、恨む、などと不穏な台詞を聞かされた側としては笑う気になれない。

「彼がカレン君に笑いかけるのは、なんとなくわかるよ。いまの世代の子たちは帝国に対する忌避感や偏見が薄く、君に至っては帝国人への嫌悪なんてないようなものだ」

「他の人達は違うと?」

「違うね。僕達の世代は違う。長年ローデンヴァルトとは交流すらなかったけれど、あの子が偏見と敵意に晒され続けたのは見なくてもわかる。帝国には家族を奪われた人も多かったから、相手が子供とわかっていても、感情をぶつけずにはいられなかっただろう。だから間違っても僕らが彼に好かれる理由がない」

親の代に少し交流があったのはローデンヴァルト侯とのやりとりで確定している。伯がライナルトを見たのも母親の腕の中にいたという幼少時の筈だ。

「彼は不義の子だ」

驚きはしなかったが、伯の口からはっきりと言葉にされたのは閉口した。コンラート伯は自らの行いを振り返るように語る。

「けれどその不義を勧め、ローデンヴァルト侯爵夫人を差し出したのは我々だ」

決して聞き逃してはならない一言も告げた。

かけられる言葉はなかった。私はただ怖がるように、後悔するまま縮こまる老人の話に耳を傾けるだけだ。

「僕たちは自国の平穏を維持したかった、いつ破られるかわからない条約に怯えていたくなかった。あの時は国力もすり減ったままで、攻められてしまえば負けてしまうのはわかりきっていたから」

平穏、という言葉でなんとなく合点がいった。ライナルトは終戦後の生まれだ。

「戦争が終結した頃、外交官がうまくやったと話したけれどね。現実問題、和平が結ばれてからの方が難しかった。なにせ僕たちには力がなかったし、平和なんてただの紙切れ一枚がもたらしたもの。周辺国は既に統合されてしまった後だ、我が国が再び侵略されたところで、条約違反に軍を挙げる国などありはしない」

一応隣国と呼べそうな大国ラトリアはファルクラムの侵略を狙っている。協力を求めたところで逆に滅ぼされる落ちが見えていたし、この頃になると帝国内の反乱は鎮圧されていた。帝国を挟んで砂漠向こうの国は接点がない。つまり彼らには後ろ盾がなかった。失った兵力を補充しようとも、下手な行いは帝国に睨まれる。自国の弱体化を憂い、軍備補強を訴えた将軍もいたが更迭されていた。

力で勝てぬのなら知で渡り合うしかない。帝国と渡り合うために奔走する中、ある日、さる御仁がローデンヴァルト侯の奥方を美しいと褒め称えた。

愚策かもしれないだろう。けれど当時の彼らは天啓を得たような心地だった。

「僕たちは喜んだ、そして、迷わなかった」

さる御仁にローデンヴァルト侯爵夫人を差し出した。罪悪感はない、やっと本当の安全を確保できるかもしれないという錯覚に喜びが勝っていた。夫人が泣いて夫に助けを求めても構いはしなかった。

ローデンヴァルト侯爵夫人は数年にわたり差し出され続け、その男の寵愛を受け、結果、子を身籠もった。

ライナルトの出生には複雑な事情が絡んでいると知っていた。だが、それに伯が関わっていたというのは想定外だ。どう声をかけていいのかすらわからず黙っていたが、結局、口をついたのは陳腐な質問だ。

「だから恨まれていると？」

「ローデンヴァルト侯や夫人に陛下の命を伝えたのは僕だ。反対すらしなかった、それが最善だと疑わなかったよ」

そしていま、ライナルトは大規模演習を行える軍勢を従えている。彼の従える配下はほとんどが帝国の出身者だ。

いま、目の前の老人は怯えている。

過去からの逆襲がやってきたかもしれないと震える老人に優しい言葉をかけるのは容易いだろう。けれどきっと、この人が望むのは陳腐な励ましではない。大体、それは私の役目ではなかった。

「一つ確認を。もしもの場合、我が領の抱える兵力では、あの人の軍勢にはかないませんか」

「籠城すればいくらかは持ちこたえられるだろう。けれど、おそらくは兵の練度が違う。長年戦から遠ざかった我が領はすぐに内部から瓦解するだろう」

「事情はわかりました。……ライナルト様がいらした際は、私も立ち会いましょう。……挨拶に来られるだけですから心配いりませんよ」

「……すまないね」

「いいえ、この身でお役に立てるのなら、やっとご恩返しができるのだと安心してます。話してくれて、ありがとうございました」

差し出された侯爵夫人の同性として、卑怯だ悪魔だと罵るのは簡単だ。実際、ひとりの女性の人権を歪められた行いには胸が痛んだ。当時の情勢を知っていたとしても、私がそのまま十代の女の子だったら、軽蔑と共にこの人を非難していただろう。

けれど、言葉通りだ。

私はこの人に匿《かくま》ってもらい、教えを受け、様々な施しを受けた恩がある。むやみに罵倒するには相手を知りすぎた。

さりとてかけられる言葉もない。結局、ご老体と忠実な家令を残して去ることだけが、私にできた唯一の行動だ。

いつ駆けつけていたのか、廊下にはエマ先生が立っていた。

「あとをお願いします」

入れ替わるように出ていくと部屋に戻るが、もう一通手紙が残っていたのを思い出す。

ほとんど無感情で読む兄さんの手紙は、姉さんの懐妊の報せと、私の一時帰宅の願い。加えて、伯に伝えていたよりも精神状態がよくないらしいと記されていた。

妊娠発覚時に毒を盛られたらしく、そのせいで神経質になっているようだ。薬物は特に堕胎に効果のある代物で、犯人は信頼の厚かった侍女。ショックが大きかったらしく、以降、身につける衣類にすら毒針が仕込まれていないか目を光らせているらしい。

飲食関係は必ず毒味が入るようだが、それでも心は安まらない。安心していられるのは兄さんか弟のエミールがいるときくらい。こういうとき、母が頼れるのなら間違いないのだが、残念ながら母娘関係は亀裂が入ったままである。

現在は忙しい兄さんに代わって、エミールが住み込みのような形で傍にいる。しかしエミールも学業もあるし、ずっと一緒というわけにはいかない。

「赤ちゃんの命がかかっているものね」

実感は薄いが、私にとっても甥か姪になるし他人事ではいられない。この内容を見るに長期滞在の可能性が出てきたし、ライナルトの件が片付き次第都へ向かおう。

できたら、演習の間も残っていたいけれど、それはライナルトの伯に対する態度次第だろうか。コンラート辺境伯夫人としては有事に備えなくてはならないけれど、個人としては、ライナルトには嫌悪より好意が勝っている。正直、彼がコンラートになにかしてくるとは信じがたい。

エルの手紙も開封するが、こんな紙質ではろくなものが期待できそうにない。せめて元気でいるとわかるような内容であれば嬉しいが、やっぱり、と呆れてしまった。

「なぁにこれ、どうしろっていうのよ」

中身はノートを破ったような紙切れに短い走り書きがあった。文字は、間違いなくエルの筆跡。学校で何度も見ていたから間違いない。

『ファルクラムは危険、帝都に来い』だなんて、前後の文を省きすぎにも程がある。

乾いた笑いが零れる。決してばかにしているわけではなく、そうするしかなかったためだ。

ごめん、とこれを送ってくれた友人に心の中で謝った。なにかの警告なのだろうけれど、忠告に従うのは無理だ。コンラートに来る以前ならいざ知らず、いまは人との繋がりをいくつも獲得した。放っておけないものが増えすぎたのである。

ヘンリック夫人が紅茶を運んできてくれたが、その芳香とは裏腹に気分は静まるばかり。

嗚呼、と嘆きが漏れてしまう。

異世界転生ならもっと単純な話であってくれないものだろうか。この世界が絶対的な善と悪に分かれるか、或いは絶対善と絶対悪が存在していたのなら、単純にいられただろうに。憂いも、胸の奥底の霧も消えない。おそらく晴れることはないだろうと確信していた。

14

ライナルトとカミル

予定されていた客人は定刻通り到着すると報せを受けていた。

「奥様、物見から報告が来ました」

想定外だったのは、規模が思ったよりも大きかったこと。馬車と、あとは護衛がいくらかだろうという予想は覆された。先行してきたのはヘリングさんとそのお付きの人だが、都の人間の来訪には既に人だかりができはじめていた。

私の姿を認めたヘリングさんは顔をほころばせた。

「これはコンラート辺境伯夫人。わざわざお出迎えいただけるとは恐縮でございます。私のことは覚えておいでですでしょうか」

「もちろん、お久しぶりです。ヘリングさんはお元気にしていらっしゃいましたか」

「名前を覚えてもらえていたとは感謝に堪えません。夫人におかれましてはご壮健でなによりでございます」

「ありがとうございます。ところで、お客様がいらっしゃったと聞いて参じたのですけれど、他の方々はどこにいらっしゃいますか？」

礼儀正しいヘリングさんの姿に、どこからか「あれまあ」とおばさま方のため息が聞こえた。

「いま向かっているところです、もうじき来られるでしょう」

「先行視察お疲れさまでした。ところで結構な大人数のようですが、コンラート領は治安に問題はなかったと記憶しています。なにか問題がございました？」

「とんでもない！　辺境伯の領内は、他の領に比べても稀にみる治安の良さを誇っております」

まあ、うん。そう言わざるを得ないでしょう。

「お恥ずかしい話、これは私たちの癖です。あのお方の御身をお守りするのが我等の使命、どうか誤解なされませぬよう……」

「ちょっと意地悪を言ってみました。ヘリングさんのお仕事にけちをつけるつもりはございません」

「……これは、お手厳しい」

「あなたのお立場を考えれば理解はして差し上げたいところですが、私とて辺境伯の妻ですから。大軍で来られますと領民の心が乱れます。どうかお許しくださいな」

「こちらこそどうかお許しを。どうにも記憶力が乏しいせいか、貴方様が辺境伯夫人ということを忘れてしまいがちなのです」

「コンラート辺境伯夫人とおっしゃっておいでではありませんか」

「口にしていないと間違えそうなのです。なにせ、御身は美しいお嬢さんだ」

人に見られていると話しにくい。門の外へ誘導すると領民も遠ざかり、端からはライナルトの迎えのために出たように見える。コンラート領は小高い丘に存在しているから、周囲がよく見渡せるが、防風林が存在しないため強い風が吹きやすい。冷たい風が髪やスカートをはためかせると、肩掛けを押さえるように強く握りしめた。

「ヘリングさん、人払いしたのは他でもありません。私の友人は元気にしているでしょうか」

「エルネスタ、でしたか。確かシスやココシュカのお気に入りですね。……ええ、元気にしていると聞いています。昨今は若くして、周囲の注目を集めています」

「そうですか、元気にしているのならなによりでしたが……」

……あのぼろぼろの手紙は、彼女が密かに寄越してくれたものなのだろうか。

「人払いされたのは、ご友人の件で？」

「ええ、あまり聞かれたい話ではありませんから」

「気になるようでしたら手紙を預かりましょうか。必ずお届けするとお約束します」

「ありがとうございます。ですがエレナさんにお任せしていますし、ヘリングさんもお仕事中でしょう。お手を煩わせるわけにはいきません」

ヘリングさんとはろくに話したこともないが、ライナルトの部下だし、エレナさんもこの人を信用している。エルのことを聞いても問題ないだろうと判断したのだ。

「ライナルト様はどのくらいかかるのでしょうか。まだ時間がかかるのでしたら、皆さまに休める場所をご用意します」

「配慮に感謝いたします。ですが問題ないでしょう、本日はわが主も馬でお越しです」

馬車ではないらしい。それならさほど時間はかからないだろうし、屋敷に戻るのもひと手間だ。散歩がてら一緒に待っていようかと思ったが、ここでヘリングさんが申し出た。

「出迎えは部下に任せたいと存じます。夫人、よろしければラトリアに繋がるという大森林を見渡せる場所を案内してはもらえませんか」

「それは構いませんが、雑多としていますし、人様に披露できるほど整ってはおりませんよ」

「無理を申し上げるのはこちらの方です。見せていただけるのでしたら、状態は問いません」

隣国が気になるのだろうか。この申し出を断る理由はない、というかできないだろう。森を見渡せるとなれば猟場と物見が一番だろう。外壁沿いに慣れた道をたどると、見渡す限り広がる森にはヘリングさんも感嘆した。

猟場で作業していた人たちは、見慣れぬ軍人にぎょっと目を剝いたが、構わず仕事を続けるようお願いすると納得してくれた。

「これは……想像以上に広大ですね。一面が森とは……」

「視界が続く限りの森と山脈ですからね。信じられない話ですけれど、昔のラトリアはこの森でも構わず抜けて侵略してきたと聞きます」

「越えるだけの価値があったのでしょう。ファルクラムにはいまだ多くの鉱物や資源が眠っているといわれている。コンラート領にしてもそうです、この一見乾いたようにしか見えない土地で作物が多く収穫できるのも、わが国では信じられない話です」

「土が豊か、というだけではなく?」

「それもあるでしょうが、シス曰く精霊の加護が強いそうですよ」

精霊。この世界に生まれて、剣と魔法の次にまともにファンタジーらしい新鮮な単語を耳にした。

「……絵本で聞いたような話ですね」

「精霊信仰など、小さな教会でわずかに残っている風習のようなもの。精霊自体が途絶えたに等しい世ですから、無理もない話でしょう」

「その割に、お詳しいですね」

「むかし精霊を大々的に祭っていた国を帝国が統合した歴史があります。帝都を歩けば、かつてその国に住んでいた者、彼らの子孫といくらでもすれ違いますよ」

滅ぼされたらしい。さすがに伯からの話だけじゃ帝国が統合、もとい呑み込んでいった国の一つ一つまでは把握しきれない。

森林を眺めていると、ライナルト達がじき到着すると知らせを受けた。ちょうど戻ったところで彼らが到着したのだが、その数にはいささか、どころか普通に混乱した。

「カレン嬢ですか、お久しぶりです」

太陽の下、その美貌を惜しげもなく振りまく人はいまはどうでもいい。問題は、彼の背後にある見渡す限りの兵士だ。軽く数えるだけでも百はくだらない。それもほとんどが馬を連れており、武装状態である。まともな余所行きの装いはライナルトと、それに随従《ずいじゅう》する十名程度だろう。つまり、これから屋敷に来ようという人数だ。

軍勢は丘で待機するらしいが、衛兵がすっかりびびっているのが手に取るようにわかる。

ここで臆するな、と拳を握りしめた。

「お久しぶりです。辺境伯は屋敷で皆様をお迎えするために待機しております。近年の不調が祟っておりますため、わたくしが参りました。どうかお許しくださいませ」

「貴方が出迎えてくださるだけでも充分すぎる配慮をいただいている。つい大所帯になってしまったが、どうか気になさらないでほしい」

なんて言われてはいそうですかと頷けるほど馬鹿ではない。

「……本当に、大勢でいらしたのですね」

「良い馬が手に入ったので、つい走らせてやりたくなりましてね」

「みなさまをおもてなしするつもりでいましたが、これでは難しいようです。……このあたりは、夕方から特に冷えるのです。皆様には薪と食料をいくらか配らせましょう」

この分では、武装理由もまともに答えてくれる気はないのだろう。ライナルトを屋敷に案内するのだが、随従の中にモーリッツさんを見かけた。

やはりと言おうか、ぞろぞろと移動すると注目を集める。コンラート領にはない垢ぬけた雰囲気は、群を抜いて異質なのだった。

今日ばかりは伯も玄関で客人を出迎える構えで、エマ先生はいないが、傍らにはヴェンデルも控えており、緊張しながらもなんとか挨拶を終えたようだ。

伯は大広間に案内したかったようだが、これは客人に断られた。

「あまり広くなく、話しやすい部屋を用意していただきたい」

「それだと粗末な部屋になってしまうが……」

「大事な話ですので公にはしたくないのです。当然、ほかの方はご遠慮いただこう」

私とウェイトリーさん、そしてヘンリック夫人が、伯の指が微かに震えていたのに気が付いた。伯とライナルトは、以前私とウェイトリーさんが利用した談話室へ移動し、そこに随従たちも付いてきた。なのにウェイトリーさんの同伴は断られたのだから、こちらとしては気が気ではない。伯の秘書官が苦言を呈したようだが、彼らは始終強気な態度であり、伯が彼らに従うよう命じてしまえば、これ以上は口を出せなかった。

「奥様、旦那様が一人きりなのです。どういたしましょう」

「ヘンリック夫人、お茶の用意をお願いします。私が居座ってきます」

約束した手前、ライナルトたちの中に伯を一人きりにはできない。

お茶を運んだのが辺境伯夫人だったのもあり、中に入るのは成功した。お茶を淹れる間、ライナルトと伯はごくごく普通の会話をしていたと思う。

「ライナルト様がいらっしゃると聞いて、夫が特別に茶葉を取り寄せていましたの」

割り込む間、モーリッツさんがあからさまに「出ていけ」という目をしていたが、知らんぷりである。両手を合わせて「まあ」なんて笑う自分は厚顔無恥にも程があった。

「ところで辺境伯、演習の件なのですが……」

「そうだったね。一応、陛下から賜《たまわ》った書状を確認させてもらってもよろしいだろうか」

「もちろんです。しかし、奥方が同席されているが……」

ライナルトは私を下げたいようだが、私もそれはできない。ぐさぐさと刺さる視線は鋼の心で弾き飛ばすのだ。

「彼女は構わないよ。最近は私も調子を崩していてね、いくらか手伝いをしてもらっている。……陛下の書状を見るだけなのだ、構わないね？」

「……そういうことでしたら」

ナイスです、伯。

渡されたのは陛下直筆のサインが入った書面だ。伯は中身を改めて、ライナルトはそんなご老体をじっと見つめていたのだが、この瞬間から雰囲気が変わった。

「お恨み申し上げる、だそうです」

「……うん？」

聞こえていなかったのだろう。伯が顔を持ち上げると、ライナルトは顔から感情を消し、静かな瞳で老人を見据えていた。

「母からの伝言です。たとえこの身が朽ちようとも貴方を一生お恨み申し上げる、と。そう言って亡くなった」

しばらくの沈黙。老人の指から零れ落ちた書状を、メッセンジャー役を果たした男が拾い上げる。

伯は固まってしまったようだが、構わなかったようだ。

「お一人で聞く勇気がなかったようでしたから、仕方ありますまい。私もこのようなことで二度も訪問するのは御免だ」

「……それは、お母上の言葉、だろうか」

「そう申し上げた」

言葉の意味を受け取るのに、だいぶ時間がかかったのではないかと思う。伯は天井を仰ぎ、被っていた偽りの強さを捨てた。

「やはり、お恨みか」

「私としては一応母であった人の遺言だったので、訪ねておこうと思っていただけなのですが」

何故かライナルトは私を見て嘆息をこぼす。彼の様子は端から見れば怒りを堪えている……ように映るのだけど。

……うーん？

「私は貴公を覚えている。たしか、私が生まれた後も幾度か母を輸送されたのだったか。泣き叫ぶ彼女の腕を引き、父の寝所に放り込まれていった」

「覚えて……」

「他のことはあまり覚えていないが、あれは強烈でしたからね。あの頃は貴公も屈強な将だったが、いまではすっかり衰えた」

伯は……言い訳をしない。額に汗を浮かせ、固くこぶしを握り締めている。そんな状態だから返答は期待できないが、ライナルトは言葉を望んでいるわけではなかったらしい。

「君の言うとおりだ。私は……」

「辺境伯、私はひとつ確認をしに来たのです」

ライナルトが遮る。わずかな間に会話の主導権を奪われていたが、異をとなえることはなかった。

「当時、私の記憶が正しければ貴公は笑っていた。それは楽しくて笑っていたのだろうか」

これにはまともに狼狽した。まるで記憶になかったようで、困惑を露わにしたのである。

「それは……いや、そんなわけは」

「……覚えていないと。ええ、しかしそうなるのでしょう。落胆はしません、私たちが虐げられた上に貴公らの幸福があった。ならば記憶などいくらでも都合よく書き換えられるようだ」

淡々と述べていく様は、まるで他人事であり過去のおさらいのようだが、ここでライナルトの興味が私に移った。

「あぁ、カレン嬢。手を出してもらってもよろしいか」

「え？　あ、はいどう……!?」

考えなしに従ったから、突然引っ張りあげられた力に抵抗する余地はなかった。勢いあまって机に激突するかと思われたが、ぶつかる寸前で体ごと持ちあげられる。カップが倒れる程度で済んだのは幸いだった。

なんでライナルトの顔が至近距離にあるの？

「確認はこれだ。その様子ではいくらか覚悟があったようだが、このように貴公が大事にしている御方を私が奪っても、それすら受け入れるつもりだったのだろうか」

ライナルトは顔色も変えず、伯を見つめて問いかけた。

驚きすぎて声もでなかったが、この状況はよろしくないだろう。拘束を解こうと思ったが、腰に手が回っているせいか引き剝がすのも難しそうである。

伯が腰を浮かせ叫んだ。

「その子は関係ないだろう！」

「関係ないとは異なことをおっしゃる。彼女は貴方の奥方の一人のはずだ、大事にされているのは知っていますよ」

「それは、そうだが……。彼女はキルステンからの大事な預かりものでもある。その身に傷をつけようものならいくら貴方でもただでは済まないはずだ！」

「私の母も、誰かから託された大事な娘だったはずなのです」

「知っている。だが、君が恨みを向けるのであれば私であるべきだ。その子はただの……」

「何故私が貴公に配慮せねばならないのか。私たちに配慮してくれる者は誰一人としていなかったというのに」

声とは裏腹に責める様子はなかった。彼が何を問いたいのか伯は理解できず、はくはくと口を開閉していたが、やがてがっくりとうなだれる。

「……望むのであれば首でも財産でも差し上げよう。ただ、どうかその子と……願わくば、我が子らは見逃してもらいたい。すべては私たちに咎《とが》がある……領民たちに罪はないのだ」

痛々しいまでの声には悲哀が含まれているが、誰も手を差し伸べようとはしなかった。

冷たい視線が伯の身に刺さっているのだが、私もここで動いた。

「ライナルト様」

場が静まり返っていたためか、小さな声でもやたら響いてしまう。皆の注目を浴びたが、肝心のライナルトと目が合ったところで少し考えた。

こういう時、相手の意表を突くにはどうしたらいいのだろう。喧嘩をしたいわけでもないのである。仕方ないので、相手の片頬をぎゅっと摘まんでひっぱった。

「本気でもない意地悪はそろそろお止めになっては」

意表はつけたみたいだけどやるんじゃなかった！

モーリッツさんから殺気が漂ってきてる！　ごめん、ごめんて!!　急いで手をはなすけれど、ライナルトから視線を外してはいない。

「本気ではない、とは不思議なことを言われる。貴方は我が家の事情をご存じだろうに」

ぞっとしそうな笑みなのだが、不思議とこの時は恐ろしくもなんともなかった。というより、さっきから不思議でならなかったから、その疑問が勝っていたと表現する方が正しい。

「もちろん聞いておりましたし、先ほどのお話で大体の事情も把握いたしました」

「でしたら……」

「複雑な事情が絡み合っています。ですから心からお怒りのようでしたら、立ち合いこそすれ、私ごときが口を挟むべきではないと思っていました」

「では、こうして口を挟んだからには理由があると？」

「だってライナルト様、先ほど……というより、このお話になってから、ずっとつまらなさそうにしていらしたでしょう。怒ってもいないのに怒っているふりをしている。夫が肩を落とした際は、あからさまにがっかりされましたね」

水に青を溶かしたような瞳が驚きに見張られた。相変わらず綺麗な瞳だが、あまり感慨深くなっている余裕はない。

「つまらないのに、興味もないと遊ばれているなら話は別です。意地悪はやめていただけませんか」

先ほど感じた疑問はこれ。

どうしてこの人、怒っていないのに怒っているふりをしていたのだろう。

うらむ。言葉だけじゃ説得にはまだ足りないか。この密接状態、けっこうきついものがあるから早く離れたいのだけれど。

「……カレン嬢は不思議なことをおっしゃるようだ」

「そうですか？　私、いまあなたがお怒りでない、という点に関してなら全財産を賭けても良いと思っています」

「随分と自信がおありのようだ」

「本気でお怒りでしたらとっくに夫を斬り捨てているでしょう？」

……間違ってないはずだけど、なぁ。

思い出したのは、地下牢で助けられた際の出来事だ。あの後、ラングの言い訳を無用のものとして唾棄したライナルトは彼を不必要な存在だと認識した。伯とラングを比べるなんて伯に対し失礼極まりないけれど、そんなライナルトにとって身分など障害にはならないはずなのだ。

うん、それに、これはいつか抱いた感想だが、この人はまかり間違っても正義のヒーローではない。

「あなたが不要と見なした相手に慈悲を持ち合わせているとは思っていません」

視線を逸らしたら負けだろうから、がんばれ私の表情筋。

十数秒に及ぶ無言の格闘戦。幸いにも折れたのはライナルトだった。

腰に回していた手を離すと、降参とでも言いたげに手のひらを広げる。

「過大評価というものですが、その称賛は悪くない気分だ」

賞賛したつもりはないけれど、機嫌を損ねずにすんだ。おかげで晴れて私は自由の身である。

……いい石鹸使ってるのだろうなあと呑気な感想を抱いたが、そんな気分は長続きしなかった。ライナルトは怒りの演技を引っ込め、ご老体を敬う貌《かお》を取り戻している。

「コンラート辺境伯。貴方には失望させられた」

慈悲すら込められていただろうか、なんとも優しい微笑であった。

「もっと期待できる答えを用意いただけたのなら、首を落とす用意もあったのですが。……これは私が貴方に期待を寄せすぎたせいでもあるのだが、なんともままならないものです」

伯はいまだに呆然としている様子であった。席に回り込み、肩をたたいたところで正気に返ったようだが、ライナルトの態度には狼狽している。

「君は、僕に復讐しに来たのではないのかね」

「申し上げたでしょう、私は遺言を伝えに来たのです。首は……気が乗れば、といったところでしたが、その気も失せました」

「だが僕は君のお母上を、君の尊厳を守ろうともせず……」

「母が貴方をどう恨もうが、母の怨讐《おんしゅう》は彼女だけのものですよ。私が貴方に期待したのは、かつての傲慢なまでの非情さです」

言い切ってしまったライナルトに、伯は長い息を吐く。

「哀れですな、ご老体」

「ライナルト殿、君は……」

「老いさらばえた豪勇の士よ、もはや貴方には刃を向ける価値もない。そのまま惨めに朽ちていくがよろしいだろう」

気が緩んだところに追い打ちをかけるのがえげつない。伯が心臓のあたりを押さえながら歯を食いしばったのを見て、ここらが潮時だと判断した。

「……伯はお疲れのようですから、もうお下がりください」

「しかし、だね……カレン君」

「その顔でお客様の対応をされるのですか。……おやめください、そのような顔色で働かれても、皆、気が気ではないでしょう。医師からも無理は禁物だと言われていたのをお忘れですか」

伯はライナルトの手にかかってもいいと簡単に言ってくれたが、実際問題、そんな事態になったら困るのは私たちである。伯はエマ先生の存在を匂わせたところで、ようやく自己を取り戻してくれたようだ。ライナルトも引き留める様子がないので、ここでコンラート伯は退室となる。

残された私はお客様の相手をしないといけないが、ひとまず言ったのはお礼だ。

「伯を失えばコンラートは内乱に陥っていたでしょう。思いとどまっていただき感謝します」

「たまたまですよ、礼を言われるようなことはしていない」

「それでも、です。私はこういったことに詳しくはないのですけど、たぶん、あなたにはあの方を討つに足る理由がありました。血を見ずにすんで、本当にほっとしているんです」

百を超える騎兵を見たときから、なんて交渉をしなきゃいけないか悩んでいたから安心した。

「キルステンとしてはその方が得をしたでしょうに」

「……随分酷いことをおっしゃいますね」

「事実でしょう。ご老体がいなくなれば貴方がコンラートを掌握すればよろしい。カレン嬢がお望みなら支援して差し上げよう」

「その気はありませんし、意地悪はよしてくださいと先ほど申し上げました」

「止めたでしょう」

「私にもやめてください。心臓に悪いです」

なんて物騒な発想だ。私にそんな意思はないので尚更である。

「少なくとも当家内においては、伯の跡取りはもう一人の夫人のご子息であるスウェンであると決まっています。私が継ぐものはなにひとつとしてありません」

「……これは意外だ。コンラートが所有する資産をご存じではないのだろうか」

「存じています。ですから、なおさらスウェンが継ぐのがよいのです。私はコンラートの財産に興味はございません」

たとえスウェンが「やっぱりやーめた」と言ったとしても、跡継ぎ候補にはヴェンデルがいる。血のつながりがないのに、何気ない仕草までいまの義父と似通っているあの子なら、後継ぎとして問題ないだろう。

「貴方はコンラートの財産に興味がないのですね」

「そのお言葉はいささか心外ですね。いまさらではありませんか？」

「失敬、なにか気に障っただろうか」

「気に障るも何も、金銀宝石に興味があったのなら、もとからライナルト様を選んでいましたよ。わざわざ田舎まで嫁ぐ理由なんてありませんでした」

そんなこと、ライナルトが一番わかっているではないか。私たちの最初の接点を彼は忘れていたのだろうか。

つい呆れてしまったのだが、相手はそれのどこかがつぼに入ったらしい。くつくつと低く喉を鳴らして笑いはじめるものだから居たたまれない。笑う要素なんてどこにもなかったはずだ。

ヘリングさんに救いを求めてみるけれど、なんともいえない表情をこちらに向けるばかりで助けになりそうにない。モーリッツさん……は怖いから見るのは止めとこう。

「……コンラート領へのお話は終わりでよかったでしょうか。私も皆様に圧倒されてうまく喋れないですし、差し支えなければ広い場所へご案内したいのですが」

「辺境伯への用事は終わりました。すぐに失礼させてもらうつもりだったが……。そうですね、カレン嬢、よければ領内を案内していただけないか。コンラート領へは滅多に来ることがない、できればこの目で噂の大森林も見てみたいのです」

「わかりました。しばらくお待ちください」

ようやく、息苦しい状況からの解放である。ライナルトには一旦移動してもらったのだが、戻った私を待ち受けていたのは青ざめて詰め寄ってくるヘンリック夫人である。

「奥様、ご無事ですか。なにもされなかったですか！」

「大丈夫ですよー。それより、伯の様子はどうですか」

「いまはエマに任せています。薬を処方したのでよくお眠りになっているようですが……」

「でしたら大丈夫ですね。そんな心配しなくても、変なことはされてませんってば。ところで……ヴェンデル、ちょっとちょっと」

「……なに？」

ウェイトリーさんの影に隠れこちらの様子をうかがっていた少年。我ながら不審な猫なで声と手招きに、うさんくさいと言いたげに近寄ってきた。

「いまからお客様を案内しなきゃいけないのだけど、あなたにお願いがあって」

「奥様？　ヴェンデル坊ちゃまは……」

「夫人は黙ってて。……いいよ、なにしたらいいの？」

流石はヴェンデル少年。察しが早いのが素敵である。

ライナルトへの道案内には直接私が出向くのだが、その補助、というか場のなごみ役としてヴェンデルの助けが欲しかったのだ。他の人に案内を任せるか迷ったが、ライナルトの発言を思い返すと私との対話を望んでいたようにも思える。支度を整えると、既に彼らの準備はできていたようだ。

「領内を見学されたいのことでしたが、見所といえば大森林くらいしかありませんけれど……」

「畑や水源といった些細なもので構わないのです」

「それでしたら……ヴェンデル」

「屋敷を出て左沿いにぐるりと回ればいいと思う。そちら側はちょうど収穫期だし、増設したての倉や森を監視できる物見櫓《やぐら》だ。それから外に出て猟場にいけばいいいんじゃない？」

救いを求めれば、すぐさまルートを提案してくれたので大助かりである。

……それにしても、ラトリアへと繋がる大森林人気だなー。

道中の説明はヴェンデルが行ってくれるが、ライナルト達は熱心に耳を傾けてくれた。この中でとりわけライナルトの興味を引いたのは、やはり大森林である。

ヘリングさんは森にも多少興味があるようで、ヴェンデルが猟師のおじさんを捕まえると、猟師用の道から中に踏み入ってしまった。モーリッツさんは……ライナルトの傍から離れる気はないようだ。

私の知ってる限りの説明はさせてもらうが、長々とした説明ができるわけでもない。すぐに話題は尽きたし、やることもないので彼の視線と同じ方角を見つめるだけだ。

森林はいまも青々とした葉を茂らせているが、所々紅に色づきはじめている。朝は光がキラキラと降り注ぎ、風がすがすがしい涼気を運んでくれるたびに自然の素晴らしさに感動するが、実際は踏み入れば羽虫の飛び交う昆虫パラダイスだ。少し道を外れたら足下は腐葉土で柔らかく、間違っても気取った靴やスカートでは入り込めない。

「昔は森林内にラトリアへ繋がる道があったと聞きました。商人達がよく利用していたようですが、そこはどうなっていますか」

「森を迂回するのでかなり遠回りにはなりますが、安全な道が開拓されました。徐々に使われなくなって、やがて木々に埋もれたと聞いています」

「森を利用する不届き者はいないと」

「領民以外では聞きませんね。ご覧の通り広大ですから、土地勘と知識がなければすぐに遭難するでしょう。それに森を安全に通過できる道は櫓の前を抜けなければなりません」

私は行くのを禁止されているが、奥には切り立った崖もあるようだし……。

昔の話といえど、よくあの森を越え攻めてこようと思ったものだと感心する。

「ところでカレン嬢、私はわかりやすいのだろうか」

ライナルトは落ち葉を拾い、指でくるくると回していた。

「伯がいらした際の話です。貴方は私が彼に落胆したと言われていたが、何故見抜かれたのかいまだにわからないのです」

……もしかして気にしてたの？

「そう言われましても。見ていたらなんとなく伝わってしまったと言いますか」

「なんとなく、などと不確かなもので見破られましたか。……残念です。正直、この手のやりとりに関してはモーリッツにも引けを取らない自信があったのですが」

「それはモーリッツさんの方が上手そうですけど」

あっやば口が滑った。モーリッツさんに聞かれ……たと思ったけど大丈夫だったみたいだ。お供の方が数名残っているものの、肝心のモーリッツさんは物見櫓や監視塔の方が気になっているらしく、そちらに集中している。

「言い当てたのは運が良かっただけですよ。私も緊張していましたから、必死だったのです。普段でしたらこうはいきません」

なんて言ってみるが、実際はいくらか確信があった。

兄さんの就任祝いの時だ。偶然だがライナルトの幼少期について話を聞く機会があったのだけど、彼の言葉に恨み辛みといった響きがなかったのが印象的だったのだ。もちろん感情を殺していたのも考えられたけれど……。あの時のライナルトは過去をあるがままに受け入れ、事実をそのままに話していた。彼に感じた印象は間違っていないように思えるのだ。

「ご自身まで恨みがあるように話されていたので、おかしいなぁと思って」

「貴方は私を聖人のように思ってくれるようだが、意趣返しをしてやりたいと思っていたのは事実ですよ。いまも成果なしに帰るのは悔しいと思っているところです」

「なにか企んで帰られるのですか？　そうなると、対策を練らないといけないので、できれば告知していただきたいのですけれど」

パニックを起こして右往左往したくない。本心から出た言葉だったのだが、ライナルトは肩をすくめて誤魔化した。

「参考までに、たとえばどのような対策を考えていますか？」

「……教えて頂けないのですからなんともいえませんが。とりあえず泣いて叫んでみましょうか。膝をついて地面に頭を擦りつければ満足してくださいます？」

「やめておきましょう。カレン嬢の無様な姿など、気分がいいものではない」

「よかった、やれと言われたら軽蔑しなくてはならないところでした」

なごやかな会話に花を咲かせているときだ。森の方から「ぎゃあああ」とヒキガエルを潰したような悲鳴が轟《とどろ》いた。思わず身構える一同、すると森から飛び出してきたのはヘリングさんだ。なにやら慌てているようで、彼の腕にはヴェンデルが抱えられている。彼らに続くように猟師が飛び出していたが、叫んだのはヴェンデルの護衛と猟師の両方だった。

「近くに熊が出た！　誰か弓ぃ持ってこい、追い立てにゃならん!!」

悲鳴に近い叫びに全員が彼らに注目を向ける。もちろん私も例外ではない。場は一気に慌ただしくなり、私たちは邪魔にならないよう引き返したのである。

さて、本来であればここらで一緒に食事を、となる筈だが、主たるコンラート伯は伏したままである。ライナルト達も長居する気はないようで、早々に引き上げる旨を伝えられた。残念な気もするが、猟場の近くに熊が出現したし、丘を大量の兵士が占拠していては領民も気が気ではない。引き留めるわけにも行かず見送りに出た。

最後の挨拶の折、ライナルトから不思議な質問をされた。

「カレン嬢、どうやら私は顔の造形が優れているらしい。皆にはよくそう言われるのだが、貴方も同じように思われているだろうか」

なんとも奇妙な質問だが、そういえばこの人、自分への興味が薄いのだ。ならば容姿へのこだわりも少なそうである。

この質問には迷う必要もなかった。

「美しいお顔立ちをされていると思いますよ。容姿で差をつけたいわけではありませんが、私もライナルト様は好ましいと感じます」

答えるとなにやらしばらく考え込んだようだが、次の瞬間には髪を一房摑まれていた。

別れの挨拶に指じゃなくて髪？　と疑問に感じる暇もない。流れるような動作で顔が近づくと、黒髪に薄い唇が張り付いていた。まともにぶつかった挑戦的な瞳が悪戯っぽく笑っている。彼の薄青の瞳は間近で見ていたから覚えがあったはずなのに、こんなのは——。

「想定していた収穫にはほど遠かったのですが、貴方のその顔で良しとしておきましょう」

それでは、といつも通りの顔に戻って踵を返す。遠ざかっていく背中にかける言葉は何一つ浮かばなかった。

……あ、なるほど。

もしかしなくても、彼、負けず嫌いなのだろうか。とんだ意趣返しがあったものである。ああ、ちょっと顔が熱い、はやくおさまってくれないだろうか。

15

彼らの勝負所

演習はおよそ三十日間に渡って実施されるらしい。長い期間を設けられているようで、本格的な演習になるようだ。ウェイトリーさんは彼らの動向を気にして逐一情報を更新しているが、なにより気がかりなのは、視察の折に見せた彼らの反応にあるようだ。

「大森林を気にしていたのが気がかりです。定期的に人を送り確認しているので、そちらは問題ないと考えますが……」

ラトリアが迂回路を使わず、森林を越えまっすぐコンラートを目指すのなら、深い渓谷に橋を架けてやってくる必要がある。いま現在橋はすべて壊されており、渡ってくる気配は無いと語るが、しかし大森林は広大すぎて、長年この土地に住んでいる彼らでも把握できない場所があるかもしれないと言うのである。

「探索範囲を広げたいところですが、いまは鹿の増加と、人里には姿を現さなかった熊の出現が気がかりです。領民との会合もありますし、いまは本格的な冬に備えている最中ですから……」

「どのくらいの準備があれば派遣できそうですか？」

「早くて十日はいただきたい。ライナルト殿が騎馬隊を連れてこられたことで不安に駆られた住民もいますので、領内の見張りを増やすべきだという声もあります」

「……そうですね。領内の安全が優先されますもの」

「見渡す限り、森に異状はありませんからな。それに一度見ておりますし、再調査には早すぎます」

「でもウェイトリーさんも、反対ではないのですね」

「むかし、ああいった方々の目線は無視してはならぬと教わりました。己が知識だけで総ての物事をわかったように推し量るなと。……以来、気をつけております」

「良い言葉ですね。私も見習いたいです」

「左様でございますね。言ってる本人は大変な糞野郎でございましたが」

「……うん？」


などとやりとりも混ぜつつ、ウェイトリーさんや秘書官さんたちと仕事にあたっていった。しばらく経つと伯も調子を取り戻したのだが、エマ先生曰く、無理をしているのは変わりないらしい。

ライナルトの語る伯の人物像が気になったので、こっそり尋ねてみたのだが、エマ先生はそのあたりを語りたくないようである。ただ、ため息交じりに興味深い話を聞かせてくれた。

「私はあの人の武人としての顔はよく知らないの。けれど、昔のことは一応聞いているわ。だけどそんなときはきまって気鬱になって……。翌日にはけろっとしているのだけど、前日のことを尋ねると話があべこべになっているのよね」

それ以来、不用意に触れないようにしている。ウェイトリーさんにも確認したが、昔の話というよりは、特にライナルトの母親がタブーのようだ。その人の話になると記憶の混濁が見られるようで、罪悪感による逃避の一種ではないかと推測していた。

これらに関しては思うところが多々ある。あるけれど、現実を突きつけるまでにはいたらない。というより、そんな権利が自分にあるのだろうか。

それにライナルトがコンラート辺境伯を処断しなかった。彼がうなだれる老人を憐れみ、告げたのだ。「惨めに朽ちていくがよろしい」と。結局、罰も与えず死なせるのがライナルトなりの罰だったと考えると、現実を直視させるのは伯にとって救済になるのか、はたまた新たな苦しみを与えてしまうのか。どちらにしても、頭を抱えたくなる気分だ。

「けれど、なんとかこの程度で済んだのは幸いだった、のよね……」

「奥様、何か言いました?」

「なんでもなーい」

「だったら荷造り手伝ってくださいよう。今回は荷物多くて大変なんですから」

「……あなたも堂々と私を使うようになってきたわよね」

「働かざる者食うべからず。ニコに教えたのは奥様ですよ!」

ライナルトはどれだけの人に罪を問うのだろう。彼の目的がなんであるのか、いまだ計りかねている部分があるけれど、その目的の中に陛下は混じっていそうである。

さて、気がかりな点だが他にもある。こちらはコンラートの問題なのだが、最近国から国へと旅をする商隊の数が減っている。理由はようとして知れず、現在国境などに人を送って確認している最中だ。売り渡したい交易品も溜まってきており、これには伯も眉を顰《ひそ》めている。今年の冬はどうにも全体の空気が張り詰めている。

ニコが鞄に荷物を詰めながら、ふと窓の外を見た。

「今年は天気の悪い日も続きますね。冬が近づくと晴れが続くのに、ここのところ雨ばっかりです。霧が深くてまともに外に行けないって皆さん嘆いてます」

「ちょっと離れただけでなにも見えなくなっちゃうものね」

「子供達なんてすーぐどこかに行っちゃいますから。冬になったら迷子が減るーって衛兵さん喜んでたのに、忙しいままですよ」

子供は遊んでいるだけなのだけど、下手すると「どうしてそこまで行った?」ってレベルで遠くまで行き迷子になっている。コンラート領周りは木々すらないゆるやかな斜面だから見つけやすいと思っていたが、歩き回ってみると案外背の高い草も生えている。大きな岩もゴロゴロ転がっているし、領の裏手は思ったより視界が利かない。徒党を組んだ大人ならともかく、子供を見つけるのは難しいというのが移住してからの感想だ。

「荷造りを終えたら、都でやっておかなきゃいけないこと確認しなきゃ」

「都でくらいお休みになったらいかがです。お姉様の様子も見なきゃならないんですよね」

「そうだけど、全部任せきりっていうのも気になるじゃない。一度こちらに戻ってきて、領内の様子も見るつもりだし……」

「長期滞在しないんですか？」

「合間に何度かは帰ってくるつもり。ニコはスウェンとどこか行く約束でもしたの？」

いままではスウェンのことを尋ねても特に反応すらしめさなかったのに、今回に限ってみるみる間に赤くなっていく。……これは面白い反応だ。つい嫌らしく笑ってしまう。

「……な、なにもありませんよ！　こ、今回の王都行きはなにも話してませんし！」

「へえ？　話せないようなことでもあったの？」

「知りません!!」

ニコとスウェンが頻繁に手紙を交わしているのは知っている。スウェンも婚約者を考えてもいい年頃だし、とうとう進展があるかもしれない。

そうなるとニコが未来のコンラート辺境伯夫人だし、作法を覚えてもらったほうがいいのかな？

赤面するニコが可愛くてからかっていると、遠慮がちなノックが響く。入ってきたのはヴェンデルで、少年は私たち以外に誰もいないことを確認すると、声を潜め、相談を持ちかけたのである。深刻な顔をした少年の相談はこうだ。

「最近父さんの元気がないんだ。母さんも浮かない顔をしているし、ウェイトリーやそこの意地悪義母もなにも教えてくれない。館の空気が重苦しいんだ」

「ちょっと？　意地悪義母って私のこと？　ヴェンデルくん？」

「奥様黙って」

ここからが本題。そろそろ伯の生誕日が近く贈答品を探したいが、しかしエマ先生にも元気になってもらいたいそうで、いっそ夫婦にお揃いの品でも贈ろうかと思い至ったらしかった。

「恋人や夫婦ならそういうのやるって聞いたんだ。二人ともお揃いって持ってないから、喜ぶかもしれないと思って」

この国、結婚指輪の風習はないものね。それでヴェンデルは私に資金援助を求めてきたのである。

「僕が持ってるのはこのくらい」

「あら、意外と持ってる」

「そりゃあ、小遣いもあったし、母さんを手伝ってた分はお金ももらってたしね」

服の中に隠して持ってきた皮袋には片手いっぱいの金貨が詰まっている。

「父さんから贈り物はもらってるみたいだけど、派手だからって遠慮してさ。眺めるだけで満足しちゃうんだ。その辺の商隊が持ってくるのじゃ、これだ、ってくるものがないし、父さんが身につけるには安すぎるし」

二人とも息子の贈り物なら値段なんか気にしないだろうが、ヴェンデルが気にするのである。

「エマ先生や伯が揃って身につけるなら派手すぎるのは避けるでしょうね。なるべく地味だけど良品でとなると、王都で見繕った方が早いかも」

「だろ。だからカレンが探してきてよ。あと足りない分を出して」

「まあヴェンデル坊ちゃんたら直球だこと。もうちょっと円滑にお金を出したくなるような言い方を考えなさいな」

「でもカレンは出すじゃん？」

「当然でしょ」

出さないいって選択肢はない。

「せっかくだからスウェンにも一枚噛ませましょうよ。全員で贈れば箱にしまっておけなくなるわ」

「で、ニコも出すでしょ？」

「もちろんでーす。お二人ほどは出せませんけど、先生たちにはお世話になってますから！」

「そうそう、将来の義母で僕の義姉だもんね」

「坊ちゃんまで変なこと言う‼」

「もう両思いなのばればれなんだから堂々としてればいいのに。知ってるヴェンデル、ニコったら王都は可愛い女の子が多いから心移りされるんじゃないかって心配してるのよ」

「兄ちゃん一途なんだから心配いらないじゃん。僕は僕で悪い虫がつかないように頼まれてたんだけど。……面倒だなあ」

「なにそれ！　そんなこと言われてたの⁉」

「あーー！　あーー⁉」

もはや叫ぶしかできないニコの悲鳴を音楽に、ヴェンデルから渡された袋の中身を数える。

王都の店ならいくらかあたりはつけられそうだから問題ないだろう。問題は私の眼鏡にかなう品があるかどうかだけど……。ヴェンデルが装飾品に詳しくないだけで、普段使いできるようなシンプルなデザイン、かつ私も納得するような「そこそこ」の品となると、たぶんその辺の店では難しい。高額すぎてもなんだから、なるべく値段はおさえたい。

「そうだヴェンデル。妊婦にいいお茶とかあったら包んでくださいな。気分が休まりそうなやつとか、よく眠れる効果があると嬉しい」

「りょーかい。色々持って行って調合しよう」

今回の王都行きは私にニコ、ヘンリック夫人にヴェンデルとなっている。ヴェンデルの用向きは両親へのプレゼントだが、そちらはあくまで隠れミッション。主目標は本集めである。

準備はつつがなく完了し、エマ先生の見送りを受けての出発である。馬車に乗りっぱなしの数日間は辟易するが、旅をしている感触があるだけましだろう。ただ今回は雨が続いていたせいか道がぬかるみ、また霧に行き先を遮られたりと散々な日程だったのは記しておこう。冬の雨続きは滅多にないらしく、休憩に立ち寄る村々では苦労しているそうである。

不測の事態が発生したのは、最後の休憩所となる村に寄ったときだ。宿に入ったところで意外な顔と出くわした。

「なんでスウェンがここにいるの？」

ちょっと見ない間に背の伸びたスウェンである。顔つきもどこか大人っぽくなっており、一瞬これが本当にスウェンなのか迷ってしまった。

「なんでここにいるんだ？　王都に来るって話は聞いてなかったけど……」

「それはこちらの台詞。……見たところ一人みたいだけど、護衛はどうしたの？」

ヴェンデルやニコも本来いるはずのない少年の姿に驚いた。ニコは夫人に報告してくると言って去ってしまったが……。スウェンは一瞬目を見張ったものの、質問にはばつが悪そうに頭を掻いている。

「あー……その辺の商隊にいくらか支払って、途中まで乗せてもらう予定だった」

聞けばスウェンも帰省の最中で、服装も安価な装いだ。一人で出てきたようだし、いくらコンラート領は治安がいいとは言え道中は危険だ。スウェンを連れて戻ると、まさかの事態にヘンリック夫人はぎろりとスウェンを睨んだ。

「コンラートの嫡男ともあろう御方が、護衛も付けず一人で旅などなにをお考えですか」

「いや、旅といってもただの帰省だし、こうでもしないと一人で行かせてもらえないだろ」

「許すとお思いですか！」

夫人のお説教が飛び、スウェンの身柄は回収である。

このまま王都に連れて行くつもりだったが、問題はスウェンがどうしても領に戻りたいと言ったことだ。何故か私だけが外に呼び出されたのである。

「父さんの具合がよくないんだろ。いま向こうに戻っておきたいんだよ」

「戻っておきたいって言われても、学校の方はどうしたの」

「そっちは長めの休みを取った。成績の方も問題ないし、次年度の進級は約束されてる」

「しんきゅ……待って、早くない？」

「真面目に取り組んでるんだ、このくらいは当たり前だろ」

当たり前だろといわれても、さらっととんでもないこと言わないでほしい。

「だからって商隊に戻すのは夫人が賛成しないわよ。大体、あなた兄さんの持ち家に下宿してる形になるのよね。なんて言って出てきたの」

「それは……その、なんというか」

あの兄さんとアヒムが護衛も付けずにスウェンを帰すなんてあり得ない。問いただすと、嘘をついた、と白状した。

「うちから護衛を送ってもらったって……」

「兄さんがそれで納得したの？」

「あーいや……仕事で忙しそうだったから、寝こけてるときにさらっと……」

これはスウェンがいないのに気づいたら間違いなく叫んでる。スウェンも悪いことをした自覚はあるようで気まずげにしているが、実家に戻るのは諦めないようだ。

「頼む、どうしても戻っておきたいんだって」

「帰りたい気持ちはわかるけど……せめて理由を教えてくれない？　なんでそんなに慌ててるの。一旦王都に行って護衛を付けてからでも問題ないでしょう」

ここでは新たに雇えそうな人たちは見つからないし、ならば日程や順路的にも問題なさそうな私たちから護衛を割くしかない。幸い荷馬車も余裕はあるから詰めれば一つ渡せるが、スウェンの必死さが気がかりだった。

「ニコには言うなよ」

「了解。絶対言わないから安心して」

「理由は二つだ。さっきも言ったけど父さんの体調が気がかりだ。これは母さんから一度帰ってこいって言われてたからそうしたのもあるんだけど」

「ふむふむ。もう一つは？」

「ニコに手紙を送ってだな……。あー、その、つまり……将来の伴侶に……まてまてまて、あー、なんだ。端的に言うと告白したんだ」

「こっ……」

告白はともかく伴侶!? などと慌ててしまったが、貴族社会じゃおかしい話じゃなかった。

「……返事は？」

「父さんが許してくれたら受けるって」

あー、そういえばニコは、スウェンを見るなりUターンしてた。今回の王都行きの件も伝えてないって言ったし、そういうこと？

「それっていつあたりに告白したの？」

「なんでそんなことまで……ああもう、十日くらい前に返事をもらった」

「つまりそのために学業に励んで休みをもぎ取ったと。……あらぁ、青春」

「うるさいよ」

「で、それがなんで一人で出ることになったの？」

「それは……いつも護衛されっぱなしだから、ちょっとくらい冒険してみたかったというか。無茶なんていまのうちにしかできないだろ」

つまり熱意に乗っかって自分の野望も叶えてみたかったようだ。恩人達の子息を放置するなどできないし、首根っこ掴んで王都につれて行くつもりだったけど、スウェンはとうとうニコに告白したのだ。それにこの時期に進級を確定させる難しさは私も知っている。このまま連れ戻したら兄さんやアヒムのお説教はもちろん、コンラートに帰ろうにも時間が掛かるだろう。

「私の立場であなたを一人行かせるわけにいかないのはわかるわよね？」

スウェンはあからさまにがっかりとした様子だけど、早い早い。

「けど、自由になりたい。いまのうちに好きにしたいって気持ちは、少しわかる」

「なら……！」

「兄さん達からのお説教を後回しにしてあげるだけよ。私たちの護衛を割くから、それでコンラートに帰って。……ウェイトリーさんに叱られてきなさい」

ここのところ不安が募るような話題ばかりだったせいか、少年少女の青春を見守るのも、たまには悪くないのかな、とも思ったり……。

考えなしに護衛を割くつもりはない。私たちは王都に近いし、残りの道中は安全が確保されているから、道を逸れない限りまず野盗は出ない。他の旅行客や商隊で賑わうのを知っているからこんなことができるのである。

二人がかりで行った夫人の説得は大変だったし、護衛を分けたはいいものの、多少なりとも変更を余儀なくされた。まずヘンリック夫人、スウェンの行動には静かな怒りを見せており、スウェンの監視がてらコンラート領へ引き返すようだ。私は姉さんの様子見が主だし、やっぱりいまのコンラート領も気になるからね。

そしてニコなのだが、この際彼女も帰すと決めた。スウェンが気になるようで手元が疎かになっているし、伯に彼女との仲を認めてもらうなら当事者抜きで話を進めるのは論外である。自分のことは自分で、と言いたいけれど立場上そうもいかないし、いざとなったら他の使用人さんの手を借りればいいのである。二人や護衛さん達は結局長旅になってしまうわけだが、そこはスウェンが皆からお説教をもらうだろう。

この三人を帰すとなるとヴェンデルも……となるが、これは本人に却下された。

「兄さんとは話すことがたくさんあるけど、それは戻ってからでもできるから」

「……ヴェンデル、兄ちゃんと帰らないのか？」

「欲しい物があるし今回はカレンがいるからいい」

十一歳になるヴェンデル少年の成長に、スウェンは微妙に寂しそうであった。前から思ってたけど、スウェンは結構な兄馬鹿だ。

王都までの道のりは特に問題もなかったので省略させてもらおう。

到着後は私たちだけ兄さんの元へ直行した。案の定キルステンは大騒ぎで、捜索隊出発手前でスウェンの行方を伝えたことで、兄さんとアヒムは安堵のため息である。

「いやあ、坊主にはお仕置きが必要だなぁ……？」

アヒムの目が笑っていなかったので、スウェンが戻ってきたらきっと凄いことになる。助けは出さないので頑張ってほしい。

「カレン、僕もサブロヴァ邸に行くの？」

「できれば一緒に来てもらえると嬉しいかな。ヴェンデルにはエミールと会ってもらいたいし、私よりも薬学に精通してるでしょ？」

「……僕なんかが行ってもいいのかな」

「なんか、なんて言わないでよ。ヴェンデルなら大丈夫よ。礼儀正しいし、私の義息子にもなるんだから問題ありません。……ねえ、どうして鼻で笑うの？」

「別にぃ。義母って柄じゃないよなぁって思っただけ」

微笑ましい義親子の会話なのに、何故兄さんやアヒムまで微妙な顔をしているのだろう。

「まあいいや、付き合ってあげるから小遣い増額してね」

エマ先生からあまり甘やかすなと言われているのに、足下をみてくる。ちゃっかりしているのは誰に似たのだろうか。兄さんとヴェンデルも改めて挨拶を交わしたところで、肝心の姉さんについての話である。

「念のためヴェンデルはうちで着替えていきなさい。エミールの昔の服が残っているだろうし、支度は使用人達が手伝うから心配しなくていい」

「え、めんどくさ……」

い。とは言わせない。口元を押さえ、素早くキルステンの使用人にパスである。

こうしてお子様に聞かせたくない話題はシャットアウト。完璧だった。ヴェンデルの去った室内で兄さんは感慨深げである。

「……義理とはいえ甥がいるのも奇妙な気分だな」

「そういう意味でならとっくにスウェンがいるじゃありませんか。面倒見てくださってるんですし」

「あの子は弟だな。それよりもゲルダだ。ここのところは特に荒れ方が酷くてな、お前が帰ってきてくれて助かったよ」

「そこまで酷いのです？」

「毒味が二段階方式までになった。夜は不安で眠れないようだし、そろそろエミールが限界だ」

「ご本人は大丈夫と言ってますが、ねぇ……」

アヒムが意味ありげに呟く。

「エミール坊ちゃん、学業もあるのに頑張ってるんですが、流石にそろそろ休ませてやらなきゃならないと話してたんですよ。坊ちゃんも毎度は泊まれませんからね」

「使用人も疲れている。エミールが注意してくれるが、ゲルダとエミールではどうしたってゲルダの意見が勝つからな」

「努力してみるけど、毒を盛られたっていう話はどうなったの。信頼していた侍女が盛ったって書いてあったけど本当なの」

「詳しいのはアヒムだ。情報収集を任せた」

　使用人さん達から詳細を聞き出したらしく、相変わらず人の懐に入り込むのが上手い。ただ、これに関してアヒムは発言までに多少の時間をかけた。念のためと言おうか、周囲に人がいないのを確認してから囁いたのである。

「ゲルダ様が信頼していたというように、忠義に厚いお嬢さんでしたよ。ゲルダ様に対しても献身的で、おれみたいなのにも気遣いのできるいい人でした」

　などと、引っかかる物言いをしたのである。

「その言い様だと、違うのね？」

「あの人が毒を盛ったなんて俺は信じませんし、あそこで働いている侍女連中は疑ってますよ。彼女達の中じゃ誰よりもゲルダ様を気にかけてた人です。本人も最後まで否定してたようです」

「その人は、いまどこに？」

「もう処刑されてます。そこそこ良い家の出でしたが、お家ごとお取り潰しに。僅かに残された家族の行方も知れません」

「姉さんはその侍女と仲が良かったのでしょう、信じたの？」

「現行犯らしいんですよ」

　件の侍女が淹れた茶に毒物が混入されていたらしい。普通であれば兄さんが介入して調査に当たるが、その事件現場、運悪く陛下が同席しており大激怒したようだ。陛下の命を受けた第二王子のジェミヤン殿下預かりとなってしまったのである。

「はじめこそゲルダも侍女が濡れ衣を着せられたのではないかと疑っていて、免除を願っていたんだ。私も侍女から直接話を聞こうとしていたんだが……。その前に、ジェミヤン殿下から言質《げんち》が取れたと報告がなされてしまってな。ただでさえ不安と不調で弱っているところだったから……」

「腹の子を守らなきゃならないと周囲から圧力がかかってたんです。ほとんど恐慌状態ですよ。全員が慰めている間に処刑が終わっちまいました」

「否定してたのでしょう。良家の子女なら裁判でもっと長引いたのでない？」

あっさり言ってくれるが、いくら第二王子預かりの事件でも、お家取り潰しは一大事だ。証拠や陰謀論などよく調べもせずに簡単に処刑したなど、早計が過ぎる。質問に対し、アヒムは当然といった様子で頷いた。

「よくぞ聞いてくれました。その通りですよ、坊ちゃんが申請してもその侍女に会えなかったどころか、拘留してから処刑までの間、ジェミヤン殿下の関係者以外は誰も会っていません」

「……言質を取ったと言うのは？」

「陛下の前で申し開きがあったそうです。ただ……小耳に挟んだ話だと……」

アヒムは言いにくそうだが、ここまでくれば彼の言いたいことも予想できる。

「拷問された？」

「正解です。襟首から覗いた肌が赤く爛《ただ》れていたと」

「兄さん、ジェミヤン殿下は知っていたと思います？」

「……知らないはずはないだろうね。ジェミヤン殿下はダヴィット殿下と違い周囲の評判はよろしいが、罪人に厳しいので有名だ。噂では専門の酷吏《こくり》を……。だから知らなかった、とは言えないね」

難しい顔で腕を組んだのである。

「……その侍女が犯人でなかった、もしかしたら脅されて実行に及んだかもしれないにせよ、真相はわからず終いなのですね」

「おや、おれの話を信じてくださるんですか」

「姉さんに四六時中付き合っていられる侍女なんて滅多にいません。それこそよほどできた女神みたいな人に決まってるわ」

それにしてもアヒム、聞いた話と本人は言うけれど、よくぞここまで情報を集めたものだ。いつのまに宮中に詳しくなったのだろうと思っていたら、これには裏があったらしい。

「最近じゃローデンヴァルトやコンラートって伝手ができたんで、痒いところに手が届くようになったんですよ。それで知ったんですが、辺境伯はたまに陛下の様子を確認してるみたいですね」

「じゃあコンラートの関係者に聞けばなにかわかるかしら。その、ジェミヤン殿下の酷吏とか……」

伯がジェミヤン殿下について語った際、渋い顔をしていた理由はこれだろうか。……伯は裏で色々とやっているようで、私が手伝っている仕事など、本当にごく一部なのだろう。

「もう探れなさそうなのはわかった。あと私にできることと言えば姉さんを慰めるくらいよ?」

「それで構わないよ。こちらに来るのも遅かったし、忙しかったんだろう?」

「うん、合間を見て一度向こうに帰りたいと思ってる」

答えると兄さんは困ったように笑い、出発の準備に取りかかるべく部屋を後にした。不思議に思っているとアヒムがそっと耳打ちしてくるのである。

「帰る、なんて言うからですよ」

自分でも驚いたのはいつの間にか自然に「帰る」と言っていたことだ。前から言っていたようにも思えるけど、私はいつの間にか、当たり前のようにコンラートを帰る場所だと定めている。

「……あ、おれも寂しいですよ」

「とってつけたようにありがとう。でもそうね、私もアヒムになかなか会えないのは寂しいかも」

「なんだ、やっと俺の存在の重要さに気付いてくれたんですか」

「なんだかんだでわがままに付き合ってくれるもの。……あなたたち四六時中一緒だし、兄さんはアヒムがいなかったら行き倒れてそうよね」

本当に頼りになる存在なのだが、アヒムが伴侶でも見つけてしまったら兄さんは大変だろう。女の人の影もないようだし、妹としてはそこそこ心配である。

「ま、おれはお二人のお兄ちゃん代わりですから」

「格好良くて素敵なアヒムお兄ちゃん。宝石買ってくださいな」

「兄ちゃんいま金欠だから飴で勘弁してくれな」

ヴェンデルが準備を済ませ、館に到着する頃には夕方だが、館にはいくらか変化があった。まず見慣れない豪奢な馬車と、武装した人々が館を取り囲んでいたのである。

「警邏《けいら》を増やしたのは伝えていなかったな。だが、あれは……陛下がいらしているな」

「うっ」

「……間違ってもその態度を出すんじゃないぞ」

「いつまで子供と思ってるの、そんな失態はおかしくしません」

ヴェンデルの前だし、みっともない姿はさらせない。しかし陛下、と聞いたヴェンデルは流石に表情を強ばらせているし、兄さんも眉をひそめ気味だ。

「今日来られるとは聞いていないから、突然いらしたのだろうな。まあ、ゲルダの懐妊は相当喜んでいたし、仕方あるまい」

口上を考えるのは苦手なのだ、玄関を潜るまでかなり頭を悩ませていたのだが、到着直後にその心配はなくなった。

なぜならちょうど出て行こうとしている陛下とばったり出くわしたからである。

「お前達もゲルダの見舞いに駆けつけたか」

陛下は私たちを見るなり満足げに頷いた。喜色に富んだ声は、頭を垂れた私からでも上機嫌だとわかるほどだ。兄さんは慌てず騒がず、落ち着いた調子で対応する。

「陛下、おいでになっているとは気付かず大変失礼いたしました」

「周りには知らせてなかったのでな、お前達がわからぬのも仕方あるまいよ。顔を上げるがいい」

陛下は一人ではなかった。さきほどは気付かなかったが、傍には二十代頃の男性が佇んでいたのである。彼こそ第二王子ジェミヤン殿下その人であり、こちらを興味深げに眺めていた。

「カレンもこちらに到着していたか。お前もゲルダの見舞いかね」

「はい。兄より報せをいただきまして、遅ればせながら本日王都に到着いたしました。……陛下におかれましては、まこと日出度きことと存じます」

「うむ、我が愛しき花はいつでもわしを喜ばせてくれる。お前もゲルダの力になってやってくれ」

「わたくしにできることであれば姉の力になりましょう」

名を呼ばれたことに驚いたが、そつない対応はできた。陛下にはヴェンデルの紹介もしたのだが、こちらはあまり興味を引かないようだった。……こんなに利発で可愛いのだからもっと反応をしてもらいたい。

ジェミヤン殿下だが、ここで陛下の肩を叩き演技がかった仕草で父を諌めた。

「父上、話し込むのは結構ですが、そろそろ私の存在も思い出してはいただけませんか。アルノーはともかく、そちらのご婦人を私は存じ上げない。ぜひ紹介してもらえませんか」

「お前も話だけなら聞いているだろう、ゲルダの妹であり、コンラート夫人でもあるカレンだ」

「ああ、義母上の」

姉さんより年上だろうに義母上とは。しかしジェミヤン殿下はこちらに向かって会釈すると……距離が近い。そんな無造作に手を取られても困る。

「道理でお美しい女性だとほれぼれしていたところです」

「お会いできて光栄です、ジェミヤン殿下。殿下のお噂はかねがね耳にしております」

「それは嬉しいね。ただ、兄上と違って私にはこれといった特徴がないだろう。どういった噂なのか是非お伺いしたいのだが……」

「まあ、ご興味がおありですか。わたくしは夫から常日頃、王室の皆様方の素晴らしさを説かれているのですけれど……」

人への距離感が狂ってる。夫、とことさら強調するとわずかに目を見張り、薄っぺらい微笑を貼り付けて手を離された。もっと離れてくれてもいいんですよ。

「ジェミヤン、そうやたらと女性の手を握るでない」

「これは心外な。父上が義母上にされたように、私もご婦人には目がないのです」

「お前といいダヴィットといい、少しは節操を覚えろ。王妃にも言われているだろう」

「兄上と一緒にされても困ります。私は節度を持ったお付き合いしかしておりませんし、なにより節操と言われましても心外ですよ」

親子が言い争っている間に、兄さんが一歩前へ踏み出していた。

「陛下、サブロヴァ夫人の容体はいかがでしたでしょうか」

「あ、ああ、そうだな。あまり良くはない」

「さようでございましたか。……では私共は一刻も早く夫人を安心させてやりたいと思います」

「そうだな。だがその前に……アルノー、コンラート辺境伯夫人を少々借りる」

「は。……は？」

まるで予想外の言葉だった。兄さんのみならず陛下以外の全員が目を丸める。

「陛下、妹になにか落ち度が……」

しかし陛下は問いに答えることなくジェミヤン殿下や兄さん達に退散するよう申し渡す。

「そなたはこちらに来るように。……なに、すぐ帰す」

陛下の命には逆らえないし、兄さん達には目配せだけで合図を送った。陛下の護衛すらも付いてくる気はないようで、つかず離れずの距離を保って後ろへ続く。

ジェミヤン殿下は不審そうにこちらを見送るのだけど、そこである顔が目に付いた。殿下には当然お付きの護衛がいるのだが、そのうちの一人に覚えがあったのだ。年は四十頃で、いくらか精悍《せいかん》さを取り戻しているし、髭も綺麗に剃っていたが間違いない。あれはライナルトと参加した夜会の日、移動の最中で馬車を止めた人だ。ライナルトは人違いをされたと言っていた。

……気になるけど、だめ、いまは陛下を追わないと。

陛下が向かったのは空き室だった。椅子と机と寝台がおかれただけの簡素な部屋。広い部屋ではないし、こんなところでは緊張が高まるが、陛下は椅子に腰掛けると簡潔に告げた。

「すまんな。空き室ならどこでもよかったのだ」

どことなくだが、そこに兄さんや殿下を前にした威厳や横柄な態度はなりを潜めている。答えようとする前に、軽く手を振られた。

「ここにはわししかおらぬから面倒な世辞はいらん。いらぬ口をきいたからと罰するつもりもない」

この状況が不透明だ。陛下は笑みを引っ込めているし、面差しには鬱々とした影が差し込んでいる。

「どういった御用向きでございましょう」

「そなたに尋ねたいことなどそう多くはあるまいよ。……カミルの具合はどうだ」

「どう、とは」

「探ろうとせずとも心配ない。わしはただ、あれの様子が知りたいだけだ」

「どういった噂がお耳に届いているかはわかりませんが……。近頃は発熱を繰り返し、横たわりながら政務に励む日もございます」

「よくないのか」

「よい、とは言えないでしょう。医師がつきっきりになっておりますし、調子のよろしい時もございますが、よる年波にはかなわないと口にしております」

この世界、お世辞にも平均寿命が長いとは言えないのだ。伯の周りは生活環境が整っているからまだまだ元気だけど、エマ先生が伯から離れられないのも不安要素である。

「最近、ローデンヴァルトの次男がカミルと会ったと聞いた。それはどうだ、なにか聞いているか」

「ライナルト様ですね。確かにいらっしゃいましたが、お話しされたあとはすぐに帰られてしまいました」

「そなたは二人が何を話したか知っているか」

「いいえ、部屋には入れてもらえませんでしたので……。あの、陛下。それがなにか……」

「……いや、それは大した話ではない」

……陛下にも情報が渡っているのか。

しかしこちらがしらを切ったことで、私は何も知らないと思ってくれたようだ。

「ともあれ、以前よりも体調を崩しやすくなった。そうだな？」

「左様でございます」

いまの陛下は切羽詰まっているようだ。片足を上下に揺すり、唇を噛んでみたりとせわしない。見守るしかない時間を経て、意を決し顔を上げたのである。

「そなたに頼みがある」

懐から取り出したのは、しなびた手紙である。全体的にぐしゃぐしゃになっており、意図してそうしたというよりは、長い間しまい込んでいたせいで傷んだ印象があった。

「これをカミルに渡してくれ。そなたから直接だ、決して他の者を経由するでない」

「……はい。かしこまりました」

「ふ、封を開くまでは見届けてくれ。よ、よ、読んだとわかるまでは離れないように」

「かしこまりました」

「それと……」

早口で食い気味になったり、どもったりとまるでせわしない。少しおかしかったのは、そこに一国の王の姿がどこにもなかったということ。私の目の前にいたのは、不安そうなただのおじさんだ。

「あいつが読んだ上でなにを……返事をくれるかどうかは……いや……」

今度は表情が一変して暗くなり、重苦しい雰囲気が漂いだす。途中、私の存在を思い出したのか立ち直ったようだが、手紙を渡すと、すれ違うように部屋を出ていくのだ。

「あとはカミルの判断に委ねる。そなたはただ、それを届けてくれればよい」

去りゆく背中にお辞儀をして、猫背気味の背を見送った。

改めて見る手紙は何度も握りつぶされ、引き延ばされた痕跡すら残っていた。私の知らないところで繰り広げられた苦悩の跡がかいま見えたのである。

たぶん、たぶんなのだが、これはいままで伯に送られていたどの手紙とも違うものなのではないか。

そんな予感に奇妙な使命感が首がもたげた。

絶対にこれを伯に届けようと決意したのだけれど……。

「カレン……」

姉さんの状態は想像以上に悪かった。ソファにぐったり埋もれているが、瞳もうつろで目の下にはくまができており、化粧っ気もないから血の気がないのがよくわかる。髪や服は手を入れてくれる人がいるので見られる姿になっているが、侍女がいなかったらとんでもない醜態を晒していたのではないだろうか。

近寄ってきたエミールは、以前より大分背が伸びている。姉さんよりはいくらかましだが、それでもずっと緊張し続けていたせいだろう。すでに疲労の色が濃い。

「姉さん久しぶりです。お元気でしたか」

「私は元気。エミールも……頑張ってくれてありがとうね」

弟の頭をひと撫で。姉さんの隣に座ると、気怠げながらも「おかえり」と迎えてくれるが、それ以上は喋る気力もなさそうだ。

「姉さんも陛下とお会いしたのですよね。ゲルダ姉さんは、先ほどまで頑張って陛下達のお相手をしていたのでこの調子です」

「……無理して対応してたと」

こくんと頷くエミール。その傍らではヴェンデルがお茶を淹れているので、私が陛下と話をしている間に自己紹介は済ませたのだろう。自慢の薬膳茶、是非とも姉さんの役に立ってもらいたい。疲れ果てた姉さんを労いつつ、目の前でそれを飲んでみせた。

「この香りはどう、気持ち悪くなったりしない？」

「……冷めたら飲めるかもしれないから置いといて」

兄さんやアヒムにはあまり注意が向かないようだ。兄妹揃っているのもあり、休息を優先しているのだろう。夫が訪ねてくる方が心労をためる関係というのも、苦労しそうである。

「陛下はなぜ殿下を連れてきたのかしら、姉さんの状態はわかってないの？」

「ここ数日、突然来るようになったかな。陛下と一緒に来られるようになったから、僕も困ってます。……ありがとう」

ヴェンデルに出された茶を飲みつつ、エミールもソファに埋もれていた。

「ゲルダ姉さんが陛下に言わないんです。顔色も悪いし、疲れているのはわかっているのに、姉さんがいつも大丈夫だって笑うから、ここまで酷いとは思ってもいない」

「エミール、あなたちょっとうるさくてよ……」

「辛そうなのは姉さんだし、僕にだってずっと迷惑だって言ってるじゃないか。そこまでして空元気になる理由もないでしょう」

エミールの言葉がとげとげしいのは、現在の状況にささくれ立っているせいだろう。まだ自由気ままに学校生活を満喫していたい年頃だと思えば無理もない。姉さんは煩わしそうな態度でエミールを睨むし、これ以上は喧嘩に発展するとみた兄さんが待ったをかける。

「小さいお客人もいるのだから慎みなさい。騒がしくてすまないね、ヴェンデル」

「うちがいつも騒がしいから平気です。カレン……カレンさんも元気いっぱいだし」

ここでさん付けをしたのは、呼び捨てにエミールが反応したからだ。この子の育った環境では、主従関係でもない限り年少が年上を呼び捨てにしないし驚いたのだろう。

「私が呼び捨てにさせてるの。ヴェンデル、弟は気にしなくていいからね」

「でも姉さん、ヴェンデルくんは姉さんの義理の息子で……」

「義母上って呼ばせるの？　ヴェンデルにはお母様だっていらっしゃるし、私だってそんな歳じゃないからやだ」

「やだって……。でも、それもそうか」

エミールは私とヴェンデルを交互に見つめていたが、納得してくれたらしい。

姉さん達の様子を見たらコンラート邸に行こうと思っていたけれど、ゲルダ姉さんとエミールは離した方が良さそうだ。

「今日はここに泊まらせてもらおうかな。エミールは家に帰りなさい」

「……カレン姉さんは泊まるんですよね。なら、残ります」

てっきり家に帰ると思っていたのに、思わぬ回答である。

「ああ、二人とも残るならゲルダも安心か。なら私は仕事に……」

「兄さんも泊まってください」

「三人詰めてもゲルダに迷惑だろう。お前達は会うのも久しぶりだし再会を楽しみなさい」

「アルノー兄さん。僕はアルノー兄さんに残ってくださいと言っています」

エミールの必死な形相に兄さんも驚いたのか、思わず頷いてしまったようだ。そうなると残りはヴェンデルなのだが、アヒムが手を挙げていた。

「今日は用事があるんで、夕餉を終えたらヴェンデル坊ちゃんを連れて下宿先に行きます。……ここは護衛も多いですし、一日くらい俺が離れても平気ですよね。ヴェンデル、スウェン兄ちゃんが寝泊まりしてる家に興味ないかい」

アヒムとヴェンデルが親しかった覚えはないのだが、どうやら彼にそんなことは関係ないらしい。興味いっぱいの大人の瞳に少年は押されつつ答えていた。

「あるけど、コンラートの家には……」

「お使い出せばいいんじゃないですか。あとは保護者の了解ですが……」

「ちゃんと責任もって面倒を見てくれるなら」

「よし、だったら俺ほどの適任者はいませんね」

……変なこと教えなければいいのだけれど。

エミールがどうして兄さんを帰したがらなかったのかだが、これはアヒムとヴェンデルが館を去ってから判明している。なぜなら本人が直接伝えてきたからだ。

食事の後、私が剝いた果物を姉さんとエミールが食べていた。

「カレンがゲルダの傍にいてくれるし、私は休む前にもう一仕事終えてこようかな」

「兄さん、果物は食べないの？」

「酒も入ってしまったから、今夜は遠慮しておこう。ゲルダも果物なら食べれるようだし、取ってしまうわけにはいかないからね」

「腐るくらい量があるのに減るもなにもあるもんですか」

姉さんは夕餉は食べなかったが、果物なら食べたいというのでナイフを手に取ったのである。私が皮を剝くと、なにも言わずエミールが口に運んだのは弟なりの優しさだった。普段なら毒味を経由する姉さんだが、このときはとまどいがちに、しかし文句も言わずゆっくりと咀嚼しはじめたのである。

席を立とうとした兄さんをエミールは捕まえ、傍にいて欲しいと懇願した。

「仕事は今度にしてください。姉さんの家なんだし、今夜くらいいいじゃないですか」

「しかし明日はザハール殿との会談があって、目を通しておかないといけないものが……」

「目を通すだけなんでしょ、家族より優先するものなんですか」

しつこく食い下がるのである。この頃には気力を取り戻した姉さんが不思議そうに首を傾げていた。

「エミール、今日はやたらと食い下がるわね」

「家にいるときはいつもあんな感じじゃなかった？」

「ところがね、あの子あなたがいなくなってから、あまりわがままを言わなくなったの。だから気をつけてあげてねって兄さんには伝えていたのだけど……」

兄さん相手に食い下がる姿に、どこかほっとしているようだ。

「姉さん前は酸っぱい果物に見向きもしなかったのに、たくさん食べるのね」

「妊娠すると好みが変わるって本当なのね。……でも、あなたたちがいなかったら食べたくても食べれなかったわ」

家庭崩壊の余波はここにも及んでいたらしい。

しかしこの状況、陛下に頼んで確実に信頼できる人を寄越してもらえないのだろうか。気になってきいてみたら、当初陛下はサブロヴァ夫人を王宮へ入れるなり、女官長を寄越そうとしたようだ。

「なんで断ったの？」

「女官長は王妃様寄りよ。なにかあったらたまったものではないわ」

しかし多少なりとも心細さがあったのか、一度は王宮入りも考えたらしいが、直後に毒騒ぎである。身内以外誰も信じられないと館に籠もる決断をしたらしかったが、少しでも気晴らしになるものはあるのだろうか。

この間にも兄さんとエミールの攻防が続いている。

「エミール、確認が終わったら戻ってくるから、それではいけないのかい」

「そう言っていつも遅くなるじゃないですか。兄さんみたいな仕事人間は熱中したら約束なんてすぐに忘れるんです、信じられません」

「そんなことはないだろう、お前との約束はなるべく守ってるじゃないか」

「……そんなことないですし。夏頃は約束忘れて出かけてたじゃないですか」

「な、夏のやつはちゃんと埋め合わせしただろう。そんな前の話を蒸し返すのはやめなさい」

「ぼくにとっては前の話ではありません」

様子を見るべく観察しているのだが、エミールの態度はどことなく不自然である。それは姉さんも同じだったようで、そっと肩をつつかれた私が口を開いた。

「兄さん、エミールは言いたいことがあるようですよ」

兄弟は年が離れているせいか、エミールも積極的になれないようだ。私や姉さんは遠慮なくわがままを言っていた方だから、こうした末っ子の言動は新鮮だ。

「べ、別にそういうわけじゃ……」

「なら兄さんはもう部屋に行くが、いいんだね？」

「嫌だ」

ここまで来ると兄さんも顔がほころびはじめているが、あえてエミールの口から言わせたいようだ。私たちも口を挟むのは野暮なので二人して見守っている。エミールの視線はせわしなく宙を彷徨って、途中、私に救いを求めるような様子もあったが、ついぞ助けは得られなかった。これにはとうとう観念したようで、拗ねて口先をすぼめたのである。

「四人揃うのは久しぶりなんですよ。だから今日くらいは一緒に居たいなって」

これが末っ子である。兄さんは驚きに目を見張り、姉さんはそうねえ、と頬に手を当てていた。大分調子が戻ってきている。

「カレンがいなくなって、それぞれで会うことはあっても四人が一斉に揃うのは滅多にないわね。就任祝いでは顔も合わせたけど、落ち着いた場で会ったのは随分前のように感じるわ。ねえカレン？」

恥ずかしそうな末っ子が勇気を振り絞ったところですし、ひとつ助け船を出しましょうか。

「昔は誰かの寝室に集まってたっけ。私たちが危なっかしいからって兄さんが監督役で、小さいエミールを抱えて座ってた」

「兄さんったら寝不足が祟って、エミールを落としかけたのよ。私が支えたから無事だった」

いまにすれば、遊びたい盛りの男の子が妹弟の面倒をしっかりみてるのは凄い。肝心の兄さんは天井を仰ぎ記憶を辿っているようだ。

「あの頃は確かカレンが火遊びにはまってて、目を離すなと言われてたような……」

「へ？　やだ、そんなことないわよ」

「枯れ葉を集めて火遊びしてただろう？」

「やだ、そんなことがあったの？」

姉さんにまで驚かれるが、火遊びなんてした覚え……は、あったが、これについては断固抗議させてもらいたい。

「火遊びじゃないわ。確か、火打ち石に興味があったからたき火をして、芋を焼きたかったの」

「それを火遊びというんだ」

「違いますー。たき火で焼いた芋とチーズの良さがわからない人は黙っててくださーい」

はっきりと思い出した。火打ち石の存在を知って、ファンタジーならたき火を楽しむべきじゃない！　と実行したのだ。想像以上に煙たい、服に臭いが移る、みんなには叱られるで散々だった。

「カレン姉さんって、昔から食に対して変な拘りがあるよね」

「変どころじゃないわエミール。この子が食に拘りだすと面倒くさいの、ちょっと異常なくらいよ」

ええい、あなた達には芋が主食の生活に、少しでも潤いを持たそうと努力した元日本人の苦悩はわかるまい。

「私の拘りなんてどうでもいいじゃない。それより大事なのはエミールのお願いでしょう。兄さんがかまわないなら、子供の頃みたいに夜も一緒に寝る？」

「え、僕、そこまでは言ってな……」

「私はいいわよ。こんな風に集まるのも珍しいし、誰かと一緒に寝るのは好きよ」

「待てお前達。兄妹とはいえ、いい歳した男が女性の寝室で寝るなんて駄目だ」

「あらあら、じゃあ広い部屋を用意させようかしらね。使ってない客間があったはずだから……誰か、ちょっと来てちょうだい！」

冗談で言ったつもりが、姉さんが乗り気である。兄さんとエミールの表情が大変面白いことになっているが、ここで私も面白くなってきた。

「カレン姉さん、ゲルダ姉さんを止めて」

「私は一緒に寝るのもいいと思うけどな。だってエミールとこうやって過ごすのも、全員が揃うことも滅多にないもの。もっと時間が経ってしまったら、二度と機会もなさそう」

二度と、という言葉に末っ子の動きが止まった。わずかな間に様々な葛藤が駆け巡ったのだろう、やがて兄さんの服を掴むと、決死の表情で懇願したのである。

「兄さん、今年の生誕日はなにもいりません。だから今日は僕を助けてください」

プレゼントを賭けるほどの決心らしい。女同士の私たちならともかく、エミールも思春期の男の子、犠牲者がもう一人いないと恥ずかしいのだろう。

顔をしかめていた兄さんだが、かわいい末っ子の頼みだ。加えて姉さんや私も乗り気なので勝ち目はない。がっくり項垂《うなだ》れると観念するしかなかったのである。

「頼むから……絶対に、絶対に他言するんじゃないぞ……！」

「おおげさねえ、一晩くらいかまわないじゃないの」

「大いに構うんだ。いいかゲルダ、絶対に喋るなよ」

「どうして名指しされるのかしら。失礼なお兄様だこと、そんなにお願いされてしまっては愉快すぎて口が軽くなってしまうじゃないの」

「黙れ、お前に私の苦悩がわかるか」

「まんざらでもない癖に」

兄さんと姉さんがじゃれ合うのも久しぶりのような気がする。エミールのほっとしたような表情、いまこの子が抱く懐かしさには私も共感をおぼえている。

「そうだカレン、久しぶりに髪を洗ってあげましょうか」

「ん、そのくらい一人で……」

できる、と言いかけて止めた。つい忘れそうになっていたが、ここに来た本来の目的を思い出したのだ。疲れ果て色褪せていた姉さんの瞳に輝きが戻っている。

「あーうん、そうね、たまにはいいかも。姉さんに洗ってほしい」

姉さんとお風呂くらいたまには許されるだろう。今日みたいな日なんて二度あるかどうかなのだから。各自湯浴み後に一部屋に揃ったのだが、最後まで悪あがきしていたのは兄さんであった。

「私は一番端で頼む……」

「心配しなくても兄さんは端っこよ。私たちで可愛い弟を囲んであげようじゃないの」

並びとしては兄さん、エミール、私、姉さんである。用意された寝台は大きかったが、それでも四人並ぶと手狭だ。寒くなってきたから文句もないが、夏だったら避けていただろう。かくしてキルステンの四兄妹が並んで寝転ぶのだが、半分以上が大人であり、この光景はさぞかし奇妙に映るだろう。

「姉さん、お腹は大丈夫？」

「気分が悪くなったら言うわよ、今日は平気」

エミールは兄姉に挟まれ、緊張と羞恥でがちがちである。それが可笑しかったのだろう、くすくすと鈴を転がすような笑いが空気に乗った。

「あなたたちは覚えてないだろうけど、昔はこうやって全員寝かされてたこともあったのよねえ」

「……カレンが眠くないと言って一番ぐずっていた」

「そ、だから兄さんが手を繋いで落ち着かせてたのよね。よっぽどカレンが可愛かったのよ」

「嘘をいえ。カレンに落ち着きがないから面倒だと逃げたんじゃないか」

「子守下手な兄さんの代わりにエミールをみてたの。かわいいかわいい弟だったんだもの」

「……兄さんは押しつけられたから私の面倒みてたのかぁ」

「誰もそんなことは言っていないっ」

……ぐずったっけなあ。私の記憶では、とても手のかからない良い子だったのだけれど。

それにしても一番乗り気だった長女と、一番乗り気でなかった長男が騒がしい。あまりにうるさいためか、エミールが呆れているくらいだ。私の視線に気付いたのか、照れくさそうに顔を逸らされたけれど、握った手をはなそうとはしなかった。

この子にしてみたら、ばらばらになった兄妹のようやくの集結なのである。当時はエミールが誰よりも幼かっただけに一番ショックを受けたはず。それがわかっているから、兄さんもこの夜に付き合ってくれたのだろう。

ああ、この夜が少しでも姉さんの気晴らしになってくれたのなら嬉しい。

「こういうのも悪くないかもね。ねぇエミール？」

「悪いなんて言ってないじゃないか。……嬉しいって思ってるよ」

「兄さん姉さん聞いた？　エミールが一緒に寝れて嬉しいですって！」

「やめてよ！　なんでそんなこと言うんだよ!?」

「あら嬉しい、久しぶりに姉さんが抱っこしてあげましょうか。あなた抱っこが大好きで、小さい頃はたくさんねだってきたわよね」

末弟の悲鳴で場が騒然となり、ゆっくりと夜が更けていく。

ある意味これも幸せな時間の一部なのだろうか。

平和に夢中になっている間に世界が音もなく鳴動しつつあることを、この時の私は知る由もなかった。

16

暗雲たちこめる

姉さんの館で過ごすようになって何日目だろうか。その日はヴェンデルと一緒に伯やエマ先生への贈り物を見に行ったのだ。姉さんの状態は兄妹全員揃ったのがよかったのか、エミール曰く「張り詰めた空気が消えた」そうで、使用人に必要以上の負担はかからなくなった。エミールはキルステンの家に帰そうとしたが、どうも母の監視が厳しいらしく、いまの方が気楽でいいらしい。現在も姉さんの館から学校に通っている状態である。

「ヴェンデルはどこの学校に行くのか決めてるの？」

「やっぱりスウェンと同じところ？」

「学校は行くよ。だけどコネが利くのなら僕は貴族の学校に行きたい」

なんとなく尋ねたのだが、意外な返答だった。

「……そっちの方？」

「兄さんが普通の学校を出るんだし、僕はそっちに行った方がいいよ。貴族の友達ができればコンラートにも得だし」

「それはもちろんわかるけど、苦労すると思うのよ。損得で決めなくてもいいわ」

「カレンの言いたいことはわかってる。だけど次男の僕でも付き合ってくれるような貴族なら、将来的にも友達になれるじゃん」

「将来設計がしっかりしてるのねえ」

「だろ。だから兄ちゃ……兄さんの右腕くらいにはなれるかなって。それにあっちの学校の方が希少本が多いって聞いた」

「目的はそっちね？」

ヴェンデルの中ではスウェンの補佐役である自分のイメージがすっかり定着しているのだろう。これがどこかの貴族なら当主の座を奪うべく、など下世話な話が飛び交うが、コンラート兄弟においては言葉通りの意味である。ヴェンデルが希望するなら、スウェンや伯は反対しないし、貴族の学校に入学できるだろう。

私たちは二人で煉瓦通りを闊歩している。護衛はこの場にいないが、きっちり私たちの後を付けてきていた。せめて気分だけでも二人だけのお出かけ気分を味わわせてくれと頼んだ結果だ。

しかし、以前もこの通りはアヒムと歩いたのだが……。

「きょろきょろしてどうしたのさ。僕より詳しいんだし迷ったなんてないよね」

「そんなわけないでしょ。ただ……行商人の姿が減ってるなって思ったの」

「冬だからじゃないの。最近は天候も悪いし、寒空の下でわざわざ売りたくないんじゃない」

「……それにしては少なすぎなのよね。こんなに減ったのは初めて見た」

もちろん、賑やかさがなくなったわけではないのだ。大道芸人は相変わらず仰天するようなパフォーマンスで小銭を稼いでいるし、手頃なアクセサリーを売る露天商や果物売りも相変わらずだ。ただ違和感を覚えるのは、それらがすべて昔からよく見る顔ぶれだということ。以前はもっと、外国からやってきた露天商が所狭しと並んでいたはずなのである。

「ヴェンデル、そこの店で飲み物買いましょう」

喉は渇いていなかったが、適当な果物売りに硬貨を渡した。搾りたてのジュースを作ってくれるお手軽飲料である。何度か利用したことのある店だが、店の人はこちらを覚えていたようだ。

二人分頼んだからか、店のおばさんの機嫌は良い。

「随分と久しぶりだねぇ。その子はもしかして弟？　綺麗なお洋服だしどこかにお出かけかい」

「久しぶりにファルクラムに戻ってきたんです。……あの、確か前はあの辺に露天商があったと思うんですけど、今日はないんですね」

「あの一画は外国から来た商人が使ってるからねぇ」

「すごく綺麗な胸飾りを売ってたから、今回はあるかなって買いに来たんですけど」

「そりゃあ残念だったね。何日か店を出したらそれっきりって人も多いんだよ。出会いを逃しちゃったのかもしれないね」

「残念ですけど、同じ外国から来た方なら似たような品物を扱ってるかもしれませんね。探してみたいと思うんですけど、なんだか露天の数が減りました？　冬だからお店が減ってるんでしょうか？」

ヴェンデルの物言いたげな視線が痛いが、ジュースで妥協してくれるようだ。おばさんから渡されたカップを無言で傾けている。

他にお客さんのいないおばちゃんは、苦笑交じりに教えてくれる。

「本当なら煉瓦通りは年中店で賑わってるんだけどね。今年は天候も悪いし、道が悪くなったとかで外国から来る行商人も減ってるみたいだよ」

「あら。道が、ですか……」

道、というとファルクラムと帝都を繋ぐ交易路？

だけどこの交易路、戦後長年使用されているだけあって整備されているし、所々街が点在しているから交易路もそれなりに監督されているはずだ。崖を経由するわけじゃないし、道が悪くなった、なんてどんな理由だろう。

「帝国やラトリアからくる行商人さんたちの間じゃ結構有名みたいだけどねぇ、お嬢ちゃん達はそういう話は聞かなかったの？」

「あー……最近、田舎から王都に戻ってきたので外国のことはちょっと……」

適当に誤魔化してお茶を濁そう。おばちゃんも、まさか目の前にいる客が情報を探っているとは思うまい。喉を潤すと店を後にしたが、ヴェンデルは相変わらず懐疑的な眼差しである。

「変に回りくどいことまでやって、何がしたかったのさ」

「……特に理由があるわけじゃないけど、なにかが引っかかってて」

はっきりと答えられるものではなかったが、コンラートと同じく王都も行商人の行き来が減っているのは確かなようだ。

「悩むのはいいんだけどさ、今日の目的も忘れないでよ」

「わかってますわかってます。お待たせしてごめんなさい」

「ならいいけど。……でもさ、子供だけで入店して大丈夫なの？」

「入ってみたらわかるわよ」

目的は腕のいい彫金師のいる装飾品店だ。入店するなり笑顔の店員が話しかけてくる。

「いらっしゃいませ。本日はどのようなお品をお探しでしょうか」

このように、店員さんの教育が端々まで行き届いているので、若者だけで入店したからといってぞんざいな扱いを受けない。

先ほど果物屋のおばさんに「綺麗なお洋服」と言われていたように、装いを変えたのはこのためだ。キルステンか姉さんの名でもだせば店員さんにも話が通じやすいが、なにせ今回、贈る相手が伯とエマ先生である。名目上正妻の私が名を出して買い物するのは怪しまれるし、今日もヴェンデルと街を散策してくると誤魔化し外出している。

「こんにちは。父母に贈る装飾品を探しに来たのですけれど、何か良いお品はございますか？」

「ご両親への贈り物でございますね。それでは、こちらにご案内いたします」

このようにヴェンデルと一緒に必要な物を探し、予算とデザインを照らし合わせながら品物を決めるのがおよそ一時間。オーダーメイド品にするか悩んでいたが、高すぎるとヴェンデルに叱られてしまい、既製品のペアリングで決めさせてもらった。

店を出たのは太陽が天高く登った昼頃。一度どこかで昼食でも、となったところで、大通りの方が騒がしい事に気がついた。人々のざわめきととまどいが噂という波になって耳に入るのだ。わざわざ混み合う雑踏を抜けて確認に向かう必要はなかった。なぜなら遠目からでも、大通りを通過する兵士の姿が目に入ったからである。

馬車も数台あるが、それより気になったのは武装した馬と兵。その数、通過しているだけでも百や二百はくだらない。それぞれが厳しい表情で、雑踏には目もくれない様は独特の緊張感を孕《はら》んでいる。

いつの間にか離れていた護衛が傍にいた。話を聞いてみたのだが、彼らもとまどいがちである。

「我々も気になったので話を聞いてみたのですが、なんでもラトリアが派兵の準備をしているとか」

「しかしこれもあくまで聞いただけですから、詳しい理由はなんとも……」

彼らもコンラートから連れてきた護衛だから、やはりその名に穏やかではいないようだ。ヴェンデルも不安を感じ取ったのか所在なさげである。

「……念のため、コンラート領に戻る支度をしておいてもらえる?」

「コンラートに帰ると?」

「まだわからない。でも状況によってはコンラートに走ります」

この後の予定は総てキャンセルだ。ひとまずサブロヴァ館に戻ったのだが、そこで待っていたのは出かけていたはずの兄さんである。玄関でずっと待っていたのか緊迫した面持ちで、帰って来るなり私と護衛を呼んだ。ヴェンデルは姉さんに預けられ別室で待機である。

「コンラート領の武官達をいくらか借りたい」

こちらが用件を言う前に、そんなことを頼まれたのである。

「聞きたいことはわかっている。外のあれをみたのだろう」

「ラトリアがどうとかは聞きました。でも武装した彼らはなんですか」

「お前はコンラートの関係者だ。だから話すが、いまは確定した話でもない。むやみに口にして噂を広げないと約束できるな？」

「当然です」

「よし、時間もないし端的にいくぞ」

兄さんはそういうものの、後ろに控えるアヒムは納得していない様子なのが気に掛かる。

「私もそこまで詳しくはないのだが、登城したらすでに城内が騒がしかった、陛下にお目通りもかなわず、ひとまず情報収集にあたっていたんだが、どうもラトリアに出兵の動きがあるらしくてな」

「それよ、それ。ちょっとおかしくない」

これは私だけでなく、護衛からも異論が上がった。だってそうだ、大国ラトリアといえばファルクラムと長らく敵対している国だが、彼の国の位置に問題がある。

護衛の一人があり得ない、と言った。

「ラトリアの監視は我が領、我が主が心血注いで任にあたっております。もしそのような動きがあったのならば、事前の陛下へのご注進は無論、今頃奥様や我らにもなんらかの沙汰があるはず」

「落ち着きたまえ。我らとて辺境伯の忠誠を疑っているのではない。そもそもこの情報は別口から来たと聞く。おそらくはまだ辺境伯もご存じないはずだ」

「別口、とはなんでございましょう」

「少々話は変わるが、ここのところファルクラムに入国する商隊が減っていてね。こちらでもいくらか調べていたのだが、陛下も気にかけられていた」

つい先ほどまで気になっていた話題に心臓がどくんと高まった。

「陛下も独自に調査されていたようだが、ラトリアに流れる鉄の量が尋常でないことが判明したようでね。調査を進めたところ、ある筋から派兵の準備を進めているのではないかと話が上がった」

「……待って、進めているのではないかとはどういうこと？」

なんと不確かな言葉だろう。妙な引っかかりを覚えたが、間違っていなかったらしい。

「まだ推測の域を出ないんだ。騒ぎにはなっているが戦争が起こると決まったわけではないし、いまはまだ疑わしいという段階に過ぎない」

「ではあの兵士達は？　彼らはどこに行こうとしてるんですか」

「帝国だ」

ここで帝国である。ファルクラムとラトリアで争いが起こる可能性があるとして、なぜ帝国がと疑問だったが、大いに関係あるらしい。

「もし本格的にラトリアが攻めてくるのなら、我が国にはそれに対抗しうる戦力はないと陛下はお考えだ。だから、帝国に戦力を借りられないかと交渉しに派兵を決められた」

「じゃあ、あれはまさか……」

「そう、外交官が帝都に向かうための護衛だ。だからまだ、戦争が起こる段階ではないよ、カレン」

安堵で一気に力が抜けた。急とはいえ、外交官が帝都に交渉をしに向かう余地があるなら時間的余裕は十分にあるだろう。

「市井の間にラトリアの噂が流れているのが気に掛かるが、いまは気にしてもしょうがない。お前に頼みたいのは、彼らをコンラート領まで報せを運ぶための人員として借りたい。私から使いを出してもいいが、旅程に慣れた顔見知りの方が確実だ」

「報せに異論はありません。ですがわざわざキルステンから？」

国の有事だ。城から使いを出すだろうと首を捻っていたら、意外な答えが返ってきた。

「地方領主に知らせるべきか内部で意見が分かれている。出兵したと確実な話でない以上、無為に混乱を広げるべきではないという者も多い」

「……商隊が減ってるのであれば、彼らなりになにか摑んでるからファルクラムに来るのを止めたのでしょう。それに鉄が流れてる噂は無視できないのではありませんか」

「だがいまのラトリアは内部で争いが起きているというし、そもそもファルクラムを襲うのかと懐疑的な者も多いんだ。特に第一王子のダヴィット殿下は事態をかなり楽観していらっしゃる。幸いにも陛下は真剣に受け止めていらっしゃるから、外交官の派遣もすぐに決定されたが……」

この国は国王がすべての政権を握っている。陛下が取り決めた以上、コンラート領に報せが走るのは確実だが、兄さんは信じ切れないようだ。

「いまの流れはあまり良くないように感じる。辺境伯は味方も多いが、そのぶん快く思ってない者もいるから、意図的に情報が伏せられている可能性は大いにある。同じ内容になっても構わないんだ。私の知るできうる限りの情報をお渡ししたい」

嘆かわしい話だけれど、こんな事態でも権力争いが絶えることはない。奇妙なまでに確信めいた言葉に不安が募った。

「辺境伯に確実な情報が渡らないかもしれない。そう考える根拠はなんですか、兄さん?」

「静観派のなかに、伯のご兄弟とその親戚筋がいらっしゃったんだよ」

そういえばコンラートの親戚と親しい付き合いをしたことがない。伯は親類を信じていないようで、挨拶回りをしても数える程度。彼らの話題に、ウェイトリーさんやヘンリック夫人も良い顔をしない。

「数十年と没交渉のようだし、すでに別の家に分かれているから兄弟仲は悪いようだね。彼らや、伯の存在が目障りな方々が細工をしないとは断言できないんだ。軍といえど、貴族の手が及んでいない者がいない保証がないから」

「それは、兄さんの考え?」

「私とローデンヴァルト侯の意見だ。ラトリアが戦争を仕掛けてくるのなら、第一に攻められるのはコンラートになる。もしもに備え準備をしてもらいたい」

いつだったか伯にこう教えてもらったことがある。戦争は争いを始めるよりも、始める前の準備が大事なのだと。

「ローデンヴァルト侯はどう動かれるつもりなの?」

「ひとまずライナルト殿に報せを送ると言っていた。場合によっては彼らも演練ではなくなるかもしれないな。そういえばコンラート領に近い所にいるのだったか」

ふと、あの金髪の男性が脳裏をかすめた。

考えたくもないケースだが、もしコンラート領が危機に瀕したのなら、彼は私たちにどんな感情を抱くのだろう。そして何を思ってローデンヴァルト侯からの報せを受け取るのだろう。戦争という言葉が胸に重く沈み込む。暗闇に飲まれそうになる前に兄さんを見上げ凝視した。

「お話はわかりました。でしたら、私も一緒にコンラートへ戻ります」

兄さんははじめ、私がなにを言っているのか理解できないようだった。

「カレン? 私の話を聞いていたのかい。私は武官を貸してほしいと言ったのだよ」

「聞いていましたよ。もしもに備えての準備と警戒を促すためにも、伯へ報せを届けます」

「馬鹿を言うんじゃない。危険かもしれないのに許せるはずがないだろう。それに、急いで届けてもらいたいと言ったじゃないか」

「ええ、乗馬を習って今日ほど良かったと思った日はありません。もちろん彼らほどうまく走れるかはわかりませんが」

兄さんも真剣だが、私も真剣である。こちらは引き下がらないとわかったのか、柳眉を逆立てていくのがわかった。

「待ちなさい。それは許さないぞ、自分の立場を考えるんだ」

「立場を踏まえているからこそ決めたんです」

兄さんの言いたいことはわかる。コンラートに危険が及ぶ可能性がある以上、剣の心得もない私が戻ったところで何の役にも立たない。ごもっともだ、剣すらまったく扱えない自分が悔しいと思ったのは今日が初めてである。それでもここは引き下がらないし、譲る気もない。

「何とでも言ってください。私にも引き下がれない時くらいあります」

「カレン……！」

「それに、国王陛下から頼まれた務めもあります。どのみち近日中に一度帰る相談をしようと思っていましたから、何も変わりませんよ」

「陛下から？　いや、だからといって……。内容を教えなさい、私から陛下にお伝えして、こちらがお前の代わりに引き受けよう」

「駄目です。他の者を経由するのは厳禁、必ず私から伯にお届けするよう仰せつかってます。……私も準備するから皆さんも出立の準備をしてください」

最後の方は護衛の皆へ。ただ、その間にも早歩き気味にやってくる男性の姿は視界の端に捉えていた。ここで護衛のおじさまの後ろに回り盾にした。

「お嬢さん」

「嫌よ、引きません」

アヒムが怒っている。そりゃそうだ、彼は兄さんを主にキルステンの人たちを大事にしているが、逆を言えばそれ以外にはあまり頓着しない。大事にはするけれど、いざとなったらさっくり切り捨てられるのもアヒムという人だ。

「閉じ込めたりしてごらんなさい。絶対に脱出して、なんだったらお金に物を言わせてでも戻るわ。嫌だったら足でも斬りなさいな、一生許さないから」

嫌な予感がするのだ。

ここで立場を引きずり、王都に留まったらなにもかも駄目になってしまう、そんな胸騒ぎがする。盾にした護衛には申し訳ないけど、捕まったら本当に部屋に放り込まれてしまうので、出発が遅れてしまう事態はお断りだ。

私とアヒムのにらみ合いが続いていると、おもむろに第三者の声がかかった。

「僕も戻る。準備するから急いでね」

姉さんに託したはずのヴェンデルである。傍には姉さんが佇んで、呆れた様子で私たちを見つめていたのだ。

「いつまでも部屋に引っ込まないと思ったら、玄関先で騒々しいこと」

「ゲルダ、いつから……」

「もしもに備えて、かしらね。……そんな顔しないでちょうだい、元気な男の子が本気を出したら、私一人で止められるものではないのよ」

ヴェンデルにはコンラート領が危険かもしれないと伝わってしまったのだ。しくじってしまったが、肝心のヴェンデルは淡々としている。

「僕も戻る、本当に家が危ないのかもしれないのなら、帰っておかなくちゃ」

「い、いえ。待って、ヴェンデル。あなたには王都の方で……」

「そうだぞ、カレンの言うとおりだ。王都で待っていなさい、君の世話は私が責任を持ってみよう」

二人ともヴェンデルの帰省は反対だ。狼狽しつつ説得にあたるも、これを揶揄するのは長女である。

「あなたはよくてヴェンデルは駄目なの？　ひどい義母と叔父さんねえ」

「姉さん！」

「私はカレンのことも認めてない！」

ヴェンデルはまだ十一歳だ。危険な場所に行かせるわけにはいかない。ところがヴェンデルはこう言うのだ。

「本当に向こうが危ないなら、いまのうちに父さんに会っておかなきゃいけない」

「ヴェンデル」

「父さんは兄さん達を避難させるけど、父さんは絶対に領地を離れない。父さんが行かないのなら、多分母さんもどこにも行かない」

だから帰ると言う。意外にもこれを援護したのは姉さんだ。

「ヴェンデルはともかく。兄さん、アヒム。カレンはこう言い出したら聞かないわよ。目の届かない所で面倒をしでかされる前に首輪を付けて監視しなさい」

そして私たちを交互に見ると、しょうもない子供を叱るように言った。

「あなたもただ行く、ではなくて説得できるだけの案を提示なさいな。まだ日があるし、いくらか余裕があると踏んでるから無茶するんでしょう」

「う……そうです」

「だったらさっさと行ってすぐに帰ってきなさい。滞在を一日に抑えて戻ってくるのなら兄さんだって妥協するでしょう。好き好んであなたたちを帰したくないわけじゃないのよ」

などと言われてしまった。長女の一言は私たち全員の勢いを丸ごと呑み込んでしまったようで、おそるおそる兄さんに話しかける。

「一日ならいい?」

「……すぐに帰ってくるなら。あと、早馬でなくていいから、せめて荷馬車で安全に向かいなさい。アヒム、私は許すからお前も下がれ」

こういうところ、さすがは私たちの姉である。兄さんが決めてしまったからか、アヒムは納得してないなりに下がってくれるようだ。ヴェンデルの同行は私も微妙だが……自分が我を通すのだ。子供だからといって反対するのは気が引けた。なにより情勢が悪くなればヴェンデルは長期にわたって両親と離ればなれになるし、一度ちゃんと会わせておきたい。

それからは慌ただしく準備を済ませ、コンラート領へ逆戻りだ。姉さんが心配だったが状態は改善されたし、エミールがいるので大丈夫だろう。

「奥様、坊ちゃん。今回は急を要しますので休憩に村を使いません。寝泊まりは荷馬車になると思いますが、周囲は我々が警護してますので……」

「無理を言っているのはこちらですからお任せします。よろしくお願いしますね」

旅程は短縮を重視して、馬の休憩を除くと移動しっぱなしである。揺られっぱなしは案外体に負担がかかるもので、酔いこそしなかったがあちこちが痛くなる。それでも誰一人文句を漏らさなかったのは、一刻も早く帰省せねばという強い思いがあったのだろう。

心配していた天候だが、幸いにも雨は一度きりであった。霧も深くなく、これは天上の神々のご加護に違いないと零したのは誰の言葉だったか。

旅程は順調かと思われたが、途中、少しだけ足止めを食らった。コンラート領に突入したところで道の封鎖に行き当たったのだ。

封鎖なんてただごとではない。足止めを食らっている者も多いようで、中にはこれからコンラート領に帰る領民の顔もあった。

「封鎖しているのは誰、道を塞いでいる理由を確認してこないと」

「奥様はそこでお待ちを、我々が行ってまいります」

護衛が用向きに走ってくれたが、しばらくすると黒い制服の軍人を引き連れて戻ってきた。体格の良い男性らがぞろぞろとやってくるのだ、思わず目を見張ってしまったが、彼らの制服には覚えがある。間違いでなければローデンヴァルト……ライナルトの部隊の人だ。背丈の高い、筋骨隆々の刈り上げ頭の男性は一礼し、直立不動の姿勢をとったのである。

「お初にお目にかかります、コンラート辺境伯夫人。自分はこの封鎖区画を任されております王国騎兵隊、ローデンヴァルト騎士長麾下《きか》のものでございます。この先でございますが、大木が倒れ到底荷馬車が通れる道ではございませぬ」

「大木？　道が塞がれているのはわかりましたが、でしたらなぜ軍の方がここにいらっしゃるのですか。道の整備や領内の問題は領主があたるものと思っていましたが」

「は、偶然ではございますが大木が道を塞ぎ、近隣住民が困っているところ、偶然我が隊が近くを通りかかりましたので事態にあたっている次第です。ご無礼とは思いましたが、ご領主には事後承諾という形で承認をいただきたく存じます」

「……でしたら構いませんが、大木の除去はどのくらいかかりそうですか？　私たちは急ぎコンラートへ戻らないとなりません」

「完全な除去は数日かかるかと思われます。ですので引き返し数日お待ち頂くのが最善かと」

「数日！　そんなには待てません」

困りはてた軍人によれば、大木だけではなく、連鎖していくつもの木々や石が落下したのだという。最近の雨により地面がぬかるんだ結果らしかった。

「雨もまだ続くようですし、この先の道が安全とは言い切れません。もしご夫人になにかあれば我々も辺境伯に申し開きしようがなく……」

「では他の道はありませんか。あなたは先ほど近くを通りかかったとおっしゃいましたし、まさか埋もれた土砂を超えてきたわけではないでしょう。多少迂回してもその道なら……」

「迂回路ですか。あるにはありますが、荷馬車が通れる道ではありません！　それに獣も見かけていますので、護衛の方を信じないわけではありませんが、お通しできません」

などとかなり消極的である。彼らとしては下手に辺境伯夫人を通し、怪我をされてはたまったものではないのだろう。しかし私たちもここで引くわけにはいかず、押し問答が続いていたのだが、そこに思わぬ助っ人が現れた。

「フランツェン副長、その方は通してあげてください。責任は私が負います」

まさかこんな所で出会うとは思わなかった。くりっとした目が特徴的で、青がかった不思議な髪が印象に残るのは……。

「エレナさん！」

「はい、お久しぶりです。コンラート辺境伯夫人」

彼女は親しみを込めた面持ちで笑うと、フランツェンと呼んだ男性と話し始めた。

「ココシュカ、ここは我らがサガノフ隊長より任された地だ。勝手はできない」

「住民に被害がないように、って命令でしょう。それに辺境伯夫人でしたらお通ししないわけにはいきません。道案内は私がしますから、フランツェンは引き続き任務に従事してください」

「しかし、ご婦人をあのような細道の中を進ませるのはだな……」

「たぶんですけど、隊長がいれば同じようにしていましたよ。それにライナルト様のお知り合いですから、ここは恩を売っておくべきです」

最後で恩と言っちゃう辺りが台無しである。そういうのは聞こえないところでやるべきではないだろうか。フランツェンさんとやらも同じ感想を抱いたらしい、「知らないぞ」と言わんばかりにエレナさんを恨みがましく睨むと、部下を引き連れていったのである。

「みなさんはこちらにいらしてください。ここだと人目が多いので、落ち着いたところでお話ししましょう」

脇道に逸れると、いくつもの天幕が張られた区画に案内された。エレナさんの説明によると、どうやら土砂崩れは本当らしく、木々を除去しようにも安全性の確保ができないから、人員を一気に投入できないようだ。

「合同訓練、間に合えばいいんですけどねぇ」

「まだ始まってなかったんですか？」

「これから合流ってところで出くわしちゃいまして。私たちだけが封鎖と除去のために残ったんです。運がないと思ってましたけど、ここでお会いできたのは幸運だったのかもしれませんね。カレンちゃ……っと。夫人は王都からの戻りですか？」

「ええ、実は急用があって……」

どうしてもコンラート領に戻らねばならないと説明すると、エレナさんは荷馬車を見上げて唇を尖らせた。

「うん、やっぱり荷馬車は置いていってもらって、夫人とご子息には馬に乗ってもらうのがいいでしょうね。少し面倒な道をいくので、荷物は最低限がいいです」

「元々荷は少なくしてきましたから、置いていっても問題ないものばかりです」

「早めに取りにきてくださるならこちらで管理しておきますから、焦らないでも大丈夫ですよ」

これから通る道だが、普通は使われない、それこそ近隣住民しか通らない細道を進むらしい。

エレナさんが天幕を駆け巡ることしばらく、私たちも支度を済ませていると、彼女を含む六名ほどが案内に付いてくれることになった。

「迂回路を進むだけですから途中までしか案内できませんけど、その間は賊が出ようが獣が出ようが絶対に死守しますので！」

張り切るエレナさんに、こちらは頭が下がる思いだ。

かくして彼女らに道案内を頼んだが、こちらの護衛の心配をよそに彼女らは慣れた足取りである。

私とヴェンデルが足手まといになるので馬に揺られているが、お供の方々が上手く手綱を引いてくれるので快適だ。

「この道は他の人たちには開放しないんですか？」

「最近まで人さらいがいたらしくって、近くの村の人におすすめできないって言われちゃったんです。もう退治されたらしいですけど、徒党を組んでない保証はないですし、生き残りがいたら危ないでしょう。安全が確保されるまでは封鎖だーって隊長が」

「ああ、ニーカさんの指示で」

「ですです。私たちも一応市民を守る騎士ですからね。無辜《むこ》の民を危険には晒せませんよ」

一応、とつけるあたりがなんだけど、お仕事はしっかりされてるらしい。ご機嫌らしいエレナさんだが、先ほどから気になっていたこともある。出発前は荷物の選別やら人気があるわで慌ただしかったが……。

「エレナさん、部隊の合流は時間がかかりそうなんですか」

「どうなんでしょう。状況次第ですけど、このままだと遅れて参加するんじゃないかなって感じですね。それがどうかしました?」

「いえ、ならまだお耳に入ってないのかなと」

私の前に座っているヴェンデルが顔を上げたが、彼らに知らせない手はない。兄さんに忠告されていたし、護衛の人たちも察したのか咎めるような眼差しだが、口が軽くなる理由もあるのだ。

「奥様、兄上様より忠告されていたのでは……」

「ですけどどのみちローデンヴァルト侯より報せは走っているのでしょうし、遅かれ早かれ伝わるのではないかしら。それに、現状誰よりもコンラート領の近くにいて、頼りになるとしたらローデンヴァルト……いえ、ライナルト様が保有している戦力です」

戦力が不足しているとわかった以上、ライナルトと連携を図っておくか、あるいはお互いの状況を知っておくのは悪い話ではない。コンラートから王都へ早馬を飛ばしても何日もかかるし、彼らがこの辺りに常駐するなら是が非でも頼りたい。

こちらの雰囲気がただならぬと感づいたのか、いつの間にか全員が私の出方をうかがっている。

「……カレンちゃん、もしかして何かありました?」

「あります。それもとびきり重要な案件で、私はそのためにコンラート領に戻ってきました」

このときまではアクシデントに見舞われ、それこそ運がないと考えていたけれど、後に思えばこの時の判断が私たちを助けたのである。

彼女らの案内は的確で、私たちは無事にコンラート領まで戻ることができた。帰るまでは奇妙な焦燥に突き動かされていたけれど、いざ到着してみるとコンラート領は相変わらず長閑《のどか》な笑い声を響かせており、私たちはすっかり拍子抜けしてしまったのである。

予定よりも大分早く帰ってきた私たちに全員が驚いていた。正門や道行く人々に「おかえりなさい」と迎えられる光景は悪くない。帰ってきたんだと安堵すら零れたほどだ。

「カレン、ここからは歩く」

「急ぐからだめ」

相乗りが恥ずかしいのはわかるけれど、ここは時間を優先だ。乗馬は苦手だったのに、馬はすんなりと言うことを聞いてくれたし、コンラート邸までたどり着くのは容易かった。出迎えてくれたウェイトリーさんやヘンリック夫人には挨拶もそこそこに、執務室へ大股で向かったのである。

「カレンくん？　どうしてコンラートに、王都にいるはずじゃ……それにヴェンデルまで！」

「ただいま！」

ヴェンデルが父親に抱きついて顔を埋めた。戸惑《とまど》いがちな伯が息子を受け入れるのだが、せっかくの父子の再会に水を差すように割り込んだ。

「伯、王都からの報せはとどいていますか？」

「王都から？　ああ、それなら今朝方早馬が……」

「内容は、なんとありましたか」

険相だったせいだろうか、伯もただごとではないと悟ったようで、背後に立っていたウェイトリーさんが扉を閉める。

結論から述べてしまえば、兄さんやローデンヴァルト侯の懸念は当たっていた。陛下から文書が送られたのは事実だが、その内容にラトリアへの警戒を高めるような一文はなかったのである。私たちが王都で見聞きしてきた内容を説明すると、伯はしたり顔で頷いていた。

「陛下にしてはとりとめもなく稚拙な内容だと思ったよ。真偽を確かめなければとウェイトリーと相談していた所なんだ、戻ってきてくれて助かったよ」

「陛下からではないとわかったんですか」

「付き合いは断ってしまったけれど、こと国の一大事において重要な情報を隠すほど愚かではないくらいはわかるよ」

ウェイトリーさんや秘書官達と今後について協議に移ろうとするが、その前に、大事にしまっておいた手紙を渡した。

「カレン君、これは？」

「陛下からです。伯に直接渡して欲しいと頼まれました」

しなびた手紙を見た伯は狼狽《うろた》えがちに、しかしゆっくりと首を振る。読めない、ということなのだろうが、差し出がましいと思いつつも無理矢理押しつけた。

「もし少しだけでも私を信用してくださるのなら読んでください。たぶん、今回は伯が考えているものとは違うんじゃないかと思います」

陛下を知っているわけではないけれど、この点だけは、伯の身体を心配して口惜しそうにしていた姿は本当だと思うのだ。戸惑う伯に何かを悟ったのか、ウェイトリーさんはヴェンデルや護衛の人たちを下がらせてくれる。私も、伯がおそるおそると封を開いたところで部屋を出た。

「おかえりなさいませ、奥様」

「はい、ただいま戻りました」

ウェイトリーさんの一言で帰ってきた実感が全身を駆け巡る。階下からはエマ先生達の声が近づきはじめており、私も彼女らと再会すべく階段に向かって歩き始める。

目元を真っ赤にした伯が部屋から出てきたのは、それから数時間経ってからだ。

17

喪失のはじまり、二度と還らぬもの

秘書官達との協議の時間は長くなかった。私たちが一休みしていた間に、時刻は夕方に迫りつつある。コンラートの身内全員を集めた場で、コンラート辺境伯カミルは告げた。

「明朝、スウェン達には王都に避難してもらう。ここに残るのは私とエマ、それにウェイトリーだ。君たちには私の秘書官を何人か付けるから、こちらから連絡が滞ったとしても問題なくやっていけるだろう」

連れて行ける人員は最低限。これにはスウェンが異議を申し立てたが黙殺された。

「ニコは……家族と離れるのは辛いだろうが、君はスウェンと共に都へ行きなさい。ご両親は僕から説得しよう」

「ですけど、両親は都に行けないのですよね？」

「いまは君たちをコンラートから離すのを優先したい。幸いにも、こちらの知る限りラトリアに続く街道や森林に変化はないようだ。後発になるけれど、君の家族も後日送り届けよう」

ニコは私たちが不在の間にスウェンと正式に婚約を結んだ。反対意見は上がらず、驚くほどスムーズに話も進んだらしい。ゆえにいまの彼女は使用人服ではなく、良家のお嬢さんといった佇まいである。ヘンリック夫人も余所行きの服を着ているし、エマ先生と私の方が彼女達に見劣りするくらいだ。

「父さん、母さんも王都に避難させましょう。それか僕もここに残ります」

スウェンは簡単に諦められなかった。私やヴェンデルはあらかじめ覚悟するだけの時間があったから避難勧告も受け入れられたが、スウェンにとっては寝耳に水である。父母を置いていくのは見捨てるようなものだろうし、反発するのも仕方なかった。これを厳しく叱ったのがエマ先生だ。

「あなたたちには夫人やカレンが付いているから大丈夫だけれど、お父さんやみんなには医者が付いていないといけないでしょう」

「でも、せめて手伝いをしないと」

「半人前についてこなくても結構ですよ。私は私の仕事をするだけなのだから、貴方もコンラートを継ぐと決めたのなら、自分の役目をしっかり自覚なさい。大体、スウェンが残ったらヴェンデルを一人でいかせてしまうのよ」

「母さんの言う通りだね。それにまだ戦が起こると決まったわけではない。近くにはライナルト殿の軍もいるし、カレン君のおかげで早く渡りをつけられそうだ。帝国と共同戦線を張れるのなら、向こうが引いてくれる余地はいくらでもある。なにせファルクラムもだが、ラトリアの冬はいっそう厳しいからね」

伯曰く、両国の冬はかなり厳しく、また様々な事情もあってこの時期に街道や森を抜けてラトリアが遠征する理由は薄いそうなのだ。今回の出兵が事実だとしても、なんらかの事情があるはずだと確信していた。

「まったく不可解だよ。収穫が終わった頃合いなのはともかく、ファルクラムまで遠征するのは相当な備蓄が必要だ。連中何を企んでいる」

「旦那様」

「……失礼。各々、明朝には発ってもらうから、準備をしなさい。ニコも荷物をまとめて……ああ、スウェンが持ってあげるといい」

伯とエマ先生の指にはヴェンデルから渡した指輪も嵌《は》まっており、こんな時ではあるが王都へ行った収穫はあったのではないだろうか。

準備のために一旦解散となったが、ニコが実家に戻るためか、私の荷造りを手伝ってくれたのはヘンリック夫人である。

「しばらく帰って来られないかもしれませんから、貴重品はなるべく持って行ってくださいまし」

「それこそ大事なのはもう置いてきちゃってるんですよね」

「それはようございました。奥様のことですから、うっかり忘れていってしまっては笑い話にもなりません」

「そこまで忘れっぽくないですってばー」

一番価値のある公庫利用権だが、あれはもしもに備えて必ず持ち歩くようにしている。今回の帰還は急だったため持ち運びは止めたが、王都にある姉さんの館に置いてきた。したがって貴重品といったら、箱にしまわれた例の腕輪くらいだろう。これは鞄の底にしまい込んだのである。

「ヘンリック夫人、今日はいつもと違う格好をしてますけど、なにかお祝いでもあったんですか」

「ああ、これですね。これは娘が……」

言いかけて、急に口ごもった。夫人は私に娘がいたと話していないと気付いたのだろう。何も返さなかったが、なにを思ったのか、穏やかな口調で語り続けた。

「昔、わたくしには娘がいたのです。その子からもらった服は大事にしまっていたのですが、今朝方、珍しく娘の夢を見まして……」

「……ふーん。ちなみに、どんな夢を？」

「娘が想い人と一緒に笑っているのです。わたくしが記憶している一番輝かしかった頃の思い出なのでしょうが、いつもと違って、いつまでもあの子が笑っておりました」

娘を語る夫人の表情は優しく、まるでお母さんと呼びたくなるような眼差しだ。私に見つめられているのに気付いたか、わざとらしく咳払いをしたけれど、赤く染まった頬は誤魔化せない。

「いまはあの子よりも手のかかる主人の世話をしておりますので、思い出にうつつを抜かしている暇などございませんが」

「聞き分けが良い主人だと思うんですけどねぇ」

「聞き分けの良い主人は猟を手伝いに活き活きと走ったり、馬で遠出しようと落馬しかけたりはいたしません」

「……馬の扱いは上手くなったと思いますよ？」

「奥様。それ以上わたくしに言わせたいのですか」

「なんでもございません」

大人しく荷造りいたしますとも。

急な出発が決まったせいか、スウェンやニコは夕餉の時間になっても帰ってこなかった。エマ先生も流行り風邪の対応で忙しいらしく、ヴェンデルがちょくちょく遊びにきては持っていく薬についてああだこうだと話をしていたと思う。

「僕はさ、王都の方でも薬草園作ったらどうかと思うんだけど母さんが反対するんだ」

「理由はなんて？」

「便利だけど、毒にもなる草がいっぱいあるから誤解されるし駄目だって。つまんないよね」

「一理あると思うけどなあ。……そろそろ寝る時間だと思うけどお風呂は？」

「明日の移動中に寝るしお風呂は入った。兄さん達も帰ってきてないし、出迎えたいじゃん？」

などと言ってソファで転がる始末である。いつもならとっくに寝入っている時間だが、ニコの家でご飯でも食べているのだろうか。……きっと宴を楽しんでいるんだろう。

しかし私はそろそろお風呂に入りたい。ヴェンデルを追い返そうとしていたら、この時間になって伯とウェイトリーさんが訪ねてきた。

「……おや、ヴェンデルは君の部屋にいたのかい。夫人がカンカンになりながら探していたよ」

だらしのない息子に朗らかに笑う伯だが、その腰には見慣れぬものが下がっていた。およそ普段のご老体には相応しくない、使い古された剣である。ヴェンデルも気付いたようで、若者二人の視線に気付いた老人は苦笑していた。

「いざという時のために、勘を取り戻しておきたかっただけだよ、もう昔のようには振るえないさ」

重くて邪魔だねえ、とこぼす老人は窓の方を見て呟く。

「一雨来そうだな。また霧が深くなるだろうし、出立に影響なければいいが……」

「今日は少し暖かいですし、このまま曇っていてもらいたいですけど、天候ばかりはどうにもなりません」

テラスに出ると、コンラートの庭がよく見渡せる。三階にある私の部屋が一番見渡しが良かったからだろうか、伯も同じ景色を眺めていた。

「それで、こんなお時間にどうされましたか。御用向きだとお見受けしましたが……」

「うん、君にこれを持って行ってほしくてね」

伯が差し出したのは一通の手紙だった。こちらは陛下のものと違い、紙質も綺麗だし先ほどしたためられたてであろうとわかる。

「これを陛下に渡してくれ。彼が君にお願いしたように、君から直接渡すようお願いしたい」

伯から陛下に向けた返事だった。こんなに早いとは思わなかったけれど、よく考えればいま返事を書くのは妥当だ。この人はなにがあっても良いように備えておくのが役目なのである。

「……必ずお渡ししますね」

「頼むよ。それと、ウェイトリーからもあるそうだ」

ウェイトリーさんは予想外だった。こちらからも手紙を渡されたのだが、宛先はまったく知らない名前だ。「クロード・バダンテール」なる人物は聞き覚えすらない。

「ウェイトリーさん、この人は……?」

「外交官補佐をしていた頃の上役です」

「上役、というとまさか……」

「いまは帝都に居を構えております。相変わらず賢しく稼いでいるのでしょうが、もし帝都に行く機会があったなら、何かあった際はこの方を頼ってくださいませ。他人の為に動く人物ではございませんが、それを読ませればあの男でも重い腰を上げるでしょう」

「ですが、あの、これは……」

「もとより、いつか貴女にお渡ししようと考えていました。それが早まっただけとお考えください」

「……はい。ありがとうございます」

今生の別れではないとわかっているけれど、こんな風に託されてしまっては唇も噛んでしまう。

「手紙もだが、いい葡萄酒が手に入っていたんだ。明日、地下の貯蔵室から二本持っていってもらえるかい」

「二本、ですか」

「スウェンが生まれた年に作られたものでね、わかりやすく置いてあるからすぐにわかるだろう。一本は君たちで飲んで、もう一本は陛下に届けておくれ。……彼の好きな生産地の葡萄だから、きっと気に入るだろう」

スウェンの生まれた年なら思い入れのあるお酒なのだろう。そういうことなら喜んでお使いの続きをさせてもらいたい。

「僕、いまから貯蔵室に行って取ってくるよ」

「明日でいいからもう寝なさい。それにカレン君の部屋にいつまでもいるものじゃあないよ」

「取りに行ったら部屋に戻るよ。夜の貯蔵室って面白そうだ」

「まったく、冒険気分はいつになったら抜けるんだい」

「旦那様、ヴェンデル様はわたくしが付いておきますので……」

ヴェンデルのことだから夜中に忍び込んで取りに行きかねない。伯が頭痛を堪える面持ちになり、ウェイトリーさんがやれやれと言いたげに苦笑をこぼしたところで気がついた。

「あ。スウェン達が帰って来ましたよ。エマ先生もいる」

まったく、遅くまでかかりすぎなのだ。お兄ちゃんを出迎えたいと待っていたヴェンデルのことも少しは考えてあげてほしい。「おーい」と手を振れば、こちらに気付いたスウェンが笑いながら手を挙げていた。荷物を抱えたニコやエマ先生も満面の笑みである。

「あ、もしかしてお酒飲んできたのかな。ちょっと足がふらついてる」

「ニコの両親は酒豪だからねぇ……。負けじと飲んだのだろうけど、勝てるわけがないよ。スウェンにはお酒の飲み方を教えなくちゃならないな」

「兄ちゃんだけ？　僕は？」

「お前はもう少し大人になってからだ。……スウェンは母さんに似てお酒が弱いけど、お前はどうかな。父さんみたいに強いと嬉しいのだけど」

息子と杯を酌み交わす日を想像したのだろう。伯の声が上ずるのにつられて声が弾んだ。

「ニコにも、向こうにいる間に礼儀作法を勉強してもらって、色んな事を覚えてもらわなくちゃいけませんね」

「……あの子ねぇ、大丈夫かな」

「領地の運営ならスウェン達が支えてくれます。自信がないようですけど、できることが増えれば変わっていきますし、素直だから覚えも早いです。やればできる子ですよ」

「そこは息子達の信頼関係を信用してるとも。僕が心配しているのは緊張のあまり人前で噛んだりしないかってことさ。カレンくん、社交界のことも色々教えてあげておくれ」

「それについては私が教えられることなんて微々たるものでして……」

心配そうにぼやく伯だが、息子と並び歩く将来の義娘を拒む様子はない。

「……あれ？　あの方達、なにかあったんでしょうか」

柵の向こう、正面の門あたりに衛兵の姿があった。衛兵が館にやってくるのは珍しい話ではないけれど、五、六人と徒党を組んでやってくるのは珍しい。伯やウェイトリーさんも何事かとそちらを注視していた。

外は暗いし、かがり火だけが頼りなのだが、柵門のあたりで入り口に立っていた衛兵にストップを食らったようだ。何かを話し込んでいる姿が見受けられる。会話に参加していない一人が中央に立ったのだが……。

スウェン達の方向に向かって、不自然に片腕を持ち上げた。そこには……なんだろう。キラリと光るような、そうだ、なかなかお目にかからないものだったから忘れていたが思い出した。あれだ、いわゆるボウガンみたいな——。

——……なんで？

「スウェ」

衝撃に少年が身体を揺らし、柔らかな笑顔を浮かべながら瞳から生気を失っていく。

……認めたくないはじまり。

世界どころか国の行く末さえ知らない雛が、あたたかな羽毛に包まれていた日々の終わりを目の当たりにしたのだ。

変わりゆく世界。その幕開けとなる崩壊に私たちは足を踏み入れた。

——次巻へ続く

遙か彼方の追想録

夜更けにふと目を覚ました。起きるには早過ぎる時間帯、二度寝しようと布団を被ったところで虫の音に気が付いた。

故郷である王都と違い、ここは森が近い。広大な自然は視覚を豊かに彩ってくれるけれど、自然がもたらす騒音は別の話。元から辺境に住まう地元住民ならともかく、都会から移住してきた者にとって、絶えず流れる騒音は睡眠妨害以外のなにものでもない。コンラート辺境伯カミルの妻であるカレンも例に漏れず、睡眠不足の憂き目に遭っている。これでも眠れるようになってきたが、虫の音なんてものは、気になり出すと止まらない。経験上いまから寝たら、自分のことだから起きるのに苦労するだろう。

しかし領主邸はマシなほうだ。屋敷は年季が入っているけれど、彼女の部屋は三階で壁も厚く、丁寧な仕事で隙間風もないから音を遮っている。

寝台から足をおろす。履物を探すのもうっとうしげに立ち上がると、寝衣一枚で水差しに手を伸ばした。眠気のためか動作は緩慢で、まともに水を注ぐ動作すら失敗する有様。零れた水も無視して喉を潤した。コンラートに来てから早寝早起きを心がけ、機敏に元気にと努めているけれど、それでも領内の人々に比べたら朝から潑剌《はつらつ》とは働けない。侍女のニコの手伝いあってなんとか起き出すくらいで、朝食の席に着くのは大抵彼女が最後である。本人は否定するけれど、基本寝起きは雑であった。

カーテンを開けば空の向こうがうっすら白みはじめている。テラスに踏み込めば足裏にひんやりした感触が伝わり、風が頬を撫でていく。朝は苦手だがこの心地は好きだった。

嫁いだ頃に教えられたが、彼女に与えられているのはコンラート領一の景色を誇る部屋だ。その証拠に地平線いっぱいに広がる森は妖しくも美しく、光が差し込みはじめた世界をあますことなく映し出している。じきに森を覆う霧のヴェールが朝陽に照らされ、この世のものとは思えない幻想を作り出すのだろう。

「……ま、虫がいなかったらもっと最高なんだけど」

空にぽっかり浮かぶのは二つの月。正確には月と呼ばれている双球の惑星だ。

月も星も見慣れているはずなのに、この余分な月だけがカレンに嫌でも『異世界』を植え付ける。いくら経ってもこの月は慣れないし、これからも夜の空を見上げるたびに、畏怖と畏敬と、なんとも言い難い気持ちを抱くのだろう。

たしかあの月の伝承はなんだったか。このあいだ教えてもらったばかりの、コンラート地方独自の話を思い出す。

昔々のお話。

ひとつの生き物が彼方からやってきた尊きものに恋をした。

生き物はそれを神と呼び、仕え、愛した。やがて伴侶のひとつとなったけれど、神はそれだけを愛さなかった。

神は多くのことを成さねばならなかったから、たくさん伴侶を得て子を生んだ。

だがこの神は定命であり永遠をもたなかった。それゆえに生き物と神は離れ離れになり、永久の別れを告げた。それは永遠を持つ生き物には理解できない離別。ただただ会えないことが悲しくて、二度と神に会えない悲しみに泣いた。やがて嘆きが血と共に流れ出した。

毎日泣いて、泣き果て、死んでしまった。

たくさんの涙は星に、流れ出た血は空を覆い闇に、体は空に昇ってもう一つの月になった。夜に月と星が浮かぶのは、いまでも「いとしい神」を求めているからだと謳われる。

こういった伝承は各地方に存在するから珍しい話ではないが、ひとつカレンの興味を引いたとしたら「神」なる単語だろう。

彼女は元現代日本人の生まれ変わりだ。そのため中世世界観に近い他の人々よりはこの世界を多角的に観察するのだけれど、新たに生を受けた世界を不思議に感じている。なぜなら神といった概念はあっても熱心に信仰する姿を見ないためだ。

所謂《いわゆる》宗教に該当する組織が存在しないのである。

「ファンタジーだとお約束なのに、不思議よね」

しかしこのあたりには理由がある。ファルクラム王国は過去の諍《いさか》いの関係で、オルレンドル帝国に逆らえない。かの国が宗教の発生を防いでいるため、ファルクラムも帝国の在り方に倣《なら》っているのだ。帝国の影響がない他国ならもっと違う考え方があるのかもしれない。

ただ宗教が国に浸透していた場合、下手をすれば言葉ひとつで命を左右する。信仰心があるが如く振る舞わねばならないので、国の現体制は彼女にとって幸運であった。日本人感覚が染みついていると、どうにも宗教に対する考え方が緩いのである。

独りごちて、テラスに立ち尽くすのも飽きて部屋に戻った。そろそろ屋敷の見張りが起き出す時間だから、気付かれると余計な注目を浴びてしまう。

風を浴びて眠気は飛んでいった。

着替えを済ませて読みかけの本のページをめくっていれば、時刻はすっかり朝である。

無理な早起きが祟ったか、その頃になって、うつらうつら船をこいでいると扉がノックされ、はっと目を覚ます。勢いよく飛び込んでくるのは奥方付きの召使いであった。

「奥様ー、おはようございまーす!!」

元気とは彼女のためにある言葉だ。

使用人の簡素な服に身を包み、笑顔で挨拶するニコはお日様みたいな女の子である。その気性通り明るく、そして地元に不慣れなカレンのために様々なサポートを買って出ている。

世話すべき主人はまだ寝ていると思っていたのか、カレンと目が合うと、くりっとした目を見開いて数度瞬きした。

「あれぇ、奥様が朝から起きてる。もしかして昨日のご飯足りませんでした？」

「どうして早起きがご飯足りなかったになるのかしら」

「だって奥様ですし……」

歳の近さもあって気安いのは良かったが、主人への遠慮はないも同然だ。憮然となったカレンだが、ニコが空腹を第一声にしたのも理由はある。

なにせ主人は食への執着が強い。

本人は食にこだわりはないと言うけれど、舌の肥え具合はコンラート伯を越えている。菓子は甘さ控えめを好むからニコと趣向が合わないが、美味しいものを見分けるのが上手だし、最近は家令のウェイトリーや料理長も苦労している。

しかもこのこだわり、おそらく生来のものだ。はじめこそ都でさぞ美味しい食事を作らせていたのだろうと考えられたが、包丁を渡せば野菜の皮も剝くし、時間はかかるが料理も上手だ。彼女のおかげか最近の料理人の腕はうなぎ登り。使用人間では余り物の相伴《しょうばん》に預かる座を巡り、密やかな争いが勃発しているのを主人達は知らない。

「本当に珍しいな。昨日はご飯がおいしいってたくさん召し上がっていたから、満足されてると思ったけど、夜食でも用意するべきだった？　でもあまり食べさせ過ぎると太るからだめってヘンリック夫人が言ってたし……」

心でつぶやいたが笑顔で取り繕った。カレンは服をしっかり整えているつもりのようだが、胸元のリボンがわずかによれている。

このリボンを直すのはいつだってニコの仕事なのだ。慣れた様子で手を伸ばすと、繻子《しゅす》織の紐を解いて結び直した。

「また失敗してた？　ごめん、なんでか上手くいかないの」

「前よりは上手くなってますよぉ。しっかりできるようになるまで、ニコがちゃーんと教えますから安心してください。……でも、それでよく一人暮らしできてましたね」

「苦手だからあらかじめ結んだものをボタンで留めてたの」

「あらぁ、そんな手があったんですか」

「友達と面倒よねって話して、じゃあ結ばなくていいようにしましょ……ってね」

カレンがコンラートに来る以前、彼女の話が領内に巡ると、都会のお嬢様は着替えひとつ満足にできないのだと友達と噂し合っていた。都会に憧れる地方の若者故の偏見だったが、貴族の娘をそんな風に捉えていたのも事実だ。

さぞ大変な我儘《わがまま》娘が来るだろうと構えていたなんて、絶対言えやしない。けれど当の本人はなんとなく察して黙っていたことをニコは知らないから、実のところはお互い様である。

「それよりニコ、ちゃんとうまくできた？」

「あっ、はい！　今日の分を持ってきました。また採点をお願いしますね！」

「任されましょう。……返事は届いたの？」

「それが配達人さんの到着が遅れてるみたいなんです。先に馬で来た商隊のお話では、昼頃には到着するんじゃないかって話でした」

「じゃあ昼には届くでしょうね。また頑張って返事を考えましょ」

「ありがとうございます。でも……次も手紙を出してくれてるでしょうか」

お茶を用意する手つきは慣れた様子だが、表情は陰っている。どうやら都に留学中のスウェンを疑っているようだが……。

「大丈夫でしょ。あなたにだけは返信を欠かさないじゃない」

呆れているのは、このやりとりが三度目を超えたからである。コンラート領次期当主になるスウェンの想い人、ニコ。彼女は自分が平民であることを気にしており、スウェンが都の女の子に夢中になるのではないかと不安なのである。

カレン含め、スウェンを知る人達は少年の一途さを疑っていないが、彼女だけはこの有様。これが恋の病なのだと見守っているのが現状だった。

「もういっそくっついちゃえばいいのにー」

「ぎゃあ！　なんてこと言うんですか奥様ぁ！」

そんな恋煩《わずら》いするニコが毎朝カレンに渡すのは冊子だ。中は白紙となっており、これは都の学生が使用する冊子と同じものだが、コンラート領では結構な贅沢品だ。カレンの分を一冊だけ分けたのである。

冊子の中は文字がびっしりと書き連ねられており、これを毎日カレンが採点する。すべてはスウェンに手紙を出すニコが「綺麗な文字を書けるようになりたい」と願い出たのが始まりであり、そんな少女に付き合ってカレンが文字の癖を直し、時に勉強を教えていたのであった。

「……綺麗に書けてる。もう教えることないんじゃないの」

「旦那様や奥様みたいにちゃんとした先生に習ったわけじゃないんです。自分の字が癖だらけだっていうのはニコが一番わかってます」

「私も得意ってわけじゃないんだけどなぁ」

ただ、見苦しい文字だと恥ずかしいからと幼い頃から矯正はされた。貴族は堅苦しく、格式に囚われがちではあるが、ニコの苦労を鑑みれば充分恵まれた環境にあったのだ。

「ああ、お腹空いてきた」

「そういえば昨日到着した商人さんがいいお塩をもってきたそうですよ」

「へぇ、塩」

「ウェイトリーさんがいいものだって言ってました。旦那様も奥様のためにって買ってましたから、今朝のご飯はひと味違うかもしれませんね」

「あら、それは楽しみ」

浮かれ出す姿に、食い意地がはってるなぁ、とはあえて言うまい。ニコには塩の違いなどまるでわからないが、女主人の機嫌がいいなら悪い話ではないのだ。

ニコが話したとおり、朝食はひと味違った。新鮮な野菜と果物は貴族のステータスのひとつだが、そこに小麦が香るパンに香辛料を効かせたハム、若干の塩味を効かせた卵料理は絶品である。コンラート宅ではここに腸詰め肉に豚の血を詰めたソーセージが入るが、カレンがこれを苦手とするので、彼女の皿に腸詰め肉は乗っていない。

たかが塩、されど塩だと盛り上がるコンラート一家だが、ふと思い出したように、コンラート領主の本当の妻が呟いた。

「そういえば、今回の商隊には随分格好良い商人が同伴しているそうよ。お顔は隠しているみたいだけど、若いお嬢さん達が騒いでいたわ」

エマはコンラート領で医師として駆け回っているため、噂をいち早く耳に入れる人物だ。コンラート伯カミルも頷いていた。

「塩を持ってきたのはその人達と聞いたよ。うちみたいな田舎に立ち寄ってくれるのはありがたいから、今後を考えて他の品も余分に買い取らせてもらった」

「これからも来てくれると嬉しいわね」

他愛ない会話で朝食を締めると、各人は仕事へ向かうべく立った。カレンはヴェンデルとエマを手伝うべく席を立つが、その日は干しておいた薬草を収穫し終えると勉強を終えて領内へ物見に出かけた。薬の量は充分だし、回診だけだから遊んで構わないとエマが送り出したのだ。

「昨日たくさん作り貯めしておいてよかったね」

「薬の補充はしばらくいらないみたいだしね」

二人に付き添うのはニコであった。ヘンリック夫人には二人の目付役を期待されているが、基本彼女も一緒になってはしゃぐ側である。それでも役目を外されないのは、彼らにとって良い話し相手になっていると知っていたからなのだろう。

「カレンはウェイトリーと勉強してたのに遊んでいいの？　あ、おばさんおはよう」

「おはようヴェンデル坊ちゃん！　それに奥様！　今日は良い天気になりそうですよ」

「おはようございます」

通りすがりの領民も二人に気軽に挨拶をしていく。領民と顔なじみのエマと違い、押しかけて嫁いできたカレンに親しくしてくれるのは、ひとえにこのヴェンデルと、そしてニコのお陰だ。

「そうだ、猟師の連中がね、奥様も見学させてもいいかもって言ってましたよ。あとで行ってみてご覧なさい！　でも散らかってるのは許してくださいよ！」

「本当ですか⁉　ありがとう、あとで寄ってみます！」

顔を輝かせるカレン達が過ぎ去ると、奇特な奥様だと領民は笑う。都から来たお可愛いだけの娘と言われていたカレン。蓋《ふた》を開けてみれば、侍女のために体を張って悪漢から救う度胸と勇気があるお嬢さんだ。なによりエマが彼女を認めているし、コンラート伯の子息であるヴェンデルが懐いている。仲良く領内を歩く姿に嘘偽りはなく、彼女が領民に受け入れられていったのは、細やかな下積みの甲斐あってのものだった。

「猟師に教えを受けたいなんて、奇っ怪な奥様だよねえ」

若い女の子に頼られた爺衆が張り切っているのだから、彼女がコンラートに入ったことで確かに変化は訪れたのである。

さて、道行くカレン達だが、彼女達に声をかける領民は他にもいた。玄関先で編み物に勤《いそ》しむ老婆もいれば、なんと簡易かまどに火を点けている主婦もいた。

「いい桜桃《さくらんぼ》と南瓜《かぼちゃ》をもらったから包み焼きを作ろうと思って、旦那に作らせたんだ。たくさんつくるから、もしお腹が空いてたら後でおいでね」

こんなことができるのも田舎ならではだろう。にこやかな主婦は椅子と机を置いて、大きな南瓜を前に包丁を握っているのである。

きっぷのいい主婦に礼を言って立ち去ると、ヴェンデルがそういえば、と呟いた。

「もうちょっとしたらトマトの収穫がはじまるんだ。たくさん採れるから、広場に集まって大きな鍋で煮込むんだよね。最後は瓶に詰めるんだけど、お祭りみたいで面白いよ」

「へー、みんなで集まってやるんだ」

「量が量だしどうせなら、って旦那様がはじめたんですよぉ。作業に参加したら作った瓶詰めをいくつかただでもらえるんです。これが美味しくて美味しくて……」

値が張る塩や香辛料代は領主持ちで振る舞ってくれるから、参加しない手はなかった。余った煮込みには小麦麺を足して、皆で集まって食べるのが恒例のようだ。いつのまにか収穫を象徴する行事と化しており、葡萄酒が樽で出されるようになったらしい。

「あ、どうりでウェイトリーさんがお酒を樽で仕入れてたわけだわ」

納得、と頷くカレンの瞳には、たくさんの領民の姿が映っている。子供達はあたりを走り回り、洗濯に勤しむ主婦は今日も井戸端会議に花を咲かせる。どこかの家の鶏がコッコッコと鳴きながら、我が物顔で歩き回っていた。

途中、ヴェンデルが通りすがりの年寄りに尋ねていた。

「おじさん、クロを見かけなかった？」

「ああ、坊ちゃんの猫ですかい。昨日はベンの娘のところの三毛と一緒でしたよ」

年寄りと離れると、ニコが尋ねていた。

「クロちゃん、昨日帰ってこなかったんですか。珍しいですね」

「うん。……僕の部屋に鼠《ねずみ》を置いたから叱ったんだけど、たぶん家出した」

「あらまあ。あの子特別頭が良いから、いじけちゃったのかもしれませんね」

「鼠はないよ、鼠は。蟬《せみ》とかならまだ許すけどさぁ」

どうやら可愛がっている猫の行方を確認したかったらしい。不貞腐《ふてくさ》れるも、状況を聞いたカレンは腕をさすった。

「どれも部屋に転がってたらきついわ」

「奥様は虫にもうちょっと慣れてください。蟬やカマキリくらいなんですか。つまんで追い出せばすぐじゃないですか」

「カナブンを掴めるようになっただけまし。大体ニコだってバッタが苦手じゃない」

「あれはニコじゃなくてヴェンデルが悪いです。ニコの部屋に置き忘れていったせいで、間違えてお洗濯もので挟んで潰《つぶ》……」

「ごめんやめて聞きたくない」

人には向き不向きがあるものの、克服する気概を見せるだけ進歩しているのだ。三人は領民と他愛ない会話をしながら散策したのだが、途中、ヴェンデルが門の外へと出たがった。ニコは渋ったけれど、カレンが了承し、衛兵の視界外にはいかないと約束したから渋々頷いたのである。

門を守る衛兵は苦笑交じりに通してくれた。コンラート領は小高い丘の上に位置するし、後ろの大森林を除けば緑も少ない。不審者が現れてもすぐ駆けつけられると判断したようだった。鼻歌を歌いながら道を逸れるヴェンデルはこう言った。

「門の外に出るの初めてじゃないんだよね」

「あら常習犯。スウェンは怒らなかったの?」

「兄さんがはじめたんだよ。おっちゃんたちもカレンの手前言っただけさ」

衛兵をおっちゃんと言うだけ親しいのだろう。

「ヴェンデルは外に出て何をしたかったの。ここら辺って、特に薬草もなかったわよね」

「別に。ただ遊びたかっただけだけど」

ヴェンデルの真似をして、少し高くなった岩のうえに足を乗せて歩き出す。後ろでニコと、遠くから彼らを見守る衛兵が慌てたが、二人はお構いなしに足場の悪い岩から岩へと移っていく。

「真似して楽しい?」

「結構楽しい」

大真面目に頷いた。同い年の女の子だとこういった遊びに付き合ってくれる子はいないし、自然とヴェンデルとふれ合う機会が増える。そもそもコンラート領では友達と呼べるほどの娘がいない。大体がカレンの立場に遠慮するから、やはりニコは希有な存在なのだ。

やや霧がかっているものの、朝日が差し込む小高い丘の上、少し強めの風を受けて景色を見渡すのは気持ちが良い。手をかざせば遠くの景色すら手の平に収まるようで、それがなんとも心地よかった。

端から見れば、義理とはいえ彼らが親子関係にあるとは到底信じられないだろう。

「ねーカレン。僕、このままでいいのかなぁ」

「このままって?」

「だからさー……ほら、将来だよ、将来。兄ちゃんの役に立つって、なにしたらいいんだろ。父さんやウェイトリーはまだ遊んどけっていうけど、ほんとにそれでいいのかな」

「さぁ、私にそれを聞かれてもねぇ」

「なんでも好きなことしていいっていうけど、そんなこと言われてもわかんないよ」

次男は長男がいる限り領主になれない。普通であれば次男は長男のスペアと考える風潮があるけれど、カミル達は息子に好きなことをやらせたいようだ。

「ゆっくり探していきなさいよ。大体エマ先生を手伝ってるじゃない。てっきりお医者さんになりたいんだと思ってたけど、違うの？」

「それは兄ちゃんの夢だし、僕が手伝うのは家族だから当たり前。ひとりだけ手伝わなかったら、なんか悪いじゃん」

「あなたのそういうところ好きよー」

うっさい、とぼやく少年に、少女たちの笑い声が響いた。

笑われるのが我慢ならなかったのか、ヴェンデルが唇を尖らせる。

「カレンはなりたいものとかないの。あ、ニコはいいよ。兄ちゃんのお嫁さんだろ」

ニコの悲鳴が木霊《こだま》するが、二人は相手にしない。立ち止まったカレンは腕組みすると、困ったように首を捻るのである。

「もしかしてなんの計画もなしに外に出たいって言ってたわけ」

「まさか。ただ違う国を見たり、誰も気にせずご飯を食べたりしたいとは思ってたけど」

「ご飯食べるのに誰かを気にする必要ってある？」

「そこは個人の意見で違ってくるから受け付けないわ。でも、そうね。なんで離れたかったのかって言われたら……」

すぐに返答はできなかった。ヴェンデルは待つのも飽きたらしく、草むらから大きなバッタを捕まえると、おもむろにニコに近づけたのである。

「ぎゃー！　ちょっと、ヴェン、ヴェンデル!!」

「可愛いじゃん。ニコだって昔は団子虫集め手伝ってくれてたのに」

「団子虫とそれは別！　やめて、それ以上近づけたらほんとに怒るからね！」

ニコとスウェンが幼馴染みならば、この二人も同様だ。慌てたときは昔の呼び方になってしまうらしい。少年はつまらなさそうに虫を逃がすと、ふと顔を上げた。

「あ、父さんだ」

振り向くと、門の近くにカミルが立っている。おいでおいで、と三人を手招きする姿は苦笑交じりであった。

「カレン、帰ろ。たぶん怒ってないから大丈夫」

「あ、うん」

ヴェンデルに手を引かれる様は、どちらが年上かわかったものではない。少年に手を引かれながら呟いた声は自信なさげであった。

「──逃げたかったから、なのかなぁ」

声は二人に届かなかった。カレンもそれでよかったのだろう。笑顔でカミルに近づくと、エマの姿を認めて驚いた。

「みんなして来られたんですか」

「私は予定していた回診がなくなったのよ。そうしたら外回り中のこの人とばったり」

「冬に備えて新しい備蓄小屋を作ろうと話していただろう。場所を確認したくて領内を巡っていたのさ。そしたら……ね」

ついでに息子と妻……もとい教え子が門を出たと聞き、顔を見に来たようだ。

そして父にとって、息子の目的はお見通しだったらしい。

「ヴェンデル、そこで待っていなくたってスウェンの手紙はちゃんと届くさ」

「違うし。外に出たかっただけだし」

悪戯っぽく笑う父親に、ヴェンデルは気まずげに目を逸らす。

「まったくもう、ねえ。……ニコ、次に手紙を出すときは、この子にも送ってやれって言ってもらえないかしら。いつまで経ってもお兄ちゃん子なんだから」

「だから違うっていってるじゃん」

暴露されたのが恥ずかしいのだろう。耳を赤く染めた少年はわざと顔を逸らし、逃げるように門を潜っていくのだ。そんな後ろ姿をカミルは目を細めて見送り、エマは軽やかに笑う。

「さあさ、家でヘンリック夫人がお菓子を用意して待っているわ。ウェイトリーもとびきり美味しいお茶を淹れてくれるでしょうから、早くお仕事をすませて帰りましょうね」

長男不在とは言え、コンラート一家が揃って領内を出歩くのは珍しい。大勢がしきりに領主に声をかける姿で、領民との信頼関係を窺える。拗《す》ねるヴェンデルにエマが謝る姿を眺めていると、不意に背筋を冷たいものが走った。

「奥様、寒いんですか?」

「風に当たりすぎたのかもね。大丈夫、もうなんともないから」

何故だろう。どこかから強い視線を浴びた気がする。

それとなく周囲を窺ったが、すぐに追及は諦めた。一家全員が揃っている中で、自分だけ注目を浴びないはずがない。気のせいだと心を落ち着かせたのである。

「カレン君、ウェイトリーから伝言だが、歴史の授業だけやり直しだそうだ。午後は勉強し直しだ」

「嘘ですよね⁉」

他愛のない、ありふれた日常。しかし忘れえない記憶の欠片《かけら》。

そのひと綴《つづ》りの出来事であった。

いつかの理想郷

彼らの下の妹に対する認識は、簡潔に述べると「なにをやらかすかわからない子」である。

「ねえ、見て見て。今度こそすごい発明よ。わたし、すごいのを考えついたの」

この日も息急き切らしてアルノーのもとへやってきた。ちょうど上の妹のゲルダや乳兄弟のアヒムも一緒にいたのだが、兄妹は揃って目元を緩ませた。きっと目を輝かせて走り寄ってくる幼い妹が可愛いかったのだろう。キルステン家は父母の方針もあって、兄妹も分け隔てなく可愛がられている。そのためか家族仲も良く、上の子供たちは弟妹の面倒をよく見ていた。

「こーら、廊下は走らない。扉は大きな音を立てて閉めないの。もしエミールがここにいたらびっくりして泣いてしまうでしょう？」

「はぁい。ごめんなさい」

末弟の名前にはカレンも反省したようだ。いま母とお出かけ中の弟はちょっとしたことでも泣いてしまう子だから、兄姉は誰もがこの子に気を遣っている。

「いまは母さんもエミールもいないからいいんじゃないか？」

「また兄さんはそんなこといって！　この間、カレンが木登りしてたの忘れたわけじゃないでしょう。危うく落ちかけたのだって、そもそも駄目なことは駄目だって教えていれば、そんなことにはならなかったの」

「落ちかけてなんかないよ。ちゃんとはしごを伝って下りようとしたもの」

「おばか。お母様の悲鳴をもう忘れたの」

これに関してはカレン、ゲルダと双方の意見は食い違いをみせるようだ。誰よりも早く喧嘩の気配を察知したのはアヒムであり、割り込むように声を上げていた。

「ところでお嬢さんは何を持ってきたんですか」

問いかけに目的を思い出した目は輝きを取り戻した。

「そうだった、これを見て！」

意気揚々《ようよう》と持っていた用紙を三人に広げるのだが、残念ながら齢《よわい》十歳未満の画伯の絵は少年少女には難解だった。三人は不思議そうに首を捻り、アルノーは如何にして妹を傷つけず意図を問うか悩んだのである。

「全然わからないのだけど、その人？　が持ってるやつはなに？」

兄の悩みなど知らず、ズバリと切り込んだのはゲルダであった。カレンは鼻腔を膨らませ、世紀の大発明を声高に自慢する。

「日除けと似てるけど、これはちょっと違うの。この雨傘を雨の日に持っておけば濡れにくくなるの。これを作って国中に広めたらすごいとおもわない⁉」

度々《たびたび》思うのだが、彼らの妹は発明家の気質があるようだ。勢いのまま傘の有用性を説明するカレンだが、これにゲルダはぴんと来ないようだ。正直アルノーとアヒムもいまいちの反応である。

「ええと……それ、日除けみたく自分で持つのかしら。雨の日に？」

ゲルダの問いに、末妹はキョトンと目を丸めた。その表情は母の結ったリボンが強調されとても可愛いけれど、姉の追撃は容赦がない。

「え、そうだけど……」

「雨の日のお出かけ用なのよね。乗り付けとかは屋根付きだろうし、わざわざ持って歩く意味があるのかしら」

「で、でもでも、貴族はともかく街中でなら……」

「裾《すそ》が濡れるのは一緒だし、外套《がいとう》じゃだめなの？」

姉は困り顔で視線を逸らす。どうやらこれ以上は妹を追い詰めるかもと考え出したらしい。しかし時すでに遅く、無慈悲な射撃はやってきた。

「片手が塞《ふさ》がるんですよね。おれみたいなのは普通に困るかなぁ。足元が濡れるんなら外套でも一緒だし……あ、坊ちゃんはどうですか」

「……雨が強い日なら馬車だろうし、傘をさしてまで急ぐ用事は……うん、まぁ、あるのかもしれないね。人によっては需要があるかもしれないな」

妹の発明を擁護しようとしたのはアルノーくらいである。

雨期が存在するファルクラムは、雨足が強いと霧も深くなる。困ることもたくさんあるが、そもそもそんな日は外出しない、が当たり前であった。

「それにお嬢さん、その雨傘ってやつぁなにで作るんですか。骨組みは木としても、布地じゃあすぐに駄目になっちまいますよ」

雨除けの外套は耐水性に優れた革か、布材にしても撥水性の高い特製の薬剤を塗りつけることで役割を果たす。前者の場合は片手で持つには重すぎるし、後者の場合は値段がばかにならない。いずれにしても普及を目指すには難しい問題ではないだろうか。

「あ、そっかぁ。これも素材が問題かぁ……」

妹は突飛な発明家であるが、この指摘の意味を即座に理解できるくらいには頭の良い子である。残念そうに冊子を折りたたむが、この白い冊子にはこれまでも「現実的ではない」と却下されたアイデアがたくさん詰まっている。今回のように素材やコスト、技術面で諦めた、妹曰《いわ》く「夢いっぱい」の塊《かたまり》であった。

しょげる姿が憐れみを誘ったのか、ゲルダが膝をつき妹に目線を合わせた。

「色々と考えてくれたのだもの。美味しいお菓子でも食べて、お茶にしましょうよ。今日はとってきのバタークリームをわけてあげるから」

「……姉さんのとっておきは甘すぎるからやだ」

せっかくの誘いをこうしてごねるのも、姉妹ならではの会話だろう。額に青筋を作ったゲルダだが、アルノーが助けを出すより早く乱入者があった。

母アンナが入ってきたのである。子供達が集まっていると聞いてやってきた彼女は、入室した途端長女に詰め寄られた。

「お母さま、カレンがわがままなの！　私のとっておきをあげるっていってるのに！」

「だって甘すぎるし、歯が痛くなるくらいお砂糖ばっかりだからやだ！　だったら父さんお気に入りのお菓子がいい、私あれが好き！」

「あれってお酒入りじゃない！　子供が食べて良いものじゃないでしょ!?」

ぎゃあぎゃあと言い争いを始める姉妹に、アンナが目を丸める。実は、とアルノーが説明して、ようやく事態を呑み込んだのである。

「好みひとつで騒ぎ立てないの。ゲルダもカレンの言うことにいちいち腹を立てるんじゃありません。この子のお食事に対する頑固さは今に始まったことではないでしょう」

アンナに窘《たしな》められ、なんとか黙り込むゲルダ。ただし、アンナは長女を叱るだけには留めなかった。

「貴女もよ、カレン。好みは人それぞれなのですから、ゲルダと好みが合わないからといって非難めいた口調で言ってはいけません」

「……非難めいてない」

「語気が荒くなればそう聞こえてしまう、と言っています。注意したのは一度や二度ではありませんよ、いますぐ直しなさい」

こう言われてしまえば、カレンも分からず屋ではない。不承不承《ふしょうぶしょう》ながらも姉妹は謝り合って、勃発しかけた喧嘩は収まったのである。不服そうな姉妹は互いに顔を背けており、いつのまにか距離を置いたアヒムが呆れた様子で姉妹を眺めている。

まったく、と溜息をつく母にアルノーが訊いた。

「ところで母さん、エミールと出かけていたのではないのですか」

「ああ、そうだったわ。思ったより用事が早く終わって帰ってきたらね、お父様が帰っていらしたの。せっかくだから皆でお茶をしようと思って呼びに来たの」

「あ、じゃあエミールは父さんのところですか」

「お父様に抱っこしてもらっているところ。ゆっくり行きましょうね」

悪戯っぽく笑う仕草は、無邪気な少女のようでもあった。

「そうだ、アヒム。今日のお菓子はいくつか余りが出るだろうから、厨房で分けてもらいなさい。みんなに分けてあげてね」

「はい。ありがとうございます、奥様」

こうして兄妹達は部屋を出るのだが、アンナはカレンを呼び止めた。三人を先に行かせた上で、娘と二人きりになると膝を折り曲げたのである。彼女のこういったところをゲルダは真似たのだろう。

やや苦笑気味の、しかし愛情に満ちた眼差しでこう言った。

「カレン、またその紙に新しい発明を？」

「……はい。描きました」

「お兄様たちはなんて？」

「現実的ではないって」

そうでしょうね、とはアンナは言わなかった。次女のアイデアは実用化されれば便利だが、その分突飛すぎて周りの人が追いつけない。

娘から冊子を受け取ると、中身を改めて「あらあら」と呟いた。これにカレンは萎縮《いしゅく》したが、アンナは決して怒っているわけではない。

「以前より増えたのね。でもあの子達だけならともかく、使用人達に意見を求めるのはほどほどになさい。あなたもいずれキルステンの名を負う大人になるのだから、発明にばかり熱中しては大事なことを見落としますよ」

「……ちょっと意見を求めるだけもだめ？」

「そのちょっと、が使用人の目にどう映るのかを考えなければいけないの」

カレンは他の兄姉と違って活発な娘だった。アンナみたいな生粋の貴族にしてみれば、言い方は悪いが思いつきが粗野《そや》だ。この娘は面白そうだからと、それだけで木登りを試したし、芋を焼くためだけに火遊びだってしようとした。勿論《もちろん》そんなことを口にするアンナではないが、使用人の間でカレンだけが毛色が違うと囁《ささや》かれているのも事実である。

娘の未来は大事だ。だからこそ、いまのうちに悪癖は直さねばならない。

「やめなさい、とは言いません。ただ相談する相手は選びなさい」

カレンは本当はとても賢い子である。大人しそうな割に発想が突飛《とっぴ》で、行動に度肝を抜かれるから気付かれにくいが、下手をすれば長兄長女よりも利発である。大体娘は叱られているから頷いているのではない。子供らしく振る舞う一方で、アンナの言葉を即座に理解しているのだ。夫はうっすら感じている程度だろうが、アンナはカレンのあべこべさを誰よりも見抜いていた人物である。

「貴族は自由の象徴ではないの。責務を負うからこそ良い暮らし、良い教育を優先して受けることが許される。それは子供の貴女であろうと同じことよ」

言いながら思うのだ。この子は頭が良いからこそ、おそらく貴族社会に違和感を感じているのではないだろうか。娘の言動は少しだけかつての自分に似ていたのである。

「自分の振る舞いに責任を持て、ってこと？」

「そう。いまはお父様とお母様が守ってあげられるけれど、大人になったらそうはいかない。いずれ自らの行動の責任を負わねばならない日がくるから……」

だが、その賢い娘が彼女の言うことを聞いてくれるのは、少女がアンナを母と認めているからだ。万感の思いを込めて笑みを返すと、ぎゅうっと娘を抱きしめたのである。

「お母さま、痛い」

「まったくもう、貴女のその自由奔放さは誰に似たのかしら」

「少なくともお父さまじゃないと思う。お父さまそっくりな兄さんみたいに堅苦しくないもの」

「ま、言うわね。だとしたら……私かしら。ああ、でもそういえば自由を求めていたころもあったわね。それか……」

「自由？　お母さまが？」

「……なんでもないわ。いまのはお忘れなさい、私の可愛いお姫様」

柔らかな頰をひとつまみ。くすりと魅力的な笑みを浮かべると、遅い二人にしびれを切らしたゲルダが顔を覗かせた。

「二人とも、まだ!?」

「怒鳴らなくても行きますよ。ゲルダもきつく聞こえてしまう物言いをなんとかなさい」

「いまはお説教の時間じゃありませんー」

「カレン、行きますよ。……もうお父様のケーキを摘まんではだめですからね。あれはお酒が強いのですから、貴女が食べてはいけません」

しっかりとバレていたようだ。観念した様子で「はーい」と返事をすると、手を差し出したアンナを二度見する。

「お母様と手を繫ぐのは嫌かしら？」

「いやじゃないけど……もうエミールがいるし、私はお姉さんだし……」

「そうなの？　お母様はカレンが手を繫いでくれないのは寂しいわ。いまエミールはお父様にべったりだし、ゲルダやアルノーも恥ずかしいと逃げてしまうのだもの」

ややわざとらしいが、悲しげなアンナの溜息。これにカレンは一瞬の迷いを見せたものの、やがて照れくさそうに手を繫ぎ、母子並んで部屋を出て行った。

〝この子の聡明さが命取りにならなければいいけれど〟

漠然とした感覚を胸に抱いたが、でたらめなリズムで鼻歌を歌う娘の姿に不安を吹き飛ばした。

「ねえお母さま、カレンのよくわからない鼻歌は一体何なのかしらね」

「さあ……作曲の才能でもあるのかしら」

「お母さまは親馬鹿が過ぎると思うのよ」

いつか訪れた冬の日、記憶から遠くなってしまったある話だった。

あとがき

お初にお目にかかります。かみはらと申します。

いつもはネットの片隅でぼちぼちお話を書いています。

『転生令嬢と数奇な人生を』をお届けできるようになったわけですが、感無量です。

と、いいますのは、元々このお話は『小説家になろう』で現在も連載中のお話なのですが、書籍化のお話を戴く以前から個人でイラストの発注をかけ公開していました。だいたい一年半前くらいから始まったのですね。

ただ、ウェブと書籍化は違います。こういったお話の時点でイラスト類はすべて削除を覚悟していましたが、早川書房が諸々検討してくれた結果、ネット・書籍共に同じイラストレーターであるしろ46さんで継続となりました。

正直、これってなかなか凄いことだと我ながら驚いています。

そういったわけで、ネット上には、しろ46さん等による本になる形の前のイラストやファンアートがたくさん公開されています。多分まだ増えるでしょう。興味を持たれた方は供養がてら見てもらえると、また違った臨場感を味わえるのではないでしょうか。

ただ、中には最新話のネタバレを含むものもありますので、閲覧する範囲はお気を付けください。

そんなこんなで本作ですが、一巻の最後は、どういうことかと思われた方も多いかもしれませんが、主人公カレンの人生はここから始まります。できればここまで収録してもらいたいと、もっと短い部分で切らず、編集に原稿を送り、この厚さです。

先に申し上げておきますと主人公が世界を動かすわけではありません。というか動かせません。なにせチートはありませんし、特筆した才能もありませんから。唯一活きているとすれば、経験則によるバイタリティくらいです。

大陸の歴史と情勢が動くただ中で、時代の変化を目《ま》の当たりにし、生きていく物語。

この中で、これからカレンとライナルトの関係はかなり変化していきますので、どうぞお楽しみください。

それとカバーの片隅にひっそり鎮座した猫の意味もいずれ判明します。

いまこのスペースをどう埋めるか四苦八苦しているところですが、苦手繋がりで思い出したのがタイトル。

タイトルの目的はわかりやすく、簡潔にが主題でしょうが、それができるならこんな長い話は書いていません。

短い一文を引き延ばし、伸ばすことならそこそこ得意ですが、まとめるとなると途端に手が止まります。

このため副題をどうするかと聞かれた際も「お任せしていいですか」で即決でした。『辺境の花嫁』、言い得て妙です。

さて、本作は一巻です。

一巻ということは二巻もあるわけで、嬉しいことに次巻に取りかかっていますが、次やその次が確実に出るか、のほほんと構えていられません。

私自身は登場人物達が気に入っています。書籍化にあたり、かなりの加筆と修正も重ねていますので、読み応えも十分ありますが、売れなければどうなるかはわかりません。

身も蓋もないのですが作家が「書きたいな」といっても売れなければそれまでです。ですので、この本を読んで続きを読みたい、面白いと思ってくださった方、ぜひ編集部宛にお便りを送ってください。

冗談抜きに皆さまの反応がすべてを変えます。

そしてちょっと編集部経由で皆さまの声をもらいたいといった野心も込めまして、お待ちしております。

刊行に先立ち、皆様に感謝を込めて。

二〇二一年　十一月

かみはら

1巻発売
おめでとうございます！

最初にお話を読んだのは、まだ10話に
届かない頃でした。

美青年との婚約を蹴って、
お爺ちゃん辺境伯のところへ輿入れするも
伯には長年連れ添った内縁の妻がいて…と
タイトル通りにすんなりいかないドタバタ
っぷりを見せてくれるなあ、なんてのんきに
構えていたのも今では懐かしい記憶です。

Web版のあらすじにある
「なにもかも失いながらもたくましく生き、
国や帝国の中枢部の人々と関わっていく」
の本当の姿はこの１巻の終わりからが
本番です。

ここからの山あり谷ありのジェットコースターの
ようなカレンちゃんの数奇な人生を
こうして書籍として読者の皆さんと
読めることを本当に嬉しく思います。

2021.12 しろ46

転《てん》生《せい》令《れい》嬢《じょう》と数奇《すうき》な人生《じんせい》を1
辺境《へんきょう》の花嫁《はなよめ》

二〇二一年十二月十五日 発行
二〇二一年十二月二十日 再版

著者 かみはら
発行者 早川 浩
発行所 株式会社 早川書房
郵便番号 一〇一 - 〇〇四六
東京都千代田区神田多町二ノ二
電話 〇三 - 三二五二 - 三一一一
振替 〇〇一六〇 - 三 - 四七七九九
https://www.hayakawa-online.co.jp
定価はカバーに表示してあります

印刷・株式会社精興社　製本・株式会社フォーネット社

ISBN978-4-15-210058-0 C0093

コンラート領に起きた異変。

それはやがて、ファルクラム王国を揺るがす事態へと——

領主夫人としてカレンが直面する
生き残りをかけた選択とは？
次巻も、転生令嬢の数奇すぎる
運命の行方から、
ますます目が離せない！

2022年3月発売予定

転生令嬢と数奇な人生を 2

かみはら
イラスト——しろ46